오키나와를 읽다

전후 오키나와 문학과 사상

저자

조정민(趙正民, Cho, Jung-Min)_ 부산대학교 한국민족문화연구소 HK교수. 일본 규슈대학에서 일본 근현대문학 및 문화연구를 전공하였다. 패전 후의 전후문학이 연합국의 일본 점령을 어떻게 기억하였는가에 대해 연구하여 박사학위를 취득하였으며, 이를 토대로 『만들어진 점령 서사―미국에 의한 일본점령을 어떻게 기억할 것인가』(2009)를 출간하였다. 최근에는 일본에 국한하지 않고 동아시아적 상황과 맥락을 염두에 둔 지역 연구에 관심을 가지고 있으며 『동아시아 개항장 도시의 로컬리티』(2013), 『도시와 공생』(2017) 등의 공저를 펴내기도 했다. 이 책에서는 오키나와 담론의 전형화, 정형화의 메커니즘을 전후 오키나와 문학을 통해 점검하고 오키나와가 가진 경험의 지(知)가 근대, 혹은 탈근대 담론에 어떻게 개입할 수 있는지 성찰하고자 했다.

부산대학교 한국민족문화연구소 로컬리티 연구총서 24

오키나와를 읽다― 전후 오키나와 문학과 사상

초판 1쇄 발행 2017년 5월 30일
초판 2쇄 발행 2018년 9월 30일
지은이 조정민 **펴낸이** 박성모 **펴낸곳** 소명출판 **출판등록** 제13-522호
주소 서울시 서초구 서초중앙로6길 15, 1층
전화 02-585-7840 **팩스** 02-585-7848 **전자우편** somyungbooks@daum.net **홈페이지** www.somyong.co.kr

값 17,000원 ⓒ 부산대학교 한국민족문화연구소, 2017
ISBN 979-11-5905-185-2 94830
ISBN 978-89-5626-802-6(세트)

이 저서는 2007년 정부(교육과학기술부)의 재원으로 한국연구재단의 지원을 받아 연구되었음(NRF-2007-361-AL0001).

부산대학교 한국민족문화연구소
로컬리티 연구총서 24

A
study
of
Okinawa
Literature
and
Thought
in
Post-war
Okinawa

오키나와를 읽다

전후 오키나와 문학과 사상

조정민 지음

소명출판

책머리에

지도상의 오키나와는 동중국해와 남중국해를 연결하면서 태평양과도 맞닿아 있다. 중국 대륙을 향해 부챗살처럼 펼쳐진 이러한 지정학적인 이유 때문에 미국은 지금까지도 오키나와를 미군의 전진 기지로 삼고 있다. 그러나 '류큐 처분' 이후 오키나와가 경험한 절망적이고 불편한 시간들, 예컨대 오키나와 전투와 미군정의 시기, 그리고 현재도 이어지고 있는 미군기지와 관련된 사건 사고 등은 관광입현觀光立縣이라는 구호와 함께 경제성장 이데올로기에 가려 후경화되고, 경우에 따라서는 불행한 과거의 전시가 또 다른 관광 상품이 되기도 한다.

일본 본토보다 대만, 중국과 더 가까운 오키나와의 지리적 의외성은 도쿄로 대변되는 일본을 상대화하는 방법이 되기도 했다. 일본의 전후 문학자 시마오 도시오島尾敏雄는 일본을 뜻하는 라틴어 'Japonia'에 군도를 가리키는 라틴어의 어미 'nesia'를 붙여 'Japonesia' 즉 '일본 군도'라는 조어를 만들었는데, '야포네시아'라는 말을 굳이 고안한 것은 미크로네시아, 멜라네시아, 폴리네시아, 인도네시아 등과 같이 남태평양에 펼쳐진 군도로 존재하는 일본을 표현하고 싶었기 때문이었다. 다시 말해 그것은 본토 중심 혹은 도쿄 중심의 단일성의 정치를 처음부터 부정하기 위해 강구된 방법으로, 일본을 남태평양의 여러 군도와 조우시킴으로써 일본의 중심성을 분산시키고자 한 시도였다. 이때 류큐, 즉 오키나와는 야포네시아의 뿌리로서 일본의 틀을 뒤흔드는 사상의 입각점이 되기도 했다.

일본 열도의 끄트머리에 위치한 오키나와는 그 지리적 특수성과 예외성으로 인해 관광입현과 미군기지의 섬, 그리고 야포네시아의 뿌리가 되어 왔고 오키나와에 대한 이 같은 규정은 지금도 변함이 없다. 오키나와의 예외적이고 희소한 경험은 국가(일본, 본토, 중앙)란 무엇인가, 내부 식민지 오키나와의 경험은 아시아와 어떻게 공유될 수 있는가, 미국 중심의 세계 지배 시스템 속에서 오키나와가 발신할 수 있는 메시지는 어떠한 것인가, 등 다원적이고 다층적인 현실적 주제가 되어 오늘날 우리 앞에 가로놓여 있다.

그렇기 때문일까. 우리는 오키나와라는 주변부가 가지는 경계적, 혼종적, 미분未分적 역동성을 찬탄하며 부재한 것을 억지로 현전現前시키려는 시도를 벌이기도 했고, 일본의 혁신을 위한 일종의 방법으로 오키나와를 종종 호명하기도 했다. 오키나와를 경유하는 것만으로 마치 균질화된 본토가 상대화된 양 떠들기도 했고, 오키나와로 말미암아 획일화된 본토에 균열이 일고 심지어 그것이 전복되었다며 흥분하기도 했다. 그러나 현실적으로 이들 담론은 본토의 갱신을 위해 오키나와가 철저하게 도구화되었음을 역설적으로 증명해 보이기도 했다. 중심이 위협받지 않는 범위 내에서 주변의 탈주를 용인하고 그것을 다시 중심 내부로 회수하는 방식은 결과적으로 오키나와를 영원히 타자화시키고 만다. 더욱 주의를 기울여야 하는 점은 오키나와를 타자화시키는 담론에 오키나와 스스로 투신하고 있다는 사실이다. 스스로 발화 지점을 점검하고 예견된 정답을 되풀이하는 오키나와의 자기 서사는 중심이 만든 자화상을 내면화시켜 반복하고 있다는 점에서 자발적인 타자화라고 말하지 않을 수 없다.

이 책은 바로 그러한 오키나와 담론의 전형화, 정형화의 메커니즘을 전후 오키나와 문학을 통해 점검하고자 했다. 1부 「시선과 담론」에서는 본토와 오키나와 사이에서 벌어졌던 오키나와 표상과 서사의 항쟁들이 어떠한 가능성을 낳았고 또 어떠한 한계를 노정시켰는지 살펴보았다. 본토가 염원했던 오키나와의 풍경, 혹은 오키나와 스스로가 희구했던 자기 서사의 예를 찾아보고 이들이 서로 상호작용하며 규정한 오키나와 담론을 비판적으로 검토하고자 했다. 놀랍게도 그것은 지금의 오키나와 담론과 너무나도 흡사해서 시간차가 거의 느껴지지 않았다. 오랫동안 집적된 그래서 익숙한 시선의 정치를 짚어보고 그로부터 새로운 오키나와 서사의 지평을 가늠해 볼 수는 없는지 고민해 보았다.

2부 「사상과 신체」에서는 언어, 신체(젠더), 사상(천황제)을 매개로 하여 전후 오키나와가 직면했던 주요 국면과 쟁점들을 점검하려 했다. 오키나와에 여러 모양으로 두루 퍼져있는 말과 몸, 정신은 일본이 지향했던 근대성의 사고와 체계, 이념들로부터 비어져 나오는 경우가 많았고, 그것은 다양한 권력 기제들과 만나면서 굴절되거나 포섭되었으며 때로는 영리한 교섭을 이끌어내기도 했다. 오키나와가 가진 경험의 지知가 근대, 혹은 탈근대 담론에 어떻게 개입할 수 있는지 성찰해 보았다.

3부 「지역과 세계」에서는 오키나와에 산재하는 서로 다른 복수의 인자들이 교차하는 지점들에 대해 주목했다. 예를 들면 일제 강점기에 오키나와로 건너 와 생을 마감했던 한 조선인 위안부의 목소리를 통해 단선화될 수 있는 오키나와 서사를 점검하고, 또 미국이라는 타자에 항거하면서도 그것을 철저하게 욕망하는 오키나와의 양가성을 읽어보고자 했다. 끄트머리, 말단에서 이루어진 타자와의 조우, 접합은 강렬하고도 선명한 흔적을 남기고 있었고 그것은 오키나와가 가진 논리와 현실의 엄연한 차이를 드러내 보이고 있었다.

사실 각 부의 제목이 너무나도 거창하여 글의 내용이 제목을 지탱할 수 있을지 무척 염려가 되지만, 우선은 이것을 시발점으로 하여 앞으로도 오키나와를 찬찬히 읽어나가고자 한다. 무엇보다 이 글을 쓴 나 역시 기존의 오키나와 담론에 나포되어 오키나와를 방법으로 소비하지는 않았는지 반성하게 되며, 또 어떠한 이데올로기로부터도 자유로운 투명한 존재처럼 오키나와를 재단해 버리지는 않았는지 새삼 스스로를 살펴보게 된다. 이미 늦어버린 후회와 깨달음을 만회하기 위해서라도 오키나와에 대한 고민은 계속 이어져야 할 것이다.

이 책은 부산대학교 한국민족문화연구소 HK로컬리티의인문학연구단의 연구 총서 가운데 하나로 개인적인 소회를 밝히기에는 적절하지 않은 지면임을 알고 있으나 그동안 많은 분들의 도움을 받아 출간에 이르렀기에 간략하게나마 감사의 뜻을 전하고자 한다. 미국에 의한 일본 점령과 문학적 재현을 박사학위논문의 주제로 삼은 나는 그 안에서 미국의 오키나와 점령과 문학의 상관을 제한적으로 다룬 적 있었다. 그 후 한동안 연구 관심은 전후 일본문학 전반에 퍼져 있다가 연구단에 합류하면서 오키나와에 대해 더 많은 관심과 주의를 기울일 수 있게 되었다. 어젠다 수행이라는 집단 연구 속에서 전공도 관심 영역도 서로 다른 동료 선생님들은 인내심을 갖고 내 이야기를 들어주셨으며 날 선 질문과 비평으로 나의 문제의식을 되돌아보게 해 주셨다. 그동안의 토론과 논쟁에 대해 깊이 감사드린다. 전후문학세미나, 일본지역연구회, 밥풀모임, 오키나와 문학연구회 등에서 만난 선생님들께도 많은 신세를 졌다. 특히 오키나와 문학연구회의 선생님들께는 거듭 감사의 인사를 전하고 싶다. 원광대학교 김재용 선생님의 소개로 손지연, 곽형덕 선생님과 만나 같은 고민을 공유할 수 있었던 것은 큰 행운이었고, 이 책에서 다룬 대부분의 작가와의 만남도 김재용 선생님의 주선으로 이루어졌다. 작가들과의 만남은 그동안 내가 품고 있던 불분명한 부분을 선명하게 만들어주기도 했지만 그에 대한 역작용, 혹은 반작용으로 또 다른 불분명함을 떠안는 일이기도 했다. 이 소중한 경험은 앞으로의 연구에도 중요한 바탕이 될 것이다. 마지막으로 가족에게 감사의 말을 전한다. 내가 어떤 일을 하는지보다 어떻게 지내는지에 더 관심이 많은 가족은 언제나 나의 든든한 응원군이다. 칠순이 되신 아버지께 작은 선물이 되기를 바란다.

이 책이 어떤 독자를 만나 어떻게 읽히게 될지 기대도 되지만 두렵기도 하다. 가장 두려운 독자는 작고하신 지도교수 하나다 도시노리花田俊典 선생님이다. 선생님 덕분에 오키나와 연구에 입문할 수 있었던 나는 글을 쓰면서도 독자 하나다 도시노리를 염두에 두지 않을 수 없었다. 미간에 주름을 모으고서 수차례 고개를 갸웃하고 때로는 가로젓고 드물게 끄덕일 것이 분명하다. 장담할 수 없는 약속이지만 다음번에는 더 노력해 보겠다고 말씀드리고 싶다. 물론 이 다짐은 이 책의 모든 독자들과의 약속이기도 하다. 다양한 학문 분야와 매체를 통해 주목받고 있는 오키나와 담론 지형에 이 책이 조금이나마 참고가 되기를 바라며 여러 곳의 독자들과 만날 수 있기를 진심으로 기대한다.

2017년 5월
조정민

차례

책머리에　3

1부 ── 시선과 담론

'오키나와'를 말하는 정치학
히로쓰 가즈오広津和郞 「떠도는 류큐인」이 제기하는 타자 표상의 문제
1. 항의와 해명 사이의 '떠도는 류큐인'　13
2. '구제'와 '결여'의 오키나와　17
3. 오키나와 문제의 외재화, 혹은 탈정치화　24
4. 다시 소환되는 '떠도는 류큐인'　31
5. '멸망해 가는 류큐 여인'의 항변　40

시마오 도시오島尾敏雄와 남도南島
타자 서사와 야포네시아적 상상력
1. 시마오 도시오의 '야포네시아Japonesia'　49
2. 남도에 대한 정념과 '징후'적 발견　52
3. 오키나와 반복귀론과 탈국가론 사이　61
4. '낯간지러움'과 타자 서사　70
5. 타자성 사유와 야포네시아　79

'오키나와 문학'이라는 물음
사키야마 다미崎山多美 「바람과 물의 이야기」의 방법
1. '공모'라는 문법　84
2. 본토의 승인─아쿠타가와상과 전후 오키나와 문학　88
3. 전도된 시선　100
4. 보이지 않는 것을 읽는 법　106
5. '불가능'이라는 방법　111

2부 ── 사상과 신체

일본어 문학의 자장과 전후 오키나와의 문학 언어
1. 오키나와의 일본어 문학 119
2. 문학 언어로서의 오키나와 방언 122
3. 사키야마 다미崎山多美의 '섬 말シマコトバ'이라는 방법 131
4. 언어의 정치/정치의 언어 143

죽음에 임박한 몸들
　마타요시 에이키又吉栄喜의 초기작 읽기
1. 「돼지의 보복」 이전의 마타요시 에이키 148
2. A Sign Bar의 장소성 151
3. 죽음으로 향하는 자, 그들만의 '공감' 159
4. 상관하는 '성性' 167
5. 침묵의 목소리, 저항의 몸 172

금기에 대한 반기, 전후 오키나와와 천황의 조우
　메도루마 슌目取真俊의 「평화거리로 불리는 길을 걸으며」를 중심으로
1. '천황'이라는 이름의 금기 175
2. 꿈속에서조차 불가능한 이야기 177
3. 전후 오키나와와 천황의 조우 181
4. 메도루마 슌의 응전─전쟁을 사는 몸, 우타 189
5. 지역의 시차時差와 시차視差 196
6. 환역幻域에 자폐하지 않는 힘 201

3부 — 지역과 세계

역사적 트라우마와 기억 투쟁
사키야마 다미崎山多美『달은, 아니다』

1. 일본군 위안부, 그 재현과 기억 209
2. '말하는' 사람과 '쓰는' 사람 215
3. '읽기'라는 행위 222
4. '이방인', 혹은 '유령'의 자리 229
5. ',아니다' 236

두 개의 미국
오키나와 아메리칸 빌리지를 둘러싼 표상 정치

1. 국도 58호, 문화적 양극성의 경계 241
2. 상상된 미국 244
3. 기표와 기의의 분리 255
4. 또 다른 아메리칸 빌리지─오시로 다쓰히로大城立裕「칵테일·파티」 262
5. 공간 재현과 재현 공간, 그 사이 267

1부

시선과 담론

'오키나와'를 말하는 정치학
히로쓰 가즈오広津和郎 「떠도는 류큐인」이 제기하는 타자 표상의 문제

시마오 도시오島尾敏雄와 남도南島
타자 서사와 야포네시아적 상상력

'오키나와 문학'이라는 물음
사키야마 다미崎山多美 「바람과 물의 이야기」의 방법

'오키나와'를 말하는 정치학

히로쓰 가즈오広津和郎 「떠도는 류큐인」이 제기하는 타자 표상의 문제

1. 항의와 해명 사이의 '떠도는 류큐인'

1926년 소설가이자 평론가, 그리고 번역가이기도 했던 히로쓰 가즈오広津和郎는 잡지 『중앙공론中央公論』 3월호에 「떠도는 류큐인さまよへる琉球人」이라는 단편소설을 발표한다. 도쿄東京에 거주하는 주인공 H에게 어느 날 불쑥 찾아 온 '류큐인' 행상 미카에리 다미요見返民世는 사기와 기만 행위로 H를 농락하는데, H는 미카에리의 능청스러운 거짓말을 알고도 속고 모르고도 속으며 자조 섞인 목소리로 이에 대해 털어놓는 것이 소설의 주된 내용이다.

H는 히로쓰 자신을 알파벳으로 표기한 것으로, 작가 혹은 H는 1920년대 오키나와 실정에 대해 대단히 의식적이었던 것 같다. 소설이 발표되었던 1926년은 설탕 가격의 폭락으로 인해 오키나와 사회가 크게 동요하던 시절로, '소철지옥ソテツ地獄'이란 말은 오키나와의 어려운 경

제 사정을 매우 잘 대변하고 있었다. 아라쿠스쿠 조코新城朝功의『빈사하는 류큐瀕死の琉球』(1925)를 비롯하여 다무라 히로시田村浩의『오키나와 경제사정沖縄経済事情』(1925), 와쿠가미 로진湧上聾人 편『오키나와 구제논집沖縄救済論集』(1929), 오야도마리 고에이親泊康永의『오키나와여 일어나라沖縄よ起ち上れ』(1933) 등, 1920~1930년대에는 오키나와의 위기와 그에 대한 구제책을 논한 저서들이 다수 출판되었다. 이들 저서 대부분은 제당업에 편중되어 있는 오키나와의 산업구조를 전환시키고 오키나와 민중들의 의식 개혁을 위해 교육이 필요하다는 것을 공통적으로 강조하면서도 여전히 경제난의 해결책 중 하나로 해외 이민이나 현 외 취업出稼ぎ을 권장하고 있었다.[1]

소설 속의 '류큐인' 미카에리가 '떠도는' 이유도 바로 여기에 있다. 그는 H에게 "류큐의 중산계급은 지금 거의 멸망할 수밖에 없어요. 사탕수수는 지어도 팔리지 않아요. 도매상이랑 내지의 자본주의가 협력하고 있어서 팔려 봤자 헐값이에요",[2] "나하의 세금이 도쿄보다 몇 갑절이나 비싸다고 하면 놀라시겠죠. (…중략…) 류큐 중산계급 청년들 사이에는 'T로, T로'라는 노래가 다 있을 정도예요. T라는 건 규슈의 T 탄광을 말합니다. 탄광 생활이 그들에게는 멸망해 가는 류큐에 있는 것보다 극락으로 보이는 겁니다"[3] 등과 같이 오키나와의 현실에 대해 이야기하는데, 이러한 발언은 자신이 왜 도쿄에서 '떠도는' 처지가 되었

---

1 물론 오야도마리 고에이와 같은 논자는 현 밖이나 해외로 이주하는 것이 근본적인 해결책이 되지 못한다며 오키나와 자체를 위한 갱생법이 필요하다고 주장하기도 했다.
2 広津和郎,「さまよへる琉球人」,『中央公論』3月号, 1926.(히로쓰 가즈오, 심정명 역,「떠도는 류큐인」, 김재용·손지연 공편,『오키나와 문학의 이해』, 역락, 2017, 91쪽)
3 위의 책, 91쪽.

는지 설명하는 데 부족함이 없다.

이러한 미카에리에 대해 H는 "이야기가 어디까지 진실인지는 모르지만 류큐인이란 정말로 저주받은 인종이라고 생각한다. 옛 막부 시대에는 삼백년이라는 세월에 걸쳐 사쓰마薩摩에게 무기를 빼앗기고 온갖 박해를 다 받았는데 지금은 또 이렇게 경제적으로 극도의 압박을 받는다니, 오랫동안 정말로 못 견딜 일"[4]이라고 여긴다. 또 "만일 내가 이렇게 압박받는 위치에 있었다면 나 역시 압박자에게 신의나 도덕을 지킬 마음이 들지 않았을지도 모른다"고 생각하며 "류큐인이 내지에서 조금은 무책임한 짓을 해도 당연하다"는 미카에리의 의견에 수긍하기도 한다.[5]

언뜻 보기에도 히로쓰는 매우 분명한 방식으로 '류큐인'과 '내지인'[6]을 그리고 있음을 알 수 있다. 지독한 경제난 때문에 사기와 기만 행각을 일삼으며 하루하루 연명하는 '떠도는 류큐인'과 '류큐인'의 저의를 의심하면서도 동정과 연민을 가지고 이해하려는 물정 모르는 '내지인'이라는 상반된 구조가 작품 속에 뚜렷하게 제시되어 있는 것이다. 이와 같이 대비되는 방식으로 양자를 그린 「떠도는 류큐인」은 단박에 반향을 불러일으켰다. 예컨대 나하那覇에 거점을 두고 활동하는 오키나와청년동맹沖縄青年同盟은 '히로쓰 가즈오 씨에게 항의한다広津和郎君に抗議す'는 글을 『호치신문報知新聞』(1926.4.4)에 게재하는데, 이들은 '류큐인'을

4　위의 책, 93쪽.
5　위의 책, 100쪽.
6　오키나와가 본토를 어떻게 명명할 것인가 하는 문제는 양자의 정치적인 관계나 심리적인 거리, 인식과 매우 밀접하다. 본토라는 용어를 쓰면 오키나와가 스스로 '주변'화되고, 내지라고 부르면 오키나와는 그와 대별되는 '외지'가 된다. '본토인'이나 '내지인'이 가지는 의미 작용도 마찬가지다. 이러한 점을 염두에 두면서 이 글에서는 일단 작품에서 사용되고 있는 용어인 '내지', '내지인'을 그대로 사용하기로 하겠다. 그리고 그 외의 명칭은 해당 인용문헌이 사용하고 있는 용어를 우선적으로 빌리기로 하겠다.

묘사한 대목의 문제점과 그것이 불러 올 사회적 파장에 대해 지적하며 작가에게 책임을 묻고 적절한 조치를 요구했다.

여기에서 문제 삼고 싶은 부분은 오키나와 청년동맹의 항의에 대한 히로쓰의 반응과 대처이다. 이에 대해서는 앞으로 자세히 검토하겠지만 히로쓰는 오키나와 청년동맹의 항의에 대해 어떠한 반박도 하지 않고 항의 내용을 전면 수용하며 사과의 뜻을 분명하게 밝혔다. 나아가 그는 논란이 된 자신의 작품이 부끄럽다며, 이미 유통된 잡지는 손을 쓸 수 없지만 해당 작품을 다른 어떠한 곳(작품집이나 전집 등)에도 재수록하지 않을 것을 약속한다. 이렇게 「떠도는 류큐인」을 둘러싼 논쟁은 불편한 현실을 서둘러 은폐하고 봉합함으로써 일단은 양자가 '신사적'[7]으로 이해하는 선에서 매듭이 지어졌다. 히로쓰의 대처는 분명 오키나와의 현실에 대한 공감과 선의를 바탕에 두고 이루어진 것이었지만 그 선의에 압도당한 오키나와의 현실은 결과적으로 어떠한 논의나 토론도 점화시키지 못했다. 타자에 대한 존중과 공감이 오키나와를 둘러싼 여러 겹의 권력과 정치를 덮어버리는 일종의 탈정치화 현상을 일으킨 셈인 것이다. 나아가 히로쓰는 작품의 '말살'이라는 극단의 조치를 취함으로써 작가라는 표현의 주체나 역할을 포기하기도 했다. 그렇다면 「떠도는 류큐인」 필화 사건을 통해 역설적으로 성찰할 수 있는 '오

---

7 여기서 '신사적'이란 표현은 오키나와 방언학자인 긴조 초에이[金城朝永]가 쓴 표현이다. 그는 오키나와 청년동맹의 항의서는 매우 '냉정하고 조리 정연한' '훌륭한 문장'이었으며 이에 대응한 히로쓰의 해명서 역시 그에 못지않게 '신사적'이었다고 지적하였다.(金城朝永, 「琉球に取材した文学」, 『沖縄文学叢論』, 法政大學出版局, 1970, 305쪽) 문제는 이러한 신사적 합의, 긴조의 표현을 빌리자면 양자의 '칭찬할 만한 페어플레이'가 오키나와의 현실적인 문제를 서둘러 봉인하여 그 논의마저도 쟁점화시키지 못한 결과를 초래하고 말았다는 점이다. 이에 대한 자세한 논의는 본문에서 다루기로 하겠다.

키나와 재현'이란 과연 어떠한 것일까. 이 글에서는 히로쓰의 필화 사건을 통해 내지 작가에게 허용된 '오키나와 재현'이란 무엇이며 그로 인해 야기될 수 있는 문제점은 무엇인지에 대해 고찰해 보기로 한다.

2. '구제'와 '결여'의 오키나와

앞에서도 언급한 것처럼 '류큐인' 미카에리가 떠도는 이유는 1920년대 오키나와 제당업의 붕괴와 밀접한 관련이 있다. 그리고 이러한 사태는 미카에리와 같이 내지를 '떠도는 류큐인' 뿐만 아니라 남양군도(미크로네시아)에서도 '떠도는 류큐인'를 양산하기에 이른다.

여기에서 오키나와 제당업을 둘러싼 국제 상황을 잠시 확인해 두자. 설탕에는 사탕무로 만든 것과 사탕수수로 만든 것이 있다. 당초에는 사탕무 설탕이 널리 보급되어 19세기 말까지만 해도 사탕수수 설탕은 세계 전체 설탕 생산량의 40%에 그쳤지만 20세기가 되면서 사탕수수 설탕이 급격한 기세로 퍼져나가 전체의 70%를 차지하게 된다. 이러한 확대를 이끌어낸 것이 쿠바, 네덜란드령 자바, 영국령 인도의 사탕수수 재배였다. 당시 아시아 국제 설탕시장에서 압도적인 지위를 차지한 것은 자바 설탕으로, 이로 인해 오키나와의 설탕 가격은 큰 폭으로 하락했다. 1920년까지 급상승하던 오키나와의 설탕 가격은 1920년을 정점으로 크게 폭락한다. 1918년에는 0.2%였던 국세 체납률이 1921년에 47.4%로 뛰어오른 것에서도 보듯이 오키나와의 기간산업이던 제당업은 완전히 붕괴되었고, 금융기관은 기능 정지에 빠져 도산하고 말았다.

때문에 매해 만 명에 가까운 사람들이 오키나와 현 바깥으로 흘러나가게 되었다. 당시 일본은 식민지였던 타이완과 베르사유 조약으로 획득한 남양군도에서도 사탕수수를 재배하고 있었는데, 오키나와 제당업 붕괴 이후 오키나와 사람들은 남양군도의 사탕수수 재배 농업노동자로 다시 포섭되어 갔던 것이다.[8]

갑작스럽게 불황에 빠진 오키나와는 '소철지옥'이라는 말로 대변되었다. 소철은 아무리 오랫동안 물에 담그고 발효를 시켜도 독이 제대로 제거되지 않는 경우가 있었다. 그런 위험을 감수하고도 소철을 먹을 수밖에 없는 배고픔의 고통이 당시 오키나와에는 만연해 있었고, 그 가운데는 독이 미처 제거되지 않은 소철을 먹고 죽음에 이르는 경우도 있었다. '소철지옥'은 빈곤과 굶주림, 불안, 죽음 등, 오키나와가 처한 당시의 사정을 함축적으로 이르는 말이었던 것이다. 제당 산업의 몰락 이후 내지에서는 '오키나와 구제론' 논의가 대두했고 그 안에는 소철지옥의 궁핍함을 표현하는 기술이 다수 등장했다. 예를 들어 와쿠가미 로진이 엮은 『오키나와 구제논집沖縄救済論集』(1929)에 수록된 니이즈마 간新妻莞(『도쿄일일신문東京日々新聞』 기자)의 글 「류큐를 방문하고琉球を訪ねて」는 '맨발', '몸 팔기', '빚', '타향 벌이', '다 쓰러져가는 집'과 같은 말로 소철지옥을 그렸다. 역시 같은 책에 수록된 마쓰오카 마사오松岡正男(『오사카 마이니치신문大阪毎日新聞』 기자)의 글 「적나라하게 본 류큐의 현 상황赤裸々に視た琉球の現状」은 식량 생산액, 이출입액, 통화량, 금리, 농지 면적, 국세 미납액, 현세 미납액, 생산력, 생활수준, 체격 등으로 오키나

8　도미야마 이치로, 심정명 역, 『유착의 사상―'오키나와 문제'의 계보학과 새로운 사유의 방법』, 글항아리, 2015, 141~143쪽.

와의 사정을 보고했다. 이처럼 오키나와는 온갖 사례를 통해 구제받아야 할 대상으로 전경화되었고 또 오키나와는 채워 넣어야 할 갖가지 결여의 집적으로서 정의되어 갔다.[9]

1920년대 오키나와 제당업의 붕괴와 소철지옥으로 대변되는 궁핍한 사정은 히로쓰의 소설 「떠도는 류큐인」에도 그대로 투사되었다. 소설 속의 '떠도는 류큐인' 미카에리는 경박하게 아첨하는 듯한 웃음과 능청스러운 붙임성으로 내지인 H에게 접근하면서도 오키나와의 농촌 문제를 화두에 올릴 때만큼은 흥분하는 목소리가 된다. 도쿄에서 사회주의자들과도 교류를 했다는 미카에리는 "류큐의 중산계급은 지금 거의 멸망할 수밖에 없어요. 사탕수수는 지어도 팔리지 않아요. 도매상이랑 내지의 자본주의가 협력하고 있어서 팔려 봤자 헐값이에요",[10] "류큐 중산계급 청년들 사이에는 'T로, T로'라는 노래가 다 있을 정도예요. T라는 건 규슈의 T 탄광을 말합니다. 탄광 생활이 그들에게는 멸망해 가는 류큐에 있는 것보다 극락으로 보이는 겁니다. 유토피아로 보이는 거지요. 광부 생활이 이상향으로 보인다고요"[11]라고 말하며 오키나와의 절망적인 경제 사정을 전한다. 이는 당시 오키나와 담론에 자주 등장하던 오키나와 구제의 배경이나 당위성과도 맞닿아 있는 내용이다.

미카에리가 전하는 오키나와의 사정만큼이나 사실적이었던 것은 H의 '류큐인' 정의였다. '떠도는 류큐인' 미카에리는 어느 날 불쑥 H에게 나타나 풍로를 억지로 사게 하더니 나중에는 그것을 회수해 가 다른 사

---

9   위의 책, 145쪽.
10   히로쓰 가즈오, 앞의 책, 91쪽.
11   위의 책, 91쪽.

람에게 팔고는 대용품을 갖다 주려고도 하지 않는다. H와의 친분을 어느 정도 쌓은 다음에는 H의 책을 류큐의 문학청년들에게 팔아보겠다며 출판사에게 책을 요구한다. 하지만 그 책들을 모두 헌책방에 팔아넘기고 돈만 챙겨 종적을 감춘다. 농촌 문제라면 평생을 걸어도 좋다고 말하던 미카에리는 오사카에서 발간한 『농촌 아동잡지─촌락 아동』을 도쿄에서도 발간해 보겠다며 도쿄에 사는 H를 다시 찾아온다. 못 보던 사이에 결혼까지 한 그는 하숙집 집세를 감당하지 못하게 되자 H에게 보증을 서게 만든 다음 야반도주해 버린다. 그가 평생을 걸고 싶다던 류큐의 농촌 문제와 잡지도 어쩌면 H를 기만하기 위한 핑계였는지도 모르는 것이다. 미카에리 다미요만이 아니다. 또 다른 '떠도는 류큐인' O는 지인의 형이 제작한 그림을 팔아 수금을 한 뒤 자취를 감추고 말았다. "자잘한 궁리를 해서 조금이라도 단물을 빨려"들며 "그저 눈앞의 이익만 보고 그리 큰 이득도 되지 않는 사소한 일을 저질러서 신용을 잃어버리"는 이들 '떠도는 류큐인'을 바라보면서 H는 다음과 같이 생각한다.

도쿠가와 시대부터 계속 박해를 받아 왔으니 다소 복수─까지는 아니더라도 내지인에게 도덕을 지킬 필요가 없다는 반항심이 생긴다 해도 무리는 아니겠군. (…중략…) 실제로 오랫동안 박해를 받다 보면 박해자에게 신의를 지킬 필요가 없어진다 해도 무리는 아니다. (…중략…) 무기를 빼앗긴 류큐인은 예의 가라테라는 무서운 호신술을 만들어냈다. 이것은 육체적인 문제이지만 정신적으로도 가라테와 비슷한 일종의 호신술을 생각해냈다고 해서 그렇게 부자연스러운 이야기는 아니다.[12]

오키나와 방언학자인 긴조 초에이金城朝永의 말에 따르면 "그 무렵 도쿄에 있던 오키나와 현인들 중에는 히로쓰 씨의 작품처럼 부도덕한 행위를 벌이는 자가 있었고 그로 인한 피해자도 적지 않아 (오키나와 현인이—인용자) 일종의 요주의인물이었던 만큼, 히로쓰 씨의 소설을 읽고 자신들을 대신해 글로 잘 꾸짖어 주었다고 내심 통쾌하게 여기는 사람까지 있었다"고 한다.[13] "자잘한 궁리를 해서 조금이라도 단물을 빨려"고 '부도덕한 행위'를 일삼는 '떠도는 류큐인'이란 마냥 가공의 인물이 아니었던 것이다.

한편, '떠도는 류큐인'에 대한 내지인의 폭력적인 차별과 멸시 역시 분명하게 짚어야할 대목이다. 오키나와 청년동맹이 히로쓰에게 "오늘날 우리 현이 경제적 파탄의 밑바닥에서 경험하고 있는 이 세상의 지옥과 같은 쓰라린 고통은 딱 귀하가 붓으로 형용한 러시아 제정시대의 '농민들' 그 자체입니다. (…중략…) 그 결과 하는 수 없이 일자리를 찾아 고향과 멀리 떨어진 현 바깥에서 '떠도는 류큐인'이 되어야만 합니다. 그런데도 전부터 이른바 '내지'에서 현인은 '리키진'이라고 멸시받거나 '돼지새끼'라고 비웃음당하고 있습니다. 열등민족, 미개인종으로 차별당하며 학대, 냉대, 혹사를 너무나도 많이 경험했습니다"[14]라고 호소하는 것에서도 보듯이, 류큐인은 내지인과의 사이에 공고하게 존재하는 위계질서 속에 이중 삼중으로 갇혀 있었고, 때문에 류큐인이 '일본'이라는 동질성을 획득하기란 애초부터 불가능하게 보이기도 했

---

12 위의 책, 100쪽.
13 金城朝永, 앞의 글, 304쪽.
14 沖縄青年同盟, 「広津和郎君に抗議す」, 『報知新聞』, 1926.4.4. (오키나와 청년동맹, 심정명역, 「히로쓰 가즈오 군에게 항의한다」, 『지구적 세계문학』 8호, 2016, 221쪽)

던 것이다.[15]

이와 같이 살펴보면, 오키나와가 직면한 절망적인 현실이나 그로부터 탈출구를 발견하지 못한 미카에리의 초조함은 물론이고 H가 묘사하는 '떠도는 류큐인'의 위태로운 몸부림까지 이들 모두는 지나칠 정도로 '현실'에 입각한 1920년대의 오키나와를 재현하고 있음을 알 수 있다. 그러나 결여와 구제의 대상으로 오키나와를 표상하는 미카에리의 언어는 정당한 반면 오키나와의 '부도덕한 행위'를 고발하는 H의 언어는 부당했다. 다시 말해 미카에리의 주장은 설득력 있게 수용되는 반면 '떠도는 류큐인'의 사기 행각은 함구해야 할 소재였던 것이다. 이 같은 양자 사이의 표상의 불균형은 오키나와의 갈등과 고민에 조명하고 오키나와를 구제하기 위한 방안이 모색되면 될수록 더욱 심하게 노정되었다. 왜냐하면 '떠도는 류큐인'의 부도덕함이 오키나와 구제의 당위성을 위협하여 만약 '부도덕한' '떠도는 류큐인' 담론이 여론을 지배하게 되면 '열등민족, 미개인종'이라는 오키나와 표상이 현실화되어 '떠도는 류큐인'을 더욱 막다른 골목으로 내몰 수 있기 때문이다. 오키나와 청년동맹의 항의가 향하고 있는 곳도 바로 이러한 지점이다. 이들

---

15 오키나와에서 활동하고 있는 작가 메도루마 슌目取真俊은 1920년대에 자신의 할머니가 겪은 본토 경험을 다음과 같이 이야기한 바 있다. "10대 중반에 가나가와 현神奈川県에 있는 방적 공장에서 일하다 오키나와로 돌아온 지 6개월 정도 되었을 때 관동대지진이 있었다고 말하는 것으로 보아 1922~23년 즈음의 이야기인 것 같다. 할머니는 그때 오키나와에 대한 일본인들의 차별에 직면한다. 마을 식당 곳곳에 '류큐인, 조선인 출입금지' 종이가 붙었다. 오키나와 출신 여공이 다른 현의 여공과 싸움이라도 벌이면 '더러운 오키나와, 돼지 도살자'라는 욕을 들었다."(메도루마 슌, 안행순 역, 『오키나와의 눈물』, 논형, 2013, 34쪽) 메도루마 슌의 할머니의 경험은 미카에리와 같이 본토에서 '떠도는 류큐인'이나 오키나와 청년동맹이 우려한 현실과 매우 근접해 있다. 지나치게 현실과 유사한 히로쓰의 소설은 그렇기 때문에 독자를 더욱 놀랍게 만들고 불편하게 만든다. 오키나와 청년동맹의 항의는 바로 이러한 지점에서 비롯된 것이라 볼 수 있을 것이다.

은 히로쓰의 소설이 "곧장 류큐인은 도덕관념이 다른 사람들이다, 신의가 없는 놈들이다, 파렴치한 짓도 아무렇지 않게 한다, 신용할 수 없겠다 같은 인상을" 줄 수 있고, 그로 인해 "우리 현인이 혹 오해를 받을 우려도 약간 있지 않을까 짐작"되며, "만일 이 작품으로 현실적인 영향을 받는 사람이 생길 경우 작가는 그에 상응하는 책임을 져야 한다"고 항의한다.[16] 나아가 이들은 "귀하의 작품으로 우리 현민이 입을지도 모를 손실과 피해"는 "지옥의 입구가 점점 더 넓어지고 묘혈은 점점 더 깊이 파이"는 "비참함!!" 정도로 짐작되니 "정의를 사랑하는 귀하가 적절한 조치를 취해 주시길" 간곡하게 요청했다.[17] 이와 같이 오키나와 청년동맹의 목소리에는 현실보다 더욱 현실적인 히로쓰의 소설이 현실을 소설 이상으로 만들어버릴 가능성에 대한 우려와 염려로 가득 차 있었다.

'결여'와 '구제' 이외에 다른 어떠한 형용도 허용되지 않는 오키나와의 현실, 그리고 오키나와 청년동맹의 절박한 항의에 대해 응전의 언어를 발견하지 못한 작가 히로쓰는 자신이 포착한 현실을 오히려 '상상'이자 '공상'이었다고 말하며, "새빨간 거짓말, 이 허구가 당치도 않은 누를 끼치게 된 것을 용서해 주십시오"[18]라고 사과한다. 그는 "신변이 안

---

16 沖繩靑年同盟, 앞의 글, 218~219쪽. 오키나와 청년동맹은 작중에 내지인으로 등장하는 우에노 마스오가 H와 함께 출판사를 경영하면서도 H를 속여 회사 돈을 횡령하고 출판사를 남의 손에 넘긴 뒤 권리금과 보증금까지 모조리 차지하고 도주한 대목을 짚으며, 사기행각을 벌이고 '떠도는' 것은 내지인이나 류큐인이나 매한가지인데 "내지에서도 흔히 있을 법한 한두 사람의 나쁜 소행에 짐짓 '류큐인'이란 조건을 붙인 의도와 목적"은 무엇인지 따져 묻기도 했다.

17 위의 글, 221~222쪽.

18 広津和郎, 「沖繩靑年同盟よりの抗議書―拙作『さまよへる琉求人』について」, 『中央公論』 5月号, 1926.(히로쓰 가즈오, 심정명 역, 「오키나와 청년동맹 항의서―졸작 「떠도는 류큐인」에 대하여」, 『지구적 세계문학』 8호, 2016, 223쪽)

전한 곳에 있는 인간이 타인의 위험한 이야기를 듣고 품는 것과 똑같은 호기심"을 반성하고, "오키나와 현을 오늘날과 같은 상태에 이르게 한 외부의 폭력, 옛날부터 이어지는 폭력에 대해 참을 수 없는 분노"를 품는다고 말하며 어리석고 부끄러운 자신의 글을 "창작집 등에는 재수록하지 않겠다고 약속"한다.[19] 작가의 반성과 사과, 그리고 작품의 매장이라는 윤리적인 태도는 양자의 이해와 화해를 손쉽게 이끌어 내었다. 그러나 작가가 느낀 수치, 부끄러움을 통해 오키나와라는 타자가 자신의 삶에 이미 깊숙이 개입한 존재임을 환기하고 그러한 부끄러움을 보다 핍진하게 그려낼 방법은 어디에도 없었던 것일까.

3. 오키나와 문제의 외재화, 혹은 탈정치화

오키나와 청년동맹의 항의서가 『호치신문』에 게재된 것은 1926년 4월 4일이다. 그리고 이에 대한 히로쓰의 해명서는 약 일주일 뒤인 4월 11일에 같은 신문에 실렸다. 오키나와 청년동맹의 항의 내용에 대해 해명하면서도 그것을 전면 수용하여 향후의 작품 처리에 관해서도 언급한 히로쓰는 그에 그치지 않고 『중앙공론』 5월호에 오키나와 청년동맹의 항의문 전문을 재수록하고 자신의 해명서도 더욱 구체화시켜 게재한다. 지면상의 제약으로 신문에는 항의문이 개략적으로 실렸기 때문에 그것을 전문 공개함으로써 사태를 보다 정확하게 전달하고자 했던

---

19 위의 글, 225~227쪽.

것이다. 나아가 그는 "「떠도는 류큐인」이라는 작품이 여러분에 대한 세상의 오해를 초래할 우려가 있는 이상 이 작품을 앞으로 창작집 등에 재수록하지 않는 것은 물론이고 이 작품을 말살하고자 합니다. 그렇다고 『중앙공론』 3월호가 일본 전국에 퍼진 지금 그것을 어찌할 수는 없습니다. 그래서 저는 작품을 읽은 독자 모두가 이 「떠도는 류큐인」 말살문을 읽기를 진심으로 희망합니다"[20]는 말을 덧붙이기도 했다.

히로쓰가 작품을 '말살'한 이유는 분명하다. 그것은 「떠도는 류큐인」 때문에 발생할 '세상의 오해'를 사전에 막기 위함이다. 소설에서 재현되고 있는 '떠도는 류큐인'이 그 존재 자체로 현실을 대체하는, 그러니까 이미지가 현실을 지배할 가능성에 대해 히로쓰는 의식적이었던 것이다. 여기서 한 가지 더 주목해야 하는 것은 「떠도는 류큐인」을 묘사하는 히로쓰의 언어가 해명서에 이르러 미카에리의 그것과 같이 '결여'와 '구제'로 점철된다는 점이다. 예를 들면 다음과 같은 히로쓰의 발언은 1920년대 오키나와 구제론과 매우 닮아 있다.

저는 여기까지 쓰면서 여러분이 지금 겪고 있는 극심한 생활고, 생존고가 제게 바싹 다가오는 것을 느낍니다. 여러분이 일개 소설가의 저런 감상에까지 신경이 곤두선다는 사실은 여러분의 생존에 대한 위협이 어떠한 것인지를 보여줍니다. 여러분께는 지금 공상 따위 허락되지 않습니다. 여러분께는 현실이 있을 뿐입니다. 살아가는 것이 있을 뿐입니다. 그것이 현실의 당면 문제입니다.─저는 지금 이것이 가슴에 바싹 와 닿습니다. 문제는

---

20 위의 글, 225쪽.

내일의 생존, 아니 오늘의 생존입니다. 모레 일이 아닙니다. 오늘로 다가온 일입니다.—실제로 그리운 고향의 생활보다 규슈의 탄광 생활로 달아나는 편이 오히려 극락처럼 보인다는 것은 아무런 과장이 아니라 여러분이 바로 지금 겪고 있는 생활고라는 사실이 눈에 똑똑히 보입니다.

어째서 이 세상에 이런 일이 허용되는가?—그 원인을 탐구하고 그 원인에 분노하는 것은 제삼자인 우리의 마음이고, 그만큼의 공상이나 여유조차 여러분께는 지금 허락되어 있지 않은 것입니다. 그런 것보다는 우선 당면 문제가 절박합니다.—적어도 그런 문제는 나중 문제로 놓고 지금 눈앞에 당면한 문제를 조금이라도 개선하고 경제적 파산에서 현인 여러분을 구하는 것이 급선무입니다.

저는 그런 현실적인 문제에 당면해서도 그에 굴하지 않고 "현민 대중이 경제고, 생활고에서 벗어나게 하고자 신념과 군건한 결의로 불타고 있"는 오키나와 청년동맹 여러분께 존경을 금치 못합니다.[21]

'극심한 생활고', '생존고', '생존에 대한 위협', '오늘의 생존', '경제적 파산에서 현인 여러분을 구하는 것이 급선무' 등, 오키나와의 경제적 결핍과 생존의 위협으로부터의 구제를 구체적으로 강조하는 위의 인용문은 오키나와 구제론의 주장을 그대로 반복하고 있는 듯하다. 적어도 소설 속에는 결여와 구제의 대상으로서의 오키나와와 '떠도는 류큐인'의 '파렴치'가 현실적인 사정으로 모두 묘사되어 있었지만, 해명서에 이르러서는 후자가 작가의 '공상'이라 하더라도 그리고 선의에 기반

---

[21] 위의 글, 223~224쪽.

한 표현이라 하더라도 용인될 수 없음을 분명하게 밝히고 있는 것이다. 여기에서 짐작할 수 있는 것은 결여와 구제의 대상으로서의 오키나와가 오키나와에 관한 그 어떠한 담론보다 선행되고 있었다는 점이다. 즉, '채워 넣어야 할 갖가지 결여의 집적'이라는 오키나와 담론의 범주를 벗어났을 때, 작가에게 허용되는 표현의 폭이란 매우 제한적인 것이 되고 만다. 작품의 '말살'이라는 히로쓰의 결론은 당시의 오키나와 담론 지형과도 밀접한 관계가 있으며 어쩌면 그러한 담론 구조의 결과였는지도 모른다.

오키나와 청년동맹에 대한 작가의 진지한 사과와 대처로 「떠도는 류큐인」 논란은 일단 진정 국면을 맞이했지만, 문단에서는 여전히 의견이 분분했다. 예를 들면 프롤레타리아 문학 운동의 대표적인 비평가였던 아오노 스에키치靑野季吉는 "(히로쓰가―인용자) 오키나와에 대한 '외부의 폭력'에 분개한다면 일본 내지에 있는 조선의 무산자, 아니 전 세계의 무산자를 비참하게 만들고 있는 폭력에 대해서는 어떻게 생각하는지 묻고 싶다"[22]고 말하며 오키나와 무산자 계급의 문제를 '침묵'으로 처리할 것이 아니라 '지상에 존재하는 무산자'의 문제로 보다 보편화시킬 수 없는지 질문했다. 이와 같은 지적에 대해 히로쓰는 "오키나와 청년동맹의 항의문에 아픔을 느낀 내 심장은 전 세계 무산자 계급의 비참함을 떠올릴 정도의 여유를 가지지 못했다. 그러나 거리가 먼 것을 거리가 가까운 것과 똑같이 느끼지 못하는 것은 자연스러운 일이며 그것은 결코 천박한 것이 아니라 오히려 거기에 인간의 구원이 있다"[23]고

---

22 青野季吉, 「広津氏に問ふ」, 『毎夕新聞』, 1926.5.(坂本育雄, 「『さまよへる琉球人』をめぐる問題」, 『民主文学』423号, 2001, 122쪽 재인용)

답하며 아오노의 문제 제기에 분명한 선을 그었다.

　도미야마 이치로가 정확하게 지적하고 있듯이, 오키나와의 낙후된 경제 사정에 대해 H가 의분을 느끼는 것과 미카에리의 범죄 행위는 별개임에도 불구하고 작가 히로쓰는 양자를 포개어 사고하고 오키나와 청년동맹의 항의에 응답함으로써 오키나와 문제를 결락시키고 만다. 히로쓰는 미카에리의 범죄란 '일반 오키나와 현민'들과는 아무런 관계 없이 비난받고 처벌되어야 할 개인의 범죄 문제이며 여기에 오키나와의 역사를 중첩시켜 생각하는 것은 세상에 오해를 주는 행위가 된다고 여겼다. 나아가 히로쓰는 해명서에서 보듯이 오키나와 문제에 대해 더욱더 큰 의분을 되풀이하기도 했다. 결과적으로 히로쓰와 오키나와 청년동맹의 공방 속에서 방치된 것은 히로쓰가 놓인 일상, 즉 세상이며 범죄로서 단죄되어야 할 '오키나와 문제'이다. 오해를 불러일으켰다는 히로쓰의 응답은 일상 속에서 제기해야 할 물음을 봉인하고 지리적으로 한정된 오키나와에 의분만 표시하는 것을 뜻한다. 여기에서 오키나와 문제는 순화되며 양심적인 지식인은 안녕한 장소를 확보한다. 이 소설에서 H가 열었던 오키나와 문제의 문턱은 오키나와라는 이름을 지리적으로 한정하고 이를 일상으로부터 외재화시킴으로써 봉인되고 마는 것이다. 이는 또한 히로쓰가 재차 양심적인 지식인으로서 자기 규정하는 행위이기도 했다.[24]

　도미야마의 지적을 바탕으로 더욱 확장시켜 이야기할 수 있는 점은

23　広津和郎, 「二つの気質-青野季吉に答ふ」, 『読売新聞』, 1926.6.10~13.(坂本育雄, 앞의 글, 122쪽 재인용)
24　도미야마 이치로, 앞의 책, 48~49쪽.

히로쓰가 오키나와 문제를 '윤리'적으로 접근할 때 일어나는 탈정치화 현상이다. 히로쓰는 오키나와가 처한 차별적인 시스템을 개인적인 차원에서 자책하고 이를 윤리적인 책임 문제로 환원시킨다. 그러나 이같은 관용적인 태도는 억압적이고 차별적인 정치와 경제 현상을 이해하는 데 있어 그것을 조건 짓는 권력이나 폭력의 문제를 배제하고 개인적인 이해와 감정적인 언어로 대체해버림으로써 오키나와 문제를 영원히 탈정치화시키고 만다. 타자에 대한 정의의 문제가 타자에 대한 감수성과 존중의 문제로 대체될 때 역사적 배경을 가진 고통들은 단순히 차이와 공격성의 문제로 환원되고 그 고통이 개인의 양심의 문제로 여겨질 때 정치적 투쟁과 변혁의 문제는 특정한 행동과 태도, 감정의 문제가 되어 버린다.[25] "여러분의 항의문을 배독하고 거기까지 생각이 미치지 못했던 소생의 어리석음이 새삼 부끄러울 뿐 아니라 되돌릴 수 없는 일을 했다는 자책감을 느낍니다"[26]라고 고백하는 히로쓰의 해명은 사회적인 갈등을 개인화, 문화화, 자연화시킴으로써 그러한 갈등을 '태도의 개선' 다시 말해 '작품의 말살'이라는 방식으로 오키나와 문제를 미봉하고 있다고도 볼 수 있는 것이다.

「떠도는 류큐인」에 의해 야기된 논란은 오키나와에 내재된 경제적인 불평등이나 주변화, 사회갈등과 같은 정치, 경제적인 분석과 해결책을 필요로 하는 문제가 대부분이었다. 이러한 구조적인 불평등과 사회적인 억압, 차별 등이 히로쓰 개인이나 내지인 집단의 편견에서 비롯되는 감정, 혹은 심상의 문제로 치부될 때 사회적 갈등과 문제는 개인

---

25 웬디 브라운, 이승철 역, 『관용—다문화제국의 새로운 통치전략』, 갈무리, 2010, 42쪽.
26 広津和郎, 「沖縄青年同盟に答ふ」, 앞의 글, 215쪽.

이나 집단의 윤리 문제로 쉽게 치환된다. 다시 말해 사회적 마찰이나 갈등이 타자에 대한 몰이해와 무지각, 적개심에서 비롯된 것으로 규정되어 이를 해결하기 위한 수단으로 곧장 관용의 태도가 요청되는 것이다. 그러한 측면에서 본다면 「떠도는 류큐인」의 말살은 결국 오키나와 문제가 결락된 오키나와의 외재화이자 탈정치화의 전형에 다름 아니었다고 지적할 수 있을 것이다.

한편, 히로쓰는 같은 시기의 또 다른 글 「소설의 주객문제, 기타小説の主客問題、其他」(『新潮』, 1926.9)에서 오키나와 청년동맹의 항의문에 감명을 받았음에도 불구하고 실제로 오키나와를 위한 운동에 동참할 수 없었던 것을 보면 결국 자신은 게으른 사람이었던 것 같다고 술회하고 있다. 그러나 같은 글에서 "스스로 기질적으로 부적임자라고 생각하면서도 앞에 나설 경우가 있을지도 모른다. 앞으로 다른 일로 자신에게 그러한 시기가 올 지도 모른다"는 말을 남기기도 했다.[27] 오키나와 문제에 대해 의분을 느끼면서도 결국 오키나와를 위한 운동에는 참가하지 않았던 히로쓰는 전후가 되어 '다른 일'로 '앞에 나서'게 된다. 그는 1949년 8월 17일 마쓰카와 사건松川事件[28]이 일어났을 때 피고인들의 무죄를 주장하는 글을 지속적으로 발표했을 뿐 아니라 마쓰카와 사건 대책협

---

27 広津和郎, 「小説の主客問題、其他」, 『新潮』 9月号, 1926. (坂本育雄, 앞의 글, 122쪽 재인용)

28 1949년 8월 17일 일본 후쿠시마福島 현의 일본국유철도(국철) 도호쿠東北 본선의 마츠카와松川역과 가나야가와金谷川역 사이에서 벌어진 열차 탈선 사고. 경찰은 당시 대량 해고 사태에 반발하던 공장 노조원과 일본 국철 노조원, 그리고 일본 공산당이 사건의 배후라고 밝히며 20명을 체포 기소했으나 체포된 이들은 자신들의 무고함을 강력하게 주장했다. 일본의 좌파 성향 지식인과 작가들 역시 이들의 무고함을 주장하며 구명운동을 벌였다. 히로쓰 가즈오는 피고들의 무죄를 지속적으로 주장했던 대표적인 지식인이었다. 피고인들의 무죄가 확정된 것은 1963년 9월 12일의 일이었다. 이 사건은 사건이 발생한 당시부터 지금까지 GHQ나 경찰이 일본의 좌파와 노동운동을 탄압하기 위해 벌인 자작극 내지는 음모라는 주장이 제기되고 있다.

의회 회장으로도 활동하는 등, 지식인으로서 사회적 책무를 다하는 소위 '행동하는 지식인'의 전형을 보여주기도 했다. 히로쓰의 말마따나 "거리가 먼 것을 거리가 가까운 것과 똑같이 느끼지 못하는 것은 자연스러운 일이며 그것은 결코 천박한 것이 아니라 오히려 거기에 인간의 구원"이 있는지도 몰랐다. 히로쓰가 보여준 일련의 활동은 오키나와의 본토 복귀를 앞두고 추진된 「떠도는 류큐인」 복각에도 영향을 주었다. 이 작품의 복각을 위해 노력한 『오키나와 타임스沖縄タイムス』의 유이 아키코由比晶子 기자는 전후의 히로쓰의 사회 활동이 「떠도는 류큐인」을 다시 읽어보고 싶다는 요망을 낳았다며 복각의 경위를 밝힌 바 있다.[29] 그렇다면 복귀를 앞 둔 오키나와는, 혹은 본토는 「떠도는 류큐인」을 어떻게 읽었을까.

4. 다시 소환되는 '떠도는 류큐인'

1920년대 중반에 히로쓰가 조명한 '떠도는 류큐인'은 그 자체가 하나의 큰 문제제기이기도 했다. 이 작품이 발표되었을 당시 잡지 『신조新潮』(1926.4)에 실린 작품 합평회合評會를 살펴보면, 「떠도는 류큐인」은 "류큐인이란 존재에 많은 의미를 부여하고 있다"거나 "일종의 떠도는 류큐인을 그 모습 그대로 그린 것이 재미있었다. 소재로서는 재미있었

---

29 由比晶子, 「『さまよへる琉球人』の再録」, 『新沖縄文学』 17号, 1970. (坂本育雄, 앞의 글, 121쪽 재인용) 참고로 「떠도는 류큐인」이 복각된 것은 히로쓰 가즈오가 사망(1968.9.21)한 이후의 일이다.

다"는 정도의 인상 비평 수준에서 다루어질 뿐, 미카에리가 열변하는 오키나와 문제는 좀처럼 독자들에게 전달되지 않았다.[30] 긴조 초에이가 지적했듯이 「떠도는 류큐인」이 발표되던 시기는 중앙의 신문과 잡지가 오키나와를 '경제망국의 좋은 표본経済亡国の好標本'이라 극론極論하던 시기였으며, 소철지옥에서 탈출하기 위해 내지로 이동한 많은 오키나와 사람들이 내지의 불경기 속에서 취직난에 부딪히거나 '조선인과 류큐인 사절'이라는 말을 들을 정도로 차별 대우를 받던 시기였다.[31] 이처럼 「떠도는 류큐인」은 시대 상황과 철저하게 조응하는 이야기였음에도 불구하고 이 작품은 '재미있었다'는 수준의 감상에서 소비되고 있었던 것이다. 그런 의미에서 본다면 히로쓰의 「떠도는 류큐인」은 오키나와 문제에 대해 무관심과 무지로 일관하던 내지를 겨냥한 작가 나름의 문제제기이자 환기, 그리고 조명이었다고 평가할 수 있다.

동시에 히로쓰의 「떠도는 류큐인」은 타자의 목소리나 침묵, 몸짓이나 감정 등을 언어로 옮기는 작업이 얼마나 지난한지 대변하고도 있었다. 타자에 대한 '후의厚意'와 '우정'을 바탕으로 '선의'에서 시작된 말이라 하더라도 거기에는 '오해'와 '혼란', '피해'라는 파장이 늘 잠복해 있으며, 그것은 예상치 못한 순간에 엄습해 오기도 한다. 히로쓰는 이러한 논란의 소지가 없도록 이미 발표된 작품을 '말살'하고 또 해당 작품이 두 번 다시 공개되지 않도록 조치했지만, 오키나와 재현의 가능성을 일치감치 포기해 버린 데 대해 아쉬움을 토로한 것은 다름 아닌 오키나와 쪽이었다.

---

30 위의 글, 121쪽.
31 金城朝永, 앞의 글, 304쪽.

오키나와에서 활동하는 문학자 오시로 다쓰히로大城立裕는 1969년 여름 한 신문에서 "오키나와인이 '전후'라는 시간을 헤쳐 온 덕에 오늘날 오키나와는 스스로를 응시할 수 있게 되었다. 본토와의 관계를 역사적으로 분명하게 파악할 시기가 도래했으므로 (「떠도는 류큐인」 복각은−인용자) 필시 도움이 될 것이다"고 말하며 "이제는 (「떠도는 류큐인」을−인용자) 발표해도 좋은 시대이지 않은가"라고 제안했다.[32] 그리고 "'자아의 정신의 생활력'을 믿는 작가(주인공)가 소재가 된 문제에 대해서는 아무런 손을 쓸 수 없다고 하는, 그 우울함과 초조함이 작품의 기반이 되고 있는 것을 겹쳐 읽으면, 오히려 우리 쪽이 더 우울해진다. 거기다 그 우울한 선의가 자신도 뜻하지 않은 정반대의 결과를 초래하였다. 이러한 관계는 오늘날에도 더욱더 많은 본토 지식인과 오키나와인 사이에서 벌어지고 있을지 모른다"[33]고도 지적하였다. 여기에 덧붙여 오시로는 "오에 겐자부로가 어느 오키나와 르포에서 '다만 암담해져 머리를 숙일 뿐'이라고 글을 맺었는데 이것을 읽은 한 오키나와인이 '그런 식으로는 조금도 해결되지 않는다'며 항의했다고 한다. 지금 그 말이 떠오르는 것을 보니, 이 악순환의 고리를 어떻게 끊을지, 이 문제를 두고 우리는 수십 년을 고민해 왔던 것 같다"[34]고도 이야기하였다.

주지하듯이 1960년대의 오키나와는 본토 복귀라는 주제를 두고 뜨거운 정치의 계절을 보내고 있었다. 1951년 9월 8일 샌프란시스코 강화조약과 함께 체결된 미일안전보장조약은 미국의 오키나와 지배를

---

32 大城立裕, 「「さまよへる琉球人」復刻をめぐる感想」, 『新沖縄文学』17号, 1970.(오시로 다쓰히로, 손지연 역, 「복각을 둘러싼 감상」, 『지구적 세계문학』8호, 2016, 231쪽)

33 위의 글, 239쪽.

34 위의 글, 240쪽.

합법화한 것으로 미국은 오키나와에서 군용지를 접수하며 점차 기지를 확장해 나갔고, 안정적이고 항구적인 기지 사용을 위해 정치적 압력도 행사하였다. 1953년과 1957년에 미군이 발표한 강압적인 토지 수용령土地收用令에 대해 오키나와는 섬 전체 투쟁島ぐるみ闘争(1956)이란 방식으로 치열하게 대결했고, 결국 오키나와는 미군의 폭력적인 지배로부터 벗어나기 위해 일본으로의 복귀를 꾀하는 '조국복귀운동'을 대대적으로 전개했다. 1960년대 오키나와 사회 전반을 지배했던 이 운동은 1969년 사토-닉슨 회담에서 오키나와를 1972년에 일본으로 반환한다는 합의를 도출하게 만들기도 했다.[35]

「떠도는 류큐인」의 복각이 논의되고 세상에 다시 공개된 것은 오키나와의 본토 복귀가 결정된 시기와 겹친다. 「떠도는 류큐인」의 복각을 제안했던 오시로는 1967년 제57회 아쿠타가와 상을 수상한 최초의 오키나와 출신 작가로서 본토에서도 화제가 된 인물이었다. 복귀를 앞두고 오시로는 '현지'의 목소리를 듣고자 하는 본토 저널리즘의 요청에 적극적으로 응답했다. 그의 저서 제목인『동화와 이화 사이에서同化と異化のはざまで』(1972)라는 표현에서도 미루어 짐작할 수 있듯이, 그는 본토와 오키나와 사이를 왕복하며 매번 주저앉거나 제자리걸음을 하고 있었다. '동질감과 이질감', '일본 없이 살고 싶다' 그러나 '일본 없이 살 수 있을까', '다가감과 멀어짐', '일면 동족이면서 일면 이족' 등, 오시로에

---

35 '일본 국민'에 스스로 포섭되기를 희망하는 복귀론과 복귀운동은 많은 오키나와 사람들의 지지를 얻었다. 이는 미국의 강압적이고 폭력적인 지배가 오키나와의 일상과 생명을 얼마나 크게 위협하고 있었는지 짐작하게 만드는 대목이다. 또한 당초의 오키나와의 바람과는 달리 핵과 기지 모두를 오키나와가 떠안는 방식으로 반환되었다는 사실은 본토 복귀 후의 오키나와에게 또 다른 폭력의 가능성을 예감하게 만들기에 충분했다.

게 있어 일본은 부정과 모순에 가득 찬 존재이면서도 여전히 욕망해야 할 대상이었던 것이다.[36] 그러나 오시로는 고난에 미친 양자의 관계에 대해 중얼거리거나 침묵하지 않고 자신의 언어로 이해하고 독해하고자 했다. 때문에 '아무런 손을 쓸 수 없다'고 말하며 「떠도는 류큐인」을 즉각적으로 말살한 히로쓰의 결정을 먼 훗날 오시로는 '오히려 우리 쪽이 더 우울해진다'고 토로하고, 본토 복귀를 앞둔 시점에 다시금 「떠도는 류큐인」을 호출한 것이었다.

전후 문학자들 가운데 이러한 상황에 대해 가장 예민하게 반응한 사람은 오에 겐자부로大江健三郎였다. 그 무렵 오에는 '안보비판의 모임安保批判の會'에 참여하고 있었고, 1963년에는 히로시마広島를 방문하여 핵으로 인한 재앙과 전쟁, 종말 등에 대해 고민을 거듭하고 있던 터였다. 그리고 1965년 처음으로 오키나와를 방문한 이후 그는 오키나와의 지난한 역사와 현실을 집중적으로 조명하며 폭력적인 외세와 억압적인 정치로 점철된 오키나와에 대해 '윤리적 상상력'을 촉구하는 『오키나와 노트沖縄ノート』를 1970년에 발표했다.[37] 이와 같은 개인적인 문제관심도 있었기에 오에는 「떠도는 류큐인」 복각 문제를 더욱 인상적으로 받아들였는지 모른다. 그는 「문학자의 오키나와 책임―히로쓰 가즈오

---

36 鹿野政直, 『日本の近代思想』, 岩波書店, 2002, 85~86쪽. 오시로 다쓰히로의 또 다른 저작 『은수의 일본恩讐の日本』(1972)이나 『환영의 조국まぼろしの祖国』(1978) 역시 마찬가지라 할 수 있다. 은혜의 대상이자 복수의 대상인 일본, 환영으로서 밖에 존재할 수 없는 조국 등, 그의 작품에는 본토와 오키나와 사이의 복잡하고 미묘한 관계가 매우 핍진하게 그려져 있다.

37 오에는 1963년 히로시마를 방문한 뒤 『히로시마・노트(ヒロシマ・ノート)』(1965)를 발표하고 이어서 1965년에 오키나와를 방문하고 나서는 『오키나와 노트沖縄ノート』(1970)를 발표하였다. '노트'라는 이름이 붙은 이 두 저작은 소설이나 에세이, 개인적인 여행기와는 다른 '또 다른 영역'을 창조하였다는 평가가 있다.(山下若菜, 「開かれた自己否定へ向けて―70年代前後・大江の試行」, 『昭和文学研究』 38, 1999, 84쪽)

「떠도는 류큐인」의 경우文学者の沖縄責任ー広津和郎「さまよへる琉球人」の場合」(『群像』, 1970.9)라는 글에서 "히로쓰 가즈오와 오키나와의 관계가 다시금 오늘날의 긴급한 과제로 우리 앞에 존재하는 이유는" 히로쓰가 가지고 있는 "액추얼한 현실관의 무게" 때문이라며, 1920년대의 히로쓰의 상상력을 1970년대에 되살려 "본토 일본인이 오키나와에 차별적으로 희생을 강요하는, 몇 겹으로 가해자적인 내부 구조를 갖춘 자기 자신을 발견"하기를 요청한다.

내가 지금 「떠도는 류큐인」과 관련한 글들의 종합적인 복각을 앞두고 이를 절실한 현재적 과제로 내 내부에 놓고 다시금 생각하려 한다면, 주제는 현실관, 현실 인식과 상상력의 상관관계 혹은 그 사이의 다이너미즘으로 좁혀진다.

(…중략…)

실제로 지금 내 내부에서 그것은 불타는 가시, 아픈 응어리처럼 실재한다. 나는 그것과 마주하고 그것을 가로지르며 그 위에 발을 딛고 서듯 다시금 오늘날 오키나와에 사는 사람들의 의식 특히 지금 「떠도는 류큐인」의 복각을 접하려는 오키나와 지식인들의 의식을 향해 간다.

어느 인간, 아니 처음부터 특수화해서 어느 작가라고 하자. 어느 작가가 오키나와 현실의 한 측면을 어떻게든 파악하려 하고 그에 근거해 상상력을 발휘한다. 그에게 오키나와의 현실로 깊이 들어가서 인식하는 부분이 조금도 없다면 거기에 공중누각처럼 쌓이는 공상은 말할 필요도 없이 무의미하다. 하지만 오키나와의 현실에 대한 인식이 아무리 깊어진다 한들 그 사람이 본토 일본인이라면 그에게는 끝내 넘을 수 없는 장벽이 남는다. 그는 자기 상상력의 운동이 근원적인 모순을 품고 진행된다는 사실을 언제까지고 계속 인정해야만 한다. 이는 곧 그가 오키나와 및 오키나와에 사는 사람들에 대한 가해자로서 먼저 실재한다는 인식이다. 그가 오키나와에 대해 제대로 생각하려 하는 인간이면 인간일수록 넘어서기가 어려워지는 벽이다.[38]

오에는 「떠도는 류큐인」의 문제를 '현실 인식과 상상력 사이의 다이너미즘'으로 파악하고자 했지만 그가 보다 무게 중심을 두었던 것은 '자기 상상력의 운동이 근원적인 모순'을 품고 있다는 사실을 끊임없이 환기시키는 '가해자'라는 현실 인식이었다. 그리고 이 같은 오에의 입장은 『오키나와 노트』에도 역시 관통하고 있었다. 예컨대 「문학자의 오키나와 책임―히로쓰 가즈오 「떠도는 류큐인」의 경우」를 이야기할 때 강조하던 '윤리적 상상력'은 『오키나와 노트』에도 반복적으로 등장하는 말이기도 했던 것이다. 오키나와가 처한 현실을 직시하고 그것을 자신의 문제로 전유한 오에의 입장은 본토 복귀를 앞 둔 오키나와와 일본 모두에게 분명히 커다란 울림을 주는 것이었다.

하지만 여기에서 우리는 1970년 즈음에 「떠도는 류큐인」을 다시 소환한 오시로의 발언, 즉 "오에 겐자부로가 어느 오키나와 르포에서 '다만 암담해져 머리를 숙일 뿐'이라고 글을 맺었는데 이것을 읽은 한 오키나와인이 '그런 식으로는 조금도 해결되지 않는다'며 항의했다고 한다. 지금 그 말이 떠오르는 것을 보니, 이 악순환의 고리를 어떻게 끊을

---

38 「文学者の沖縄責任―広津和郎「さまよへる琉球人」の場合」, 『群像』 9月号, 1970.(오에 겐자부로, 심정명 역, 「문학자의 오키나와 책임―히로쓰 가즈오 「떠도는 류큐인」의 경우」, 『지구적 세계문학』8호, 2016, 257~258쪽)

지, 이 문제를 두고 우리는 수십 년을 고민해 왔던 것 같다"는 말을 다시 환기할 필요가 있다. 오시로는 '윤리적 상상력'을 호소하는 오에를 히로쓰의 대응과 겹쳐 놓고 보고 있으며 그것을 '조금도 해결되지 않는' '악순환'이라 규정하고 있는 것이다. 오시로가 오키나와 복귀를 앞두고 「떠도는 류큐인」을 재소환한 것은 1926년에 '아무런 손을 쓸 수 없다' 며 포기했던 재현의 언어를 다시 일으켜 세우기 위해서였지만, 그가 처음부터 염려하고 있던 것처럼 "우울한 선의가 자신도 뜻하지 않은 정반대의 결과를 초래하"고 "이러한 관계는 오늘날에도 더욱더 많은 본토 지식인과 오키나와인 사이에서 벌어지고 있을지"도 몰랐다.

오키나와 사람들의 심정적 무게 중심이 어디로 기우는지 끊임없이 관찰하면서 동시에 오키나와에 대한 관심 표명이 자신의 윤리와 도덕을 증명한다고 여기는 본토인을 경계하던 오시로에게 있어서 가해자와 피해자라는 분명한 대립 구도는 역시 어딘가 미덥지 못하고 부족해 보였던 것 같다.[39] 그는 자신이 『동화와 이화 사이에서』 매번 주저하고 제자리걸음하며 『은수의 일본恩讐の日本』이란 양가적인 감정을 품으면

---

[39] 오시로는 오키나와에 대한 본토의 관심을 매우 냉정하게 주시하고 있었다. 히노 아시헤이[火野葦平]가 『찢겨버린 새끼줄ちぎられた縄』(새끼줄을 뜻하는 한자 '縄'는 오키나와[沖縄]를 상징, 1957)이라는 글을 발표한 것을 두고 그는 "외부자의 시선이라 전체적으로 지나치게 감상적이다. (⋯중략⋯) 그러나 이런 정도로 내지는 감격하겠지", "어쩐지 위로부터 동정 받고 있는 듯한 기분이 든다", "다시 말해 동정과 공감의 차이를 느끼는 것이다", "오키나와에 관한 것이라면 말하는 사람도 눈물, 듣는 사람도 눈물을 흘릴 것 같은 비장함이 일본 전국에 넘쳐나고 있다", "우리들의 본질은 눈물이 마른 곳에서 비로소 출발하고 있다. 싸구려 동정은 오히려 우리를 난처하게 만든다"고 일갈했다.(大城立裕, 「主題としての沖縄」, 『沖縄文学』 1卷 2号, 1957) 또 히메유리의 탑ひめゆりの塔과 건아의 탑[健児の塔]에 대해서는 "본토 사람들이 마음을 담아 만들어준 것에 대해서는 머리 숙여 감사해야 할 부분이지만 (⋯중략⋯) 거기에 눈물을 흘리는 잘못된 문화인식을 하고 싶지는 않다"(大城立裕, 「"感傷"の塔」, 『沖縄文学』 1卷 1号, 1956)고도 말했다.(鹿野政直, 『戦後沖縄の思想像』, 朝日新聞社, 1987, 346~347쪽 재인용)

서도 쉴 새 없이 양자 사이를 왕복했던 사상의 운동성을 본토 지식인들에게도 요청했던 것이다. 오시로의 이 같은 토로는 "'나는 왜 오키나와에 가는가?'라는 내면의 목소리는 '너는 왜 오키나와에 오는가?'라고 거절하는 오키나와의 목소리와 겹치며 언제나 나를 혼란에 빠뜨린다",[40] "나는 그들을 더 깊이 알고 싶어 오키나와에 간다. 하지만 더 깊이 아는 것이 온화하고도 확고하게 그들이 나를 거절하는 것임을 절망스럽지만 분명히 알게 된다. 그럼에도 나는 오키나와에 간다"[41]고 말한 오에에게 다소 가혹하게 들릴 지도 모른다. 오키나와의 '거절'이란 일본의 국가주의, 나아가 일본과 미국의 식민주의에 대한 오키나와의 솔직하고도 적나라한 반응임을 오에는 잘 알고 있었고, 그러한 오키나와의 '거절'을 통해 비로소 동아시아 냉전체제나 전후 일본의 민주주의의 모순이 드러날 수 있다고 그는 생각했기 때문이다.[42] 그렇지만 반환을 앞두고 다시 소환된 「떠도는 류큐인」은 오시로의 바람과는 달리 오키나와의 현실과 표상 사이에서, 혹은 오키나와와 본토 사이에서 여전히 일정한 거리를 유지하며 '악순환의 고리'를 거듭하고 있었다.

---

40 오에 겐자부로, 이애숙 역, 『오키나와 노트』, 삼천리, 2012, 18쪽.

41 위의 책, 18쪽.

42 『오키나와 노트』에서 반복적으로 제기되고 있는 "일본인이란 무엇일까? 그렇지 않은 일본인으로 나 자신을 바꿀 수 있을까"라는 물음이나, "'주권 없는' 일본 국민 오키나와 민중에게 천황이란 무엇일까를 골똘히 생각하며 오키나와로 간다. 거기서 천황제에 대한 태도의 다양성과 조우하면 저항의 근원적인 동기를 마련할 수 있을 것이다"(위의 책, 57쪽)는 오에의 다짐은 비판의 대상이 되기도 했다. 예컨대 신조 이쿠오新城郁夫는 오에에게 있어 오키나와란 "일본인으로서의 자기 부정을 매개하면서 '이러한 일본인이 아닌 다른 일본인으로 자신을 변화시키는' 것을 목적=종점"으로 할 때 비로소 유효하다며 본토를 상대화하기 위한 오에의 오키나와 소비를 비판하기도 했다.(新城郁夫, 『到来する沖縄─沖縄表象批判論』, インパクト出版会, 2007, 25쪽)

5. '멸망해 가는 류큐 여인'의 항변

1926년의 「떠도는 류큐인」으로부터 얼마간 세월이 흐른 뒤인 1932년, 오키나와 출신의 여성 작가 구시 후사코久志芙沙子(필명은 久志富佐子)[43]는 『부인공론婦人公論』 6월호에 소설 「멸망해 가는 류큐 여인의 수기滅びゆく琉球女の手記」를 발표한다. 원래 연재물로 기획된 이 작품은 잡지 편집부가 연재 중단을 결정함에 따라 단 한 번의 게재로 끝이 나고 말았다. 소설의 제목에서 보이는 '멸망'이란 단어는 「떠도는 류큐인」에서 "류큐의 중산계급은 지금 거의 멸망할 수밖에 없어요. 사탕수수는 지어도 팔리지 않아요", "가만히 있으면 물론 멸망, 움직여 봤자 역시 멸망밖에 없어요"라며 거세고 절박하게 오키나와를 대변하던 미카에리의 목소리를 연상하게 만든다.

「멸망해 가는 류큐 여인의 수기」는 어느 한 측면에서는 「떠도는 류큐인」과 궤를 같이 하지만 다른 한 측면에서는 전혀 상반된 전개를 보인다.[44] 이 소설에는 고향 오키나와를 떠나 철저하게 오키나와를 표백,

---

43 구시 후사코는 1903년 슈리[首里]의 사족 가문에서 태어났다. 그녀의 집안은 조부 대까지는 류큐 왕부[琉球王府]의 유력 사족으로 이름을 떨쳤지만 1879년 류큐 처분을 기점으로 가세가 기울기 시작한다. 또한 그녀의 아버지가 경영하던 설탕 회사가 도산하면서 구시는 어린 시절부터 곤궁한 환경 속에서 살게 되었다. 류큐 처분이라는 급작스러운 변화와 가문의 몰락, 가난 등은 그녀의 인생관이나 세계관에 큰 영향을 미친 것으로 보인다.

44 도미야마 이치로는 『유착의 사상』(글항아리, 2015)에서 「떠도는 류큐인」과 더불어 「멸망해 가는 류큐 여인의 수기」를 면밀하게 읽고 있다. 도미야마는 고향을 유기하고 가족을 유폐한 숙부가 오키나와 문제를 단지 시선의 대상으로만 보고 있는 데 반해 '나'와 작가 구시는 오키나와라는 경계 자체를 하나의 장으로 바꾸어 나가고 있으며 또한 이들은 오키나와를 이야기할 자격은 누구에게 있는가라는 대표성의 문제를 제기하고 있다고 보았다. 도미야마의 책 제목에서 짐작할 수 있듯이 저자는 흐르면서 머물고 머물면서 흐르는 유착, 즉 이탈과 정주, 유출과 정착의 순간을 포착하며 궁극적인 의미에서 머무를 곳 없는 영혼들의 목소리에 대해 집중하고 그것이 가지는 정동을 통해 끊임없이 변화의 계기를 만들어가고자 한다. 「떠도는 류큐인」과 「멸망해 가는 류큐 여인의 수기」의 인물들

탈색시켜 도쿄에서 큰 성공을 거둔 '나'의 숙부가 등장한다. '외국에서 수입한 쌀로 죽을 쒀 먹고' '돌담은 무너지고 냉이가 자라고 노인만이 터무니없이 많은' '비극적인 고향의 모습에 충격을 받기보다 진절머리가 난' 숙부는 '스무 살이 지났을까 말까 하는 사이에 고향을 버리고' 도쿄로 향했다. 그 후 이십 년 동안 류큐인이란 걸 누구도 눈치 채지 못하게 자신을 속이며 도쿄의 중심가에서 생활해 왔다. 역시 도쿄에 거주하고 있는 '나'는 그런 숙부를 정기적으로 만나 얼마간의 돈을 받아서는 그것을 오키나와에 있는 숙부의 본가로 송금한다. 본가에는 숙부의 동생이 낳은 조카와 폐병에 걸린 아버지와 아버지의 방탕한 생활로 늘 울상이 되어 있는 아버지의 첩과 구순에 가까운 조모가 근근이 하루하루를 연명하고 있었다. 본적까지 바꾸고 고향을 유폐하며 고생 끝에 쌓아올린 사업을 지키기 위해 잔재주를 부리는 숙부가 안쓰럽게 느껴진 '나'는 "류큐의 인텔리는 자신들의 풍속과 습관을 내지에서 숨김없이 노출해가며 생활하는 조선인이나 대만인의 호담虎膽함을 도저히 따라할 수 없다",[45] "우리는 일찍이 자각했어야만 하는 민족인데도 뼛속까지 찌든 소부르주아 근성에 화를 입었고 좌고우면해 체면을 차리고 또 차려서 그날그날을 그럭저럭 보내왔다. 그래서 영원히 역사의 후미를 떠맡아 남들이 걸으며 질러놓은 길바닥에서 질질 끌려가며 살아갔다"[46]고 생각한다.

을 빌려 이탈의 계기를 고민한『유착의 사상』은 1920년대 및 1960~70년대 오키나와 담론 속에서 오키나와 재현의 (불)가능성을 재검토한 이 글에도 많은 시사점을 주었다.
45 久志富佐子,「滅びゆく琉球女の手記」,『婦人公論』6月号, 1932.(구시 후사코, 곽형덕 역,「멸망해 가는 류큐 여인의 수기」,『오키나와 문학의 이해』, 역락, 2017, 38쪽)
46 위의 책, 39쪽.

'오키나와'를 말하는 정치학―히로쓰 가즈오広津和郎「떠도는 류큐인」이 제기하는 타자 표상의 문제 41

고향을 부인하고 탈출에 성공한 '나'의 숙부는 도쿄에서 새로운 정체성을 만들어 거기에 자신을 투사하며 살아가고 있다. 그 위태로운 인종적, 민족적, 계급적 이탈의 허상을 꿰뚫고 있는 '나'는 이를 '자신들의 풍속과 습관을 내지에서 숨김없이 노출해가며 생활하는 조선인이나 대만인의 호담함'과 비교해 본다. 숙부가 보여주는 연극과도 같은 얼굴과 처세는 결국 '영원히 역사의 후미'에서 '남들이 걸으며 질러놓은 길바닥에서 질질 끌려가며 살아'가게 만들 뿐이기에 숙부의 먼 미래는 역시 '멸망해 가는 고도孤島'와도 같아 보이는 것이다.

마치 오키나와의 열등감과 열패감을 전경화시킨 듯한 구시의 「멸망해 가는 류큐 여인의 수기」는 「떠도는 류큐인」의 경우와 마찬가지로 강력한 후폭풍을 불러일으켰다. 그녀는 오키나와 현 학생회의 거센 항의를 빚었고 그에 대한 해명글(석명문)을 『부인공론』 7월호에 게재해야 했다. 항의의 구체적인 내용은 알 수 없지만 구시의 해명서에서 미루어 짐작하건대 오키나와 현 학생회는 그녀에게 숙부라는 인물로 말미암아 오키나와 사람이 오해를 받을 수 있고, 이 소설로 인해 취직이나 결혼 문제에도 악영향이 미칠 수 있다는 점을 강력하게 항의한 것 같다. 또 오키나와 현 학생회는 구시가 오키나와를 조선 및 대만과 함께 하나의 피식민 민족으로 묶어 놓은 것도 문제 삼았다. 오키나와를 본토의 연장선상에서 인식하고자 했던 그들은 구시가 오키나와를 조선이나 대만과 같은 여느 피식민 민족과 비교한 것을 매우 불쾌하고 부당하다고 여겼던 것이다.[47] 이에 대한 구시의 반응은 해명이라기보다 차

---

47 현재 오키나와 현 학생회[在京県人学生会]의 항의문은 확인할 수 없으나, 앞에서 인용한 바 있는 오키나와 방언학자 긴조 초에이의 앞의 글(「琉球に取材した文学」)을 참고하면

라리 항변 혹은 성토에 가까운 것이었다. 그녀는 자신의 작품에 대한 항의를 다음과 같은 말로 되돌려 준다.

소설에 나오는 인물 중 한 명(숙부라고 불리는 인물) 때문에 모두가 그렇다고 오해를 사기 쉬우니 사죄를 하라는 것이었습니다. 다만 그에 대해 저는 어떠한 새빨간 거짓말을 한 것이 아니며 또한 오키나와 사람 전부가 출세하면 숙부처럼 된다고 썼던 기억도 없으니 마음에 드시는 사죄의 말씀을 찾을 수 없음을 유감스럽게 생각합니다.

(…중략…)

또한 학생 대표 분은 제 글이 취직난이나 결혼 문제에도 영향을 미칠 것이라고 말씀하셨습니다만, 취직난에 장해가 되는 것은 오히려 그처럼 비굴한 태도가 아니겠습니까. 자본가 분들이라도 요즘과 같은 시세에 그런 차별 대우를 해서 배척하면 어떠한 결과를 불러올 것인지 정도는 충분히 알고 계시겠지요. 저처럼 교양 없는 여자가 하는 넋이 담긴 호소를 필사적으로 묵살하기보다는 차별대우를 하려는 자본가와 정정당당하게 맞닥뜨리는 편이 어떨까요.

(…중략…)

결혼 문제에서도 그렇게 무리하게 변통을 해서 내지에서 아내를 얻어 한 평생 가족을 데리고 귀성할 수 없는 결과에 이르기보다는 죄다 기탄없이 털어놓고 또한 그래도 시집을 못 오겠다는 신부감이라면 차라리 단념하고

오키나와 현 학생회는 멸망해 가는 민족으로 류큐를 서술한 데에 크게 반발한 것으로 보인다. 즉 야마토 민족이 아닌 이민족의 일부로 류큐인을 규정한 것과 그런 류큐인을 '멸망'이라는 말로 형용한 것에 크게 반발하고 있는 것이다.

모든 것을 바쳐서 기다려주는 고향 아가씨와 맺는 것이 어떻겠습니까.[48]

학생 대표의 말씀에 의하면 제가 사용한 민족이라는 단어에 엄청나게 신경이 날카로워진 것 같은 모습으로 아이누나 조선인과 동일시돼서는 곤란하다는 것이었습니다만, 지금과 같은 시대에 아이누 인종이니 조선인이니, 야마토 민족이니 하고 일부러 단계를 만들어 놓고 그중에서 몇 번째인가 상위에 자리 잡아 우월함을 느끼려 하는 의견에 대해 저는 도저히 동감할 수 없습니다.[49]

「멸망해 가는 류큐 여인의 수기」가 「떠도는 류큐인」과 궤를 같이 하면서도 다른 한편에서는 전혀 상반된 전개를 보인다고 지적한 이유는 위의 인용문에서 분명하게 드러난다고 볼 수 있다. 구시는 자신의 작품을 향한 항의에 대해 쉽사리 사과하지도 않고 그렇다고 온갖 결여가 집적된 구제의 대상으로서 오키나와를 연민하지도 않으며 반대로 관념적인 희망으로 애써 오키나와의 현실을 윤색하지도 않는다. 일종의 '떠도는 류큐인'이 된 숙부와 '나'가 고향 오키나와에서 지내는 사람들과는 다른 시공간을 배회하고 있다는 것, 그리고 내지의 삶에서도 숙부와 '나'의 사는 방식이 결코 일치할 수 없으며 서로 다른 방법으로 내지를 떠돌고 있다는 것, 그럼으로 인해 두 사람은 내지 사람들과도 다른 시공간 속에 놓여 있다는 것, 나아가 조선이나 대만과 같은 타자들과도

---

48 久志富佐子,「釋明文」,『婦人公論』7月号, 1932.(구시 후사코, 곽형덕 역,「「멸망해 가는 류큐 여인의 수기」에 대한 석명문」,『오키나와 문학의 이해』, 역락, 2017, 47~49쪽)
49 위의 책, 47~48쪽.

또 다른 시공간을 영위하고 있다는 것을 이야기하고 있을 뿐이다. 그러면서 구시는 '류큐인'이 직면한 차별 문제를 조선인과 대만인 혹은 아이누인에게 전가시키고 그들 타자를 모두 일본 밖으로 밀어내고 난 다음, 자신들만 안전하게 일본 안에 안착하여 일본인 됨을 증명하려는 '류큐인'의 왜곡된 차별과 동화 의식을 분명하게 지적하고 또 비판하고 있다.[50]

"저는 어떠한 새빨간 거짓말을 한 것이 아니며 또한 오키나와 사람 전부가 출세하면 숙부처럼 된다고 썼던 기억도 없으니 마음에 드시는 사죄의 말씀을 찾을 수 없음을 유감스럽게 생각합니다"라고 말한 구시와 "새빨간 거짓말, 이 허구가 당치도 않은 누를 끼치게 된 것을 용서해 주십시오"라고 사과한 히로쓰의 차이를 개인적 윤리와 양심의 문제로 접근하거나 오키나와 사람 구시와 본토 사람 히로쓰의 온도차로 해석해서는 안 될 것이다. 오키나와를 재현하는 데 수반되는 고통과 그것이 빚어낸 언어의 한계와 임계가 오키나와에 어떻게 투사되고 역조준되는가, 그리고 그 속에 자신의 언어가 어떠한 운동을 일으키는가를 부

---

50 여기서 잠깐 히로쓰의 경우를 참고해 보자. 그는 예의 해명서에서 "제국의 남단에 있는 일개 작은 섬 지방이기 때문에 전국적인 수평 운동과 같은 운동도 일으킬 수 없다. 옛 막부 이래로 압박과 착취 아래 그저 묵묵히 인고해 왔지만 이것이 국제적인 문제가 되지는 않는다. ─왜냐하면 제국의 남단에 있는 일개 작은 섬 지방이기 때문에 일본 제국 외의 다른 나라 사람들 눈에는 전혀 보이지 않기 때문이다. 조선에 대해서는 여러 나라의 눈길이 떠나지 않는다. 하지만 류큐는 일본 국민 외에는 아무도 보지 않는다. (…중략…) 항의서에 있는 이른바 '내지'에서 오키나와 현인이 받는 차별 대우는 일본 국민이 부끄러워해야 할 일이다. 미국에서 일본인이 인종 차별 대우를 받는 데 대해 분개하는 일본인은 남에게 분개하기 이전에 먼저 스스로에게 분개해야 한다. 하물며 인종적 구별이 없는 동포이지 않은가. ─이러한 점에 대해서는 제2의 국민을 양성하는 교육가 등이 성심성의껏 우선 어린이들의 마음부터 교화시키려고 노력해야 한다"고 말했다. 이는 구시에게 항의한 오키나와 현 학생회와 마찬가지로 오키나와와 내지를 '일본'이라는 하나의 범주로 묶고 조선을 그 테두리 바깥에 둔 사고와 흡사하다.

단하게 물을 수 있을 때 오키나와 재현의 가능성은 겨우 확보되는지도 모른다.[51] 구시는 "류큐의 많은 노래는 사람들의 가슴속 비통함을 쥐어뜯는 슬픈 곡조로 만들어졌다. (…중략…) 몇 백 년 이어온 피압박 민족의 울적한 감정이 이러한 예술을 만들어 낸 것인지도 몰랐다. 나는 이와 같은 해질녘 풍경을 좋아한다. 이 몰락의 미와 호응하는 내 자신의 내부에 잠재해 있는 무언가에 동경하는 마음을 품었다"[52]고 말하며 「멸망해 가는 류큐 여인의 수기」의 끝을 맺었다. 이 모호한 결말의 방식에서부터 오키나와의 서사는 비로소 시작될 수 있을 것이다.

---

51 신지은은 타자에 대한 재현이나 번역에 관한 문제를 다루는 논문에서 "지금까지 억압된 것, 사소한 것 등으로 여겨질 뿐 아니라 무시되고 폄하되었던 로컬의 이야기를 드러내고 재해석하는 과제, 즉 벤야민 표현을 빌려 다시 말해 본다면, 중앙의 역사의 결을 거슬러 솔질하는 과제는 중앙의 역사 속에 숨겨져 왔던 로컬의 경험을 가시화하는 작업을 넘어, 역사적인 의미화의 기준을 재평가하는 작업이며 역사를 수정하는 작업(revising history)이자 로컬의 입장에서 역사를 다시 쓰는 작업(rewriting history)이다. 궁극적으로 로컬사는 기존의 국가/중앙 중심적 역사(들)의 구성적 정치학에 비판적으로 대응하면서 역사를 새로 쓰는/번역하는 작업이라 할 수 있을 것이다"고 말했다. (신지은, 「문화 번역과 로컬리티 연구」, 『인문연구』 71호, 2014, 28쪽) 오키나와를 재현하는 언어, 혹은 오키나와를 번역하는 언어 역시 끊임없이 고쳐 쓰고 바꾸어 쓰는 가운데 모색될 수 있을 것이다.
52 久志富佐子, 「滅びゆく琉球女の手記」, 앞의 책, 46쪽.

참고문헌

도미야마 이치로, 심정명 역, 『유착의 사상-'오키나와 문제'의 계보학과 새로운 사유의 방법』, 글항아리, 2015, 141~143쪽.

메도루마 슌, 안행순 역, 『오키나와의 눈물』, 논형, 2013, 34쪽.

신지은, 「문화 번역과 로컬리티 연구」, 『인문연구』 71호, 2014, 28쪽.

오에 겐자부로, 이애숙 역, 『오키나와 노트』, 삼천리, 2012, 18쪽.

웬디 브라운, 이승철 역, 『관용-다문화제국의 새로운 통치전략』, 갈무리, 2010, 42쪽.

大江健三郎, 「文学者の沖縄責任-広津和郎「さまよへる琉球人」の場合」, 『群像』 9月号, 1970.(심정명 역, 「문학자의 오키나와 책임-히로쓰 가즈오 「떠도는 류큐인」의 경우」, 『지구적 세계문학』 8호, 2016, 257~258쪽)

大城立裕, 「「さまよへる琉球人」復刻をめぐる感想」, 『新沖縄文学』 17号, 1970.8.(손지연 역, 「복각을 둘러싼 감상」, 『지구적 세계문학』 8호, 2016, 231쪽)

沖縄青年同盟, 「広津和郎君に抗議す」, 『報知新聞』, 1926.4.4.(심정명 역, 「히로쓰 가즈오 군에게 항의한다」, 『지구적 세계문학』 8호, 2016, 221쪽)

鹿野政直, 『戦後沖縄の思想像』, 朝日新聞社, 1987, 346~347쪽.

_____, 『日本の近代思想』, 岩波書店, 2002, 85~86쪽.

金城朝永, 「琉球に取材した文学」, 『沖縄文学叢論』, 法政大學出版局, 1970, 303~307쪽.

久志富佐子, 「滅びゆく琉球女の手記」, 『婦人公論』 6月号, 1932.(곽형덕 역, 「멸망해 가는 류큐 여인의 수기」, 김재용・손지연 공편, 『오키나와 문학의 이해』, 역락, 2017, 38~39쪽)

_____, 「釋明文」, 『婦人公論』 7月号, 1932.(곽형덕 역, 「「멸망해 가는 류큐 여인의 수기」에 대한 석명문」, 김재용・손지연 공편, 『오키나와 문학의 이해』, 역락, 2017, 47~49쪽)

坂本育雄, 「「さまよへる琉球人」をめぐる問題」, 『民主文学』 423号, 2001, 114~122쪽.

新城郁夫, 『到来する沖縄-沖縄表象批判論』, インパクト出版会, 2007, 25쪽.

広津和郎, 「さまよへる琉球人」, 『中央公論』 4月号, 1926.(심정명 역, 「떠도는 류큐인」, 김재용・손지연 공편, 『오키나와 문학의 이해』, 역락, 2017, 81~113쪽)

_____, 「沖縄青年同盟に答ふ」, 『報知新聞』, 1926.4.11.(심정명 역, 「오키나와 청년 동맹 여러분에게 답한다」, 『지구적 세계문학』 8호, 2016, 215~216쪽)

_____, 「沖縄青年同盟よりの抗議書－拙作『さまよへる琉求人』について」, 『中央公論』 5月号, 1926.(심정명 역, 「오키나와 청년 동맹의 항의서－졸작 「떠도는 류큐 인」에 대하여」, 『시구적 세계문학』 8호, 2016, 217～228쪽)

山下若菜, 「'開かれた自己否定'へ向けて－70年代前後・大江の試行」, 『昭和文学研究』 38, 1999, 84쪽.

시마오 도시오島尾敏雄와 남도南島

타자 서사와 야포네시아적 상상력

1. 시마오 도시오의 '야포네시아Japonesia'

이 글을 시작하기 전에 먼저 '야포네시아'라는 용어부터 설명할 필요가 있을 것이다. 이 말은 일본의 작가 시마오 도시오島尾敏雄(이하 시마오)가 만든 조어로 그의 남도관南島觀[1]을 함축적으로 표현한 용어라 볼 수

---

1   이 글에서 남도(南島)는 규슈[九州] 이남의 도서를 지칭하거나, 아마미[奄美], 오키나와[沖繩], 사키시마[先島]와 같이 류큐[琉球]로 불리던 섬을 가리킨다. 그러나 남도와 류큐를 등치시키는 것은 그다지 바람직하지 않다. 역사학자 다카라 구라요시[高良倉吉]는 남도라는 용어의 오용 문제를 다음과 같이 지적한 바 있다. "일본 고대사에서 남도는 규슈 이남의 도서를 지칭하는 것으로 율령제 국가 형성과 관련된 문제 가운데 하나로 검토해 왔다. 그러나 남도라는 용어는 고대사의 범주에서 벗어나 류큐, 오키나와를 가리키는 일반적인 총칭으로 사용되고 있다. 적어도 전근대에 있어서 류큐, 오키나와를 남도라고 부른적은 없었으며 따라서 이 말에 역사적인 의미를 부여한 적도 없었다. 류큐, 오키나와가 역사적으로 형성해 온 독자적인 개성을 어떻게 이해할 것인가, 또한 그러한 개성을 가지는 지역의 시대를 어떻게 평가할 것인가, 하는 문제를 직시하지 않는 태도와 남도라는 용어를 긴장감 없이 사용하는 자세는 서로 통하는 것이다."(高良倉吉, 「琉球と沖縄—琉球史を考えるポイント」, 『歴史評論』No. 457, 1988, 校倉書房, 72쪽) 다카라 구라요시의 지적처럼 류큐를 막연하게 남도로 명명하는 것은 류큐, 오키나와가 가지는 역사, 문화적 의미를 왜곡시키는 결과를 낳을지도 모른다. 이러한 문제점을 인식하면서도 이 글에서는

있다. 그는 일본을 뜻하는 라틴어 'Japonia'에 군도를 가리키는 라틴어의 어미 'nesia'를 붙여 'Japonesia' 즉 '일본 군도'라는 의미를 만들었는데, '일본'이 아닌 '일본 군도'라는 말을 굳이 고안한 것은 미크로네시아, 멜라네시아, 폴리네시아, 인도네시아 등과 같이 남태평양에 펼쳐진 군도로 존재하는 일본을 표현하고 싶었기 때문이었다. 다시 말해 그것은 본토나 도쿄로 대변되는 '일본'이라는 단일성 혹은 중심성의 정치를 처음부터 부정하기 위해 강구된 것으로, 일본을 남태평양의 여러 군도와 조우시킴으로써 일본의 구심점을 분산시키고자 한 시도였다.

지도 속의 일본의 위치를 시험 삼아 그들 섬을 주제로 조절해 본다. 아마도 세 개의 활(일본을 동북지방, 본토, 남서지방으로 구분한 것 - 인용자) 모양으로 아름답게 연결된 야포네시아의 모습이 선명하게 나타날 것이다. (…중략…) 일본을 남태평양의 섬들 가운데 하나의 그룹으로 본다면 단단하게 굳어 버린 어깨의 멍울이 풀어 질 것이다.[2]

대부분 우리 일본을 아시아 대륙으로부터 분리된 장소로 생각하는 경향이 있지만, 태평양 가운데 위치한 군도라는 또 하나의 성격을 더욱 의식적으로 고려해야 하지 않을까. 그러한 시도는 우리 일본이 예를 들면 폴리네시아, 미크로네시아, 인도네시아와 같은 야포네시아로 존재한다는 것을 확립시켜 줄 것이다. 이때 류큐 활은 말단에 위치한 여분이 아니라 (역사의 -

---

이해의 수월성을 위해 규슈 이남, 혹은 류큐를 잠정적으로 남도라 부르기로 하겠다. 이는 시마오가 상정한 남도 범주를 차용한다는 의미이기도 하다.

[2] 島尾敏雄, 「ヤポネシアの根っこ」, 『世界教養全集』 第21巻 月報 15号, 平凡社, 1961.(『島尾敏雄全集』 第16巻, 晶文社, 1982, 190~192쪽)

인용자) 중첩을 통해 우리 일본을 만든 중요한 일부분, 즉 일본이 야포네시아라는 것을 분명하게 만드는 남쪽 섬들의 강인한 인대靭帶, 이국정취로 환생할 것이다.[3]

시마오는 일본을 세 개의 활 모양弧으로 구분하여 인식하고자 했다. 동북지방의 치시마千島弧, 규슈九州와 시코쿠四国 지방을 가리키는 본토本州弧, 그리고 아마미奄美, 오키나와沖縄 본섬, 미야코宮古, 야에야마八重山 등을 포함하는 남서지방琉球弧이 바로 세 개의 활에 해당한다. 이와 같이 일본 열도를 세 부분으로 나누어 파악하는 이유는 본토(도쿄)를 중심으로 단일 범주화된 기존의 일본 인식을 경계하기 위해서였다. 시마오는 야포네시아를 구성하는 이 세 개의 활의 힘을 대등하게 보고자 했고, 이러한 공간 인식을 통해 중앙으로부터 소외되거나 삭제되었던 '말단'과 '여분'의 목소리가 비로소 살아날 수 있다고 생각했다. 또한 일본을 동아시아의 일부가 아닌 태평양에 펼쳐진 군도의 일부로 파악하는 지리 인식은 남서지방 즉 류큐 활이 일본을 구성하는 데 기여한 사상적 문화적 역할을 부각시킨다고 보았다. 말하자면 야포네시아는 중심/주변이 가지는 지리적 차별 논리를 뒤집는 새로운 프레임이었던 것이다.

이 글에서는 시마오의 남도 인식과 야포네시아 구상을 검토하고, 이를 바탕으로 시마오의 사상이 타자를 사유하는 방법론으로 전유 가능한지에 대해 고찰해 보고자 한다. 시마오의 야포네시아 구상에서 가장 본질적인 부분은 중앙 권력에 의해 소외되거나 삭제되었던 '말단'과 '여

---

3 島尾敏雄, 「島の夢と現実」, 『朝日新聞』, 1962.7.12・13.(『島尾敏雄全集』第16巻, 231쪽)

분'을 일으키는 데 있다. 끄트머리와 말단과 같은 타자를 상상하고 그들의 말을 엮어내기 위해 고투하는 우리들에게 야포네시아적 시각은 의미 있는 시사점을 제시할 수 있을 것이다.

2. 남도에 대한 정념과 '징후'적 발견

시마오의 야포네시아 구상을 추적하기 위해서는 먼저 그의 아마미 체류에 대해 검토해 볼 필요가 있다. 야포네시아라는 새로운 일본 지도의 발견은 아마미라는 지역에서 체득된 것으로, 아마미의 지리적 공간적 문화적 특징들이 야포네시아 구상을 촉발시켰다고 해도 과언이 아니기 때문이다.

시마오가 처음으로 아마미를 방문한 것은 아시아태평양 전쟁이 끝나가던 무렵인 1944년 10월이다. 그는 제18 진양震洋(일본해군의 특공 무기) 특공대 지휘관으로 오키나와 아마미 군도 가케로마시마加計呂麻島에 부임했다. 진양 특공대에서는 인간어뢰人間魚雷와 같은 자폭용 무기를 다루고 있었다. 시마오는 1945년 8월 13일 출격 명령을 받지만 발사 명령을 받지 못해 다시 대기하게 되었고 그 가운데 패전을 맞이한다. 패전 다음 해인 1946년에는 아마미 출신의 여성 오히라 미호大平ミホ(결혼 후에는 시마오 미호)와 결혼하여 고베神戸, 도쿄에 거주하며 작품 활동을 이어나갔다. 이후 1955년 10월에는 심인성 질환을 앓던 아내를 위해 아내의 고향인 아마미로 이주한다. 이것이 시마오의 두 번째 아마미 체류에 해당한다. 이후 그는 약 20년 동안 아마미에서 지내며 남도에

관한 수많은 에세이를 발표했다. 아마미로 이주한 직후에 발표된 다음의 글은 전전과 전후의 아마미 체험이 연속되는 가운데 야포네시아적 시야가 만들어지고 있었음을 시사하고 있다.

줄지어 늘어선 많은 섬들. (…중략…) 나는 초등학교 때부터 사쓰난류큐薩南琉球 열도에서 구원을 찾고 있었는지도 모른다. 본토는 나에게 단조롭고 지루한 장소에 지나지 않았다. 그 어디를 가 보아도 단일한 생활 감정이 뒤엉켜 있고 비슷한 복장과 단조로운 말에 짓눌려 있다고밖에 느껴지지 않았다. 그러나 나는 일본에서 벗어날 수 없다. 그렇다면 우리는 같은 국가 안에서 다채로운 다른 요소들이 서로 혼합되었을 때 일어나는 마찰의 흥분을 끝내 경험하지 못하는 것인가. 물론 조선이나 대만, 남양 군도를 생각하지 않은 것은 아니다. 예전에 그것들은 결실이 적은 나의 정신에 활력을 주기도 했다. 그러나 결국 나는 이들과 피를 통하지는 못했다. 내 시점은 점차 남서제도南西諸島로 좁혀져 나갔다.

규슈 남단과 대만 북단 사이에 이어진 이 섬들의 존재의 훌륭함이란! 지리 지도의 지면에서 바닷물과 바람이 끊임없이 요란하게 일어나(아마도 산신三線의 소리는 그것들의 웅성거림의 추상일 것이다) 사람들은 일종의 적막에 사로잡히게 될 것이 분명하다. 그것은 고독하게 점재하고 있지만, 나에게는 오히려 흥분을 불러일으킨다. 일본 내부에 존재하는 거의 유일한 이향異鄕인 것이다. 남서제도를 생각할 때 내 기분이 풍요로워지는 것을 금할 수 없다. (…중략…) 그곳에 눈을 돌리기만 하면 빈혈과 불모不毛가 치유되는 듯한 풍부한 따스함을 느낀다.[4]

단조롭고 통일된 본토의 일상에 염증을 느낀 시마오는 서로 다른 다채로운 요소들이 만들어내는 마찰의 향연을 끊임없이 기대한다. 그리고 그 기대는 '조선이나 대만, 남양 군도'에까지 미치고 있었다. 전전에 품었던 이향에 대한 환상은 전후에 이르러 규슈 남단과 대만 북단 사이에 놓인 '남서제도'로 옮겨가게 되고, 마침내 시마오는 그곳에서 '풍요로운 이향'을 발견하기에 이른다. 이 같은 시마오의 야포네시아 구상은 전전의 일본이 구상했던 대동아공영권의 범위와 미묘하게 중첩된다.[5] 또한 남도를 향한 관심과 애착은 남방에 대한 일본인의 오리엔탈리즘을 전형적으로 재현하고 있는 듯이 보이기도 한다.

야포네시아론에서 읽을 수 있는 남도에 대한 정념을 누구보다 비판적으로 사고한 것은 역사학자 무라이 오사무村井紀였다. 그는 야나기타 구니오柳田國男의 남도 인식에 내재한 레토릭과 이데올로기를 강도 높게 비판한 책『남도 이데올로기의 발생-야나기타 구니오와 식민지주의南島イデオロギーの発生-柳田國男と植民地主義』(福武書店, 1992)에서 시마오의 남도 인식은 야나기타 구니오의 남도론을 정전으로 둔 일종의 변주에 지나지 않는다고 지적하였다. 무라이 오사무에 따르면 시마오의 야포네

---

4   島尾敏雄,「南西の列島の事など」,『朝日新聞』西部版, 1956.1.6.(『島尾敏雄全集』第16卷, 43~44쪽)

5   花田俊典,『沖繩はゴジラか-'反'・オリエンタリズム/南島/ヤポネシア』, 花書院, 2006, 204쪽. 한편, 고사카 가오루高坂薰는 시마오의 야포네시아 구상은 전전의 특공대 체험이 바탕이 되었다고 지적하고 있다. 특공대원으로서의 가해자적 체험과 일본 제국의 와해를 통렬하게 겪은 것이 '다양한 일본'을 주장하게 만들었다는 것이다.(高坂薰,「ヤポネシア論の可能性」,『南島へ南島から』, 和泉書院, 2005, 274쪽) 또한 스즈키 나오코鈴木直子는 시마오가 야포네시아론을 단지 이국취미(exoticism)로 끝내지 않았던 것, 혹은 끝낼 수 없었던 가장 큰 이유는 다름 아닌 전쟁 체험 때문이었으며, 아내와 함께 아마미를 재차 방문하여 거주하는 가운데서도 전전의 자신의 위치를 끊임없이 물음에 부치는 작업을 이어 나갔다고 지적한다.(鈴木直子,「島尾敏雄のヤポネシア構想-他者について語ること」,『国語と国文学』第74卷 8号, 1997, 44쪽)

시아론을 비롯한 1960년대 후반의 남도 담론은 야나기타 구니오 및 그의 민속학 유행과 전후하여 발견된 것으로, 남도는 일본에서 근원적인 장소이자 성스러운 장소로서 발굴되었다.[6] 시마오가 말하는 "'야포네시이'(일본 열도)의 '뿌리'(아마미·오키나와)란 '일본의 원 고향', '원래 일본'을 의미하는 데 불과하다. 일본 내셔널리즘을 '뿌리'로부터 상대화한다는 시마오의 주장은 실제로는 대륙 문명에 대한 배타성을 공유하도록 만드는 '내셔널리즘' 그 자체"[7]인 것이다.

무라이 오사무가 위의 저서에서 밝히고자 한 것은 근대 일본의 민속학과 남도 담론에 내재한 '제국 이데올로기'였다. 그의 주된 목적은 야나기타 구니오에 의해 남도가 일본 민속학의 특권적인 장소로 발견되고 성지화되는 과정을 짚어내는 데 있었고, 대일본제국의 관료이기도 했던 야나기타 구니오의 남도 담론 혹은 농정학農政學이 근대 일본의 식민지주의와 불가분의 관계에 있었다는 사실을 밝히는 데 있었다. 그리고 야나기타 민속학의 맥이 전후일본의 민속학 연구로 연결되는 양상 등을 증명하고자 했다. 다시 말하면 무라이 오사무의 관심은 야나기타 민속학에서 전개되었던 남도 담론의 정치성과 허구성에 있었던 것이지, 남도가 가지는 지정학적인 특징이나 장소의 동학 등에 있었던 것은 아니었다. 그리고 또 하나 중요한 사실은 무라이 오사무가 동일선상에 놓고 있는 야나기타의 남도론과 시마오의 남도론은 그 지향점에 있어서 분명히 구분된다는 점이다. 야나기타 구니오에게 있어서 남도는 일본인의 원형이 숨어있는 곳이자 고대 일본의 화석이 남아 있는 장소로

---

6 村井紀, 『南島イデオロギーの発生—柳田國男と植民地主義』, 福武書店, 1992, 11~13쪽.
7 村井紀, 『新版 南島イデオロギーの発生—柳田国男と植民地主義』, 岩波書店, 2004, 338~339쪽.

서, 그것은 '하나의 일본'을 체현하기 위한 장치였다. 이에 반해 시마오에게 있어서 남도는 역으로 하나의 일본으로부터 벗어나려는 욕망에서 비롯된 것이었다. '하나의 일본'을 구상했는가, 아니면 '또 하나의 일본'을 구상했는가라는 측면에서 양자는 커다란 차이를 가진다.[8]

메이지 이후 일본이 걸어 온 길을 한 마디로 말할 수는 없지만 (…중략…) 거기에는 어떤 딱딱한 획일성이 있는 듯한 기분이 든다. 모두 한 가지 색으로 덧칠하려는 숨 막히는 무언가가 있다. 나는 그로부터 어찌하든지 벗어나고 싶은 기분을 숨길 수 없다. 그러나 아무리 벗어나려 해도 벗어날 수는 없을 것이다.

(…중략…)

이토록 벗어나지 못하는 일본으로부터 기어이 벗어나고자 한다면, 일본에 있으면서 일본의 다양성을 찾지 않는 한 방법이 없는 것은 아닌가. (…중략…) 또 하나의 일본, 즉 야포네시아의 발상 가운데 일본의 다양성을 발견하는 것이다.[9]

---

8 조정민, 「사상으로서의 야포네시아」, 『오늘의 문예비평』 91호, 2013, 108~112쪽. 시마오는 이미 1961년경부터 일본을 하나의 통일된 단위로 규정하지 않고 세 개의 단위로 간주하고자 했다. 또한 본문에서 지적했듯이 시마오의 야포네시아론은 '잡종성에 기반한 단일민족' 신화를 창출하고자 했던 야나기타 구니오의 남도론과는 상반된 지향점을 가지고 있었다. 그러나 시마오는 야나기타 구니오의 『해상의 길[海上の道]』(筑摩書房, 1961)이 단행본으로 발간되었을 때, 야나기타의 주장이 '대담하다'고 전제하면서도 '남도에 상륙한 사람이 해상의 길을 통해 이윽고 북쪽으로 옮겨가고 확장되어 갔다'는 사실을 강조하기도 했다. 이러한 발언은 야나기타의 '일본인 남방 기원설'에 동조하는 듯한 인상을 주는 것이 사실이다.(島尾敏雄, 「柳田國男著『海上の道』」, 1967.6(『島尾敏雄全集』第17卷, 晶文社, 1983, 122~128쪽); 島尾敏雄, 「琉球弧に住んで十六年」, 『潮』146号(『島尾敏雄全集』第17卷, 267쪽))
9 島尾敏雄, 「ヤポネシアと琉球弧」, 『海』 2卷 7号, 1970.(『島尾敏雄全集』第17卷, 232쪽)

이와 같이 시마오에게 있어 남도는 "모두 한 가지 색으로 덧칠하려는 숨 막히는 무언가"나 "어떤 딱딱한 획일성"에 수렴되지 않는 잔여의 부분이었으며, 이와 같은 잉여에 대한 주목은 "또 하나의 일본"을 상상하게 만들었다고 볼 수 있다. "졸리게 만드는 일본의 자연과 역사의 단일함에는 절망적인 독소가 포함되어 있다. 류큐 활은 야포네시아의 뿌리이다. 일본의 경직된 존재 방식을 뒤흔드는 입각점이다"(「「沖縄」の意味するもの」, 『おきなわ』, 1954.10), "일본 역사의 전개와 그것을 파악하는 방법은 대부분 중앙 일본만을 시야에 두고 아무런 의심도 없이 그것을 기반으로 삼아왔던 것은 아닐까"(「私にとって沖縄とはなにか」, 『琉球新報』, 1969.2.12), "시간적 지리적으로 유연한 총체로서의 일본을 구상하기 위한 야포네시아"(「ヤポネシアの思想と文化の創造」, 由布院スコーレ大學 テキストブック 『あすの西日本を考える』, 1971.10), "보통 우리들의 의식 속에 있는 '일본'과 구별하기 위해 또 하나의 일본을 '야포네시아'라고 부르는 것은 어떨까. 그것은 반일본적인 일본이다. 대륙과의 관계뿐만 아니라 폴리네시아, 인도네시아와 같은 남쪽 바다 섬들과 공통적인 것이 강하게 느껴진다는 의미로 '야포네시아', 즉 '일본의 섬들'이라고 이름 짓는 것이다"(『ヤポネシア考』, 葦書房, 1977) 등, 각각의 표현은 상이하지만 시마오가 인식한 남도는 견고한 일본의 존재 방식을 '뒤흔드는 입각점'이었던 것만큼은 분명하다. 시마오가 류큐 활을 '야포네시아의 뿌리'라고 이야기한 것을 '실체'로 보거나 특정한 것의 은유, 메타포라고 이해해서는 안 된다. 그것은 메타포라는 운동 그 자체이다. 어떤 것을 옮기고 전이시키는 동력인 것이다.[10] 시마오의 남도론이 야나기타 구니오의 남도론과 구별되는 지점도 바로 여기에 있다 할 것이다.

한편, 시마오에게 있어서 남도란 학문이 아니라, "생활자의 체험과 감정 속에 시선을 고정시키는 관찰"(「アマミと呼ばれる島々」, 『南海日日新聞』, 1959.1.5)이었다.[11] "학문의 실증과는 관계가 없지만, 그러한 신호가 느껴지는 것을 부정할 수 없다"(「琉球弧の視点から」, 『サンケイ新聞』 夕刊, 1977.1.12)라고 시마오가 고백하듯이 남도는 그에게 감각으로 느껴지는 '신호'였던 것이다. 남도 "민요의 리듬이나 집단 무용, 인사하는 몸짓과 발성법" 등이 가지는 이질적인 면을 '취기'[12]라고 표현할 만큼, 남도는 형용하기 어려운 '분위기'로만 감지되었다. 또 그는 "류큐 활의 여인들의 걸음걸이는 몸을 젖혀서 걷는 팔자걸음이다. 본토 일본 여성과 같이 교태를 부리는 일도 없다. 옷도 끈으로 묶지 않고 걸쳐 입는다. 개방적이다. 생활감정이나 사고방식이 본토와는 전혀 다르다"[13]고 말하며 본토와 비교하기도 했다. 이처럼 시마오가 지각한 부분들은 지극히 사적이고 단편적인 감상과 같은 것이었다. 그러나 개인적, 개별적으로 느낀 체험의 의미를 추론하는 과정은 더욱 풍부하고 정교한 새로운 패러다임 즉 '야포네시아'의 발견으로 이어졌다고 해도 좋을 것이다.[14]

---

10 Barnaby Breaden, 「「根っこ」序説 1－夢論/南島論/ヤポネシア」, 『九大日文』 第1号, 2002, 160쪽.

11 시마오의 야포네시아론은 개인적인 정동에서 비롯된 것으로 명확한 주장을 가진 이론이라 간주하기는 어렵다는 것이 선행연구의 공통된 의견이다. 오카모토 게이토쿠[岡本恵德]는 "시마오의 사상은 독자적인 감성에 선염된 것이기에 꽤 넓은 폭을 가지고 있고 명확하게 추상화된 이론을 도출하기 쉽지 않다"(岡本恵德, 『「ヤポネシア論」の輪郭－島尾敏雄のまなざし』, 沖縄タイムス社, 1990, 169쪽)고 지적했고, 고사카 가오루도 "야포네시아론은 관념론이라기보다는 그 곳에 거주한 사람이 느낀 점착성 있는 현실 감각"(高坂薫, 앞의 책, 284~285쪽)에 가깝다고 말했다. 하나다 도시노리 또한 야포네시아론 전개의 계기와 핵심을 "경직된 불모의 획일성으로부터 벗어나고 싶다는 개인적인 정동"에서 비롯된 것으로 보았다.(花田俊典, 앞의 책, 246쪽)

12 島尾敏雄, 「ヤポネシアの根っこ」, 『世界教養全集 21』 月報 第15号, 平凡社, 1961.(『島尾敏雄全集』 第16巻, 191쪽)

13 島尾敏雄, 「西日本の文化創造」, 『ヤポネシア考』, 葦書房, 1977, 234~235쪽.

중요한 사건들과 중요한 인물들로부터 익명인들의 삶으로 옮겨가는 것, 평범한 삶의 사소한 세부들 속에서 시대, 사회 또는 문명의 징후들을 발견하는 것, 지하의 단층들로부터 표면을 설명하는 것, 그리고 그 자취들로부터 세계들을 재구성하는 것, 다시 말해 저변에 분포되어 있는 징후를 공적 무대의 허구들, 외침들과 대조시키는 행위를 문학이라고 한다면,[15] 야포네시야 역시 문학이었다고 이야기할 수 있을 것이다. 왜냐하면 그것은 국가사라는 공적 무대로부터 호출 받지 못한 익명의 삶의 사소한 세부와 징후들을 불러일으키기 때문이다.

거듭 지적하듯이 시마오의 남도에 대한 관심과 표현은 대단히 직감적인 편이다. 증후학이 가지는 특징처럼 그것은 마치 역술적이고 신학적인 특징을 띤다.[16] 그리고 시마오가 지각한 예감이나 조짐은 때로는 이분법적이고 위계적인 세계관의 전형을 보이기도 한다. "남도에는 에너지가 있다는 사실, 문명에 오염되지 않은 에너지가 있다는 것을 느낍니다"(「私のみた奄美」, 鹿兒島縣大島郡市町村議會議員硏修會講演, 1962.6.13), "그곳에 눈을 돌리기만 하면 빈혈과 불모가 치유되는 듯한 풍부한 따스함

---

14 카를로 진즈부르그는 미시사의 이론과 방법을 설명하는 가운데 짐승들이 남긴 흔적을 판독하고 읽어내는 사냥꾼이나 모든 증상들을 자세하고도 주의 깊게 관찰하고 기록함으로써 각 질병의 정밀한 '역사들'을 밝혀내는 의사(의술)와 같은 '추론적·점술적 패러다임'에 주목한다. 전체사를 추구하는 아날 학파의 '장기적인 접근방법은 살과 피가 보이지 않고 그 과학적 특징에도 불구하고 설득력이 부족한, 추상적이고도 동질화된 사회사를 만들어낼 가능성이 있는' 것에 반해, '이례적 정상'에 착목하는 미시사는 '낡은 패러다임을 다시 토론의 영역으로 불러내어, 더욱 풍부하고 정교한 새로운 패러다임을 창조' 한다. '주변적인 사례들', '보통은 잘 나타나지 않는 숨겨진 실재의 실마리 또는 흔적들'은 추론적·점술적 패러다임 창조를 이끄는 중요한 요소이다. (곽차섭 편, 『미시사란 무엇인가 : 역사학의 새로운 가능성—미시사의 이론·방법·논쟁』, 푸른역사, 2000, 41~54·138 ~159쪽)
15 자크 랑시에르, 오윤성 역, 『감성의 분할—미학과 정치』, 도서출판b, 2008, 44~45쪽.
16 도미야마 이치로, 손지연·김우자·송석원 역, 『폭력의 예감』, 그린비, 2009, 52~53쪽.

을 느낀다"(「南西の列島の事など」,『朝日新聞』西部版, 1956. 1. 6), "우리나라가 오키나와를 가지고 있다는 사실은, 저어도 니에게, 황폐 속에 운 좋게 발견한 안도이다"(「「沖繩」の意味するもの」,『沖繩』, 1954. 10) 등의 발언은, 본토와 남도를 문명과 자연(혹은 이성과 감성, 남성과 여성, 주체와 타자 등)으로 분명히 구분하고 있다는 점에서 대단히 단선적이라 하지 않을 수 없다. 때문에 시마오의 남도에 대한 정념은 무라이 오사무로부터 '사랑에 의한, 동정에 기반한 내적 지배, 오리엔탈리즘'이라는 비판을 받기도 했던 것이다.[17]

그러나 시마오의 야포네시아론의 목적은 동일성과 획일성으로 무장한 거대 서사에 대해 방어 태세[18]를 취하는 데 있으며, 또한 야포네시아는 말단과 잉여에 대한 표상 양식을 끊임없이 모색하는 동적인 과정임을 간과해서는 안 된다.

각종 일본 지도를 보면, 다네가시마種子島, 야쿠시마屋久島까지는 기입하고 있지만 그 아래 남쪽은 대개 생략하고 있습니다. 이는 지도 지면이 부족하다는 이유 때문만은 아닌 것 같습니다. 우리의 의식 속에 그곳은 생략해도 좋다는 듯한 감각이 남아있어요. 지도를 만들 때, 예컨대 도쿠노시마德之島의 서쪽 도리시마鳥島(이오도리시마硫黃鳥島의 통칭)는 빼도 좋다는 마음을 없애고 싶습니다. 일본의 역사 속에서 혹은 일본인 중에서 말단이니까 버려도 좋다고 여기는 경우가 있다면, 그것을 정정해 나가야 한다고 생각하는 겁니다.[19]

---

17 村井紀,『新版 南島イデオロギーの発生－柳田国男と植民地主義』, 338~339쪽.

18 도미야마 이치로는『폭력의 예감』에서 압도적인 약세의 자리에서 폭력에 저항할 가능성을 사고하고 기술하는 행위를 '방어 태세'라고 표현했다.

19 島尾敏雄,「私の見た奄美」, 鹿児島県大島郡市町村議会議員研修会講演, 1962.(『島尾敏雄

시마오의 야포네시아론을 지탱하는 근본이란 자기 완결성에 대한 끊임없는 부정과 반성이라 할 수 있다. 말단 혹은 끝자락에 대한 주의와 성찰을 게을리 하지 않고 시야에 가려졌던 주변과 잉여를 다시 불러일으켜 세우는 것, 그러므로 해서 자신에게 내재한 모순과 균열, 혼란을 간파하고 분투하며 자신을 재구성해 보이는 것이 바로 '야포네시아'이다. 그러한 의미에서 야포네시아는 완결태가 아니라 과정태이다. 그러므로 그것은 때로는 현실과 언표 사이의 불일치와 표상의 불가능성을 적나라하게 드러내기도 한다. 야포네시아론이 정치적인 목적으로 부재한 것을 현전現前시키는 오리엔탈리즘과 거리가 먼 이유도 여기에서 찾을 수 있을 것이다.

3. 오키나와 반복귀론과 탈국가론 사이

시마오에게 있어서 남도는 조짐이나 징후에 의해 감각적으로 발견된 것이었다. 그러한 의미에서 본다면 야포네시아라는 말은 사적인 영역에서 모호하게 지각된 여러 양상들을 공적으로 언어화하는 과정에서 고안된 것이라고 이야기할 수 있다. 이처럼 말로는 불가능하나 무엇인가를 느꼈거나 예감하는 것과 같은 인식 형태, 인식 대상으로부터 배이 나오는 징후를 지각하려는 증후학[20]은 대문자 언어로 만들어진 동질화된 기억(전체사, 국가사)에 대항할 수 있다는 점에서 큰 의미를 가

全集』第16卷, 228~229쪽)
20 도미야마 이치로, 앞의 책, 53쪽.

진다.[21] 이 때문에 시마오의 야포네시아론은 오키나와의 일본 복귀가 쟁점으로 부상하던 1960년대 후반에 국가론 논의와 연동되어 여러 문맥 속에서 소비되어 갔다. 그 가운데는 시마오의 의도를 크게 넘어서서 변주, 변용되는 경우도 많았다.

야포네시아론은 크게 두 갈래의 흐름 속에서 해석되었다. 먼저, 『류대 문학琉大文学』[22] 동인이던 오카모토 게이토쿠岡本恵徳, 아라카와 아키라新川明, 가와미쓰 신이치川満信一 등의 논객들에게 반복귀론[23]의 토양을 제공했다.[24] 예를 들면 아라카와 아키라는 "내가 주장했던 소위 반

<hr>

21 곽차섭, 앞의 책, 44~46쪽.

22 1953년 미군의 토지수용령에 대한 저항적 사회 분위기 속에서 창간되었다. 류큐대학 문예클럽 학생들의 동인지이기도 한 이 잡지는 발행부수도 500부 정도에 지나지 않았고 정기적으로 간행되지도 않았지만 그 이름을 아는 사람들은 경외심을 가질 수밖에 없는 잡지였다. 왜냐하면 이 잡지는 정치적인 프로파간다를 외치기보다, 미군정 하에 놓인 오키나와의 정신적, 문학적, 세대적 고민을 담는 데 목적을 두었으며, 부패한 자신들의 모습까지도 철저하게 직시하는 것을 문학적 영위로 삼았기 때문이다. 1978년 잡지가 폐간되기 전까지, 이 잡지를 통해 오키나와를 대표하는 논객들(본문에서 언급한 오카모토 게이토쿠, 아라카와 아키라, 가와미쓰 신이치 등)이 다수 배출되었다.(鹿野政直, 『戦後沖縄の思想像』, 朝日新聞社, 1987, 113~115쪽)

23 1950년대 후반 미국에 의한 오키나와 토지 강탈은 오키나와 섬 전체에 민중운동을 고양시키는 계기가 되었고(島ぐるみ闘争), 이런 움직임은 이후에 일본 복귀 운동으로 발전하게 된다. 1967년 사토-닉슨 공동성명에서 오키나와 반환 문제가 언급되기는 했지만 여전히 미일안보와 미군기지의 중요성은 강조되고 있었다. 이에 대해 오키나와에서는 강한 반발 여론이 일어났고 기지를 철폐하지 않는 한 복귀할 수 없다는 강경책이 나오기도 했다(오키나와현조국복귀협의회). 1969년 재차 열린 사토-닉슨 공동성명에서 약속되었던 내용, 즉 '핵 폐기, 본토 수준의 회복, 72년 반환'이 역으로 핵 보유, 자위대 확충이라는 결과로 이어지자 오키나와에서는 반대 집회가 잇따르게 되었다. 이와 같이 오키나와 주민들의 의사를 무시한 '신안보체제'가 구축되는 가운데 반복귀 여론은 일어나게 되었던 것이다.(오키나와의 일본 복귀 문제 및 정치적 움직임에 대해서는 林泉忠의 『「辺境東アジア」のアイデンティティ・ポリティクス―沖縄・台湾・香港』(明石書店, 2005) 제3장 「祖国復帰」と「反復帰」―沖縄アイデンティティの十字路』 참조)

24 반복귀론이 가지는 정치적, 역사적 의미에 대해서는 좀 더 세밀한 고찰이 필요할 것이다. 고마쓰 히로시[小松寛]는 반복귀론자들은 단순히 일본으로의 복귀를 반대한 것이 아니라, 오키나와의 독자성을 기반으로 두고 반국가・반권력을 지향하는 사상적 영위였다고 지적한 바 있다.(小松寛, 「「日本・沖縄」という空間―「反復帰」論における日本側知識人の影響」, *Journal of Northeast Asian Studies* 15, 2009, 51쪽)

복귀론은 시마오의 야포네시아론이 일으킨 충동에 의해 결실을 맺기에 이른다. 60년대의 시마오와의 '만남'과 이후에도 지속적으로 발신되었던 '묵시'야말로 반복귀론의 기반을 만든 최대의 힘이었다. 이 사실만큼은 분명하다. 때문에 나의 반복귀론의 모체는 시마오 도시오다, 라고 잘라 말해도 좋은 것이다"[25]고 고백할 정도였다.

이처럼 반복귀론에 야포네시아론이 원용되었던 이유는 그것이 남도가 가지는 본토 콤플렉스를 불식시키고 남도로 하여금 정당한 자리를 부여받게 만든다고 생각했기 때문일 것이다.[26] 실제로 시마오가 쓴 방대한 양의 남도 에세이는 오키나와의 독립 내지는 오키나와의 문화적 독립을 주장하는 문맥으로 재해석되는 경우가 많았다. 시마오는 자신이 거주하던 아마미는 물론이고 오키나와의 역사나 문화, 일상의 면면을 촘촘하게 기록한 바 있는데, 대다수의 글에는 본토 출신의 작가가 남도에서 느낀 생경함이 반복되고 있었고 이는 결과적으로 남도를 이화시키는 힘으로 작용하게 되었다. 즉 시마오가 확인한 남도 풍경은 오키나와가 자화상을 확증하는 준거가 되었던 것이다. 반복귀론과 야포네시아론의 공명을 가장 상징적으로 대변하는 말은 류큐네시아(류큐+야포네시아), 오키네시아(오키나와+야포네시아)와 같은 단어이다. 이들 조어는 오키나와 자체가 하나의 독립된 공동체로 존재할 수 있다는 것을 단적으로 표명하고 있다.[27]

---

25 新川明, 『沖繩・統合と反逆』, 筑摩書房, 2000, 99쪽.
26 岡本恵徳, 앞의 책, 146~147쪽.
27 다카라 벤[高良勉]과 미키 다케시[三木健]는 야포네시아론으로부터 '사상적 은혜'를 받았다고 하면서도, 결과적으로 류큐 활을 '일본국가권'에 포섭시키는 야포네시아 구상에 대해서는 회의적이었다. 야포네시아로부터 독립, 분리된 류큐를 표상하기 위해 이들은 각각 '류큐네시아(りゅうきゅうねしあ)', '오키네시아(オキネシア)'라는 말을 고안해 내었다.

그러나 여기에서 한 가지 확인해 두어야 할 사실은 시마오의 야포네시아는 일본(중심)을 상대화하기 위해 설정된 개념 장치였지만, 오키나와는 물론이고 그 이남에 포진되어 있는 남도들을 끌어안아 새로운 일본을 규정하기 위해 고안된 것이라는 점이다. 다시 말하면 시마오에게 있어서 남도는 여전히 일본의 일부이며 그러한 측면에서 본다면 그는 기존의 일본 국경선 자체를 해체하려 한 것은 아니었다.

일본에는 어떤 경직성이 있다는 느낌이 들고, 나는 그 경직성으로부터 빠져나오고자 했습니다. 그것이 어떤 형태의 경직성인지 말하라고 하면 조금 곤란하지만…… 그런데 아마미에 갔더니 본토에서 거북하게 느꼈던 경직성이 없는 것입니다. 방금도 애매하게 어떤 부드러움이라고 말했는데요, 그것은 과연 무엇일까요.

간단하게 일본이 아니라고 말할 수는 없습니다. 본토에 없는 것도 많지만, 그래도 저의 느낌으로는 아주 일본이니까, 일본 이외에 아무 것도 아니라는 생각이 들어요. 딱히 일본일 필요는 없지만 느낌으로서는 아무래도 일본인 것 같습니다.[28]

류큐 지역도 동북 지역도 일본임에는 틀림없지만 일본 국가가 전개되는 가운데 이화적인 요소를 가지게 되었다. 특히 류큐 활은 개별 국가체제를 가지기도 했다. 문화의 창조는 그 사실을 인정하는 것부터 시작된다. 그 기

(위의 책, 188쪽)

28 島尾敏雄, 「回帰の想念・ヤポネシア」, 『中国』 5月号, 1970. (島尾敏雄, 『ヤポネシア考』, 葦書房, 1977, 217쪽)

반인 일본은 모든 것을 총괄하는 형태를 가져야 하며 그것을 야포네시아로서 파악하고자 한다. 따라서 야포네시아는 시간적 지리적으로 유연한 총체로서의 일본 이해이다.[29]

시마오에게 있어서 남도는 획일성과 경직성으로 무장한 일본으로부터의 탈출구이지만, 여전히 일본과 교집합의 영역을 나누어 가지는 장소이다. 일본으로부터의 독립을 주장하던 반복귀론과 시마오의 야포네시아론이 미묘하게 어긋날 수밖에 없었던 것은 이처럼 서로가 상정한 국경선이 달랐기 때문이었다. 예를 들어 좌담회 「야포네시아론과 오키나와-사상적 의미를 묻다ヤポネシア論と沖縄－思想的な意味を問う」(『新沖縄文學』, 1987.3)에서 사회를 맡았던 오카모토 게이토쿠는 "자신의 주체적인 삶에 있어서 실제적으로 야포네시아론은 그다지 힘이 되지 못했다. (…중략…) 시마오 씨는 가능하면 정치적인 색채를 띠지 않는 형태로 야포네시아론을 전개하였지만, 이를 받아들이는 입장은 복귀 문제와 같은 정치적인 상황과 중첩시켜서 이해했기 때문에 힘이 되지 못했던 것은 아닐까"[30]라고 발언했고, 토론자들 역시 이에 동의했다. 또한 작가 오시로 다쓰히로大城立裕는 "야포네시아론을 수용하는 방법에 있어서 야마토 사람들과 우리 오키나와 사람들은 다른 것 같다. (…중략…) 일본 내셔널리즘에 권태로움을 느낀 지식인은 야포네시아 사상을 만족스럽게 여기겠지만, 오키나와 쪽에서 본다면 그것이 과연 오키나와의 구원(아이덴

---

29 島尾敏雄, 「ヤポネシアの思想と文化の創造」, 由布院スコーレ大学 テキストブック, 『あすの西日本を考える』, 1971.(『島尾敏雄全集』 第17卷, 262~263쪽)

30 比屋根薫・仲里効・高良勉・岡本恵徳, 「ヤポネシア論と沖縄－思想的な意味を問う」, 『新沖縄文学』 71号, 1987, 18쪽.

티티의 확립)에 얼마나 도움을 줄 수 있을지 의문을 가지지 않을 수 없다"[31]고 토로한 바 있다. 남도와 일본 본토와의 긴장 관계를 염두에 두고 있었던 시마오와는 달리 오시로 다쓰히로는 자기 정체성 확인과 수립이라는 측면에서 야포네시아론에 접근하고 있었던 것이다.

이와 같이 오키나와를 일본으로부터 분절시킬 것인가 혹은 포섭시킬 것인가 하는 일본 지도 그리기에 있어서 반복귀론과 야포네시아론은 서로 충돌하고 있었다. 때문에 시마오의 야포네시론은 본토 복귀 이후의 오키나와에서 점차 구심력을 잃어갈 수밖에 없었다. 이후에 세키네 겐지関根賢司가 지적하듯이 오키나와에서의 야포네시아 논의는 야포네시아론이 가지는 독자성을 탈색시키고 류큐론으로 경사, 굴절되어 간 측면이 분명히 있었다. 반복귀론을 주장하던 사람들은 일본 열도의 다양성과 가능성을 발견하고자 한 야포네시아론의 방향성을 역으로 오키나와 문화의 독자적 존립을 증명하는 근거로 삼았던 것이다.[32]

두 번째, 야포네시아론은 국가론 논의와 연동되어 전개되어 갔다. 특히 전후 사상가 요시모토 다카아키吉本隆明와 민속학자 다니가와 겐이치谷川健一는 시마오의 야포네시아적 관점을 적극 수용하며 각자 자신들의 논점을 보강, 갱신시켜 나갔다. 우선, 요시모토 다카아키는 1969년 「이족의 논리異族の論理」라는 글에서 일본인, 혹은 일본문화의

---

31 大城立裕, 「ヤポネシア論の宿題－方言のアイデンティティーをめぐって」, 『カイエ』, 冬樹社, 1978, 272~273쪽. 이 글에서 오시로 다쓰히로는 시마오와 관련된 일화를 몇 가지 소개하면서 자신과 시마오가 상정하는 일본, 일본인이 일치하지 않음을 다소 격양된 목소리로 이야기하고 있다. 당시의 오시로는 반복귀론의 입장에 가까웠기 때문에 오키나와를 포함한 일본 구상(야포네시아)에 위화감을 느끼고 있었는지 모른다. 한편 오시로는 오키나와와 본토의 관계를 파악할 때 '이화'와 '동화' 사이에서 유동하고 있음을 이 글에서 고백하기도 했다.

32 関根賢司, 「琉球弧のなかのヤポネシア論」, 『新沖縄文学』 71号, 1987, 46쪽.

기원을 오키나와를 경유하여 검토할 것을 요청하였다. 그는 오키나와의 문화를 야요이弥生 문화 이전의 조몬縄文 문화로 규정하고, 이러한 '이족異族'의 문화는 천황제에 기반을 둔 일본 역사에 균열을 일으킬 수 있다고 보았다. 즉 요시모토 다카아키는 자신이 표적으로 삼던 국가, 혹은 '천황제 국가의 우위를 과시하는 데 기여한 연쇄 등식'이 오키나와에 의해 해체될 수 있으며 오키나와가 가지는 존재의 무게감도 바로 이 같은 지점에 위치한다고 해석했다.

국가라는 개념을 교란시키는 장치로서 오키나와를 인식하는 입장은 민속학자 다니가와 겐이치도 마찬가지였다. 그는 시마오의 야포네시아를 일반에 알리는 데 크게 기여한 논평 「'야포네시아'란 무엇인가ヤポネシア'とは何か」(『日本讀書新聞』, 1970.1.1)에서 "내셔널적인 것 가운데서 내셔널리즘을 파열시키는 인자를 발견"하기 위해서는 "동질 균등의 역사 공간인 일본에서 이질 불균등의 역사 공간인 야포네시아로 전환"시킬 필요가 있다고 주장하였다. 다니가와 겐이치에게 있어서 야포네시아란 일종의 변증법적 논리였던 셈이다. 중앙 질서의 지배와 억압을 기반으로 한 '단계열의 시간'과 그로 인해 만들어졌던 역사 공간 '일본'을 선택하지도 부정하지 않는 것, 오히려 그것을 이질 불균등의 역사 공간으로 표상하고 사유하는 것을 그는 '일본을 야포네시아화한다'라고 표현하였다.[33]

한편 다니가와 겐이치는 이후에 야포네시아론이 가지는 한계점에 대해 지적하며 비판적인 태도를 취하기도 했다. 그는 야포네시아라는

---

33 조정민, 앞의 글, 106~108쪽.

낯선 용어가 시민권을 가질 수 있도록 담론을 이끈 장본인이었지만 이 례적이라고 해도 무방할 정도로 강도 높게 이의를 제기했다.

> 시마오 씨의 사고는 일본이라는 오래된 개념에 야포네시아라는 새로운 개념을 대치시킴으로써, 종래에는 보이지 않았던 시각을 제시했다는 점에서 성공적이라 할 수 있다. 나는 기본적으로는 시마오 씨의 설에 찬동한다. 그러나 지금은 야포네시아라는 말을 사용하는 데 조금은 주저하게 된다. (…중략…) 일본 열도의 중앙 부분이 점하는 왜인의 권력 사회를 누락시켜 역사 사회의 형성 동인을 고려하지 않았기에 야포네시아론은 정적인 모델에 그치고 말았다. 야포네시아에 관한 논의가 그다지 발전하지 않은 채 오늘날까지 온 이유는 이러한 데에 있다. 야포네시아라는 말은 고향이 동북지방인 시마오 씨가 남도로 이주하여 오랜 기간 살면서 직접 발화했을 때 가장 적절한 의미를 가진다고 여겨진다.[34]

다니가와 겐이치는 본토 왜인의 권력 구조에 대해 조명하지 않은 것이 야포네시아론의 맹점이라고 지적한다. 바꾸어 말하면 시마오가 동북지방과 남도만을 주시한 탓에 논의 구조에서 일본 본토가 누락되고 말았고, 결국 야포네시아론도 정적인 모델에 머물러 지금에 이르고 있다는 것이다. 인용문의 마지막 문장은 시마오의 남도에 대한 애정이나 정념을 비아냥거리고 있는 듯한 느낌마저 주기도 한다.

시마오가 야포네시아론을 중앙 일본과 결부시키지 못해 결과적으로

---

34 谷川健一, 「鎭魂と贖罪」, 『文学界』 1月号, 1987, 304~305쪽.

제대로 된 국가론으로 발전시키지 못했다는 지적은 실은 시마오의 기획과 의도를 크게 벗어난 것이라 할 수 있다. 오카모토 게이토쿠와 하나다 도시노리 등의 비평가들이 공통적으로 지적하듯이 시마오가 야포네시아를 통해 시도하고자 했던 것은 중앙 권력의 소재와 그 구조를 전략적으로 결락시켜 일본을 재조명하는 것이었으며,[35] 이 개념 장치는 공간 파악의 의외성으로부터 착상된 것으로 시간성(역사성)을 의도적으로 과소하게 처리함으로써 비로소 성립 가능한 것이었다.[36] 다시 말하면 야포네시아는 일본 열도의 중앙 부분을 점하는 왜인의 권력 사회를 누락시켜 역사 사회의 형성 동인을 고려하지 않음으로써 발견할 수 있었던 새로운 일본 지도였던 것이다. 다니가와 겐이치가 보여준 태도의 변화는 야포네시아가 가지는 라디컬한 픽션적 성격을 점차 소박한 지정학적 실체론으로 인식했기 때문이라고 볼 수 있다.[37]

단적으로 말하자면 야포네시아는 국가주의나 지역주의, 남도 낭만주의를 표방한 것이 아니었다. 동북지방, 류큐지방과 같은 말단 부분을 포괄하는 새로운 일본을 구상하기 위해 공간적 전회를 시도한 것은 사실이지만, 야포네시아론의 핵심은 일상을 지배하는 '경직된 불모의 획일성'으로부터 탈출 가능성을 타진하고 잉여의 목소리를 발견하는 것에 있었다. 그러한 의미에서 본다면 야포네시아는 굳이 일본이라는 국가를 대상으로 하지 않아도, 혹은 그 사상의 근거지를 남도에 두지 않아도 상상될 수 있는 개념이었던 것이다. 남도에서 일본의 심층을

---

35 岡本惠德, 앞의 책, 186쪽.
36 花田俊典, 앞의 책, 268쪽.
37 위의 책, 270쪽.

발굴하여 일국사를 구상하려 했던 야나기타 구니오, 일본을 상대화하는 기제로 야포네시아론을 사용했던 요시모토 다카아키와 다니가와 겐이치, 그리고 야포네시아론을 독립의 근거로 삼고자 했던 반복귀론은 모두 일본이라는 국가를 구성하거나 해체하는 것을 목표로 두고 있다는 점에서 방향성은 다르지만 닮아 있다. 그러나 시마오는 야나기타 구니오와 같이 하나의 일본을 지향하지 않았으며, 그렇다고 요시모토 다카아키, 다니가와 겐이치와 같이 국가를 해체하는 데 목적을 두지도 않았다. 그리고 반복귀론자들처럼 남도의 고유성과 독립을 주장하지도 않았다. 그에게 있어서 야포네시아는 중앙이 점령, 독점하고 있는 일원론을 해체시키는 방법론일 뿐이었다. 오키나와 반복귀론과 탈국가론에 야포네시아론은 각각 원용되었지만 이는 야포네시아론을 의도적으로 '오해'하여 재맥락화시킨 것에 불과하다. "이것이 야포네시아론의 말로라면 여기에서 일단 야포네시아라는 말을 사어화시키는 편이 낫다"[38]는 경고가 무겁게 들리는 이유도 바로 여기에 있다.

4. '낯간지러움'과 타자 서사

앞에서도 지적했지만, 야포네시아론은 국가주의나 지역주의, 남도 낭만주의를 대변하는 말이 아니다. 야포네시아는 시마오가 남도에서

---

38 위의 책, 271쪽. 물론 하나다 도시노리는 야포네시아론을 변용한 모든 주장을 부정한 것은 아니다. 그는 다니가와 겐이치가 야포네시아론을 이해하는 과정을 면밀히 추적하며 실체론적인 해석으로 귀결되는 지점에 대해 주로 비판했다.

느낀 증후를 제도화된 공식 언어로 표현하려는 가운데 발견된 조어로서, 그것은 여전히 의미가 모호하고 애매한 지각에 가까운 것이다. 때문에 그것은 또 다른 언어나 문체로 번역될 가능성을 내포하고 있다. 사실, 기호는 그것이 지시하려는 대상과 결코 완전히 중첩되는 일이 없고 항상 분명하지 않은 그림자 부분을 포함하고 있다. 의미가 의미로서 전달되는 데에는 언제나 의미 불분명한 부분을 동반하며 동시에 그 무의미함을 억압할 필요가 있는 것이다.[39] 때문에 시마오는 자신의 감각과 언어로 남도를 묘사하면서도 그것이 가지는 불명확함과 허구성에 대해 토로하기도 했다.

가와미쓰 : 뭔가 어떤 면에서 시마오 씨의 오키나와에 대한 감정이 낯간지러운 듯이 느껴집니다. 여기에 살고 있는 우리들에게는 그런 느낌이 들어요.

시마오 : 낯간지럽다는 그 느낌은 저도 잘 알겠어요. 그것은 여기뿐만 아니라 어느 지역, 어느 도시를 가더라도 마찬가집니다. 외부자가 해당 지역에 대해 무언가를 쓰거나 그 마을의 모습을 어떤 형태로 표현할 때, 해당 지역에 사는 사람들은 겸연쩍은 느낌을 가집니다. 그것은 비단 외부자에게만 해당하는 것이 아니라 그 지역에 사는 사람이 문자나 다른 형태로 묘사하는 경우에도 거기에는 역시 낯간지러움이 묻어 나온다고 생각합니다. 그러니까 외부자가 표현한 것에서 느껴지는 낯간지러움과 해당 지역 사람이 쓴 것에서 드러나는 낯간지러움은 정도의 차이는 있겠지만 질적으로는 동일하다는 생각이 들어요. (…중략…) 해당 지역의 본래의 모습을 묘사하고 있는

---

39 本橋哲也, 『ポストコロニアリズム』, 岩波新書, 2005, 154쪽.

가, 묘사할 수 있는가, 하는 문제보다도 무언가 그것을 발판으로 삼아 하나의 **환상도시**와 같은 것을 만들어 보려는 측면이 있습니다.[40](강조는 인용자)

여기에서 시마오는 대상과 언어 표현 사이의 괴리를 '낯간지러움'이라 말하고 있다. 그것은 언어가 대상을 정확하게 포착하지 못했다는 의미가 아니라 언어에 현실을 종속시켰을 때 발생하는 허구성, 기만성의 문제를 가리키는 말이다. 자신의 경험에서 익숙하지 않은 타자를 설명할 때 타자 주위에 머물러 있는 불투명한 요소들을 어떻게 번역할 것인가, 타자에 대해 공감적으로 서술한다 하더라도 취사선택으로 말미암은 삭제와 배제의 문제를 어떻게 이해할 것인가, 라는 물음으로부터 시마오는 자유로울 수 없었다. 그는 자신이 남도를 대변, 재현할 수 있는 투명한 존재가 아님을 직감하고 있었던 것이다. 대상과 언어 사이의 간극이 빚어내는 낯간지러움, 이러한 감정을 촉발시키는 것은 발화의 위치가 내부이건 외부이건 마찬가지다. '해당 지역 사람'이 남도를 '대변'하는 행위나 '외부자'가 그것을 '재현'하는 행위는 정도의 차이는 있겠지만 모두 '환상'과 같은 관념적인 가상의 서사를 낳을 가능성을 다분히 내포하고 있다.

때문에 시마오는 남도를 기술하는 자신에 대해 회의적이고 유보적일 수밖에 없었다. 그는 남도에 대한 관찰과 서사를 이어가면서도 자신에게 정녕 남도를 이야기할 만한 자격이 있는지, 자신의 언어가 남도를 대변하는 도구가 될 수 있는지 끊임없이 물음을 제기했다.

---

40 島尾敏雄・川満信一・岡本恵徳・新川明, 「幻の座談会 琉球弧とヤポネシア」, 『新沖縄文学』 71号, 1987, 107~108쪽.

나에게 있어, 혹은 한 사람의 소설가에게 있어서 내발적인 충실감을 느끼면서 표현할 수 있는 장소는 어쩌면 한 곳에 국한되는 것인지도 모른다. 나는 여러 이유에 의해 류큐 활에 매료되었지만, 내가 그곳을 나의 '장소'로 향수하는 것은 허락되지 않을 것 같다. 그러한 장소는 자신이 선택하거나 결정할 수 있는 것이 아니라, 숙명과 같은 다른 힘의 작용으로 이루어지는 것은 아닐까. (…중략…) 이곳을 자신의 장소로 삼을 만한 특권이 한 사람의 여행자인 나에게 쉽게 주어질 리는 없다. 나에게는 무언가가 결여되어 있다. 그것을 한 마디로 표현하기는 어렵지만, 예컨대 토착적인 체취나 혈연과 같은 것뿐만 아니라, 한 인간에게 근원적으로 영향을 준 지방의 풍토나 반복된 행동이나 발생과 같은 것이다. 그것을 가지는 자만이 류큐 활을 문자로 표현하는 것에 성공할 수 있다.[41]

낙도離島는 쓸쓸한 곳입니다. 모순도 불여의한 점도 많으며 슬픈 정황도 많습니다. 그러나 나는 류큐 활이라는 섬에 경도되는 마음을 억제할 수 없습니다. 나는 이 지역과 연고가 없는 외부자이기에 방언도 쓸 줄 모르고 섬사람들 가운데 완전히 녹아들어 갈 수도 없습니다만, 설령 이방인으로 받아들여진다 해도 산호초를 껴안고 가만히 머물고 싶습니다.[42]

---

41 島尾敏雄, 「大城立裕氏芥川賞受賞の事」, 『沖縄タイムス』 1967.8.4.(『島尾敏雄全集』 第17巻, 131~132쪽) 하마가와 히토시浜川仁는 이 인용문에서 '회한에 가득 찬 깃으로 보이는 이 여행자의 독백에는 우위에 선 자가 가지는 은근한 데면데면함'이 느껴진다고 하였다. 하마가와 히토시는 시마오의 남도 인식이 '중앙/변경'이라는 이항 구조 속에 갇혀있으며 야포네시아 사상 역시 같은 문맥 속에 있다고 비판하였다.(浜川仁, 「イデオロギーとしてのヤポネシア論ー試論」, 『沖縄キリスト教学院大学論集』 4号, 2008, 16쪽)
42 島尾敏雄, 「回帰の想念・ヤポネシア」, 『ヤポネシア考』, 227쪽.

시마오는 자신과 남도 사이의 거리는 물론이고 남도를 발화하는 자신의 위치를 분명하게 인식하고 있었다. 자신의 불완전한 시선과 언어는 남도를 재현해 내지 못하고 결국 굴절된 남도 이미지를 제시하는 데 그친다는 것을 감지하고 있었던 것이다. 그가 스스로를 여행자, 이방인이라 부른 연유도 여기에 있다. 남도란 근원적으로 타자의 경험이었던 것이다.[43] 그러나 시마오는 남도를 서사하는 언어 바깥의 관찰자로 머무르려 하지 않았다. "문학의 고유한 비고유함이란 준-타자의 경험과 불일치의 경험을 기입하기를 멈추지 않는다는 것, 또 평범한 것, 말하고 슬쩍 피하는 평범한 것, 비범한 평범한 것이 현기증 날 정도로 배가하는 경험을 기입하기를 멈추지 않는다는 것"[44]이기에 그는 끊임없이 불일치의 경험을 전시해 보이고자 했다. 시마오가 약 20년간 지속적으로 발표한 남도 에세이는 불일치와 불가능으로 편만한 경험을 언어화하는 과정이었고, 자신과 남도의 관계를 심문하는 과정에 다름 아니었다. 그러니까 시마오에게 남도 서사란, 남도를 대변/대표vertreten하는 것이 아니라 자신을 표상darstellen하는 방법을 배우는 행위였던 셈

---

43 이는 역사학자 도미야마 이치로富山一郎가 오키나와를 이야기하는 자리와 중첩된다. 도미야마는 자신이 오키나와에 관해 기술할 때마다 느끼는 위화감에 대해 다음과 같이 말한다. "그것은 자신이 발화한 언어이지만 빌려 온 것에 불과하며, 자신의 언어행위가 견고하게 구축된 오키나와라는 용어의 틀 속에서 허우적거리는 것에 지나지 않는다는 것을 점차 알아가는 과정이며, 박탈감을 수반하는 과정이다. (…중략…) 또한 이 과정은 언어가 자신의 도구가 될 수 없다는 사실을 뼈저리게 느끼게 해온 무참한 흔적이기도 하다. 그러나 동시에 그것은 언어가 사용하기 편한 도구로는 환원되지 않는 어떤 무게를 지니게 되는 과정이기도 하다. 언어가 자신의 자유로운 도구가 될 수 없다는 불편함은 실제로 표현을 담당하는 주체가 언어를 구사한다고 믿었던 내가 아니라 언어 쪽일지도 모른다는 데에서 비롯된다. 더 나아가 그것은 내가 아닌 다른 사람들이 사용한 말에 대해서도 독자라는 이름으로 언어의 무게를 읽어가는 것이며 이를 통해 표현을 담당하는 기술자로서의 임무가 언어로부터 나에게 주어지는 것이기도 하다."(도미야마 이치로, 앞의 책, 18쪽)

44 자크 랑시에르, 양창렬 역, 『정치적인 것의 가장자리에서』, 길, 2008, 211쪽.

이다.[45] 때문에 시마오는 남도 서사가 야기하는 허구적인 의미망과 그
것을 사회적 실재로 전경화시키는 힘의 관계망에 대해 비판적일 수밖
에 없었다.

어느 날 민예품을 다루는 시선으로 오키나와가 재투사되었다. 야마토 사
람들은 탐나는 물건을 구경하듯이 오키나와를 견물의 대상으로 찾았다. 그
리고 그곳에서 방치되었던 풍부한 감성의 예술품을 발견하고, 오키나와 사
람들의 바르고 우아하며 오래된 맥을 느꼈다는 듯이 말하기도 했다. 여행
자들은 그것이 보호되지 못하고 사라지도록 내버려 두는 것을 개탄했다.
오키나와 사람들은 자신의 고향에 더욱 자신감과 애착을 가져야 한다고 훈
계했다. 그러나 이상하게도(실은 당연하다고 말해야 하겠지만) 오키나와
사람들은 그러한 말에 불쾌한 표정을 지었다. 야마토 사람들은 자신들의
말을 들으면 오키나와 사람들이 고맙게 여길 것이라 생각했지만 호의가 그
대로 받아들여지지 않자 화를 내었다. 그러나 이것은 무언가 잘못 된 것이
아닌가 하는 생각이 들게 한다.

야마토 사람들의 호의 가운데는 여전히 오키나와를 부패하게 만드는 요
소가 남아 있다는 것을 오키나와 사람들은 본능적으로 알고 있다. 야마토
사람들은 그것을 결코 제거하려 들지 않는다.

예컨대 오키나와 민예품 전람회와 같은 장소에 가 보면 잘 알 수 있다.

거기에 '오키나와'는 없다. 껍데기만 있을 뿐이다. 사람들을 불러 모으기
위해 오키나와 민요나 춤이 더해지겠지만, 그것은 알맹이, 본질이 아니다.

---

45 G. C. スピヴァク, 上村忠男 訳, 『サバルタンは語ることができるか』, みすず書房, 1997, 54~55쪽.

(…중략…)

　내가 생각하기에 우리들은 오키나와를 그렇게밖에 느끼지 못하는 수렁을 주위에 두르고 있다. 오키나와에 대한 관심이라는 것은 (예를 들면 춤, 악기, 노래, 언어에 대한 일종의 엑조티시즘) 크나 작으나 이러한 좁은 틀에서 벗어나지 못하고 있다. 안이한 정신이 이와 결부되어 있는 것이다. 물론 나는 그러한 현상을 비난하고 있는 것은 아니다. 그것들은 더욱더 장사꾼의 정신을 가지고 철저하게 선전, 보급되어야 한다. 오키나와 정서라는 것은 상품으로서 야마토를 완전히 압도해야 한다. 지금에는 그러한 방법밖에 남아있지 않다고 절망적으로 긍정하지만, 참을 수 없는 것은 가고시마鹿兒島 사람들이 그 이남의 섬사람들에게 배타적으로 대하는, (…중략…) 점점 순차적으로 아래로 내려 갈수록 무시하는 무의미한 악순환이 우리들을 질식시키고 있다는 점이다.[46]

　시마오가 강조하고자 하는 바는 다음과 같이 세 가지 정도로 요약할 수 있을 것이다. 먼저 그는 야마토 사람들이 자신의 정체성을 공고히 하는 데 남도를 전략적으로 사용하고 있다는 사실을 지적하고 있다. 또한 이 같은 기만적인 타자 표상이 오키나와를 부패시킨다는 것을 야마토 사람들은 알지 못하며 이러한 의식을 제거할 지각조차 없다는 점을 고발하고 있다. 시마오의 지적처럼 야마토의 지배 구도에 오키나와가 주박당한 상태로 놓인다면 그것은 필연적으로 타자로 전락할 수밖에 없다.

---

46 島尾敏雄, 「「沖繩」の意味するもの」, 『おきなわ』 10月号, 1954.(『島尾敏雄全集』 第16巻, 12～13쪽)

그리고 만약 우리들(시마오는 여기에서 '야마토 사람'이 아닌 '우리들'이라는 주어를 사용하고 있다)의 시선이 오키나와를 민예품으로 취급하는 궁핍한 엑조티시즘exoticism 속에 머물러 있다면, 오키나와 스스로 철저하게 '오키나와'를 언기헤 보임으로써 이들의 시선을 압도할 수 있다는 것이다. 이는 '절망'적인 '긍정'적 방법이다. 오키나와가 본토를 위한 상품임을 자인하고 이를 효과적으로 사용하는 가운데 저항과 반역의 실마리는 발견될 수 있기 때문이다. 이러한 제안은 '전략적 본질주의'에 기반한 것이다. 투쟁의 수단으로서 본질을 획득하기 위해서는 적어도 대상과 목적이 뚜렷하게 설정되어야 한다. 오키나와가 무엇을 위해 누구를 대상으로 싸울 것인지에 대해 고민하는 과정은 오키나와가 그들 목소리로 새로운 오키나와 재현 체계를 구성하는 과정이기도 하다.

마지막으로 시마오는 남도 내에 존재하는 위계적 질서에 대해 민감하고 의식적으로 반응할 것을 주문하고 있다. 그는 야마토와 남도 사이에 존재하는 중심/주변의 구도가 남도 내에서도 역시 반복되고 있다고 보았다. 그리고 이를 "순차적으로 아래로 내려 갈수록 무시하는 무의미한 악순환"이라고 표현하였다. "아래로 내려 갈수록 무시하는 무의미한 악순환"을 직시하고 교정하는 것은 시마오의 남도론의 또 다른 핵심이기도 하다. "말단이니까 버려도 좋다"는 이 악순환과 관련된 글은 남도 에세이 가운데서 어렵지 않게 찾을 수 있다. 예컨대 「회귀의 상념·야포네시아回帰の想念·ヤポネシア」(『中國』, 1970.5)에서 그는 메이지 이후 줄곧 가고시마 현에 속해 왔던 아마미의 경우 본토 밀착 정도가 오키나와보다 훨씬 큰데, 이 때문에 아마미 사람들 중에는 남쪽에 위치한 섬을 우습게 보는 경향이 있다고 지적했다.[47] 또 그는 미군정하에

있던 아마미가 오키나와보다 먼저 일본으로 복귀(1953.12.25)할 수 있었던 것은 오키나와가 미국을 이후에도 지속적으로 끌어안았기 때문이라고 보았다. 즉 아마미 반환은 오키나와의 미군정 현상유지와 맞바꾼 결과였던 것이다. 아마미와 오키나와의 상반된 사정에 대해 당시의 본토 여론은 그다지 주목하지 않았지만, 시마오는 아마미와는 달리 미군에 방치된 오키나와의 존재를 망각하는 풍조에 대해 예민하고 초조한 심경을 밝히기도 했다.[48] 이처럼 시마오는 끊임없이 불편한 구조와 세부적인 것에 관점을 옮겨가며 그것을 의미화하고자 했고, 이를 토대로 기존의 의미체계나 위계질서를 해체시켜 새로운 의미를 구성해 가고자 했다.

이상에서 살펴본 바와 같이, 시마오에게 있어서 남도 서사는 '낯간지러움'을 동반하는 언어 행위이자 기술 행위였다. 그 '낯간지러운' 남도 서사 가운데는 여러 층위의 부조리와 모순 등이 잠재되어 있었고, 이를 간파한 시마오는 남도 서사를 쉽사리 완성시키지 못했다. 때문에 시마오의 남도 서사는 남도에 대해 이야기하면서도 그것을 이야기하지 못하는 역설적인 구조를 가진다고 볼 수 있다. 그러나 타자 서사의 가능성과 불가능성을 동시에 감지하는 것이야말로 시마오의 남도 서사가 시사하는 가장 중요한 부분이지 않을까. 타자 서사의 '낯간지러움'을 인식하고 그것을 극복하는 또 다른 언어를 더듬어 찾으며 재차 이야기

---

47 島尾敏雄, 「回帰の想念・ヤポネシア」, 『ヤポネシア考』, 219~220쪽.
48 "오키나와를 잃어버리는 것은 우리들이 고갈된다는 뜻이다. 우리들은 그곳이 잘려 나가는 것을 허락해서는 안 된다. 나는 납득이 되지 않는다. 우리들의 과거의 문학은 어째서 '오키나와'를 가만히 덮어두고 왔을까."(「「沖縄」の意味するもの」, 『島尾敏雄全集』第16卷, 16쪽)

해 보이는 것. 이것을 시마오의 남도 서사라고 한다면, 그것은 타자에 대한 상상력을 끊임없이 이어가는 행위이자, 동시에 자신의 언어를 끊임없이 수정, 갱신한다는 의미에서 타자 서사를 뛰어 넘은 자기 서사라 말할 수 있을 것이다.

5. 타자성 사유와 야포네시아

전후에 시마오가 고안한 '야포네시아'라는 명칭은 일본의 지리적 의미를 재구성시키는 표현이었고, 시마오가 생활의 거점이자 사상의 거점으로 삼았던 아마미, 오키나와는 도쿄를 중심으로 구성된 일본의 틀을 뒤흔드는 입각점(야포네시아의 뿌리)으로 주목을 받았다. 시마오가 제안한 야포네시아 논의는 1960년대 후반에 전개된 정치적 사회적 분위기와도 연동되어 전개되어 갔다. 시마오가 야포네시아라는 용어를 사용하고 나서부터 6년이 지난 1967년에는 오키나와 출신의 작가 오시로 다쓰히로가 오키나와 출신으로는 처음으로 소설 「칵테일·파티」로 제57회 아쿠타가와상을 수상하며 화제를 모았다. 이어서 1969년에는 사토-닉슨 회담의 결과 오키나와 반환이 결정되었다. 이 같은 흐름 속에서 야포네시아 구상은 반복귀 여론에 원용되었으며, 일본, 일본인, 일본문화의 기원에 대해 비판적인 성찰을 시도했던 전후 사상가 요시모토 다카아키, 민속학자 다니가와 겐이치 등에게 시사점을 주기도 했다. 또 야포네시아론은 남도의 풍토성과 독자성을 강조한 일종의 남도 예찬론으로 간주되는 경우도 있었다. 아무튼 시마오의 야포네시아라는 용어가 다양한 논의와 논쟁을 유도하고, 남도 담론 구성에 한 축을 이루었던 것은 분명한 사실이다.

그러나 시마오가 자신의 남도 담론에서 가장 방점을 두고자 했던 부분은 아마미, 오키나와와 같이 중심에서 벗어난 끄트머리, 말단, 잉여의 부분을 어떻게 서사하고 그 의미를 어떻게 공유할 수 있을 것인가 하는 문제였다. 다시 말하면 균질, 통일된 일본 표상을 위해 침묵을 강요당하고 은폐되어왔던 남도를 다시 읽고 이들의 시선과 발화를 경유한 뒤에 어떠한 일본을 구상할 수 있을 것인가, 라는 탐문 과정이 곧 야포네시아였다고 볼 수 있는 것이다. 중요한 것은 야포네시아가 지금도 여전히 '탐문 과정' 중에 있다는 사실이다. 그것은 어쩌면 하나의 통일된 어떤 것으로 귀결되는 것을 유보하려는 사고라 할 수 있다.

또한 시마오는 남도와 같은 말단과 잉여를 통일된 전체의 일부로 위치지우지 않았다. 다시 말하면 그는 남도가 환기시키는 이질적이고 세부적인 징후들을 '일본의 다양성'이라는 틀 속에 위치 지우지 않았던 것이다. 중앙이 위협받지 않는 범위 내에서 주변을 허용하며 발언의 기회를 주거나,[49] 대상이 되는 요소를 주인 안으로 편입시키는 동시에 그 대상의 타자성을 계속 유지시키는 관용적 태도[50]는 여전히 남도를 타자화시키기 때문이다. 시마오가 감지한 남도는 타자의 의미를 은폐시켜왔던 폭력을 되묻는 거점이자, 기존의 관계망을 불확정한 상태로 되돌려놓는 기제였다. 이는 시마오가 남도를 특권적으로 감지하거나

---

49 정영혜, 후지이 다케시 역, 『다미가요제창−정체성·국민국가 일본·젠더』, 삼인, 2011, 48쪽.
50 웬디 브라운, 이승철 역, 『관용−다문화제국의 새로운 통치 전략』, 갈무리, 2010, 62쪽.

향수하지 않고, 자기 내부에 자리한 완강한 질서를 내파하는 힘으로 그것을 사용했기 때문에 가능한 일이었다.

남도는 지금도 말로 표현하기 힘든 징후들로 우리에게 끄트머리를 묘사하는 언어를 보색하도록 촉구하고 있다. 아마미, 오키나와가 일본의 한 지역, 지방으로만 존재하지 않고 타자를 사유하는 하나의 방법론으로 존재할 수 있는 이유는 바로 이러한 데에 있다.

참고문헌

곽차섭 편, 『미시사란 무엇인가: 역사학의 새로운 가능성-미시사의 이론·방법·
　　논쟁』, 푸른역사, 2000, 41~159쪽.

도미야마 이치로, 손지연·김우자·송석원 역, 『폭력의 예감』, 그린비, 2006, 18~53쪽.

웬디 브라운, 이승철 역, 『관용-다문화제국의 새로운 통치 전략』, 갈무리, 2010, 62쪽.

자크 랑시에르, 오윤성 역, 『감성의 분할-미학과 정치』, 도서출판b, 2008, 44~45쪽.

＿＿＿, 양창렬 역, 『정치적인 것의 가장자리에서』, 길, 2008, 211쪽.

정영혜, 후지이 다케시 역, 『다미가요제창-정체성·국민국가 일본·젠더』, 삼인,
　　2011, 48쪽.

조정민, 「사상으로서의 야포네시아」, 『오늘의 문예비평』 91호, 2013, 106~112쪽.

新川明, 『沖縄·統合と反逆』, 筑摩書房, 2000, 99쪽.

大城立裕, 「ヤポネシア論の宿題-方言のアイデンティティーをめぐって」, 『カイエ』, 冬
　　樹社, 1978, 272~273쪽.

岡本恵徳, 『「ヤポネシア論」の輪郭-島尾敏雄のまなざし』, 沖縄タイムス社, 1990, 146
　　~188쪽.

鹿野政直, 『戦後沖縄の思想像』, 朝日新聞社, 1987, 113~115쪽.

G. C. スピヴァク, 上村忠男 訳, 『サバルタンは語ることができるか』, みすず書房, 1998,
　　54~55쪽.

小松寛, 「「日本·沖縄」という空間-「反復帰」論における日本側知識人の影響」, *Journal of
　　Northeast Asian Studies* 15, 2009, 51쪽.

高坂薫編, 『南島へ南島から』, 和泉書院, 2005, 284~285쪽.

島尾敏雄, 『ヤポネシア考』, 葦書房, 1977, 186~235쪽.

＿＿＿, 『島尾敏雄全集』 第16巻, 晶文社, 1982, 12~231쪽.

＿＿＿, 『島尾敏雄全集』 第17巻, 晶文社, 1983, 122~267쪽.

島尾敏雄·川満信一·岡本恵徳·新川明, 「幻の座談会 琉球弧とヤポネシア」, 『新沖
　　縄文学』 71号, 1987, 107~108쪽.

鈴木直子, 「島尾敏雄のヤポネシア構想-他者について語ること」, 『国語と国文学』 第
　　74巻 8号, 1997, 44쪽.

関根賢司, 「琉球弧のなかのヤポネシア論」, 『新沖縄文学』 71号, 1987, 46쪽.

高良倉吉, 「琉球と沖縄―琉球史を考えるポイント」, 『歴史評論』No. 457, 校倉書房, 1988, 72쪽.

谷川健一, 「鎮魂と贖罪」, 『文学界』1月号, 1987, 304〜305쪽.

花田俊典, 『沖縄はゴジラか―'反'・オリエンタリズム/南島/ヤポネシア』, 花書院, 2006, 204〜271쪽.

Barnaby Breaden, 「「根っこ」序説1―夢論/南島論/ヤポネシア」, 『九大日文』第1号, 2002, 160쪽.

浜川仁, 「イデオロギーとしてのヤポネシア論―試論」, 『沖縄キリスト教学院大学論集』4号, 2008, 16쪽.

比屋根薫・仲里効・高良勉・岡本恵徳, 「ヤポネシア論と沖縄―思想的な意味を問う」, 『新沖縄文学』71号, 1987, 18쪽.

村井紀, 『南島イデオロギーの発生―柳田國男と植民地主義』, 福武書店, 1992, 11〜13쪽.

_____, 『新版 南島イデオロギーの発生―柳田国男と植民地主義』, 岩波書店, 2004, 338〜339쪽.

本橋哲也, 『ポストコロニアリズム』, 岩波新書, 2005, 154쪽.

林泉忠, 『「辺境東アジア」のアイデンティティ・ポリティクス―沖縄・台湾・香港』, 明石書店, 2005, 96〜123쪽.

'오키나와 문학'이라는 물음

사키야마 다미崎山多美 「바람과 물의 이야기」의 방법

1. '공모'라는 문법

자명한 존재로 서사되는 '오키나와' 담론에 대해 누구보다 엄격하게 비판해 온 신조 이쿠오新城郁夫는 '오키나와란 무엇인가'라는 질문 자체에 이미 정답과 같은 것이 내장되어 있으며, 암묵적인 양해에 기반한 '오키나와'란 이미 선취되고 수탈된 것에 지나지 않는다고 지적한다. 더불어 그는 '오키나와'에 대해 묻는 외부의 질문만큼이나 확신범적인 태도를 보이고 있는 것이 바로 오키나와 자신이라고 말한다. 즉, 오키나와 사람은 심문당할 때에 몇 가지의 자백 패턴을 가지고 할당된 발화 위치에서 스스로 언어를 조준하고 결정하여 흔들림 없는 확신으로 '오키나와'를 이야기한다는 것이다.[1]

---

1 新城郁夫, 『到来する沖縄−沖縄表象批判論』, インパクト出版會, 2007, 114~118쪽.

오키나와를 묻고 답하는 사람 사이의 양해 관계, 혹은 공범 관계에 대해 지적한 신조의 발언은 전후 오키나와 문학을 둘러싼 담론 구조와도 무관하지 않다. 특히 일본 본토로부터 오키나와 문학에 대한 관심이 집중될 때에는 더욱 그러했다. 1966년 오키나와 타임스사沖繩タイムス社는 오키나와의 문학 부흥을 위해 잡지『신 오키나와 문학新沖繩文学』을 만든다. 잡지 창간호가 "오키나와는 문학의 불모지인가沖繩は文学不毛の地か"란 주제로 좌담회를 기획한 것에서도 알 수 있듯이, 당시 '오키나와'와 '문학'의 조합이란 매우 생경한 것이었다.[2] 그러나 잡지 창간 이듬해인 1967년 오시로 다쓰히로大城立裕가「칵테일・파티カクテル・パーティー」로 오키나와에서 처음으로 아쿠타가와상芥川賞을 수상하자 상황은 단숨에 급변하고 만다. 예를 들어 1967년 7월 22일자『류큐신보琉球新報』는 오시로의 수상을 톱기사로 다루며 곧장 "오키나와는 문학의 불모지가 아니다"라는 특집 좌담회를 마련했다. 단 1년 사이에 '문학의

---

2 『신 오키나와 문학』이전에도 이 문제는 문단에서 다루어진 바 있었다. 예컨대 류큐대학 문예 클럽 학생들 중심으로 간행된 잡지『류대 문학(琉大文学)』(1953년 7월에 창간하여 휴간을 거듭하면서도 1978년 12월 제34호까지 간행했다. 훗날 오키나와 논단에 등장한 많은 논객들은 이 잡지에서 활동한 이력을 가지고 있다)은 오키나와의 문학적 성과에 대해 집중적으로 성찰하기도 했다. 1954년 11월에 발간된 제7호를 보면「전후 오키나와 문학의 반성과 과제[戰後沖繩文学の反省と課題]」라는 특집이 마련되어 있는데, 여기에서 논자들은 공통적으로 오키나와 작품에는 사상성이 부재하고 비평정신이 없다고 지적하고 있으며,(太田良博, 4~5쪽) 당시의 시점에 비추어 볼 때 전후에 오키나와 문학이라고 할 만한 수확이 없다는 점(大城立裕, 10쪽; 嘉陽安男, 12쪽)을 꼬집기도 했다. 또한 같은 호에는 아라카와 아키라[新川明]의「전후 오키나와 문학 비판 노트[戰後沖繩文学批判ノート]」와 가와미쓰 신[川満信]의「오키나와 문학의 과제[沖繩文学の課題]」라는 글도 게재되어 있다. 여기에서 두 사람은 전후 오키나와 문단에 발표되었던 수기와 문학 작품을 거론하며 이들은 아직 질적으로나 양적으로 문학적 비중을 갖지 못했다고 지적하였다. (新川明, 26쪽) 1966년『신 오키나와 문학』이 제기했던 "오키나와는 문학의 불모지인가" 하는 문제는 10여 년 전에도 논의되었던 것으로, 이는 전후 오키나와 문단의 오랜 과제이자 고민이었던 것으로 보인다.

불모지'로부터 벗어났다고 자평하는 이러한 담론은 오키나와 문단을 객관적으로 진단하는 기회를 마련했다기보다 본토의 인정에 일단 안도하고 자족하고 말았음을 시사하고 있다. 즉 '일본에서 가장 권위 있는 상'을 거머쥔 일은 일본 문단에서 가장 확실한 방법으로 오키나와 문학을 승인받은 것과 같은 의미로 간주되었던 것이다. 오시로 이후로 한동안 이어진 오키나와 작가들의 아쿠타가와상 수상은 오키나와를 토착적이면서도 세계적인 문학 소재가 매장되어 있는 '광맥'으로 변모시켰다.[3] 일각에서는 '또 오키나와 작품인가?'[4]라며 다소 진부하다는 반응을 보이는 경우도 있었지만, '오키나와 문학'은 누구도 부정하거나 이의를 제기하지 못하는 고유 영역으로서 일본 문단에 안착되어 갔다. 물론 이는 양자 사이에 이미 약속된 '정답'과 같은 것이 전제되어 있었기에 가능한 일이었다.[5]

---

3   예를 들면 가와무라 미나토川村湊는 메도루마 슌目取真俊의 「물방울水滴」이 1997년 상반기 아쿠타가와상을 수상한 것과 관련하여 『마이니치 신문毎日新聞』 문예시평 란에 "문학의 광맥"을 노두露頭시킨 오키나와 고유의 뛰어난 소설"(1997.3.25)이라고 평한 바 있다.

4   메도루마 슌의 「물방울」이 아쿠타가와상 수상작으로 결정되었을 때, 심사위원 중 한 사람이던 이시하라 신타로石原愼太郞가 한 발언이다.(「芥川賞選評」, 『芥川賞全集』18, 文藝春秋社, 2002, 361쪽)

5   오키나와에서 활동하고 있는 작가 사키야마 다미 역시 오키나와 작가의 아쿠타가와상 수상에 대해 다음과 같은 시사적인 발언을 남겼다. "히가시 미네오東峰夫의 아쿠타가와상 수상은 복귀를 앞 둔 오키나와에 대한 본토의 '정치적 배려'라고 말하고들 한다. 그러나 그것은 「오키나와 소년オキナワの少年」에만 국한된 일이 아니라 '오키나와 문학'이 중앙의 시선에서 비평받을 때 반드시 따라다니는 논의이다. 지금도 유타, 오키나와적 정신세계, 토착, 민속, 신화 등의 시대착오적인 용어로 작품을 읽으며 치켜세우거나, 혹은 기지, 전쟁과 같은 표층적인 정치 상황과 연동시켜 해설하기도 한다. 오키나와 쪽도 거기에 응답하듯이 그런 소재에 기대어 작품을 쓰고 있다. 오키나와의 문학 상황과 중앙의 시선은 어딘가에서 이어져 있는 것이다. 즉 '어떤 정치적인 배려' 하에서 오키나와를 가두어 넣고 몰이해로 대충 과대평가하거나 과소평가하는 비평 방식이 이루어지고 있다고나 할까."(崎山多美, 「「シマコトバ」でカチャーシー」, 『21世紀文学の創造 2-「私」の探求』, 岩波書店, 2002, 173~174쪽)

문학이 문화 생산의 장에서 고유의 언어적 자산 및 문학성이라는 상징 자본을 통해 사회적 헤게모니를 구축하는 실체적, 구조적 장場(문학장, literary field)이라는 점을 염두에 둔다면,[6] 본토의 문학장에 임하는 오키나와 문학이란 일종의 전략과 전술을 가지고 본토 문학과 경쟁하는 사회적인 행위였을 터였다. 그리고 여기에는 앞에서 신조가 언급한 본토와 오키나와의 공모 관계가 다분히 작용할 수밖에 없었다. 오해의 소지가 없도록 미리 언급해 두지만, 여기서 필자는 본토의 문학장에서 문학적 권위와 상징적 권력을 탈취하기 위해 해당 작가들이 '몇 가지의 자백 패턴'을 가지고 '선취되고 수탈된' 오키나와를 연출해 보였다고 비난하고 있는 것은 아니다. 물론 오키나와에 대한 정형화된 시선이나 정치적인 독해를 조장하는 장치가 없었던 것은 아니지만, 이 글의 관심사는 양자의 공모 관계에 대한 도덕적·윤리적 접근에 있지 않다. 오히려 여기에서 문제 삼고자 하는 것은 본토가 상정한 오키나와 문학의 범주 후경에 어떠한 정치적, 사회적 맥락이 작동했는가 하는 것이며, 그에 대한 오키나와 문학의 미학적 성향은 어떠한 한계를 보이고 동시에 어떠한 가능성을 열어왔는가 라는 부분이다.

특히 이 글에서는 양자의 공모로부터 비어져 나와 용인 받지 못한 방식으로 오키나와를 감각하려 했던 사키야마 다미崎山多美[7]의 소설 「바

---

6 피에르 부르디외, 하태환 역, 『예술의 규칙 — 문학장의 기원과 구조』, 동문선, 1999, 287쪽.
7 이 글의 이해를 돕기 위해 사키야마의 작품 경향에 대해 간략하게 소개할 필요가 있을 것이다. 1954년 이리오모테섬[西表島]에서 태어난 사키야마는 '섬'을 주제로 소설을 쓰기 시작했다. 「수상왕복水上往還」(1988), 「섬 잠기대シマ籠る」(1990), 「반복하고 반복하여(くりかえしがえし)」(1994) 등이 대표적인 작품으로, 여기에서의 '섬'은 실체가 모호하거나 환상적인 공간이다. 이후 사키야마는 작가 특유의 '섬 말'이 난무하고 청각적인 묘사에 치중하는 「무이아니 유래기[ムイアニ由来記]」(1999), 「유라티쿠 유리티쿠(ゆらてぃくゆりてぃく)」(2000) 등과 같은 작품을 발표했다. 또한 2006년부터는 잡지 『스바루(すば

람과 물의 이야기風水譚」에 주목하고자 한다. 이 소설은 오키나와 문학에게 요청되는 갖가지 정치적인 욕망과 차별적인 상상으로부터 번번이 빗겨나가고 벗어나려는 지향을 가지고 있다. 말하자면 「바람과 물의 이야기」는 본토와 오키나와의 공모 관계로부터 해방될 수 있는 유효한 고민거리를 제시하고 있는 것이다. 이 작품이 가지는 역동적인 운동성과 전복성에 대해 분석하기 전에 우선 앞에서 언급한 본토의 문학장과 오키나와 문학의 조응에 대해 확인할 필요가 있을 것이다.

2. 본토의 승인－아쿠타가와상[8]과 전후 오키나와 문학

1967년 「칵테일・파티」로 아쿠타가와상을 수상한 오시로 다쓰히로와 1996년 「돼지의 보복豚の報い」으로 같은 상을 수상한 마타요시 에이

る)』에 오키나와 본섬에 위치한 고자 시[コザ市]를 배경으로 '구자(クジャ, 고자를 일컫는 오키나와 방언) 연작물'을 쓰며 여성의 이야기에 초점을 두기도 했다. 「고도 꿈 속 혼잣말[孤島夢ドゥチュイムニ]」(2006.1), 「보이지 않는 거리에서 숀카네개見えないマチからションカネーが]」(2006.5), 「아코우쿠로우 환시행[アコウクロウ幻視行]」(2006.9) 등은 이에 해당하는 작품이다. 한편 2012년에는 오키나와의 조선인 위안부 문제를 다룬 「달은, 아니 대[月や、あらん]」를 발표하기도 했다.

8 이 글에서 오키나와 작가들의 아쿠타가와상 수상에 초점을 두는 이유는 각종 단체나 조직이 수여하는 여러 상에 비해 여전히 아쿠타가와상이 가지는 위상이나 주목도가 높기 때문이다. 뿐만 아니라 전후 오키나와 문학 담론이 아쿠타가와상 수상 작가들을 중심으로 구성된 사정도 고려하지 않을 수 없다. 무라마쓰 사다타카[村松定孝]가 지적하였듯이 아쿠타가와상 수상은 문단에 국한되지 않고 문예 저널리즘에서도 큰 평판을 얻는 계기가 되며, 특히 1955년 하반기 이시하라 신타로의 등장 이후로 이 상은 문단을 넘어 매스컴이 작가를 만들어 가는 경향을 뚜렷하게 드러내었다. 가이코 다케시[開高健]와 오에 겐자부로[大江健三郞] 등의 사회적 발언은 종래의 작가들이 하지 못했던 부분이기도 했다. (村松定孝, 「「芥川賞」と商業ジャーナリズム」, 長谷川泉 編, 『芥川賞事典』, 至文堂, 1977, 38쪽) 오키나와에서 아쿠타가와상을 수상한 작가들의 사회적 발언 및 저널리즘에 대한 영향도 같은 맥락에서 이해할 수 있을 것이다.

키又吉栄喜는 30년이란 긴 세월을 사이에 두고 동일한 상을 수상했지만, 두 사람의 수상 배경은 지나치다 싶을 정도로 닮아 있다.[9] 먼저, 오시로의 소설은 미군기지를 안고 있는 오키나와의 정치 사회적 상황을 고발한 작품으로 오키나와의 본토 복귀가 정치적 현안으로 부상하던 시점과 맞물려 본토로부터 큰 주목을 받았다. 물론 당시 심사 위원이던 미시마 유키오三島由紀夫처럼 "소설의 주인공이 매력적이지 않고 게다가 모든 문제를 커다란 정치 퍼즐 속에 녹여놓고 있다"고 혹평하며 투표를 기권할 정도로 거부감을 드러낸 경우도 있었지만, 미국 점령 하에 있던 오키나와의 갖은 갈등을 「칵테일·파티」만큼 함축적으로 제시한 작품도 드물었다.

'오키나와'에서 '처음'으로 '아쿠타가와상'을 수상한 이 작품의 상징적 효과는 대단한 것이었다. 예컨대 오키나와에서는 "토착 문학에 대한 큰 자신감을 오시로 씨가 훌륭하게 입증"해 주었다거나 "중앙 문단에 대한 돌파구로서 귀중한 도약대"를 만들었다거나 "오늘날의 오키나와의 상황을 이야기하면서도 유니버설한 문제로 확장"시켰다거나 하는 높은 평가와 상찬이 이어졌다.[10] 그런데 본토에서는 오키나와와는 다소 결을 달리하는 방식으로 「칵테일·파티」를 읽고 있었다. 미시마가 지적한 것처럼 작품의 내용은 물론이고 수상 배경 역시 '커다란 정치 퍼즐'과 무관하지 않았던 것에서도 볼 수 있듯이,[11] 본토가 '오키나

9　花田俊典, 『沖縄はゴジラか─'反'・オリエンタリズム/南島/ヤポネシア』, 花書院, 2006, 34쪽.

10　『琉球新報』, 1967.7.22.

11　이 작품을 추천한 후나하시 세이이치舟橋聖一조차도 '오키나와의 정치상황 때문에 선정된 것이 아니다'라는 말을 남겼지만 이는 역으로 정치적인 문맥 속에서 이 소설이 읽혔음을 증명하는 것이기도 하다.(本浜秀彦, 「『カクテル・パーティー』作品解説」, 岡本恵徳・高橋敏夫 編, 『沖縄文学選─日本文学のエッジからの問い』, 勉誠出版, 2003, 130쪽)

와 최초의 아쿠타가와상 수상 작가' 오시로에게 요청한 것은 미군기지와 관련된 오키나와의 정치적 현실이나 진상을 직접 고발하는 전달자 역할이었다. 그 단적인 예는 1971년 잡지 『세계世界』가 마련한 특집 「'복귀'를 묻는다復帰を問う」에서 잘 드러난다. 잡지 편집부는 오키나와가 본토로 복귀할 경우에 일어날 수 있는 여러 가지 첨예한 문제들, 예컨대 군사점령이나 헌법 9조, 반전·평화 사상 등을 검토하는 기획을 마련했는데, 이때 오시로에게 기대한 것은 미군 점령 하에 있는 오키나와의 현실을 대변하고 또 미국과 일본 모두를 비판하는 역할이었다.[12]

자신의 사상의 입각점과 문학 세계를 모두 '정치'라는 커다란 상황 속에 용해시키려는 본토의 욕망을 오시로는 일찍부터 감지하고 있었다. 그는 아쿠타가와상 수상 직후 오에 겐자부로大江健三郎와 가진 대담에서 "본토의 일반 독자들 사이에서 문학성은 어느새 말소되고 정치적인 효과만 거론되어서는 곤란하다"[13]고 언급한 바 있었고, 이후에도

---

12 松下優一,「作家·大城立裕の立場決定─「文学場」の社会学の視点から」,『三田社会学』16, 2001, 111~112쪽. 손지연 역시 오시로에 뒤이어 히가시 미네오의 「오키나와 소년」이 아쿠타가와상을 수상한 것에 주목하며, 본토가 기대했던 오키나와 문학이란 미 점령기의 오키나와, 즉 오키나와와 미국과의 관계를 어떻게 다룰 것인가에 있었다고 지적한 바 있다.(손지연,「전후 오키나와(인)의 성찰적 자기서사『신의 섬[神島]』」,『한림일본학』27호, 2015, 17쪽) 한편, 가노 마사나오鹿野政直가『전후 오키나와의 사상상戰後沖縄の思想像』(朝日新聞社, 1987)에서 면밀하게 고찰했듯이 1968년부터 오키나와가 본토 복귀하는 1972년까지 오시로가 오키나와 내외 미디어에 게재한 글은 약 230편에 이르며 특히 에세이 종류의 글을 다수 발표하였다. 이는 오시로를 둘러싼 내·외적 요인이 작용한 결과라 할 수 있다. 즉 '현지' 사람으로서 '현지' 목소리를 본토에 발신해야겠다는 작가의 사명감과 함께 아쿠타가와상 수상 작가라는 지위에 기댄 본토 매체가 그를 통해 오키나와의 입장을 듣고자 했기에 오시로는 많은 글을 발표할 수 있었던 것이다. 오시로는 복귀라는 정치적 상황을 앞에 두고 본토와 오키나와의 관계를 집요하게 검토하는 한편 방대한 미군기지가 배태시킨 산업, 경제, 문화, 인권 등의 문제를 두루 다루었다.(鹿野政直,『戰後沖縄の思想像』, 朝日新聞社, 1987, 375~377쪽)
13 大城立裕·大江健三郎,「'対談'文学と政治」,『文学界』, 1967.10, 154쪽.

"나는 평소부터 「칵테일・파티」보다 「거북등 무덤龜甲墓」이 문학적인 가치가 높다고 생각하고 있었고 현지의 대부분의 독자들도 마찬가지이지만, 이건 본토에서는 상상도 못하는 일인 것 같다. 내 작품에 대한 중앙의 평가가 낮은 것은 기량의 문제인지 아니면 (…중략…) 그들이 오키나와를 모르기 때문인지 분명하게 알 수 없다",[14] "'오키나와'의 경우는 어째서 이런 상황론적인 작품만 다루어지는 것일까. (…중략…) 「칵테일・파티」와 「소설・류큐처분小說・琉球処分」 등은 오키나와의 피해자적 상황을 그린 문제작이라고 이해되고 있으며 문제의식에 부합하지 않는 작품은 (본토에서-인용자) 버려지고 있다"[15]라고 토로하기도 했다. 그는 본토의 문제의식에 따라 오키나와의 작품 평가가 좌우되고 선별되는 것에 대해 대단히 비판적이었던 것이다. 또한 잡지『지구적 세계문학』의 편집인 김재용 교수와의 최근 인터뷰에서는 「칵테일・파티」 이후에 발표된 소설로서 오키나와 전투의 집단사 문제를 심도 있게 다룬 「신의 섬神島」을 본토가 철저하게 외면한 것에 대해 크게 성토하기도 했다.[16] 이렇듯 오시로 문학에 대한 본토의 양해와 용인의 폭은

14　谷川健一 編,『わが沖縄』第1巻, 木耳社, 1970.(大城立裕,「沖縄で日本人になること」,『沖縄文学全集』第18巻 評論Ⅱ, 国書刊行会, 1992, 56쪽)

15　大城立裕,「通俗状況論のなかで」,『文学界』12月号, 1975.(『大城立裕全集』第13巻, 勉誠出版, 2002, 360쪽)

16　김재용・오시로 다쓰히로,「작가와의 대담」,『지구적 세계문학』6호, 글누림, 2015, 146쪽. 작가 오시로의 말을 빌리자면 본토 복귀라는 정치적 논의를 염두에 두고 발표된 「신의 섬」은 "역사적 고민과 민속학적인 깊은 이해를 통해 완성한" 작품으로 "거기에는 일본에 대한 원망도 있었지만 친밀감도 있는, 동화와 이화 사이의 복잡한 심경을 표현"한 것이었다.(146쪽) 훗날, 본토 복귀를 앞두고 오시로가 양자의 관계를 지속적으로 탐문한 저작『동화와 이화의 사이에서同化と異化のはざまで』(1972)의 모티브가 되었다고도 할 수 있는 이 작품은, 작가가 본토를 비중 있게 의식하고 있었던 만큼 본토로서는 읽기 불편한 소설일 수밖에 없었다. 이처럼 「신의 섬」에 대한 본토의 수용 양상은 오키나와에 대한 배제와 통섭의 정치를 대변하고 있었다.

대부분 '정치'라는 부문에 한정되어 있었고 결과적으로 그의 문학 세계는 본토가 정한 규준 내에서 소화되는 경향을 가지게 되었다.[17] 오시로의 바람과는 달리 지금도 여전히 그의 사상은 「칵테일・파티」로 대변되며, 이러한 정치적인 해석과 소비는 오키나와와 일본을 넘어 해외에서도 반복되고 있는 실정이다.[18]

오시로의 경우와 마찬가지로 마타요시 에이키의 수상 배경에도 역시 커다란 정치적 쟁점이 잠복해 있었다. 1995년 요미탄손讀谷村의 소베楚邊통신소[19] 토지 임대 기간 만료 문제와 더불어 같은 해에 일어난 미

---

[17] 본토 복귀 직전 해인 1971년 하반기 아쿠타가와상은 히가시 미네오의 「오키나와 소년」이 차지했다. 이는 오시로의 경우와 마찬가지로 본토의 정치적인 결정이라고 읽히는 대목이다. 수상 이후 히가시에게는 오키나와를 주제로 한 원고 의뢰가 잇달았지만, 복귀 후에는 오키나와 관련 출판물이 썰물처럼 빠져나가 서점에서 모습을 감추었고 이 과정에서 히가시의 작품도 사장되어 갔다. 복귀라는 요란한 상황 속에서 소비되다가 결국에는 잊히고 만 것이다.(大野隆之, 『沖縄文学論』, 東洋企画, 2016, 95쪽) 한편, 이회성의 「다듬이질하는 여인[砧をうつ女]」도 같은 해(1971년 하반기)에 같은 상을 수상했다. 이 작품의 수상배경으로는 1968년의 김희로 사건, 1970년의 박종석 히타치사건과 같은 재일조선인 인권 문제와 결부시켜 생각해 볼 수 있다. 1971년 하반기 아쿠타가와상은 오키나와인과 재일조선인이 동시에 수상한 이례적인 해였다.

[18] 2003년에 출판된 오카모토 게이토쿠・다카하시 도시오 편의 『오키나와 문학선[沖縄文学選ー日本文学のエッジからの問い』은 아쿠타가와상 수상작 모두를 싣고 있다. 편자들은 본토가 2000년대 들어서 오키나와 문학에 대해 주목한 이유로 1995년 미군의 오키나와 소녀 성폭행 사건과 2000년 오키나와 서미트 등의 사회적 배경을 들고 있다.(426쪽) 이처럼 오키나와 문학을 대하는 본토의 시선과 배경은 대동소이하며 현재까지도 반복되고 있는 실정이다. 위의 책은 2015년에 新裝版으로 재출간되었다. 한편 오시로의 「칵테일・파티」는 미국에서 영화로 만들어져 2016년 봄에 공개된 바 있다. 2001년에 이미 영어로 번역되어 하와이에서 낭독극으로도 공개된 이 작품은 이후 레지 라이프(Regge Life) 감독이 2005년부터 약 10년에 걸쳐 영화로 만들어 2016년에 발표했다.(『琉球新報』, 2016.4.5 참조) 영어로 번역된 소설 「칵테일・파티」가 낭독극과 영화로 만들어지는 과정에서 보듯이, 오시로에게 꼬리표처럼 붙은 정치 소설 「칵테일・파티」는 매체를 달리하며 끊임없이 재생산되고 있다. 오시로뿐만 아니라 오키나와에서 아쿠타가와상을 수상한 작품들은 대부분 영화로 만들어졌다. 히가시 미네오의 〈오키나와 소년〉(新城卓 감독, 1983), 마타요시 에이키의 〈돼지의 보복〉(崔洋一 감독, 1999), 메도루마 슌의 〈바람소리[風音]〉(東陽一 감독, 2004) 등이 바로 그 예인데, 이는 본토의 문학장에서 획득한 상징 권력과 자본이 대중 매체인 영화의 장에서도 통용되고 있음을 알 수 있게 한다.

[19] 보통 코끼리 우리[象のオリ]라고 불린다. 냉전시기에 소련과 중국, 북한의 군사기밀을 감

국 해병대원의 오키나와 소녀 성폭행 사건은 본토의 모든 눈과 귀를 오키나와로 집중시키고 있었다. 특히 해병대원이 일으킨 성폭행 사건은 단순히 기지에 부수하는 문제에 그치지 않고 비합리적인 미일지위협정[20]의 재검토 논의를 촉발시켜 오키나와 내외는 물론이고 해외에서도 크게 주목하고 있던 터였다. 이런 가운데 1996년 1월, 마타요시의 『돼지의 보복』은 제114회 아쿠타가와상을 수상하기에 이른다. 오키나와의 어느 술집에 돼지가 난입하면서 한 여자 종업원의 혼이 빠져나가자, 그녀에게 다시 혼을 찾아주고 돼지의 액을 씻기 위해 술집 여사장과 두 명의 여자종업원, 그리고 아르바이트 청년 쇼키치正吉는 '신의 섬神の島'이라 불리는 마쟈 섬眞謝島의 우타키御嶽(신령을 모시는 곳으로 오키나와에서는 가장 신성시 되는 장소)로 향한다. 이 네 명의 좌충우돌 여행을 그린 것이 바로 『돼지의 보복』이다. 간단한 소개에서도 짐작할 수 있듯이 이 소설에는 혼 불어넣기, 액 씻기, 우타기, 유타(무녀), 풍장風葬 등과 같은 오키나와의 관습과 풍경이 진하게 배어 있다. '오키나와라는 하나의 우주'를 그린 것 같다는 이시하라 신타로의 평가처럼 이 작품은 마치 우주의 기운을 빌려 정치 현안을 무화시키듯 독자들의 온 시선을 오

청하기 위해 만든 시설로 거대한 안테나 탑을 촘촘하게 연결한 것이다. 인공위성을 통한 첨단 감청 장비가 개발됨에 따라 1998년부터는 사용하지 않고 있다.

20 미일안보조약에 근거해 제정된 것으로서 주일 미군의 법적 지위 등을 규정하고 있다. 이 협정은 일본 측의 시설제공 의무와 주일 미군의 특권 등을 정하고 있다. 이 협정에 따라 정해진 형사특별법 등에서는 헬리콥터 등 미군의 재산을 수색, 압수하기 위해서는 미군의 동의가 필요하며, 미군기지 내에서 발생한 범죄나 미군 관계자 간의 범죄에 대해서는 미군측이 우선적으로 재판권을 갖도록 하고 있다. 특히 일본인을 상대로 한 범죄와 같이 일본이 재판권을 가지는 것이 불가피한 사건의 피의자에 대해서도 미국 측이 먼저 그들을 구속한 경우는 일본 검찰에서 이들을 기소한 이후에나 신병을 인도할 수 있도록 하고 있다. 이에 따라 일본 내에서는 검찰 기소까지 충분한 수사가 불가능할 뿐 아니라 중범 죄자의 경우에도 일본 측의 조사 시점에는 구속되지 않으므로 지나치게 관대한 처분을 받는 것이라는 지적이 제기되어 왔다.

키나와의 자연과 풍토, 풍습에 집중시키고 있었다.

이미 하나다 도시노리가 이 작품에 대한 아쿠타가와상 심사평을 분석하여 본토가 정치적으로 규정한 '오키나와 문학'에 대해 논한 바 있기에 여기에서 반복할 필요는 없겠지만,[21] 이 소설의 수용 회로는 오키나와라는 지역이 가지는 비획일성에 대한 상찬, 즉 오키나와적 풍토에 대한 가치의 발견과 '고대'라는 시간 및 민속의 발견이라고 요약해도 무방할 것이다.[22] 심사자로 대변되는 본토의 관심은 '마타요시 에이키'라는 고유한 작가의 문학 세계에 있었던 것이 아니라 오로지 '오키나와'를 향해 있었고, 이러한 담론 구조 속에서 마타요시는 '지역의 힘地の力'에 의존해 기존의 '오키나와'를 청신하게 갱신한 익명의 누군가에 지나지 않았다. 오키나와 문학에 대한 승인이 소위 주변부의 미분未分적 카오스가 가지는 풍요로움을 찬탄하며 여기에서 잃어버린 본래성을 되찾고자 하는 담론 속에서 이루어진다면, 이러한 논리는 주변의 카오스

---

21 花田俊典, 앞의 책, 34~42쪽.
22 본문의 이해를 돕기 위해 심사평의 일부를 소개하면 아래와 같다.(인용은 『芥川賞全集』 17, 文藝春秋社, 2002, 432~445쪽)
　　미야모토 테루[宮本輝 : 오키나와라고 하면 곧장 전쟁의 상흔이나 기지 문제, 정치적 상황 하의 오키나와 현민과 같은, 아무튼 정치적인 면만 부각되거나 역으로 토속적인 부분만 부각되어 작가도 독자도 그로부터 자유롭지 못한 경향이 있는데 마타요시 씨의 경우는 오키나와라는 고유의 풍토에서 사는 서민들의 숨소리와 생명력을 때로는 섬세하게 때로는 대담하게 그리고 있다.
　　고노 다에코[河野多恵子 : 오키나와의 자연과 사람들의 매력에 끌려 자연이란 것, 인간이란 것을 다시 생각하고 싶은 기분이 들었다.
　　이시하라 신타로 : 일본에서의 오키나와라는 풍토의 매력과 가치, 의미는 비획일성이다.(…중략…) 마타요시 씨의 작품은 오키나와의 정치성에서 벗어나 문화로서의 오키나와를 원점으로 삼고 있으며, 오키나와라는 작지만 확고한 하나의 우주를 느끼게 한다.
　　오에 겐자부로 : 이야기를 전개시키는 기술이 탁월하며 다양한 여성상도 매력적이다. 그것은 오키나와 여성의 독자성으로 일반화시킬 수 있는 장점으로 보이며, 오키나와의 현대 생활에 밀접한 민속적인 고대 역시 앞으로의 창작 활동을 지탱할 것 같다.

를 중심이 흡수하여 재활성화해 다시 '중심' 중심주의를 낳는 것으로 귀결될 뿐이다.[23]

사실, 「돼지의 보복」 이전의 마타요시는 일본 가운데 한 특징적인 주변 지역으로서 오키나와를 다루지 않았다. 「조지가 사살한 멧돼지ジョージが射殺した猪」(『文學界』, 1978.3), 「긴네무 집ギンネム屋敷」(『すばる』, 1980.12) 등과 같은 작품에서 보듯, 그는 포스트콜로니얼적인 폭력이 끊임없이 발동되는 장소로서 오키나와를 포착하고 있었으며 그 시선은 매우 급진적이었다.[24] 그러나 「돼지의 보복」에서는 풍장의 관습이 남아 있는 '신의 섬'과 그곳으로 향하는 인물들을 조형하여 마치 오래된 오키나와의 시공간을 희구하는 것처럼 그리고 있었다. 물론 「돼지의 보복」을 기점으로 그 이전과 이후의 주제가 서로 다르다고 하여 그것을 곧장 문학적 혹은 작가적 모순으로 단정 지을 수는 없겠지만, 본토의 문학장에서 이루어진 마타요시 문학의 사회화는 그의 문학적 가치나 문학 행위자의 위치를 일정하게 구조화된 성향 체계로 만들고 말았던 것도 부정할 수 없다.[25] 1999년 문예춘추사文藝春秋社에서 『돼지의 보복』 단행본을 발간할 때, 원래 제목이 「아티스트 상등병アーチスト上等兵」(『すばる』, 1981.9)이던 단편을 「등 뒤의 협죽도背中の夾竹桃」로 바꾼 것,[26] 그리고 오키나와의

---

23 花田俊典, 앞의 책, 40~41쪽.

24 위의 책, 43쪽; 新城郁夫, 앞의 책, 100~101쪽; 又吉栄喜・新城郁夫・星雅彦, 「鼎談沖縄文学の現在と課題-独自性を求めて」, 『うらそえ文芸』 8号, 2003.5, 34쪽.

25 라영균, 「문학장과 문학성」, 『외국문학연구』 17, 2004, 181쪽.

26 단행본으로 간행된 『돼지의 보복』 표지(띠지)에는 "제114회 아쿠타가와상 수상 오키나와의 멋진 삶이 여기에 있다第114回 芥川賞受賞 すばらしき沖縄の暮しがここにある!"라고 쓰여 있다. 오키나와의 이국적인 정서와 마타요시의 문학을 중첩시키는 이러한 선전 문구는 본토가 마타요시 문학을 어떻게 소비하고자 했는지 가늠할 수 있게 한다. 한편 베트남 전쟁을 배경으로 젊은 미군 병사와 기지 마을에서 자란 한 소녀의 관계를 그린 「아티스트 상등병」은 단행본의 취지인 '오키나와의 멋진 삶'에 부합하도록 다소 낭만적인

일상에 잠복된 폭력과 광기를 날카롭게 보던 시선이 시간이 지나면서
'토착성'이나 '민속적인 혼'이라는 세계관 창조로 향하게 된 것은[27] 본
토의 문학장에서 행해진 정치적 결정과 무관하지 않다고 여겨지며, 이
는 본토가 오시로에게 요청한 노선과 크게 궤를 달리 하는 부분이기도
했다.[28]

　오키나와에서 '특별한 시공간'을 발견하는데 성공한 본토는 마치 그
에 대한 반동처럼 이번에는 또 다른 '특별함'으로 오키나와를 재정의하
려 했다. 마타요시의 아쿠타가와상 수상 이듬해인 1997년 메도루마 슌
目取真俊의 「물방울水滴」(『文學界』, 1997.4)이 같은 상에 선정된 것이다. 이
작품은 전쟁에서 생환한 도쿠쇼德正의 엄지발가락에 물방울이 듣자 이
신비한 물을 마시러 밤마다 수많은 전사자들이 찾아오는, 말하자면 전
쟁적 신체(전사자)와 전후적 신체(도쿠쇼)의 조우를 통해 오키나와 전투
의 상흔을 그리고자 한 소설이다.

　마타요시가 아쿠타가와상을 수상했을 당시 심사위원으로 있던 미야
모토 테루는 "오키나와라고 하면 곧장 전장의 상흔이나 기지 문제, 정
치적 상황 하의 오키나와 현민과 같은, 아무튼 정치적인 면만 부각되거
나 역으로 토속적인 부분만 부각되어 작자도 독자도 그로부터 자유롭
지 못한 경향"이 있다고 언급한 바 있었다. 어쩌면 그의 지적은 마타요

　　제목 「등 뒤의 협죽도」로 바뀌었다. 하나다는 작품의 정치색을 후경으로 감추기 위한 일
　　종의 배려가 아니었는가 하고 짐작하기도 했다.(花田俊典, 앞의 책, 46쪽)
27　新城郁夫, 「問いかけとしての沖縄文学」, 岡本恵徳・高橋敏夫 編, 앞의 책, 302쪽.
28　곽형덕은 마타요시의 문학 세계에서 보이는 토착이란 단순한 노스탤지어만을 의미하는
　　것이 아니라고 지적한다. 오키나와의 자연이나 문화유산은 물론이고 미군기지나 미국
　　인 하우스 등과 같은 전쟁과 점령의 기억, 그리고 현실이 난무하는 곳이 바로 마타요시의
　　'토착'이라 보았다.(곽형덕, 「마타요시 에이키 문학에 나타난 '타자'와의 교섭 과정－"오
　　키나와인 주체의 자세"를 묻다」, 『탐라문화』 49호, 2015, 95쪽)

시와 메도루마의 수상 배경을 동시에 짚은 것인지도 몰랐다. 다시 말해, 본토에서 통용 가능한 오키나와 문학의 범주란 '정치'나 '토속'에 국한되며, '작자도 독자도 그로부터 자유롭지 못한 경향'이 역설적으로 본토에 오키나와 문학을 존치시키는 조건이자 전제가 되어왔던 것이다.

미야모토의 예견처럼 「물방울」에 대해서는 "전후 50여 년에 이르기까지 피해자의 얼굴을 해 온 자기기만을 작가는 다시 묻고 있으며 (…중략…) 주인공의 에고이즘이나 나약함, 어리석음을 작가는 모두 '전적으로 긍정'하고 있다. 윤리적, 종교적 측면이 아니라 오키나와라는 불가사의한 힘으로",[29] "또 오키나와 작품인가, 라는 느낌이 들었지만 이는 과거의 전쟁 경험을 포함하여 오키나와가 일본에서 특이한 지위를 가지고 있기 때문일 것이다. (…중략…) 오키나와의 전쟁 체험이란 단순한 유산에 그치지 않고 오늘날까지도 계승되는 재산으로, 오키나와 지방이 가진 개성을 분명히 한 작품이다"[30] 등의 심사평이 이어졌다. 이렇게 '불가사의한 힘'과 '특이한 지위'를 가진 오키나와 문학은 때로는 '또 오키나와 작품인가'라는 식상한 반응을 부르면서도 결과적으로는 본토의 문학장에서 벌어지는 경쟁에서 유리한 고지를 점하게 만들고 있었다. 동시에 이는 작가 개인에 대한 조명이나 작품 속의 인물이 피력하는 사상성을 '불가사의한 힘'과 '특이한 지위'에 매몰시키는 결과를 낳기도 했다.[31]

---

29 히노 게이조[日野啓三], 「芥川賞選評」, 『芥川賞全集』 18, 앞의 책, 352쪽.
30 이시하라 신타로, 「芥川賞選評」, 위의 책, 361쪽.
31 메도루마의 「물방울」은 전쟁 기억의 표상의 한계를 거듭 시험하며 내셔널 히스토리에 대한 첨예한 비판을 시도했음에도 불구하고 대부분의 심사자들은 오키나와 전투를 '지방의 개성'으로 본질화, 토착화시켜 버리고 말았다. 특히 이시하라의 심사평은 연구자들로부터 큰 비판을 받았다.(花田俊典, 앞의 책, 50~51쪽; 新城郁夫, 『到来する沖縄―沖縄

여기에서 주의하고 싶은 것은 문학장 내에서의 본토와 오키나와의 권력 관계, 혹은 공범 관계를 메도루마가 선명하게 비판하고 있는 지점이다. 그는 소위 '오키나와 붐'에 투사된 본토의 식민지적 시선과 그에 순응하는 오키나와를 동시에 일갈하면서 오키나와 문학이 거듭해온 수사의 방식에 대해 다음과 같이 문제제기한다.

'방언'을 쓰며 새로운 문체를 만들어 '일본어'를 풍부하게 한다든지, 오키나와 특유의 문화와 역사, 정치 상황과 풍습을 그려 획일적인 일본 문화와 정치의식을 흔들며 다양성을 확보한다든지 하는 어수룩한 논리들이 회자되고 있다. (이런 글을 쓰고 있는 나 역시도 항상 어수룩한 논리의 함정에 빠져 있다.)

'처음부터 일본이 존재하는 것이다. 야마토 출판사가 원고를 사 주니까 별 수 없지 않은가. 그게 싫으면 개인잡지를 발간해서 실컷 실험 소설이나 쓰면 된다. 요즘은 인터넷도 있지 않은가. 전편 우치나 구치로 쓴 소설을 쓴다한들 누가 그걸 읽겠는가. 더 이상 '우치나'도 '야마토'도 없으니 '오키나와 문학'도 '일본문학' 가운데 적당한 장소를 찾아 제대로 자리를 잡으면 좋지 않은가. 그 이상 무엇을 바라는가, 요즘 같은 시대에.' 이런 차가운 목소리가 들린다.

그러나 그 이상의 무엇을 찾지 않고 어떻게 소설을 쓸 수 있을까. 마치 오키나와에는 소설을 만들어 내는 풍부한 토양이 있고, 그다지 노력하지 않아도 오키나와라는 '특권'에 의지하면 작품이 성립하는 것처럼 마구잡이로 말

表象批判論』, 9쪽)

하는 연구자와 비평가가 지천에 있다. 창조라는 것과는 무연한 이들의 허튼
소리와는 정반대로 이 섬은 지금도 '가난'하다. 그 '가난'을 극복하지 않고 어
떻게 소설을 쓸 수 있단 말인가. 요즘 같은 시대에, 요즘 같은 이곳에서.[32]

오키나와를 낭만화시키는 본토의 신화적 서사는 물론이고 그 시선
의 정치에 스스로 기투한 오키나와에게도 반성을 촉구하는 메도루마
의 지적은 이 글에서 지속적으로 언급했던 본토와 오키나와의 양해관
계 및 공인관계에 대한 날카로운 비판이라 할 수 있다.

그렇다면 여기에서 다시 양자의 인준 관계를 상기해 보자. 문학장은
다른 사회 영역들과 마찬가지로 문학장 특유의 수단을 근거로 투쟁하
는 장이다. 문학장 내의 여러 입장들이 서로 상호 작용하며 쟁취하려
는 것은 다름 아닌 '상징권력' 혹은 '지칭권력'이다. 지칭권력이란 특정
한 문학영역을 나름대로 지칭하면서 문학장 내의 우위를 선점하려는
투쟁을 의미한다. 이를 위해서는 특정한 삶의 방식을 미리 확정하고,
이를 근거로 나와 타자를 구분 지을 수 있는 문학 규정이 필요하게 된
다.[33] 본토의 문학과 구분되는 '오키나와 문학'이란 명명에는 '오키나
와'라는 한 지역의 특정한 삶의 방식이 미리 확정되어 있고, 이것이 지
칭권력이 되어 문학장 내를 영위하는 방법이 되고 있다면, '오키나와'
혹은 '오키나와 문학'이란 명명 자체가 내포한 정치성에 대해 묻지 않
을 수 없을 것이다. 그것은 단순히 '오키나와 문학'이란 명칭이 생겨나
게 된 연원이나 정의를 묻는 것이 아니다. 메도루마가 말한 것처럼 '풍

---

32 目取真俊, 「この時代に、この場所で」, 岡本恵徳・高橋敏夫 編, 앞의 책, 381쪽.
33 라영균, 앞의 글, 178쪽.

부한 토양이나 '특권'을 지닌 오키나와가 아닌, 그러한 범주의 오키나와를 넘어서서 그와 대항할 수 있는 오키나와란 가능한가라는 물음이 제기되어야 하는 것이다. 여기에서 사키야마 다미의 「바람과 물의 이야기」를 살펴보는 것은 위와 같은 물음과 맞닿아 있다. 결론부터 말하자면 이 소설은 양자의 공모로부터 비어져 나와 용인 받지 못한 방식으로 오키나와를 감각하려 하고 있다. 이하에서는 「바람과 물의 이야기」를 중심으로 '오키나와 문학'에 대해 다시 고민해 보고자 한다.

3. 전도된 시선

1997년 1월 잡지 『헤르메스ヘるめす』에 발표된 「바람과 물의 이야기」는 본토에서 오키나와로 파견된 신문 기자 '나私'의 경험을 토대로 이야기가 전개된다. '나'는 푸른 눈을 가진 혼혈 여성 사토サト를 어느 여객선에서 처음 만난 이후로 교제를 이어오고 있다. 그녀를 만난 이후로 '나'에게는 바람의 속삭임에 이끌려 집 밖으로 나가 도심을 한없이 배회하는 습관이 생겼다. 어느 날 저녁에도 역시 바람을 따라 시내로 나간 '나'는 다리 위에서 창부로 보이는 한 여자를 만나고, 그녀와 함께 해안가에 늘어선 수상 점포로 향한다. 여기에서 '나'는 마치 왜곡된 시공간 속에 놓인 것처럼 바닷물 속으로 빨려 들어가 의미를 알 수 없는 소리를 듣는다. '나'를 수상 점포로 유인한 여자는 어떤 이야기를 꼭 들어달라고 '나'에게 마지막으로 부탁하지만 좀처럼 그녀의 입에서는 말이 나오지 않고 기괴한 소리만이 들릴 뿐이다. 천장과 마루가 뒤바뀌는

공간의 흔들림 속에서 겨우 점포 밖으로 삐져나온 '나'는 사토가 잠이 깨기 전에 얼른 집으로 돌아가려고 걸음을 재촉한다.

언뜻 보기에 「바람과 물의 이야기」는 젠더 역할이 분명하게 명시된 소설로 읽힌다. 그것은 마치 페미니즘 영화이론가 로라 멀비Laura Mulvey 가 지적한 대중 영화의 시각 구조, 즉 시선 보유자로서의 남성 주체와 이미지 대상으로서의 여성을 이분법적으로 설정한 것과 매우 유사해 보이는 것이다.[34] 우선 본토에서 오키나와로 파견된 남성 신문 기자라 는 인물 설정부터 그러하다. '나'는 오키나와로 오기 전부터 "이 지역에 대해서는 넘칠 정도의 정보를 가지고 있었"고, 도착하고 나서는 "습관 이 되어 버린 의식을 가지고", "섬의 구석구석을 염치도 없이 빤히 쳐다 보는" 관찰자가 된다. 모든 현실의 이미지란 보는 사람의 시각을 중심 으로 배열되어 소유와 통제, 그리고 지배의 대상이 되듯이,[35] '나'는 그 렇게 섬을 응시하며 자신과 섬 사이의 질서를 정비해 나간다. 그 가운 데 '나'의 눈에 포착된 존재가 바로 사토라는 혼혈 여성이다. 특히 두 사 람이 가지는 육체관계는 사토, 혹은 오키나와로 하여금 더욱 성적인 응 시의 대상으로 존재하게 만든다. 시각 결정권을 가진 남성 '나'의 응시 로 인해 사토의 몸이 에로틱한 성적 대상으로 양식화되기 때문이다.[36] 여기에 혼혈이라는 사토의 몸은 또 하나의 젠더 질서를 상기시킨다. '나'는 사토를 처음 보고 '아이노코あいのこ'(혼혈이라는 뜻으로 현재는 차별용 어로 쓰지 않는다)라는 단어를 상기하며 "습하고 무지근한 통증"을 느낀

---

34 로라 멀비, 「시각적 쾌락과 내러티브 영화」, 윤난지 편, 『모더니즘 이후, 미술의 화두』, 눈빛, 1999, 436쪽.
35 주은우, 「근대적 시각과 주체」, 문화와사회연구회, 『현대사회의 이해』, 민음사, 1996, 77쪽.
36 로라 멀비, 앞의 책, 436쪽.

다. 전쟁미망인이던 그녀의 어머니가 아버지를 알 수 없는 아이인 푸른 눈의 사토를 낳고 유기한 과정은 강간하는 신체로서의 미국과 강간당하는 신체로서의 오키나와라는 몸의 지배 양식을 선명하게 보여주기 때문이다. 그러나 이 소설이 기도하는 바는 위와 같은 극명한 이분법적 구도를 다음과 같이 완전히 전도시키는 데 있었다.

원래 나는 이 지역과는 인연도 연고도 없는 남자였다. 그런 내가 여기에, 이렇게 살고 있는 것은 회사가 발령을 내린 곳이 뜻하지 않게도 여기였기 때문이다. 전국에 정보망이 퍼져있는 중앙 신문의 지방 파견 기자 자격으로 말이다. 내가 자원한 것도 아니었지만 남쪽 지방으로 발령을 받았을 때, 직업 특성 상 이 지역에 대해서는 넘칠 정도의 정보를 가지고 있었다. 그러나 그곳은 어딘가 알 수 없는 이국의 땅이라는 기분이 들었고 작열하는 섬의 우울한 이미지가 나를 풀죽게 만들기도 했다.

(…중략…)

비행기에서 내려 보니 섬 내부는 미개지는커녕 도심과 다름없는 두세 개의 소도시를 갖고 있었고, 주민들은 도시 모양새에 걸맞게 몇 단계나 진보한 차림으로 일반적인 일본인을 연출하고 있는 듯했다. 혹은 불합리한 역사의 난제로부터 눈을 돌리는 것이 이 섬에서 살아가는 유일한 방법이라고 말하고 싶은 듯이 보이기도 했다. 무사태평한 그리고 의외로 촌티가 나지 않는 사람들의 표정 때문에 남도에 대한 우울함은 해소되었지만, 남몰래 품고 있던 이국정취에 대한 기대가 빗나가 나의 섬 생활은 맥이 빠진 상태로 시작되었다.

(…중략…)

취재 도중에 이 역시 업무라 생각하며 시내 안팎을 배회하거나 작은 낙도로 훌쩍 발을 옮기는 일도 있었다. 무심코 산책을 하다보면 섬은 몇 겹이나 두르고 있던 표층의 역사의 옷을 하나씩 벗기 시작한다. 새카만 피부를 드러낸 섬은 마치 본래의 모습을 자아내는 것 같다. 섬을 바라보는 나의 시선에 특별한 변화가 일어난 것은 아니다. 섬사람들의 거칠고 들러붙는 것 같은 억양. 짙은 눈썹과 크고 검은 눈. 일 년 내내 열기를 품은 공기. 질리지도 않는 듯이 반복되는 특이하고 다양한 연중행사. 그러한 모습들이 나에게 이러한 감정을 품게 만든 것도 아니었다.

오히려 거꾸로다. 보는 측과 보이는 측의 위치가. 섬의 시선에 내가 붙들려 버린 것이다. 아무 말도 하지 않는 바위굴 형상을 한 섬이 나를 지켜보고 있다. 그러한 기분에서 벗어날 수 없게 되었다.[37]

신문 기자로서 이 지역에 대한 대부분의 정보를 가지고 있던 '나'는 자신의 예비지식을 바탕으로 실제로 섬을 보기 이전부터 이미 그것을 보고 있었다. '나'가 짐작하기에 섬은 '미개지'나 다름없는 '우울한' 곳일 터였지만, 막상 현지에 도착해 보니 그곳은 전혀 다른 풍경을 하고 있었다. 두세 개의 소도시를 갖고 있으며 그곳에 사는 사람들마저 세련된 모습을 하고 있는 걸 보니 섬은 차라리 '일본'이라 부르는 편이 합당했다. '나'가 가진 시선의 권력, 혹은 본토에서 습득한 지知의 권력이 섬의 현실 앞에서 완전히 무너지고 난 다음, '나'가 또 한 번 박탈당한 것은 '응시'의 주체성이다. "새카만 피부를 드러내며 본래의 모습을 자아

---

37 사키야마 다미, 조정민 역, 「바람과 물의 이야기」, 김재용・손지연 공편, 『오키나와 문학의 이해』, 역락, 2017, 405~407쪽.

내는" 듯한 섬의 시선은 '나'를 결박하고 있고, 그렇게 자신을 지켜보는 섬의 시선으로부터 '나'는 벗어날 수가 없다. 시각의 주체에 따라 지배와 소유의 관계가 달라짐을 염두에 둔다면 '나'는 더 이상 섬을 정복할 수 있는 시각의 주체가 아니다. 오히려 거꾸로다. '나'를 대상화시키며 시선으로 압도하고 있는 것은 바로 '섬'인 것이다.[38]

또한 '나'는 섬의 시선을 '기색'으로 느낀다. "갈 곳 없이 막다른 골목으로 치닫는 생활 속에서 앞을 보려고 발버둥치는 내 앞에 돌연히 섬의 진한 기색이 감돌 때가 있다. 얼굴을 돌리지 않고 그 기색 속에 웅크리고 있으면 텅 빈 내 몸속으로 흘러들어와 가득 채우는 것을 느낄 때가" 있는 것이다. 섬의 기색으로 '나'를 구성하고 의미화 시킨다는 것은 더 이상 섬이 '나'의 시각의 대상이 아님을 의미한다. 바꾸어 말해 시각의 주체란 이미 '섬'이며 그것이 구성하고 지배하는 시각 구조 속에 '나'는 포획되어 있는 것이다.

섬의 시선과 기색에 압도당한 '나'의 모습은 창부와도 같은 정체 모를 한 여자와의 관계 속에서도 드러난다. 어느 날 저녁, 다리 위에서 만나 '나'를 수상 점포로 이끈 여자는 '나'가 도망칠 수 없는 시선으로 응시하고 섬의 기색을 감지하게 만든다. 여자와 만난 순간을 '나'는 다음과 같이 고백한다.

---

38 작품 속의 '시선의 전도'는 선행 연구에서도 공통적으로 지적되었다. 신조 이쿠오는 오키나와를 둘러싼 '보다-보여지다'라는 비대칭적 '발견' 구도로부터 이 작품이 해방되어 있으며, 동시에 그럴싸한 모양으로 유통되고 있는 기호화된 오키나와에 대해서도 첨예한 비판을 가하고 있다고 평가했다.(新城郁夫,「『風水譚』作品解説」, 岡本恵徳・高橋敏夫 編, 앞의 책, 404쪽) 松下優一의『沖縄文学の社会学－大城立裕と崎山多美の文学的企てを中心に』(慶應義塾大学大学院 社会学研究科 博士學位論文, 2014, 172쪽), 소명선의「사키야마 다미의「풍수담」론－사키야마의 언어의식과 문학적 전략에 관해」(『일본근대학연구』50, 2015, 272쪽) 등도 유사한 지적을 하고 있다.

이 섬의 여자라면 반드시 가지고 있는 굴곡이 뚜렷한 얼굴과 깊은 눈빛으로부터 도망칠 수 없다는 예감에 사로잡히고 말았다. 이 섬에서 살기 시작하면서부터다. 이러한 기색 안에 자신을 가두게 된 것은, 섬 내부에 잠재하는, 눈에 보이지 않는 왜곡된 공간의 움푹 팬 곳에서 불시에 뿜어 나오는 사람의 짙은 기색으로 인해 현실에 대한 시선은 구겨지고 그 쪽으로 몸이 이끌려 간다.[39]

움푹 팬 섬의 왜곡된 공간에서 불시에 '나'를 엄습하는 기색은 자신이 인지한 현실을 모두 구겨놓고 '나'의 몸도 그 쪽으로 옮겨 놓는다. 또한 '성'을 사고파는 관계에서도 '나'는 이미 어떠한 주도권이나 의지도 행사하지 못한다. '나'는 시각의 주체이기는커녕 의식적 주체라는 지위나 권위마저도 박탈당하고 만 것이다. 적어도 위의 장면에서 확인할 수 있는 것은 본토에서 온 남성 관찰자의 특권적 우위가 여자 혹은 섬의 시선과 기색에 의해 효력을 빼앗기고 시선의 대상으로 전락하게 되었다는 점이다.

뿐만이 아니다. '오키나와'라는 기표와 기의의 기호학적인 등가 관계마저 무너진 것은 혼혈인 사토가 선보이는 류큐 예능에서 분명하게 드러난다. 미국인 아버지와 오키나와인 어머니 사이에서 태어난 사토는 부모의 부재 속에 외할머니 손에서 자랐다. 그런 그녀가 습관처럼 중얼거리는 것은 외할머니로부터 듣고 익힌 '하나노 가지마야花のカジマヤ', 즉 꽃 풍차라는 섬 노래(시마우타)다. 이 섬의 사람이라면 누구나 다 알

---

39 사키야마 다미, 앞의 책, 414~415쪽.

고 있다는 섬 노래와 그것을 읊조리는 푸른 눈의 사토는 우리가 암묵적으로 양해하고 있는 '오키나와 전통'과 그것을 연출하는 행위자 사이의 연결고리를 매번 끊어내고 있다. 시마우타 민요 클럽에서 북채를 휘두르며 에이사를 선보이는 그녀의 모습 역시 마찬가지다. "삿사, 삿사, 하, 이야, 하, 이야 이야 하고 날이 선 칼처럼 차진 박자로 북소리 리듬 사이사이에 소리를 내고 있"는 사토의 모습은 기표와 기의가 작용해야 할 대상, 즉 오키나와라는 지시대상이 이미 해체되었음을 시사하고 있다. 이처럼 「바람과 물의 이야기」는 남성 주체 '나'의 통제적 응시로 구성된 오키나와를 와해시키고, 동시에 지시대상으로서의 오키나와가 부재하는 가운데 역설적으로 오키나와라는 기호만이 난무하는 모습을 보여주고 있다.

4. 보이지 않는 것을 읽는 법

한편 '나'는 사토를 만난 이후로 바람의 속삭임에 이끌려 집 밖으로 나가 도심을 한없이 배회하는 습관이 생겼다. 그날도 '나'는 어김없이 바람의 속삭임에 이끌려 거리로 나간다. '사아사아사아, 소-소-소-' 하고 귀를 간질이는 바람의 난무는 사토가 흥얼거리는 섬 노래 소리와 자주 포개어진다. 물속에서 흘러나오는 소리도 마찬가지다. '친 둔 덴 둔……만친단……'이라는 소리가 분명하게 물속에서 전해져 오고, 그것은 사토가 외할머니로부터 자주 들었던 '꽃 풍차' 가락임에 틀림없다. 그러나 그 소리의 주인이 사토인지, 사토의 외할머니인지는 좀처럼 알 길이 없다. 그리고 바다는 또 하나의 사토이기도 하다. "농밀한 관계 뒤에 잠이 든 사토의 육체와 서로 교대하듯이 밤바다를 방황하는 사토가 나를 잠에서 깨우기 위해 다가오"고, 그렇게 "저 깊은 바다에 빠져버린" 사토야말로 진짜 사토라는 생각이 든다. 이처럼 작품의 제목에 드러난 바람과 물은 사토의 또 다른 모습에 다름 아니었던 셈이다.

바람과 물, 그리고 그들의 소리가 이 작품에서 중요한 이유는, 더 이상 자신의 눈으로 섬을 관찰하거나 장악하지 못하게 된 '나'에게 섬을 '보는 것' 대신 '듣는 것'이 허락되기 때문이다. 사토를 만난 이래로 바람이나 물에서 소리를 들으며 그것을 사토의 모습과 중첩시키는 '나'는 도무지 시각적으로도 재현될 수 없고 물리적으로도 만질 수 없는 소리를 통해 섬을 인지해야만 한다. 문제는 바람과 물의 소리가 섬의 기색만큼이나 추상적이며 알 수 없는 기호들로 점철되어 있다는 점이다. 그것은 마치 처음부터 '나'의 이해를 구하지 않기 위해 존재하는 것 같다. 그러한 '나'와 소리의 교감, 혹은 투한이 극에 달하는 지점은 아마도 다음과 같은 장면일 것이다.

스치듯이 그야말로 노파가 부르는 것 같지만 어딘가 맑고 밝은 구석이 있는 노래 소리가 물에 젖은 내 귀로 들려온다. 친 둔…… 만친단…… 우니타 리스누메―우미가키레―…… 그런 박자가 이어지는 것이다. 사토의 소리인지 할머니의 소리인지, 그 장단과 박자 사이에 뷰루루…… 큐루루…… 휴루루…… 하는, 바다 소리라고밖에 형용할 수 없는 이상한 음이 섞인다. 그러한 소리들이 내 안에 가득 차 있던 슬픔 덩어리를 스치듯 전해 온다. 그리고 그 때 무언가가 덥석 발목을 잡았다. 나는 물속으로 푹 잠겨버린다. 여자다. 언제까지 기다려도 따라오지 않는 나를 참다못해 여자가 못된 장난을 치러 돌아온 것이다. 나는 그렇게 생각했다. 부드럽게 쥐어드는 손의 근육이 내 오른 발목을 잡고 있다. 나는 물속으로 이끌려 들어가 버렸다. 이번에는 돌연히 센 힘으로 손목을 잡는다. 굉장한 힘이다. (…중략…) 발을 버둥거리다가 간신히 물 위로 떠올랐다. 호흡을 돌리는 순간 또다시 발목을 붙잡힌다. 뷰루루, 큐루루 하는 소용돌이치는 물소리가, 후훗 하는 여자의 웃음소리가 들린다. 여자가 하는 짓인지 물귀신의 장난인지. 아마 이것은 예정되어 있던 이니시에이션initiation일 것이다. 온전히 섬 세계로 들어가기 위한. 순간 세차게 흔들리며 뒤집힌 몸이 기괴한 쾌락으로 떨린다. 고통과 쾌락이 교대로 나를 엄습한다. 이해할 수 없는 세계로 빠져드려는 감각의 꿈틀거림에 스스로 이끌린다. 느닷없이 사토의 목소리가 들린다. 삿사, 하, 이야이야이야, 하고. 그 리듬에 깬 나의 양 발은 물을 힘껏 차올린다.[40]

창부처럼 보이는 여자가 안내한 수상 점포로 들어간 이후 '나'는 무언가에 이끌리듯 여자를 안고 바닷물 속으로 들어간다. 여자는 "마치 오랫동안 바다에 살고 있던 생물"처럼 자유롭게 헤엄쳐 다니고 그녀를 쫓으려 버둥거리던 나는 결국 여자를 잃고 노래 소리와 만난다. 그 노래는 사토가 부르는, 아니 사토의 외할머니가 부르는지도 모르는 꽃 풍차 가락이려니 했지만, 어느새 노래에는 "뷰루루…… 큐루루…… 휴루루……"라고 형용할 수밖에 없는 물소리가 틈입한다. 소리와 함께 물속에서 자신의 몸이 여기저기 붙들리는 것을 경험한 '나'는 그것이 마

---

40 위의 책, 423~424쪽.

치 '섬 세계'와 온전한 합일을 이루기 위한 예정된 이니시에이션, 즉 통과의례처럼 느낀다. 바다 속에서 사라진 여자는 이미 '나'의 가시권 밖으로 사라져 버렸고, 익숙하고도 낯선 소리와 함께 '나'는 자신이 놓인 장소를 붙잡아 보려 한다. 그러나 그것은 쉽지 않다. '나'가 여자를 찾기 위해서는, 그리고 '섬 세계'에 안전하게 착지하기 위해서는 여자와 마찬가지로 '나'도 시각으로 포착되지 않는 또 다른 형태의 어떤 존재가 되어야 하는지도 모른다. 그것은 청각적인 것이거나 촉각적인 것이다. 이미 자신의 특권적 시선을 섬의 시선과 기색에 빼앗긴 '나'는 이제 시각에서 청각, 혹은 촉각으로 감각을 전환해야만 한다.

그 어떠한 감각보다 특권적인 시각중심주의, 즉 시각적 현대성은 시각적 주체를 중심으로 동질적이고 규칙적인 공간을 구성하며 세계를 지배하고 소유한다. 푸코가 강조하듯이 권력의 효과적인 행사를 위해 동원된 것은 다름 아닌 시선으로, 이는 억압적 매체이자 체제인 것이다.[41] 이와 같은 논의에 비추어 볼 때, 시선을 박탈당한 '나'는 자신의 눈으로 '섬'을 제도화하거나 통치하는 것이 더 이상 불가능하다. 그러나 시각을 대신하여 '나'에게 부여된 바람과 물의 소리는 이 '섬'에 가장 가까이 가닿을 수 있는 방법이기도 했다. 섬에 도착했을 때 '나'의 눈에 비친 풍경을 다시 한 번 상기해 보자. '섬'은 '나'가 생각한 "미개지는커녕 도심과 다름없는 두세 개의 소도시를 갖고 있었고, 주민들은 도시 모양새에 걸맞게 몇 단계나 진보한 차림으로 일반적인 일본인을 연출하고 있는 듯이 보였다. 혹은 불합리한 역사의 난제로부터 눈을 돌리

---

41 주은우, 앞의 책, 82쪽.

는 것이 이 섬에서 살아가는 유일한 방법이라고 말하고 싶은 듯이 보이기도 했다." 본토의 도심처럼 균질화된 섬과 불합리한 역사의 나제로부터 눈을 감고 무사태평하게 사는 섬사람을 포착해 낸 것이 '나'의 시각이라면 '청각'은 달랐다. 그것은 뜻을 잘 알 수 없고 귀에 담아두기도 어려운 "뷰루루…… 큐루루…… 휴루루……"와 같은 일종의 소음이기도 했고 꽃 풍차 가락이기도 했다. 물과 바람으로부터 들리는 소리가 사토의 목소리와 겹치는 것에서도 알 수 있듯이, 그들 소리는 사토의 또 다른 신체이기도 했다. 사토의 목소리인지도 모르는 물과 바람의 소리는 '나'에게 합리적인 이해나 해석의 여지를 남기지 않는다. 때문에 나는 물과 바람의 소리를, 사토를, 그리고 섬을 '나'를 중심으로 질서 지우거나 제도화시키지 못한다.

소리가 만들어 내는 '나'와 섬의 긴장은 마지막 장면에서 또 한 번 절정을 이룬다. 바다 속에서 청각, 촉각과 한바탕 싸움을 벌인 '나'는 사토의 "삿사, 하, 이야이야이야" 하는 목소리와 함께 물 밖으로 나온다. 그리고 여자의 방에서 나오려는 순간, '나'는 또 한 번 자신을 겨냥한 소리와 격투해야 했다. 여자는 '나'의 등 뒤에서 어떤 이야기를 꼭 들어달라고 부탁했지만 좀처럼 말을 잇지 못했고 결국 내가 들은 것이란 "⊗●△⊗◎"와 같은 기괴한 소리였다. 소리를 확인하려 뒤를 돌아보려는 '나'에게 여자는 "돌아보지 마아", "무울 거푸움이 되고 시잎지 아않거드은—"이라고 외친다. 마지막까지 보는 것도 듣는 것도 허락하지 않은 여자와 그녀를 보는 것에도 듣는 것에도 모두 실패한 '나'는 '파열하는 부조화음'과 동시에 여자의 방에서 굴러 떨어져 나오고 사토의 곁으로 돌아가기 위해 걸음을 서두른다.

언어의 외부성을 예감시키는 소리 혹은 울림 "Ⓧ●△Ⓧ◎"은 '나'가 시도한 오키나와의 표상 구도가 완전히 해체되었음을 시사한다.[42] 중요한 것은 섬을 포착하는 데 실패한 '나'의 경험이 일과성에 그치는 행위가 아니라는 점이다. 사토 곁으로 걸음을 재촉하는 '나'는 분명히 또 다른 밤에 바람 소리에 이끌려 도심을 배회하게 될 것이다. 그것은 사토를 만난 이후로 지속되어 온 습관이기 때문이다. 사토는 '나'로 하여금 바람과 물의 소리를 듣게 하는 계기이자 동력이다. 보는 것은 물론이고 듣는 것, 만지는 것마저도 불가능한 가운데 섬을 향한 '나'의 배회는 끊임없이 이어진다. 이는 바로 '나'가 섬을 읽는 방법이다.

5. '불가능'이라는 방법

아쿠타가와상과 같이 본토가 '오키나와 문학'을 선정·선별하는 방식에 비추어 볼 때, 사키야마의 「바람과 물의 이야기」는 분명 양자의 양해 관계로부터 비어져 나와 있는 작품임에 틀림없다. 그것은 비어져 나

---

42 사키야마의 작품에 나타난 청각성과 구어성, '소리'의 전략에 대한 연구로는 新城郁夫의 『沖縄文学という企て─葛藤する言語·身体·記憶』(インパクト出版会, 2003), 喜納育江의 「淵の他者を聴くことば─崎山多美のクジャ連作小説における記憶と交感」(『水声通信』 24号, 2008), 仲里効의 『悲しき亜言語帯─沖縄·交差する植民地主義』(未來社, 2012) 등이 있다. 사키야마 자신도 에세이 「『소리의 말'에서 '말의 소리'로(『音のコトバから'コトバの音'へ」(『コトバの生まれる場所』, 砂子屋書房, 2004)에서 스스로를 "전적으로 쓰는 문자에만 의존해야 하는 표현 행위 속에서 '목소리'를 담으려는 욕구를 억누를 수 없는 자"라고 규정했으며, "귀를 스치고 사라진 '소리의 말'에 대한 생각을 어떻게 재생할 것인가", "나의 몸에 흔들림과 충격을 준 그 소리를 어떻게 문자로 쓸 것인가", "내 말을 잠깐이라도 접하는 사람들의 귀에 어떻게 '말의 소리'를 전달할 것인가" 하는 초조한 의문을 드러내기도 했다.(114~115쪽) 1990년대 이후에 발표된 그녀의 소설에는 반드시라고 해도 좋을 정도로 '소리의 방법화'가 다양한 형태로 시도되고 있다.

온 정도가 아니라 본토가 상정한 오키나와와의 관계를 불안정하게 만들고 가늠할 수 없게 만들며 심지어는 배반하기까지 한다. 여기서 필자는 사키야마의 작품만이 본토의 문학장을 뒤흔들고 도발하는 힘을 가지고 있다고 말하고자 하는 것은 결코 아니다. 대부분의 지역 작가가 그러하듯이, 오키나와의 작가들은 오키나와라는 지역 내의 공모전을 거쳐 규슈라고 하는 보다 넓은 무대에서 자신의 작품을 시험하고, 그리고 또 다시 도쿄라는 소위 중앙 무대에 데뷔한다. 이러한 경로는 사키야마도 마찬가지이며 그녀 역시도 아쿠타가와상 후보에 두 차례나 오르기도 했다.[43] 사키야마가 수상에 이르지 못한 것이 그녀의 소설이 가진 한계 때문인지 아니면 그녀의 소설이 오키나와와 본토 사이에 존재하는 표상의 문법을 따르지 않았던 탓인지는 알 수가 없고, 또 그것은 중요한 점도 아니다. 그러나 적어도 우리가 알 수 있는 것은 암묵적인 약속으로 정해져 있던 오키나와 문학의 범주를 「바람과 물의 이야기」가 크게 위반하고 있다는 사실이다. 그것은 아쿠타가와상을 수상한 오키나와 작가들의 문학적 소재나 평가가 사키야마의 경우와 크게 다르다는 점에서 충분히 짐작할 수 있는 바이다.[44] 실제로 일각에서는 "오

---

43 사키야마는 1979년 「거리의 날에[街の日に]」가 신 오키나와 문학상[新沖縄文学賞] 가작에 당선되면서 오키나와 문단에 등장했고, 1988년 「수상왕복[水上往還]」은 규슈예술제문학상[九州芸術祭文学賞] 최우수작에 선정되었다. 이 작품은 1989년 제101회 아쿠타가와상 후보작에 올랐지만 수상에는 이르지 못했다. 이듬해인 1990년 「섬 잠기대[シマ籠る]」로 제104회 아쿠타가와상 후보작에 다시 올랐지만 역시 수상에는 이르지 못했다.

44 사키야마는 「바람과 물의 이야기」를 발표한 후 얼마 지나지 않은 1997년 5월 13일, 마타요시 에이키와 오시로 사다토시[大城貞俊]와 함께 한 좌담회에서 다음과 같이 말한다. "오키나와라는 장소에서 살면서 문학의 미래라는 것을 구상하고 이야기를 전개시키려 하면 모든 표현자들은 기지와 전쟁, 신화, 유타, 민족을 구체적으로 짊어지고 만다. 그런 부분이 표현자들로 하여금 패턴화된 글쓰기를 하게 만든다. 7,8년 전에도 역시 불모란 생각을 하였지만 지금 시점에도 이어지고 있는 것 같아 무거운 기분이 든다. (…중략…) 지금의 오키나와 문학에 대한 평가는 피상적인 것으로 전쟁이나 신화에 집착하는 것이 불만스럽

시로 다쓰히로, 마타요시 에이키, 메도루마 슌은 모두 서사에서 오키나
와적인 자기동일성의 환영을 추구"하지만 "사키야마 다미만큼은 '오키
나와 문학'이란 것에서 이륙하고 있다"는 지적이 있기도 했다.[45]

그리고 또 다시 사키야마의 「바람과 물의 이야기」에 주목해야 하는
이유는 '오키나와'를 묻는 그녀의 시선이 궁극적으로 자신을 포함한 오
키나와 내부를 겨냥하고 대항하고 있다는 점이다. 그것은 단순히 사키
야마의 소설이 오키나와를 둘러싼 표상 정치를 심문하고 있다는 뜻이
아니다. 시각을 강탈하고 청각을 강요하며 '말의 소리'를 각인시키려
하는 그녀의 시도는 오키나와 내부에 존재하는 사람에게조차 위화감
을 주며 긴장하게 만든다. 또 그것은 오키나와 주변에 항상 따라다니
는 심상 지리, 집합적 기억, 공통적 감수성 등을 모두 무화시키고 있
다.[46] 단지 약속된 오키나와 표상으로부터 시원하게 탈출한다고 해서
능사는 아닐 터이다. 사토로 인해 도심의 밤을 배회하다가 파편화된
소리 "Ⓧ●△Ⓧ○"를 만나고 다시 사토 곁으로 돌아오는 '나'처럼, 「바

다."(「県内作家座談会 · 沖縄の文化がやまとの風景を変える」, 『沖縄タイムス』, 1997.5.13) 앞
에서도 언급한 바 있지만 이 좌담회가 열리기 전년도인 1996년에는 마타요시가, 이어서
1997년에는 메도루마가 각각 아쿠타가와상을 수상한 바 있었고, 이들의 작품은 사키야마
가 언급한 '패턴화된 글쓰기', 즉 '기지와 전쟁, 신화, 유타, 민족을 구체적으로 짊어'진 소
설로 비추어졌다. 사키야마는 본토의 요청에 호응하는 예정된 '정답'과 같은 오키나와 문
학을 대단히 의식적으로 경계하고 있었다.

45 鈴木次郎, 「現代沖縄の遠近法—崎山多美の小説世界の行方」, 『EDGE』第9 · 10合併号, 2000.3, 90쪽.
46 사키야마는 「바람과 물의 이야기」가 수록된 『오키나와 문학선』(岡本恵徳 · 高橋敏夫 編,
앞의 책)의 「작가 칼럼」에서도 "소설이 자기표현 수단으로 '말'을 무기로 삼는 이상, 나는
내 자신의 '조각난 언어 감각', 굳이 말하자면 '오키나와(オキナワ)'와 '나' 사이를 가로지르
는 골을 과도하게 의식하는 것에서부터 시작할 수밖에 없었다"고 말한다.(401쪽) 그녀는
오키나와(沖縄)를 이화(異化)시킨 또 다른 오키나와(オキナワ)를 상정하고 있었고 나아가
그것과 자신 사이의 '골'을 '과도하게 의식'하고자 했다. 이러한 사키야마의 글쓰기는 작
가 자신을 포함하여 독자 모두에게 약속된 혹은 정형화된 오키나와와의 거리두기를 제
안하는 것이라 볼 수 있다.

람과 물의 이야기」는 우리로 하여금 다시 사토를, 그리고 다시 오키나와를 만나도록 추동한다. 이 끊임없는 운동성이야말로 '오키니와린 무엇인가', '오키나와 문학이란 무엇인가'를 묻는 질문에 대한 답일지도 모른다.

참고문헌

김재용・오시로 다쓰히로, 「작가와의 대담」, 『지구적 세계문학』 6호, 글누림, 2015, 146쪽.

곽형덕, 「마타요시 에이키 문학에 나타난 '타자'와의 교섭 과정−"오키나와인 주체의 자세"를 묻다」, 『탐라문화』 49호, 2015, 95쪽.

라영균, 「문학장과 문학성」, 『외국문학연구』 17, 2004, 178~181쪽.

문화와사회연구회, 『현대사회의 이해』, 민음사, 1996, 77~82쪽.

사키야마 다미, 조정민 역, 「바람과 물의 이야기」, 김재용・손지연 공편, 『오키나와 문학의 이해』, 역락, 2017, 401~427쪽.

윤난지 편, 『모더니즘 이후, 미술의 화두』, 눈빛, 1999, 436쪽.

소명선, 「사키야마 다미의 「풍수담」론−사키야마의 언어의식과 문학적 전략에 관해」, 『일본근대학연구』 50, 2015, 272쪽.

손지연, 「전후 오키나와(인)의 성찰적 자기서사 『신의 섬[神島]』」, 『한림일본학』 27호, 2015, 17쪽.

피에르 부르디외, 하태환 역, 『예술의 규칙−문학장의 기원과 구조』, 동문선, 1999, 287쪽.

『芥川賞全集』 17, 文藝春秋社, 2002, 432~445쪽.

『芥川賞全集』 18, 文藝春秋社, 2002, 352~361쪽.

大城立裕・大江健三郎, 「'対談'文学と政治」, 『文学界』 10月 号, 1967, 154쪽.

大城立裕, 『大城立裕全集』 第13巻, 勉誠出版, 2002, 56쪽.

大野隆之, 『沖縄文学論』, 東洋企画, 2016, 95쪽.

岡本恵徳・高橋敏夫 編, 『沖縄文学選−日本文学のエッジからの問い』, 勉誠出版, 2003, 130~404쪽.

沖縄文学全集編集委員会, 『沖縄文学全集』 第18巻 評論 Ⅱ, 国書刊行会, 1992, 56쪽.

鹿野政直, 『戦後沖縄の思想像』, 朝日新聞社, 1987, 375~377쪽.

崎山多美, 「「シマコトバ」でカチャーシー」, 池澤夏樹・今福龍太 編, 『21世紀文学の創造 2−「私」の探求』, 岩波書店, 2002, 173~174쪽.

＿＿＿, 『コトバの生まれる場所』, 砂子屋書房, 2004, 114~115쪽.

新城郁夫, 『到来する沖縄−沖縄表象批判論』, インパクト出版会, 2007, 9~118쪽.

鈴木次郎,「現代沖縄の遠近法－崎山多美の小説世界の行方」,『EDGE』第9・10合併号, 2000.3, 90쪽.

長谷川泉 編,『国文学解釈と鑑賞－芥川賞事典』, 至文堂, 1997.1, 38쪽.

花田俊典,『沖縄はゴジラか－'反'・オリエンタリズム/南島/ヤポネシア』, 花書院, 2006, 34 ～51쪽.

又吉栄喜・新城郁夫・星雅彦,「鼎談 沖縄文学の現在と課題－独自性を求めて」,『うらそえ文芸』8号, 2003.5, 34쪽.

松下優一,「作家・大城立裕の立場決定－「文学場」の社会学の視点から」,『三田社会学』16, 2001, 111～112쪽.

_____,『'沖縄文学'の社会学－大城立裕と崎山多美の文学的企てを中心に』, 慶應義塾大学大学院 社会学研究科 博士學位論文, 2014, 172쪽.

『沖縄タイムス』, 1997.5.13.

『毎日新聞』, 1997.3.25.

『琉球新報』, 1967.7.22.

『琉球新報』, 2016.4.5.

『琉大文学』7号, 1954.11.

2부

사상과 신체

일본어 문학의 자장과 전후 오키나와의 문학 언어

죽음에 임박한 몸들
마타요시 에이키又吉栄喜의 초기작 읽기

금기에 대한 반기, 전후 오키나와와 천황의 조우
메도루마 슌目取真俊의 「평화거리로 불리는 길을 걸으며」를 중심으로

일본어 문학의 자장과
전후 오키나와의 문학 언어

1. 오키나와의 일본어 문학

전전戰前의 '오키나와 방언 논쟁'이나 '방언 표찰方言札'을 비롯하여 1990년대의 오키나와어沖繩語 유행, 그리고 최근의 '섬 말しまくとぅば, 島言葉' 부흥 운동 등에 이르기까지, 오키나와 언어를 둘러싼 논의는 여전히 그리고 꾸준히 이어지고 있다. 얼핏 보기에 상반되어 보이는 현상들, 즉 일본어와 오키나와 말을 구분하여 위계화하는 일과, 이와는 반대로 오키나와 말의 역사성을 보존하기 위해 용례를 채집하고 행정·교육 기관이 주도적으로 섬 말 부흥 운동을 전개하는 일은 완전히 다른 지향점을 가지고 있는 듯이 보인다. 그러나 이들 담론은 언어가 개인과 국가의 관계를 긴박시키고 그것이 국민국가의 존립 기반이라는 점을 전경화시키며 나아가 국민국가의 역사성을 증거하는 것이 바로 언어임

을 주장한다는 측면에서 서로 상보적인 관계에 있다.

전후 오키나와 문학의 경우는, 특히 소설은 공통화, 균질화 과정을 통해 표준어(공통어)라는 초월적인 지위를 획득한 일본어를 시각적으로 가시화시킨 것은 물론이고 일본어에 대한 의식적인 내면화를 추동했다는 점에서 국가 언어로서의 일본어 보급에 대단히 크게 공헌했다. 그런 한편 오키나와 방언[1]은 표준어로는 재현할 수 없는 사상事象들을 전달하기 위한 필수 불가결한 방법으로 동원되어 오키나와의 로컬리티를 대변하곤 했다. 그 과정에서 오키나와 말에 대한 세간의 이목은 집중되었고 전략적으로 쓰인 오키나와 방언이 비약적으로 증가한 경우도 있었지만, 그것은 어디까지나 일본어라는 언어적 동일성을 전제한 위에서 일어난 현상이기도 했다.

이런 이유로 일부 연구자들은 오키나와의 문학 언어로서의 일본어와 작가가 체득한 지역 언어 사이의 거리에 대해 주목하게 되었고, 그것이 작가의 언어 인식과 문학 형식에 어떠한 영향을 끼쳤으며 또 오키나와 재현에는 어떻게 관여했는가 라는 문제에 대해 심도 있게 다루어

1　오키나와에서 사용되는 말은 우치나 구치(ウチナーグチ), 류큐 방언[琉球方言], 오키나와 방언[沖縄方言], 오키나와어[沖縄語], 시마 고토배島言葉] 등, 다양한 명칭으로 불리고 있다. 이들 용어는 사용하는 사람이나 문맥에 따라 약간의 의미 차이를 동반한다. 방언이라는 용어는 표준어와의 위계 관계를 연상시키고, 오키나와어와 섬 말을 뜻하는 시마 고토바는 오키나와의 독자적인 언어체계를 강조하는 의미를 내포하고 있다. 근대 이후 식민화된 주체로서 '일본어'를 자신의 신체에 기입해야 했던 오키나와의 경우, 단일하고 투명한 언어 체계를 상정하는 것은 더 이상 불가능하며 우치나 구치나 방언, 섬 말이라는 범주조차도 식민주의의 산물이라고 볼 수 있다. 이 같은 복잡한 언어 사정 때문에 오키나와에서 통용되는 말을 어떻게 지칭할 것인가 하는 문제는 또 다른 차원의 논의를 필요로 한다. 이 글에서는 이러한 곤란함을 염두에 두면서 편의 상 일반적으로 통용되는 '오키나와 방언'이란 용어를 사용하고자 한다. 이는 단순히 한 지방의 변두리 언어라는 의미를 넘어 오키나와의 이중언어적 상황이나 식민지적 상황을 포괄하고 또 언어 사이의 정치적 맥락도 포함하는, 대단히 넓은 개념으로 사용한다는 점도 미리 밝혀둔다. 필요에 따라 문헌을 인용하는 경우에는 해당 문장에서 사용되는 용어를 우선적으로 사용하겠다.

왔다.[2] 문학 언어와 작가 사이의 괴리와 균열, 비대칭성을 강조하기 위해 '오키나와의 일본어 문학'이라는 용어가 만들어질 정도로 언어와 언어 주체 사이의 거리는 오키나와 문학의 근본적인 과제였던 것이다.

오키니와 문학 연구자 신조 이쿠오新城郁夫가 지적한 바 있듯이 "오키나와 문학이 '일본어'에 의해 쓰인 것에 대해서는 비＝자연적인 행위로 되돌아 볼" 필요가 있으며, 그것은 곧 "무엇을 써 왔는가 라는 물음 이전에 어떻게 써 왔는가, 어떤 언어가 선택되었는가"에 대한 물음이 선행되어야 한다는 것을 뜻하기도 한다.[3] 더구나 "표현에 관한 의식을 짚어 보는 일은 단순히 문학이라는 범주에만 국한되는 것이 아니라 그 논의 속에 포함된 역사적, 정치적 문맥"[4]을 같이 살피는 일이기도 하다. 이 글에서는 전후 오키나와 작가들이 수행한 문학 언어의 모색 과정을 짚어보고 그로부터 촉발된 논쟁과 담론이 전후 오키나와의 문학 정신에 어떠한 영향을 미쳤으며 또 어떠한 방식으로 구현되었는지에 대해 고찰해 보고자 한다. 문학 언어를 둘러싼 갈등과 교섭 과정은 궁극적으로 일본과 오키나와의 관계를 대변하는 알레고리이기도 할 것이다.

---

2 이에 관한 선행연구로는 近藤健一郎의 『近代沖縄における教育と国民統合』(北海道大学出版会, 2006), 古川ちかし・林珠雪・川口隆行 編의 『台湾・韓国・沖縄で日本語は何をしたのか－言語支配のもたらすもの』(三元社, 2007), 仲里効의 『悲しき亜言語帯－沖縄・交差する植民地主義』(未来社, 2012), 松下優一의 『沖縄文学の社会学－大城立裕と崎山多美の文学的企てを中心に』(慶應義塾大学大学院 博士學位論文, 2014) 등이 있으며, 국내에도 소명선의 「사키야마 다미의 「풍수담」론－사키야마의 언어의식과 문학적 전략에 관해」(『일본근대학연구』 50호, 2015), 손지연의 「일본 제국하 마이너리티 민족의 언어 전략」(『일본사상』 30호, 2016) 등의 관련 연구가 발표된 바 있다.

3 新城郁夫, 「沖縄文学の現在－『他者の言語』で/を書く」, 『Inter Communication』, 2003, 67쪽.

4 新城郁夫, 『沖縄文学という企て－葛藤する言語・身体・記憶』, インパクト出版会, 2003, 171쪽.

2. 문학 언어로서의 오키나와 방언

패전 후부터 본토 복귀 이전까지(1945~1972)의 오키나와 문학계 흐름을 정리한 오카모토 게이토쿠岡本惠徳에 따르면 해당 시기의 오키나와 문단은 크게 세 시기로 나눌 수 있다. 제1기는 1945년부터 1951년까지로, 신문『오키나와 타임스沖縄タイムス』,『오키나와 헤럴드沖縄ヘラルド』, 잡지『월간 타임스月刊タイムス』,『우루마 춘추うるま春秋』등이 발행되어 문예 작품의 발표 기반이 정비되었다. 미군기지의 강화와 토지 강제 접수가 이어지던 1950년대, 즉 제2기에 해당하는 시기에는 절대 권력에 맞서는 저항적 수단으로서 문학이 존재했으며, 마지막으로 제3기인 1960~70년대는 방언이나 민속과 같은 오키나와의 토착적인 문화를 자유롭게 문학적 소재로 인용하는 글쓰기가 주를 이루었다.[5]

우선 여기에서는 오키나와 방언이 문학 언어로 모색되기 시작한 제3기에 주목할 필요가 있을 것이다. 미 군정하에서 '조국 일본'을 희구하던 오키나와는 본토 복귀를 앞두고 이번에는 오키나와 아이덴티티를 모색하게 된다. 이때 오키나와 이미지 정치에 동원되었던 것이 바로 구미오도리組踊, 에이사エイサー, 산신三線과 같은 류큐의 전통 예능이었고 오키나와 방언 역시 같은 맥락에서 다루어졌다. 문학 분야에서 오키나와 방언을 선구적으로 도입한 사람은 오키나와 최초의 아쿠타가와상芥川賞 수상 작가로 널리 알려진 오시로 다쓰히로大城立裕였다. 그는 1960년대부터 자신이 고안한 오키나와 방언을 소설이나 희곡에 적극

---

5   岡本惠徳,『現代沖縄の文学と思想』, 沖縄タイムス社, 1981, 126쪽.

적으로 사용하며 독자적인 문체를 만들고자 했다. 그리고 1971년에는 오키나와 방언의 대담한 도입으로 화제가 되었던 히가시 미네오東峰夫의 「오키나와 소년オキナワの少年」이 오시로에 이어 아쿠타가와상을 수상하며 오키나와 문학은 또 한 번 커다란 주목을 받게 된다. 히가시의 작품은 그 이전까지 실어증적 상황에 몰려 있던 오키나와 방언을 소설이라는 매체를 통해 부활시킨 시도로 큰 호평을 받았다. 이중언어적 상황하에서 오키나와 근대문학은 상위언어인 '일본어'에 의해 줄곧 표현되어 왔지만, 히가시는 하위언어이자 사적 언어로 억압받던 오키나와 말을 소설 전면에 등장시켜 실험적인 전회를 감행한 것이었다.[6] 이후 오키나와 문단에서는 오키나와 방언을 문학 언어로 방법화하기 위한 여러 가지 시도들이 이루어졌고 그것은 지금까지도 꾸준히 논의되고 있다.

당연한 일이지만 문학자들이 인식한 오키나와 방언의 층위란 실로 다양했다. 예컨대 '실험방언이 있는 풍토기実験方言をもつある風土記'라는 부제가 달린 소설 「거북등 무덤龜甲墓」(1966)을 쓴 오시로 다쓰히로의 경우는 본토에서도 통용 가능한 '공통어적 방언'을 작위적으로 만들어 사용했다. 쉽게 말하면 오시로는 다음과 같이 조사나 어미를 바꾸어 오키나와 방언의 뉘앙스를 살리고자 했던 것이다. 그것은 오키나와의 언어적 특징에 근거한 것이라기보다 오키나와적인 분위기를 연출하는 데 방점을 둔 일종의 장치에 가까웠다.

6　新城郁夫, 『沖縄文学という企て—葛藤する言語・身体・記憶』, 67쪽.

"じいさん、監砲射撃だ、監砲射撃だ。いくさど"

善徳は藁席を編んでいる手をちょっと休めて、

"カンポーサバチては何だ"

あのばかみたいな音とサバチ(櫛)と何の關係があるのだろうといぶ

かる。

"サバチでない。ジャゲキだ。艦砲さあ"

"カンポーては何だ"

"軍艦の大砲だ。どこかにうちこんだんだ。いくさの來たど"

(…중략…)

"へ。カンポウ。いくさ。きょう來るでが"[7]

　오키나와의 로컬리티를 강조하기 위해 조사나 어미를 바꾸는, 말하자면 기술적인 차원에서 고안된 이 '만들어진' 오키나와 방언은 본토 독자들을 위한 배려이기도 했다. "토속적인 모티브를 사용할 때에는 아무래도 방언이 문제가 된다. 단, 오키나와 방언은 공통어와 너무 거리가 멀어 여간한 각색이 아니면 읽을 수가 없다. (그래서) 「거북등 무덤」에서는 실험적인 방언을 발명했다"[8]고 오시로가 직접 언급한 바 있듯이, 그

7　大城立裕, 「亀甲墓―実験方言をもつある風土記」, 『新沖縄文学』第2号, 1966, (『大城立裕全集』第9卷 短篇Ⅱ, 勉誠出版, 2002, 47쪽) "아버지, 함포사격이에요, 함포사격이에요. 전쟁이에요." / 젠토쿠는 짚을 꼬던 손을 잠시 멈추고, / "함포사공이라니 그게 뭔 소리냐?" / 그 우스꽝스러운 소리하고 사공하고 무슨 관계가 있다는 건지 의아해 한다. / "사공이 아니구요. 사격이요. 함포 말이에요." / "함포는 또 뭐라?" / "군함 대포요, 어딘가에 쏜 모양이에요, 전쟁이에요." (…중략…) / "뭐마씸? 함포? 전쟁? 오늘 온댄마씸?"(손지연 역, 『오시로 다쓰히로 문학선집』, 글누림, 2016, 269~270쪽) 한국어 번역 작품집에는 원문의 실험방언이 제주어로 번역되어 있다.
8　大城立裕, 『沖縄演劇の魅力』, 沖縄タイムス社, 1990, (『大城立裕全集』第13卷 評論・エッセイⅡ, 勉誠出版, 2002, 131쪽)

는 오키나와에 거주하는 자신과 본토 독자 사이에 공통된 언어 감각이 부재하다는 사실을 전제하고 있었고, 그 때문에 본토 독자의 시공간과 언어 환경을 배려해 양해 가능한 오키나와 방언을 만들 필요가 있었다.

뿐만 아니라 이 작품은 오키나와 전투를 소재로 삼은 것으로, '유일한 격전지'이자 '철의 폭풍'을 겪어야만 했던 오키나와의 전쟁 경험을 본토 독자들과 공유하려는 시도의 일환이기도 했다. 어느 날 갑자기 시작된 함포 사격으로 인해 한 노부부와 그들 가족은 자신들의 조상 묘인 거북등 무덤으로 숨어 들어가 전쟁의 일상을 보낸다. 무덤이라는 죽음의 공간 속에서 삶을 희구하는, 이 역설적이면서도 절실한 노부부 가족의 현실에 대해 작가는 마지막까지 그들의 안위를 명확하게 그리지 않는다. 이 불투명한 전쟁과 전후야 말로 오시로가 본토에 제기하고 싶었던 문제였는지도 모른다. 오키나와 전투에 관한 성찰을 촉구하기 위해서는 역시 전달 매체인 언어에 유념하지 않을 수 없었을 것이다. 때문에 오시로는 표준어의 외피를 쓴 오키나와 방언을 고안할 필요가 있었다. 「거북등 무덤」 이후에도 오시로는 「파나리누스마 환상ぱなりぬすま幻想」(1966), 「니라이카나이 거리=ライカナイの街」(1969), 「벤자이덴도弁財天堂」(1971) 등의 단편에서 '실험방언'이란 방법을 이어나갔다.

그러나 오시로는 1970년대에 들어서부터, 더욱 정확하게 말하면 1972년 이후부터 자신만의 '실험방언'을 포기해야 했다. 마쓰시타 유이치松下優一의 세밀한 검증에 의하면 오시로의 '실험방언' 폐기에 결정적인 역할을 한 사람은 다름 아닌 히가시 미네오였다.[9] 히가시 미네오의 「오키나

---

9   松下優一, 앞의 글, 72쪽.

와 소년」은 '성性'을 매개로 전개되는 미국과 오키나와의 복잡한 사정을 사춘기 소년 쓰네요시つねよし의 눈을 통해 그린 작품이다. 오키나와의 현실을 사실적으로 묘사한 이 작품은 내용상으로도 큰 인상을 남겼지만 무엇보다도 고자그ザ 시에서 사용되는 말을 거의 정제하지 않고 쓴 것이 커다란 화제를 낳았다. 예를 들면 당시 아쿠타가와상 심사 위원이던 오오카 쇼헤이大岡昇平와 단바 후미오丹羽文雄 등은 공통적으로 "오키나와 방언의 사용이 매력적"이었으며 "오키나와의 일상 언어를 대담하게 구사한 것이 신선"했다는 평을 남겼다.[10] 또한 이 작품은 시모타 세이지霜多正次와 같은 오키나와 작가들로부터도 "오키나와 방언이 거의 그대로 표기되어 있는, 과거에 보지 못한 대담한 시도"[11]라는 지지를 받았다.

히가시의 소설에 재현된 방언은 '오키나와의 일상 언어'를 '거의 그대로 표기'한 살아있는 '생물'과 같은 것이었고, 그에 반해 오시로의 '실험방언'은 말 그대로 실험실에서 생산된 인공물과 같은 것이었기에 이 물감이 두드러질 수밖에 없었다. 더구나 거의 같은 시기에 시도된 두 작가의 대조적인 방언 도입은 더욱 분명한 비교 대상이 되어 "오시로가 의식적으로 재구성한 '공통어적 방언' 문체는 완전히 조화를 이루지 못하고 큰 위화감을 일으켰던 데 반해 히가시 미네오의 문체는 자연스러운 리듬으로 저항감 없이 오키나와적인 생활 감성과 특징을 표현했다"[12]는 상반된 평가를 초래했다.

문학적 선배이자 '실험방언'을 먼저 도입했던 오시로 역시 히가시의

---

10 「第66回 芥川賞選評」, 『文藝春秋』 3月号, 1972.(『芥川賞全集』 第9卷, 文藝春秋, 1982, 351·353쪽)
11 霜多正次, 「沖縄方言と日本語」, 『文学』 40(4), 1972, 52쪽.
12 岡本恵徳, 『沖縄文学の地坪』, 三一書房, 1981, 45쪽.

문체에 후한 점수를 주었다. 그는 "「오키나와 소년」에서 사용된 방언은 세상을 놀라게 했다. 오키나와 오리지널 방언에 가까운 말을 과감하게 사용하고 있지만 충분히 이해할 수 있었다. 오키나와인이나 본토인이나 모두 놀랐을 것이다. (…중략…) 오키나와 악센트도 귀에 울리는 듯한 느낌이었다. (…중략…) 아마도 이는 마치 대화를 하는 것처럼 쓴 문장이 성공한 탓일 것이다"[13]라고 말하며, '오키나와 오리지널 방언'을 소설 언어로 쓴 히가시의 문체를 일단은 높이 평가했다. 이어서 그는 "내가 시도한 문체란 방언의 구어적 뉘앙스를 대부분 어미에 넣어 본토인이 알 수 있도록 강구한 것에 지나지 않는다. (…중략…) 사실, 내 방법이 잘못되었다는 것을 가르쳐 준 것은 히가시 미네오다. 그의 소설에 드러난 방언은 세상을 놀라게 했다. (…중략…) 나의 고식적인 노력이 빛바래 보였다"[14]며 자신의 문학적 실험이 실패했음을 고백하기에 이른다.

여기에서 잠시 히가시 미네오의 「오키나와 소년」의 본문을 확인해 보자.

> ぼくが寝ているとね、
> "つね、つねよし、起きれ、起きらんな！"
> と、おっかあがゆすろおこすんだよ。
> "ううん何やがよ"
> 目をもみながら、毛布から首をだしておっかあを見あげると、

---

13 大城立裕, 『沖縄、晴れた日に』, 家の光協会, 1977. (『大城立裕全集』第12巻 評論・エッセイ I, 勉誠出版, 2002, 368쪽)
14 위의 책, 368쪽.

"あのよ"

そういっておっかあはニッと笑っとる顔をちかづけて、賺（すか）すかのごと
くにいうんだ。

"あのよ、みちこ―達（たち）が兵隊（へいたい）つかめえたしがよ、ベッドが足らん困って
おるもん、つねよしがベッドいっとき貸らちょかんな？な？ほんの一
五分ぐらいやことよ"[15]

　위의 인용문에서 확인할 수 있듯이 「오키나와 소년」에서 방언은 주
로 대화문에서 사용되며 그에 대한 독음(후리가나)을 기입해 오키나와
라는 공간을 사실적으로 재현함과 동시에 가독성도 확보하고 있다. 방
언을 괄호 속에 따로 묶거나 그것을 대화문에서 한정적으로 사용하고
독음을 다는 방식은 전후 오키나와 문학에서만 볼 수 있는 특별한 양식
은 아니다. 그것은 오래 전부터 일본의 근대문학이 간사이關西 지방이
나 도호쿠東北 지방, 규슈九州 지방의 말을 다루어 왔던 방식과 유사하
다. 그럼에도 불구하고 히가시의 시도가 세간의 주목을 끈 것은 오키
나와가 가지는 언어 사정이 본토와 달랐기 때문일 것이다. 주지하다시
피 1879년 메이지明治 정부에 의한 류큐처분琉球處分 이후 오키나와 방언
은 철저하게 금지되어 왔다. 자신의 몸에 각인된 일상 언어를 입 밖으
로 내뱉는 순간, 자기비판과 함께 굴욕적으로 방언 표찰[16]을 목에 걸어

15　東峰夫, 「オキナワの少年」, 『文学界』 12月号, 1971.(『芥川賞全集』 第9巻, 文藝春秋, 1982,
　　35쪽) 잠이 든 나에게, / "쓰네, 쓰네요시. 일어나, 일어나라고!" / 하고 엄마가 흔들어 깨
　　운다. / "하암. 무슨 일이야" 눈을 부비며 담요에서 목을 내밀어 엄마를 보니 / "저기" /
　　엄마는 그렇게 말하며 싱긋이 웃는 얼굴을 바싹 갖다 대더니 달래듯이 말한다. / "저기,
　　미치코랑 애들이 미군을 꼬셔왔는데, 침대가 모자라서 곤란한 모양이야. 쓰네요시의 침
　　대를 잠시만 빌려 주면 안 될까? 딱 15분 정도야."

야 했던 오키나와에게 있어서 방언은 수치의 상징에 다름 아니었다. 미개의 상징이자 박멸의 대상이었던 오키나와 방언을 히가시는 소설이라는 매체를 통해 부활시켰고, 그렇기 때문에 오키나와는 물론 본토에서도 큰 화제가 되었던 것이다.

배제의 대상이던 오키나와 방언을 전후 일본사회가 용인하고 평가한 것은 메이지 시대와는 달리 오키나와가 일본의 한 지방으로 이미 안정적으로 포섭되어 있고, 또 오키나와 방언이 일본어의 보다 넓은 스펙트럼을 보증하는 중요한 요소였기 때문이다.[17] 「오키나와 소년」에서 보듯이 오키나와 방언을 대화문에 한정시키고 나머지 바탕글은 표준어로 서술하는 구성 방식은 소설 전체를 표준어가 지배하고 대화문이 지방색을 보충하는, 말하자면 위계화된 언어 질서의 재현에 다름 아니었다. 그것은 '일본어=표준어=문어=공적 언어', '지역어=방언=구어=사적 언어'라는 언어 규범을 소설 내부에 그대로 옮긴 것이나 마찬가지였던 것이다. 이처럼 표준어의 우월한 지위를 침해하지 않고 오히려 그것이 가지는 지위를 공고히 뒷받침하는 범위 내에서라면 오키나와 방언은 언제든지 환영받을 수 있었다.

히가시에 대한 오시로의 평가도 이와 유사한 방식으로 이루어지고 있었다. 그 무렵 오시로는 "야나기 무네요시柳宗悦는 일본의 표준어를 보

---

16 류큐 처분 이후 일본의 한 지방이 된 오키나와는 일본어(표준어) 사용을 강제당했다. 특히 학교에서 학생이 오키나와 방언을 사용하면 벌칙으로 목판으로 만든 방언 표찰을 목에 걸어야 했다. 이것을 벗기 위해서는 다른 학생이 일본어 이외의 다른 언어를 사용하는 것을 발각해 내야만 했다. 말하자면 방언 표찰은 개인은 물론이고 공동체의 언어를 감시하는 수단이자 장치였다.

17 오키나와어(류큐어)는 일본어와 같은 계열로 고대 일본어의 원형이 오키나와 언어에 남아있다고 보는 주장이 있다.

다 잘 완성시키기 위해 방언이 필요하다고 방언논쟁에서 말했다. 이는 일본어의 표현 영역을 넓히기 위해, 또 같은 의미라 하더라도 보다 좋은 어감이 있는 것을 방언 중에서 고른다는 의미일 것이다. (…중략…) 방언을 소설에 쓸 요량이면 그 풍토적 특질을 확인한 뒤에 일본어 어휘를 늘릴 가능성이 있는 말을 골랐으면 한다"[18]라고 이야기하며 오키나와 방언을 일본어의 보완적인 장치로 규정하고 있었다. 일본어와 오키나와 방언의 관계를 주종 관계이자 상호 보완적인 관계로 인식한 오시로의 언어관은 늘 일관적이었다. 그는 "오키나와어의 어휘나 문맥을 문화적 시점에서 창조적으로 선택, 발견하여 (그것을) 건너뛰고 읽는 것이 아니라 일본 문학의 표현 영역으로 확장시켰으면 한다. 그로부터 진정한 탈식민지문학은 태어날 수 있다"[19]고 말하며, 일본어라는 범주 내에 포섭되어 승인받을 수 있는 오키나와 방언의 자리를 끊임없이 모색하고 있었다. 이러한 오시로의 언어관에 비추어 볼 때 히가시의 방법은 매우 적절하고 안전했다. 즉, 오시로가 보기에 일본어의 질서를 해치지 않고 오키나와의 지방색을 곁들이는 히가시의 글쓰기는 일본어의 표현 영역 확장이라는 성과를 안정적으로 얻을 수 있는 이상적인 방법이었던 것이다.[20] 오시로가 '실험방언'의 실패를 자인하고 히가시에게 '방언적 작가'의 자리를 내어준 것은 바로 이러한 점 때문이었다.

---

18 大城立裕, 『沖縄、晴れた日に』, 앞의 책, 369 · 371쪽.

19 大城立裕, 「土着の表現」, 『琉球新報』, 2000.12.25~28.(『大城立裕全集』第13卷 評論 · エッセイ II, 426쪽)

20 신조 이쿠오는 동화지향적인 오시로의 언어관에 대해 "일본어 글쓰기에 관한 권력 관계의 상흔이 각인되어 있으며, 여기에서 우리는 일본어라는 규율이 폭력적으로 표현자의 '내면'을 창조하고 구속한 과정을 읽을 필요가 있다"고 지적했다.(新城郁夫, 『到来する沖縄 ― 沖縄表象批判論』, インパクト出版會, 2007, 100쪽)

3. 사키야마 다미의 '섬 말シマコトバ'[21]이라는 방법

그렇다고 오시로가 히가시의 글쓰기 방식을 마냥 긍정한 것만은 아니었다. 오키나와 작가들의 언어 문제에 대해 여러 차례 언급한 바 있는 오시로는 히가시의 문체에 대해 다음과 같이 문제를 제기하기도 했다.

소설 속의 대화를 오키나와 말로 쓴 일은 이미 메이지 40년대 (1900년대 초)에도 있었지만, 전후에는 졸작 「거북등 무덤」(집필 1959년, 발표 1966년)부터 시작된다.

그리고 1971년에 히가시 미네오가 「오키나와 소년」으로 세상을 놀라게 했다. 히가시는 어조 변경에만 그친 내 수법을 개량한 것은 아닌가 여겨진다고 나는 (예전에—인용자) 말한 적이 있다. 이때 개량이라 함은 오키나와 언어의 수를 아주 늘리는 것과 한자의 취음자当て字(한자 본래의 뜻과는 관계없이 음音이나 훈訓을 빌려서 쓰는 글자—인용자)를 창조하는 것이다.

그러나 세상의 상찬에도 불구하고 나는 감동을 받지 않았다. 예를 들면

21　사키야마 다미는 섬 말을 뜻하는 일본어 'しまくとぅば' 혹은 '島言葉'을 말할 때 가타카나로 'シマコトバ'라고 표기한다. 그녀는 한 에세이에서 자신을 "학교 교육에서 배운 표준적 일본어와 한때 알 수 없는 이유로 소멸의 위험에 처해 대폭 변형되어 오늘날에 겨우 살아남은 오키나와의 여러 섬 말(シマコトバ)을 가진 작가"라고 소개한 바 있다. 그리고 이 섬 말로 일본어를 뒤흔들고 어지럽히듯 글을 쓰는 것이 작가적 목표라고 말했다.(崎山多美, 「「シマコトバ」でカチャーシー」, 『21世紀文学の創造 2—「私」の探究』, 岩波書店, 2002, 161~162쪽) 그러니까 사키야마가 사용하는 섬 말이란 오키나와 고유의 언어 체계를 뜻하는 것이 아니라 오키나와의 여러 섬을 경유하고 생활하면서 체득한 자신만의 언어 감각을 뜻하는 것이며 또 그것은 일본어를 교란시키기 위한 수단이자 방법이기도 했다. 한편, 최근의 한 인터뷰에서 그녀는 섬 말이란 '일본어'의 대척점에 놓이는 것이 아니라 일본어도 아니며 오키나와 방언도 아닌, 양자가 서로 섞이는 양상을 제시하고 있다고도 말했다.(김재용·사키야마 다미, 「작가와의 대담」, 『지구적 세계문학』 7호, 2016, 369쪽) 이 글에서는 사키야마의 독창적인 언어관을 드러내기 위해 섬 말을 고딕체(**섬 말**)로 표기하겠다.

소설 앞부분에 있는 '蜂鎌首'. 여기에는 ハチャーガマク라는 루비ルビ(읽는 법을 따로 쓴 것으로 말하자면 독유을 다는 것－인용자)가 달려 있다. 네이티브 스피커인 경우는 'ガマク'라는 토를 읽고서 이것이 '잘록한 허리'란 뜻을 알 수 있을 것이다. 그러나 '鎌首'가 어떻게 '腰'라는 의미가 될 수 있는가? 나는 이를 개량이 아니라 개악이라고 본다. 그러나 세상은 '오키나와 문화의 자랑'이라며 여기에 현혹되었다. 이런 종류의 난폭한 취음자의 작은 하자에는 눈을 감고 감격했다.[22]

자신이 쓴 「거북등 무덤」의 '실험방언'이 히가시의 「오키나와 소년」에 이르러 오히려 퇴보되었다고 성토하는 위의 글은 앞에서 확인한 히가시의 문체에 대한 상찬과는 다소 배리되는 내용이다. 「오키나와 소년」이 발표되었을 당시만 해도 오시로는 "오키나와 오리지널 방언에 가까운 말을 과감하게 사용하면서도 충분히 이해할 수 있었다. (…중략…) 아마도 이는 마치 대화를 하는 것처럼 쓴 문장이 성공한 탓일 것이다"[23]라고 말하며 히가시의 문체를 높이 평가했고, 나아가 "사실, 내 방법이 잘못되었다는 것을 가르쳐 준 것은 히가시 미네오다. (…중략…) 나의 고식적인 노력이 빛바래 보였다"[24]며 자신의 '실험방언'의 패배를 인정해 보였다. 그러나 그로부터 시간이 20여 년 정도 흐른 시점에서 오시로는 정반대의 의견을 말하기에 이른 것이다. 아마도 이는 히가시의 영향을 받은 후속 세대 작가들이 오키나와 말을 과다하게 도

---

22 大城立裕, 「土着の表現」, 앞의 책, 421~422쪽.
23 大城立裕, 『沖縄、晴れた日に』, 앞의 책, 368쪽.
24 위의 책, 368쪽.

입하거나 집착하는 것에 오시로가 큰 불만을 느낀 탓일 것이다. "요즘 젊은 작가들 작품에 야마토・우치나 구치ヤマト・ウチナーグチ[25]가 많이 보인다. 오키나와의 풍속을 드러내기 위해서는 용인할 수 있지만 그런 경우에는 문맥상의 각별한 주의가 필요하다", "(젊은 시인들은) 방언 자체가 가진 내적 에너지 때문에 방언을 사용하기도 하겠지만, 그 외에도 방언을 사용함으로써 소설의 개성을 드러내려는, 다분히 외발적인 동기도 있는 것은 아닐까",[26] "방언에 대한 동경이 넘친다는 것은 젊은 작가들의 소설에 방언 회화가 남발하고 있는 데서도 드러난다. (…중략…) 치명적인 문제는 이들 방언이 야마토・우치나 구치에 구속되어 있다는 것이며 또 표현에 문체가 결핍되어 있다는 것이다"[27] 등, 그는 여러 글을 통해 후속 세대 작가들의 소설에 보이는 오키나와 방언의 빈출과 부자연스러운 문맥, 문체에 대해 질타를 서슴지 않았다.

특히 오시로가 비판의 대상으로 삼은 것은 한자의 음이나 뜻을 빌려 창조한 글자, 즉 취음자였다. 한자에서 음이나 훈을 빌려 말을 만드는 경우, 말의 어원과 관련지어 조합하는 일도 있지만 오늘날에는 대부분 어원과 한자의 쓰임이 서로 다른 경우가 많기에 이는 오키나와의 언어 생활 감각을 반영하지 못하고 오히려 말장난처럼 보일 수 있다는 것이

---

25 전전의 '우치나・야마토 구치(ウチナー・ヤマトグチ)'를 역으로 조합한 것이다. 우치나・야마토 구치란 오키나와인이 야마토 구치, 즉 본토 말을 쓰려고 하면서도 자신도 모르게 오키나와 방언(우치나 구치)이 섞인다는 뜻으로, 말하자면 오키나와 방언이 혼입된 공통어를 뜻한다. 그러나 오키나와 방언을 유행으로 추수하는 경우에는 우치나 구치를 말하는 가운데 무의식적으로 본토 말인 야마토 구치가 섞이는 현상이 발생한다. 오시로는 후자의 경우에 대해 대단히 비판적이었다.(大城立裕, 『ハーフタイム沖縄』, ニライ社, 1994.(『大城立裕全集』第13巻 評論・エッセイⅡ, 앞의 책, 199쪽)
26 大城立裕, 『沖縄、晴れた日に』, 앞의 책, 370쪽.
27 大城立裕, 『ハーフタイム沖縄』, 앞의 책, 199쪽.

오시로의 입장이었다.[28] 그리고 그는 이 '말장난'에 심취한 작가로 메도루마 슌目取眞俊과 사키야마 다미崎山多美를 꼽았고 특히 사키야마에 대해서는 비판의 수위를 한층 더 높이기도 했다.

히가시에서 사키야마로 이어지는 오시로의 방법론 비판은 어쩌면 당연한 일인지도 몰랐다. 그것은 사키야마의 언어관의 연원을 히가시의 「오키나와 소년」에서 찾을 수 있다고 말해도 과언이 아니기 때문이다. 사키야마는 한 에세이에서 다음과 같이 고백한 바 있다.

> 「오키나와 소년」은 지금의 내가 이런 의식을 가지고 소설을 쓰게 된 직접적인 계기가 되었다. (…중략…) 「오키나와 소년」의 고자 방언은 일본어를 비웃듯이 마구 날아다니는 것처럼 느껴졌다. (…중략…) 예를 들면 (…중략…) '乳摩訶の女子、蜂鎌首のおなご'란 말은 '가슴이 대박 큰 여자, 벌처럼 허리가 잘록한 요염한 여자'란 의미를 가진 것인데, 취음자의 모양과 음이 합쳐져 순간적으로 이미지를 만들어 낸다. '오키나와 말 같은 변태 일본어沖縄コトバふう変態日本語'를 출현시킨 재미있는 표현인 것이다. 내가 「오키나와 소년」의 문체에서 일본어를 비웃는 듯한 오키나와 말의 리듬을 느낄 수 있었던 것은 방언의 음감과 의미를 잘 합체시킨 취음자 때문이었다. 언뜻 보면 울퉁불퉁하게 보이는 이 기발한 조합은 일본어를 조롱하는 듯했다. 또한 표준 일본어의 압박에서 벗어난 듯이 작품 전체에서 배어 나오는 작가의 자유분방한 내적 언어 리듬은 표준 일본어와도 잘 어울리지 않았고 고자 방언과도 완전히 어울리지 않았다. 이런 점이 울적한 내 언어 감각을 자극하였고 '가슴을 울렁울렁'하게 만든 것은 아닌지 여겨진다.[29]

---

28 大城立裕,「土着の表現」, 앞의 책, 422쪽.

이런 발언에서 알 수 있듯이 오시로가 동의하지 못한, 아니 신랄하게 비판한 히가시의 언어 유희를 사키야마는 자신의 문학적 출발점으로 삼았다. 앞에서 인용한 오시로의 글과 사키야마의 위의 글은 히가시의 소설에서 보이는 취음자의 예로 '蜂鎌首'를 공통적으로 들고 있지만 두 사람은 서로 다른 해석을 해 보이고 있는 것이다. 오키나와 네이티브 스피커조차 한자 위에 달린 토를 보지 않고는 의미를 파악할 수 없는데 하물며 본토 독자에게 의미를 전달하기란 얼마나 어렵겠는가 하는 것이 오시로의 주장이라면, 사키야마는 일본어는 물론이고 고자 방언까지도 조롱해 보이는 자유분방한 취음자의 조합이야말로 '일본어'라는 국가 언어를 상대화시키는 방법이라고 보았다. 여기에서 중요한 것은 취음자라는 언어적 유희(오시로의 표현대로라면 말장난)가 단순한 기호嗜好의 문제가 아니라는 점이다. 다시 말해 취음자의 방법이나 효과를 둘러싼 두 사람의 엇갈린 평가는 실은 본토와 오키나와의 관계를 어떻게 정의할 것인가 라는 문제와 직결되는 대단히 상징적인 논의였다. 이에 대한 오시로와 사키야마의 입장을 차례로 확인해 보자.

창작물에 오키나와 말과 문화를 반영하고자 하는 의욕은 피할 수가 없다. 단, 작품을 발표하는 장의 조건이 본토이며 독자 가운데 본토인이 있다는 것을 상정하지 않으면 안 된다. 이런 모순을 조화롭게 만들기 위해서는 우치나・야마토 구치란 것이 역설적으로 가능하다고 생각한다. 그런 시도로서 나는 단편 「거북등 무덤」에서 독자적으로 고안한 오키나와 말을 사용했

---

29 崎山多美, 앞의 책, 174~176쪽.

다. 거기에 부제목으로 '실험방언이 있는 풍토기'라고 쓴 것은 이화 지향을 동화 지향에 가까운 것으로 완곡하게 표현하고 싶었기 때문이었다.[30]

（「거북등 무덤」은） 오키나와 방언의 뉘앙스를 잘 전달하는 데 '어느 정도' 성공했지만 이를 일상적인 오키나와 말이라고 보기는 어렵다. 어미를 변화시키는 방법 그 자체가 오키나와 말의 음감을 사상捨象하는 방향으로 작용해 표준어적인 표현이 되어 버렸고 자칫하면 그대로 표준적 일본어에 회수되어 안착할 위험이 있다. （…중략…） 표준적 일본어에 기대어 표현된 오키나와 말의 위치란, 그 자체가 오키나와와 일본의 지정학적 관계를 스스로 긍정하며 노정시킨 것으로, 다른 말로 표현하자면 보수적 일본어의 보완장치라고 해석되어도 달리 방법이 없는 것이다.[31]

일본어의 표현 영역을 확충시키는 데 봉사하는 것이 오키나와 방언의 역할이라 보았던 오시로는 그런 만큼 오키나와 방언의 선별 기준을 매번 본토에서 찾고자 했다. 그것은 오키나와에서 나고 자란 작가가 스스로 언어를 규제하며 일부 언어의 변형을 본토로부터 승인 받는, 그야말로 자기검열의 시선에서 출발한 언어관이라고 해도 무방할 것이다. 나아가 그것은 '이화 지향을 동화 지향에 가까운 것으로 완곡하게 표현'한 메시지로서 본토에 안정적으로 안착하고 적응하기 위한 언어적 훈련이기도 했다. 그에 반해 사키야마는 정반대의 입장에서 자신의

---

30 大城立裕, 「沖縄文学・同化と異化」, 『新潮』 5月号, 2001.（『大城立裕全集』 第13巻 評論・エッセイⅡ, 勉誠出版, 2002, 428쪽）
31 崎山多美, 앞의 책, 168~169쪽.

언어관을 피력했다. 그녀는 오시로의 '실험방언'이 어미에 변주를 일으켜 오키나와 말의 뉘앙스를 담고는 있지만 결과적으로 표준적 일본어에 회수되고 말았고, 그것은 일본과 오키나와의 위계적인 관계를 그대로 옮겨놓은 것에 지나지 않는다고 지적한다. 이와 같은 사키야마의 언어관이 '이화 지향'이라는 정치적 입장을 대변하는 것인지 아닌지에 대해서는 앞으로 구체적인 논의가 필요하겠지만,[32] 적어도 그녀의 발언에서 읽어낼 수 있는 것은 "표준적인 일본어에 회수될 수밖에 없는 오키나와 말의 위치를 무너뜨리"고 "꼬리지느러미를 일본어에 붙이듯 해서 로컬 아이덴티티를 주장하는 그런 방언이 아니라, 이질적인 말과 말의 관계를 이질적인 모습 그대로 일으켜 세"[33]우는 소설 언어를 그녀가 상상하고자 했다는 점이다. 그것을 마치 증명해 보이듯이 당시 사키야마가 발표한 소설에는 음감과 리듬감이 중시된 의성어나 의태어가 빈출하고 알 수 없는 듯한 기호와 낯선 일본어, 방언이 난무했다. 때문에 사키야마를 읽는 독자는 자신이 상정한 일본어와 오키나와 말의 범주를 매번 교정하거나 시험해야만 했다.

　ブュルュルュ、クュルュルュ、という渦を巻く水音が、くっくっく、という女の笑い聲に聞こえる。(…중략…)どろりとした時の間が背後から私を取り圍む。と、奇ッ怪な轟き音に襲われた。Ⓧ●△Ⓧ

---

[32] 오시로는 한 에세이에서 사키야마의 문체를 다루며 "사키야마는 야마토를 지향하는 것을 싫어하고 오키나와어와 영겁으로 회귀하는 세계에 집착한다"고 말하기도 했다.(大城立裕, 「土着の表現」, 앞의 책, 424쪽) 그러나 사키야마의 문학이나 에세이에서 추찰할 수 있듯이 그녀의 지향점이 오키나와라고 단정할 수는 없다.

[33] 崎山多美, 앞의 책, 169쪽.

◎……。崩壊感のあるけたたましい不協和音だ。(…중략…)

－振り向くぅでーなぁいよぉ。(…중략…)

－水のあぁわぁにぃなぁりたぁくぅなぁいーなぁらーさぁー。(「風水
譚」, 1997)[34]

いつまでも寝就けぬ夜。すっきりと雲の切れた星空を、半ば放心の体
で見るともなく見上げていた時のこと。ムイアニ、と耳朶をくすぐる聲
を聽いた。

(…중략…)

－エーひゃあっ、何ーが、汝ーや、ぬーそーが。/ 甲高く固い聲を突然
浴びせられた。

－汝ーや、/といったん切れ、

－今までぃ來ーんそーてぃ、またん、チャー成らんムヌガタイなん
か、テレーと讀んでるんでしょか。

電話の聲は標準語まじりのシマコトバとでもいうものに変換された。

若いとはとてもいえぬ掠れきった女の聲だ。(「ムイアニ由來記」, 1999)[35]

---

34 崎山多美, 「風水譚」, 『へるめす』, 1997.1.(岡本恵徳・高橋敏夫 編, 『沖縄文学選－日本文学
のエッジからの問い』, 勉誠出版, 2003, 396~398쪽) 뷰루루, 큐루루 하는 소용돌이치는 물
소리가, 후훗하고 웃는 여자의 목소리가 들린다. (…중략…) / 농밀한 시간이 등 뒤에서
나를 감싸고 있다. 그러자 기괴한 울림이 엄습한다. ⊗●△⊗◎…… 붕괴감이 있는 요란
한 불협화음이다. (…중략…) / ─돌아보지이 마아. (…중략…) / ─무울 거푸움이 되고
시잂지 아않거드은─.

35 崎山多美, 『ムイアニ由来記』, 砂子屋書房, 1999, 8~11쪽. 아무리 시간이 지나도 잠이 오
지 않는 밤. 구름이 완전히 걷힌 별 밤을 별 뜻 없이 멍하니 올려다보았을 때, 무이아니,
라고 귓가를 간지럽히는 소리가 들렸다. (…중략…) / ─어어, 뭘 하는 거야, 당신은. 뭘
하냐고. / 높고 딱딱한 목소리가 별안간 쏟아진다. / ─당신, / 일단 이렇게 끊어 말하고
는 / ─아직 오지도 않고, 또, 아무 짝에도 쓸 데 없는 이야기나, 멍하니 읽고 있었겠지. /
전화기의 목소리는 표준어가 섞인 섬 말 같은 것으로 바뀐다. 도무지 젊다고는 할 수 없

その、突然水上に浮くひとつぶの水の泡は、じっと見つめていると、ぷっくん、ぷっくん、と音を立てる。あれよあれよというまに膨らみだし水の上を滑りだし、滑りつつ、ぷくっ、ぷっくん、ぷっく、ぷくん、と意志あるもののように水上から浜辺へのぼって來る、というのだ。水を渡り、波の引いた砂上へ、ぷくっぷっくんと這いのぼって來る水の泡つぶ、というだけでも何ともヘンな話ではあるが、目撃者ジラーが語るには、その水の泡つぶは、なんと、阿波踊りならぬ泡ダンスとでもいうようなものをおっぱじめる、というのだった。

（…중략…）

　ー水ぬ踊イ、んじ去せー、珍らさんやぁ、ジラぁ、

　それで、何ーなたが、

　其ぬ、ミジぬウドゥイ、んじ去せーや。(「ゆらてぃくゆりてぃく」、2003)[36]

이러한 예에서 보듯이 사키야마는 'ブュルュルュ', 'クュルュルュ', 'ぷっくん、ぷっくん'과 같은 종래의 일본어 문학에서는 좀처럼 볼 수 없는 의성어나 의태어를 작위적으로 만들어 사용하고 있으며, 심지어

는 갈라진 여자의 목소리다.

36 崎山多美, 『ゆらてぃくゆりてぃく』, 講談社, 2003, 10~11쪽. 갑자기 물 위로 떠오르는 물거품 하나를 가만히 보고 있자니, 그것은 뿌꿈, 뿌꿈 하는 소리를 낸다. 에구머니나, 하고 보는 사이에 물거품은 부풀러 올라 물 위를 미끄러지더니 뿌꾸, 뿌꿈, 뿌꾸, 뿌꿈 하며 의지를 가진 존재처럼 물 위에서 해변으로 올라온다. 물을 따라 파도가 끊어진 모래 위로 뿌꾸, 뿌꿈하며 기어오른 물거품. 이건 뭔가 수상한 이야기이지만, 목격자인 지라가 말하기로는 그 물거품은, 글쎄, 물거품 춤이랄까, 물거품 댄스를 느닷없이 시작했다고 한다. (…중략…) ―물 춤이라니 신기하지 않아? 지라. / 대체 그건 뭐였어? / 물 춤이라고 하는 건.

'Ⓧ●△Ⓧ◎'처럼 의미 특정을 거부하는 듯한 기호를 삽입하기도 했다. 또한 그녀의 문장에는 일본어와 오키나와 말이 동원되는 것은 물론이고 '표준어가 섞인 섬 말標準語まじりのシマコトバ'도 등장하고 있다. 대화문도 따옴표가 아닌 '―'를 사용하고 있어 경우에 따라서는 대화문과 바탕글의 경계가 모호해지기도 한다. 그리고 '물 춤'을 표현할 때에도 '阿波踊り', '泡ダンス' 등으로 다양한 표기를 강구하는 등, 오시로가 비난한 취음자의 사용 빈도도 매우 높은 편이다. 일본어와 오키나와 방언을 넘나들며 새로운 기호와 의미를 만들고 있는 사키야마의 문체에서 일본어와 오키나와 방언은 서로를 예속하거나 지배하려 들지 않는다. 오히려 양자는 상호 보완적인 관계 속에서 의미를 구성하며 궁극적으로는 하나의 텍스트를 지향하고 있다.[37]

사키야마의 과감하고 급진적인 시도들은 오시로의 날선 비판으로부터 자유로울 수 없었다. 오시로는 "사키야마 다미의 「무이아니 유래기」에는 이중부정어가 빠져있고 오키나와어도 제대로 되어 있지 않다. 그러나 작가는 교정 단계에서 이를 몰랐던 것 같고 편집자도 아마 대충 읽어서 의미가 통한다고 보았던 것 같다. 이는 위험한 징후가 아닐까. 대충 읽어서 비판을 피하는 이런 작품이 일본 문학에 영향을 주는 길을 가로막고 말았다. (일본 문학에) 영향을 주기 위해서는 오키나와의 독자적인 문화를 표현하면서 동시에 보편적인 이해가 가능하도록 해야 한다",[38] "(「유라티쿠 유리티쿠」는) 토속적인 면을 심도 있게 끌어올려 주제

---

37 이와 같은 사키야마의 독특한 문체는 작품마다 상이한데, 예를 들어 「무이아니 유래기」가 '일본어 가운데 이물異物로서의 방언'을 다룬 문체라면, 「유라티쿠 유리티쿠」의 방식은 '일본어와 혼효하는 방언'이라 볼 수 있다.(松下優一, 앞의 글, 120쪽)

38 大城立裕, 「土着の表現」, 앞의 책, 425쪽.

로 삼고 있고 문체도 농후한 걸작이지만, 이야기의 무대인 섬 이름이 일본어 어휘에서 유래한 것이 문제다. 같은 의미의 오키나와어를 모르는 것일까, 아니면 주의가 부족한 것일까. 섬 이름이야말로 토착적이지 신화적인 것으로 지역 언어에 기반을 두어야 한다. 이는 작품 전반에 과잉적으로 괴상한 오키나와어를 온통 뿌려놓은 것과 비교해 볼 때 모순되며 그 모순에 어이를 상실하고 말았다"[39]라고 말하며 맹비난을 했던 것이다.

사키야마에 대한 오시로의 비판의 전제는 분명했다. 그는 오키나와적 표현의 궁극적인 목표는 일본 문학의 외연을 확장시키는 데 있으며, 기왕에 오키나와 말을 쓸 요량이면 '토착'적인 '지역 언어'에 기반을 두어야 한다고 보고 있었다. 그러나 오시로의 이러한 전제는 사키야마의 언어적 전략과 처음부터 층위를 달리하는 것이었다. 사키야마는 일본어를 보충하는 것에 목적을 두기는커녕 어디에도 귀속되지 않거나 귀속되지 못하는 혼종적 언어를 통해 통일체로서의 일본어의 폭력성을 환기시키는 데 목적을 두고 있었다. 다시 말해 일본어 자체를 이물異物로 바꾸어 놓고 일본어란 픽션을 지탱하는 '기원' 자체를 바꿔 쓰는 일, '일본'어를 해체하는 것이 바로 사키야마가 겨냥한 지점이었던 것이다.[40] 그것은 상식과 여론, 상투어, 지배적 이데올로기, 혹은 기표의 배후에 존재하는 안정되고 단일한 기의 등, 모든 독사Doxa의 관성으로부터 저항하는 글쓰기를 기대한 롤랑 바르트의 '에크리튀르' 개념과도 맞닿아 있다.[41]

---

39 大城立裕, 「沖縄文学・同化と異化」, 앞의 책, 429~430쪽.
40 丸川哲史, 『帝国の亡霊―日本文学の精神地図』, 青土社, 2004, 215쪽.

때문에 사키야마의 독자는 해체와 구축을 반복하는 불안정한 기호들과 겨루며 텍스트 내부로 진입하기 위해 부단히 노력하지 않으면 안 된다. 끊임없이 이어지는 이 해독의 과정은 곧 '일본' 혹은 '일본어', '오키나와' 혹은 '오키나와 방언'의 기원을 심문하는 과정이기도 한 것이다. 「바람과 물의 이야기風水譚」에서 보았던 'Ⓧ●△Ⓧ◎'라는 기호는 본토와 오키나와 사이에 암묵적으로 만들어진 표상의 약속으로부터 탈피하기 위한 장치이며, 「무이아니 유래기」에서의 출처 불명, 의미 불명한 소리 '무이아니'와 일상에 개입하는 **섬 말**은 "오키나와의 근현대사를 관통하는 '모어'의 억압이 초래한 언어의 양의성"[42]을 대변하고 있다. 또 신화적 세계를 그린 듯한 「유라티쿠 유리티쿠」의 주인공들은 국어와 방언이라는 언어 질서가 마련되기 이전의 세상에 살고 있는 탓에 독자가 상정하는 위계적인 언어 세계는 처음부터 무효하다. 그렇기 때문에 이 소설에서 무엇이 일본어이고 무엇이 방언인지 묻는 것은 무의미한 작업인지도 모른다. 게다가 소설에는 신화나 설화적 요소들이 배치되어 있어 근대적 소설이라는 개념마저도 흔들리고 있다. 이처럼 사키야마의 혼종적 글쓰기는 표준어와 방언이라는 언어적 측면에 국한된 것이 아니라 일본과 오키나와의 관계를 재사정하고 근대의 의미마저 되묻는 지점에까지 도달해 있다.

　생각해 보면 사키야마가 쓰고 있는 말은 의심할 여지가 없는 일본어이며 그것은 동시에 일본어를 이해하는 일본인 독자를 전제한 글쓰기이기도 하다. "독자 가운데 본토인이 있다는 것을 상정하지 않으면 안

41 그레암 앨런, 송은영 역, 『문제적 텍스트 롤랑/바르트』, 엘피, 2006, 173 · 184쪽.
42 丸川哲史, 앞의 책, 2004, 201쪽.

된다"고 말한 오시로처럼 사키야마도 역시 일본어 공용 집단을 상정하고 있는 것이다. 그러니까 그녀가 이질적이고 흔들리는 혼종 언어를 일본어 공동체 집단에게 제시하는 것은 이미 언어적 헤게모니를 획득한 일본어에 대한 적극적인 이익 제기이자 언어에 등사되기 일쑤인 지정학적 권력관계에 대한 고발이나 마찬가지인 셈이다.

의미 확정을 유예시키는 일본어 같지 않은 일본어, 오키나와 방언 같지 않은 오키나와 방언은 국가어나 지역어에 등재되지 못한, 마치 사키야마라는 한 작가가 만든 작위적인 언어처럼 보이지만 그런 혼종적인 언어야말로 오키나와의 현실 언어를 가장 농밀하게 반영한 것인지도 모른다. 기표와 기의의 부조화를 정돈하고 표준어와 방언의 뒤섞임을 깨끗하게 분류해 보기 좋게 정렬하는 글쓰기란 이미 현실의 오키나와와 크게 유리되어 있기 때문이다. '섬 말シマコトバ'에 관한 사키야마의 오랜 천착은 표준어와 오키나와 방언, 류큐 방언, **섬 말**이 모두 해소하지 못하는 이질적인 시공간과 경험을 지금 여기에 현재시키는 방법에 다름 아니다.

4. 언어의 정치/정치의 언어

알제리 출신의 유대인인 프랑스의 철학자 자크 데리다는 저서 『단하나의, 내 것이 아닌 언어―타자의 단일 언어 사용たった一つの、私のものではない言葉―他者の単一言語使用』(岩波書店, 2001)에서 자신이 놓인 이중언어적 상황에 대해 "나는 단 하나의 언어만을 가지고 있다. 그러나 그것은 내

것이 아니다"[43]라고 함축적으로 말한 바 있다. 언어와 정체성에 내재한 불균형과 정치성, 그리고 식민주의적 언어 질서 등에 대해 천착한 이 글에서 데리다는 "많은 사람들이 믿고 있는 것과는 반대로 사람과 언어 사이의 자연적인, 국민적=국가적인, 선천적인, 존재론적인 고유성의 제반 관계는 유지될 수 없다. 왜냐하면 그러한 고유화를 정당화시키는 것을 유포시키고 선언시킬 수 있는 것은, 오직 정치-환상적 제반 구축의 비-자연적인 프로세스를 거쳐서만 가능하기 때문이다",[44] "이런 번역(여기서의 번역은 이중언어 사용자의 글쓰기를 말한다)은 여러 언어의 자신에 대한 비-동일성을 이용=연주하는 내적 번역에 의한 번역=표현이다. 하나의 언어란 것은 존재하지 않는다. 현재에 있어서는. 말(la langue), 특유 언어, 방언 모두"[45] 등과 같이 지적해 보인 바 있는데, 이러한 대목은 근대 일본어의 이식을 강제당하며 이중언어적 상황 하에 놓여 자신의 언어를 매번 점검하고 스스로 번역해 보여야 했던 오키나와 작가들에게도 해당되는 부분이다. 특히 사키야마의 경우에는 "권력 언어인 표준어에 기대어 자기표현을 해야 하다는 것에 대한 위화감, 굴욕감, 어색함, 뻔뻔함, 공허함 등이 오키나와의 작가들로 하여금 일상어인 **섬 말**로 향하게 만든 것은 아닐까. 내 경우에는 언어 사정이 더욱 복잡했다. 내가 나고 자란 섬은 이리오모테섬西表島의 서쪽에 있는 한 촌락이었는데, 이곳은 전후 직후에 만들어진 개척 부락인데다가 바로 옆에는 전전부터 이곳에 살던 야마토(대부분 규슈 근처) 출신의 탄광

---

43 ジャック デリダ, 守中高明 譯, 『たった一つの、私のものではない言葉ー他者の単一言語使用』, 岩波書店, 2001, 4쪽.
44 위의 책, 43쪽.
45 위의 책, 124쪽.

부 마을도 있어, 그 언어 환경이란 지금 생각해 봐도 터무니없는 것이었다. 서로 서로 상대방의 말이나 억양을 듣고 웃는 일은 얼마든지 있었다. 집 안에는 미야코宮古 말을 하는 부모님이 있었고 옆집에는 하토마鳩間 말을 하는 가족이 있었으며 뒷집에서는 날카로운 소나이祖納 말이 들려왔다. 이런 생활 언어는 학교에 가면 지극히 자연스러운 표준어로 바뀌었다"고 한 에세이에서 이야기한 바 있다.[46] 사키야마는 타자에 의해 강제된 '단 하나의 언어'와 **'섬 말'** 사이의 정치적 역학, 혹은 비소유·반자연적인 언어와 번역적 글쓰기 등에 대해 고백한 셈인데, 이는 전후 오키나와 문학 연구의 중요한 성찰점이기도 하다.

사실, 언어가 개인의 정체성을 증명하고 집단적 기억이나 감정을 저장하는 장치라는 것은 누구도 부정할 수 없는 사실이다. 그러나 오키나와 작가들의 경우처럼 '나'의 언어가 아닌 강제된 언어를 구사해야 하는 경우, '나'는 언어 자체는 물론이고 '나'를 포함한 공동체와도 끊임없이 교섭하고 조율하며 새로운 언어를 만들어내야만 한다. 그렇다고 강제된 언어가 완벽하게 '나'의 언어가 아닌 것도 아니다. '나'의 언어이지만 '나'의 언어라고도 할 수 없는 이 모순되고 역설적인 환경 속에서 '나'는 자신만의 언어를 찾는다. 더욱 문제가 복잡한 것은 강제된 언어가 아닌 주어진 자연 언어라 할지라도 거기에는 '나'가 자각하지 못하는 수많은 규칙과 제재가 잠복해 있어 '나'를 포획하고 있다는 사실이다. 그런 점에서 본다면 언어는 갖은 정치의 집합이다.

인공적인 오키나와 방언의 창조와 억압된 오키나와 방언의 복권, 그

---

46 崎山多美, 「コトバの風景―'アッパ'と'アンナ'と'オバァ'の狭間で」, 『コトバの生まれる場所』, 砂子屋書房, 2004, 119쪽.

리고 표준어와 오키나와 방언의 뒤섞임을 통한 언어 질서의 교란 등, 전후 오키나와 문학이 모색한 방언적 글쓰기는 이러한 언어의 정치성을 무엇보다 잘 대변하고 있다. 정치적인 배려에 의한 오키나와 방언의 허용과 방언의 정치적인 맥락을 문화화, 자연화시키는 흐름은 오키나와 본토 사이의 정치적 관계를 그대로 언어의 장에 옮겨 놓은 것이기도 했다. 그러한 점에서 볼 때 언어의 정치, 혹은 정치의 언어를 짐작하게 만드는 전후 오키나와의 문학 언어는 허구의 언어가 아닌 현실의 언어였다. 이 현실의 언어에 착종하는 온갖 정치와 사유의 흔적을 탐문하는 일은 전후 오키나와를 핍진하게 그려내는 하나의 필연적인 전략이기도 할 것이다. 전후 오키나와 작가들이 보여준 새로운 실험과 글쓰기의 실천을 어떻게 이해하고 수용하며 또 평가할 것인지, 이제는 독자가 응답할 차례이다.

참고문헌

그레암 앨런, 송은영 역, 『문제적 텍스트 롤랑/바르트』, 앨피, 2006, 173~184쪽.

긴개용・사키야마 다미, 「작가와의 대담」, 『지구적 세계문학』 7호, 2016, 369쪽.

오시로 다쓰히로, 손지연 역, 『오시로 다쓰히로 문학선집』, 글누림, 2016, 269~270쪽.

『芥川賞全集』第9巻, 文藝春秋, 1982, 35・351~353쪽.

『大城立裕全集』第9巻 短篇Ⅱ, 勉誠出版, 2002, 47쪽.

『大城立裕全集』第12巻 評論・エッセイⅠ, 勉誠出版, 2002, 368~371쪽.

『大城立裕全集』第13巻 評論・エッセイⅡ, 勉誠出版, 2002, 199・421~430쪽.

岡本恵徳, 『現代沖縄の文学と思想』, 沖縄タイムス社, 1981, 126쪽.

_____, 『沖縄文学の地坪』, 三一書房, 1981, 45쪽.

岡本恵徳・高橋敏夫 編, 『沖縄文学選－日本文学のエッジからの問い』, 勉誠出版, 2003, 396~398쪽.

崎山多美, 「「シマコトバ」でカチャーシー」, 『21世紀文学の創造 2－「私」の探究』, 岩波書店, 2002, 161~162쪽.

_____, 『ゆらていくゆりていく』, 講談社, 2003, 10~11쪽.

_____, 『ムイアニ由来記』, 砂子屋書房, 1999, 8~11쪽.

_____, 『コトバの生まれる場所』, 砂子屋書房, 2004, 119쪽.

霜多正次, 「沖縄方言と日本語」, 『文学』 40(4), 1972, 52쪽.

新城郁夫, 「沖縄文学の現在－『他者の言語』で/を書く」, 『Inter Communication』, 2003, 67쪽.

_____, 『沖縄文学という企て－葛藤する言語・身体・記憶』, インパクト出版会, 2003, 171쪽.

_____, 『到来する沖縄－沖縄表象批判論』, インパクト出版会, 2007, 100쪽.

ジャック デリダ, 守中高明譯, 『たった一つの、私のものではない言葉－他者の単一言語使用』, 岩波書店, 2001, 4~124쪽.

松下優一, 『沖縄文学の社会学－大城立裕と崎山多美の文学的企てを中心に』, 慶應義塾大学大学院 博士學位論文, 2014, 72~120쪽.

丸川哲史, 『帝国の亡霊－日本文学の精神地図』, 青土社, 2004, 215쪽.

죽음에 임박한 몸들

마타요시 에이키又吉栄喜의 초기작 읽기

1. 「돼지의 보복」 이전의 마타요시 에이키

1947년 오키나와 현 우라소에 시浦添市에서 태어난 작가 마타요시 에이키又吉栄喜(이하 마타요시)는 류큐대학 법문학부 사학과를 졸업하고 우라소에 시립도서관에 재직하며 작품 활동을 하다가 퇴직한 후에는 전업 작가의 길을 걷고 있다. 1975년 「바다는 푸르고海は蒼く」로 제1회 신오키나와 문학상新沖縄文学賞을 수상하며 작가로 데뷔한 그는 1978년 「조지가 사살한 멧돼지ジョージが射殺した猪」로 제48회 규슈예술제문학상九州芸術祭文学賞을, 1980년 「긴네무 집ギンネム屋敷」으로 제4회 스바루문학상すばる文学賞을, 1996년 「돼지의 보복豚の報い」으로 제114회 아쿠타가와상芥川賞을 수상하여 오키나와 내외의 문단에서 큰 주목을 받았다. 지금까지도 왕성한 작품 활동을 이어오고 있는 마타요시는 자신의 고향인 우라소에 시에 편재하는 다양한 풍경들, 예컨대 미군 캠프와 A 사인

바, 성곽城(구스크)과 산호초 바다, 투우장 등을 소재로 인상적인 작품들을 다수 발표해 왔다. 그러나 아쿠타가와상을 수상한 대부분의 오키나와 작가들이 그러하듯이, 「돼지의 보복」이 아쿠타가와상을 수상한 이후 그의 문학 세계나 사상은 제한적으로 다루어지는 경우가 많았다. 이에 대해 작가가 얼마나 의식적으로 대응하였는지는 증명하기 어려우나, 적어도 본토의 문학장이 요구한, 혹은 본토의 문학장에서 수용되는 마타요시의 작품 세계는 오래된 시공간을 담지한 고즈넉한 류큐의 이국정인 정서였다고 보아도 무방하다.

그 때문인지 마타요시를 꾸준히 읽어왔던 독자들은 그의 작품 경향을 「돼지의 보복」 이전과 이후로 나누어 파악하기도 했다. 즉, 「돼지의 보복」 이전에는 「조지가 사살한 멧돼지」, 「긴네무 집」과 같이 포스트콜로니얼적인 폭력이 끊임없이 발동되는 장소로서 오키나와를 포착한 반면, 「돼지의 보복」 이후로는 본토와의 대칭 관계를 의식한 듯이 '오키나와의 토착 문화'에 문학적 초점을 모아 갔다고 보는 것이다.[1] 그러나 마타요시가 2000년대에 들어서 발표한 작품 가운데는 「터너의 귀ターナーの耳」(『すばる』, 2007.8)나 「철조망의 구멍金網の穴」(『群像』, 2007.12)처럼 미국이라는 타자와의 관계를 적극적으로 조명한 소설들도 눈에 띈다. 이들은 그가 70~80년대에 발표한 초기작의 주제나 방법과 중첩되는 작품들로서 「돼지의 보복」을 결절점으로 두고 작품 경향을 양분하는 것은 그다지 적확한 지적이라 할 수는 없다. 그럼에도 불구하고 「돼지

---

1 花田俊典, 『沖縄はゴジラか―'反'・オリエンタリズム/南島/ヤポネシア』, 花書院, 2006, 43쪽; 新城郁夫, 『到来する沖縄―沖縄表象批判論』, インパクト出版會, 2007, 100~101쪽; 又吉栄喜・新城郁夫・星雅彦, 「鼎談 沖縄文学の現在と課題―独自性を求めて」, 『うらそえ文芸』8号, 2003.5, 34쪽.

의 보복」이라는 상징적 작품 이후 마타요시의 문학은 '오키나와의 토착'으로 수렴되는 경향을 보여 왔고, 2000년대에 부활한 초기작 부류의 고민은 커다란 파급을 가져오지 못했던 것도 부정할 수 없는 사실이다.

그렇기 때문에 지금 다시 마타요시의 초기작을 음미하는 것은 매우 의미 있는 일인지도 모른다. 그가 70~80년대에 응시했던 오키나와의 현실, 즉 폭력과 지배가 난무하는 오키나와의 디스토피아적인 풍경은 지금도 여전히, 아니 더욱 광범위하게 증폭되어 지금의 오키나와를 가로지르고 있기 때문이다. 특히 마타요시는 오키나와가 오늘과 내일의 생존을 위해 불균형한 미국과의 위계 관계에 순응하면서도 다른 한편에서는 그로부터 위태로운 탈주를 시도해 보이는 측면에 주목하고자 했다. 앞으로 살펴 볼 몇몇 작품에서도 확인할 수 있듯이, 그는 훼손된 오키나와 여성의 신체를 통해 미국의 폭력적인 지배와 점유를 고발하면서도 그것을 전복시키거나 그로부터 탈주하는 예외적인 상황을 동시에 포착하고 있었다. 물론 마타요시의 소설에서 재현된 또 다른 젠더적 상상력이 미국의 군사력에 의해 식민화되어버린 오키나와의 현실에 당장의 변화를 가져올 것이라 기대하는 것은 아니다. 어쩌면 그것은 오키나와에 자행되어 왔던 폭력의 경험과 착취의 구조를 더욱 분명하게 폭로함으로써 오키나와가 여전히 완벽하게 전시 체제에 머물러 있다는 사실을 재확인시킬지도 모른다. 그러나 오키나와에 만연하는 폭력의 경험과 착취의 구조를 제대로 응시하는 일은 그로부터 탈구의 계기를 마련하기 위한 필요 전제 조건이기도 할 것이다. 마타요시의 초기작을 이미 지나간 소설이 아닌 지금 현재하는 소설로 읽는 이유도 바로 여기에 있다.

2. A Sign Bar의 장소성

미군 점령 하의 오키나와는 '매춘 천국', '매춘의 섬'이라고 일컬어질 정도로 매매춘업이 성황을 이루었다. 대부분의 토지가 미군기지로 전락한 상황에서 오키나와 사람들은 기지와 관련된 일로 생업을 이어갔고 그 가운데에서도 경제적 사회적 자원을 가지지 못했던 여성들은 미군을 상대로 매춘을 하는 수밖에 없었다. 미군 역시 군사 점령을 유지하는 데 있어서 미군의 매춘 시설이 필수불가결하다고 여겼다.[2] 오키나와 주민과 미군의 이해는 서로 각기 달랐지만 그 목적의 일치는 'A 사인 제도Approved Sign for U.S. Military Force'[3]라는 매매춘 통제 정책을 낳았다. 이 제도는 일정한 위생 검사에 합격한 음식점이나 유흥 시설, 종업원들에게만 미군을 상대로 영업할 수 있도록 허가한 것으로, 해당 가게는 'A' 사인(A는 'Approved'의 머리글자)을 가게 앞에 걸어두고 영업해야 했다. 가게의 경우는 급수 상태, 음식물의 보존 상태, 건물의 위생 상태, 해충 구제 등을 조사받아야 했으며, 종업원은 영문 건강진단서 제출과 함께 전염병의 유무, 두발 및 손톱의 청결 상태를 점검받아야 했

2　정치학자이자 평화운동가인 더글러스 러미스(Charles Douglas Lummis)는 미국 해병대 대원 시절을 회상하며, "군대는 일상생활을 빼앗는 대신에 조직을, 개성 대신에 규율을, 의지 대신에 명령을 부여했다. 공식적으로는 말하지 않지만 카바레에서 술을 마시며 쾌락을 얻으라고 가르친다. 그것 또한 군대의 관리 체제의 한 부분인 것이다"고 이야기한 바 있다.(C. ダグラス・ラミス, 『イデオロギーとしての英会話』, 晶文社, 1976, 40쪽) 군사기지와 성매매의 상관, 즉 남성의 섹슈얼리티를 만들고 전투 준비성을 높이며 동시에 여성의 경제적 기회를 구조화하는 이 같은 방식은 일반적인 군사 질서라고 볼 수 있을 것이다. 이에 관한 논의는 신시아 인로의 『바나나, 해변, 그리고 군사기지』(권인숙 역, 청년사, 2011)의 4장 「기지 여성」(107~144쪽)을 참조.

3　A 사인 제도의 시행과정 및 변천, 실태에 대해서는 菊池夏野의 『ポストコロニアリズムとジェンダー』(青弓社, 2010)의 4장 「Aサイン制度のポリティクス」(131~147쪽) 참조.

다. 보건소와 군 당국, 경찰, 이 세 조직의 허가를 받지 않으면 영업을 할 수 없었고, 세부 규제를 충족시키려면 대규모의 시설 개보수가 반드시 수반되어야 했다. 때문에 자연히 자금 융통의 압박이 따를 수밖에 없었으나 영업자들에 대한 배려는 거의 이루어지지 않았다. 술집Bar이나 카바레와 같은 시설에서는 여성 종업원들의 성병 예방에 특히 주의를 기울였다. 경영자는 여성 종업원이 성병환자와 접촉했다는 사실을 확인하면 해당 여성을 보건소나 지정 의료기관에 출두시켜 검진, 치료, 격리시켜야 할 의무가 있었다. 이처럼 A 사인 제도는 가게의 위생 상태나 여성 종업원의 건강 상태 등을 오키나와 주민 스스로 검열하게 만드는 일종의 강제 정책이었다. 한편 A 사인 바의 경영자나 종업원은 오키나와 사회 구성원 가운데서도 '하층' 계급에 속하는 이들이 많았다. 경영자의 대부분은 여성이었고 이들 가운데 70%가 아마미오시마奄美大島 출신이었다. 이 같은 사실은 생계를 유지할 수 있는 수단이나 기회가 이주자들에게 상당히 제한되어 있었음을 시사한다.[4]

여기에서 주목하고 싶은 것은 미군을 상대로 한 경제적 행위, 특히 매춘이라는 성 노동 시장의 형성과 운영에 여성들이 적극적으로 가담했다는 부분이다. 앞에서도 언급했듯이 A 사인 바의 경영자나 종업원의 대부분이 여성이었다는 사실은 미군기지를 거점으로 한 경제 시장의 주도권이 여성에게 있었고 그런 만큼 남성이 비교적 종속적인 위치에 있었음을 짐작하게 한다. 남성이 A 사인 바를 경영하는 경우라 하더라도 여성 종업원에게 의존하지 않으면 가게가 유지되기 어려운 것이

---

4   위의 책, 144~146쪽.

사실이었다. 예컨대 마타요시의 「창가에 검은 벌레가窓に黒い虫が」(『文學界』, 1978.8)는 그러한 현실을 잘 반영한 작품이라 볼 수 있다. 이 소설은 베트남 전쟁이 한창이던 시기의 A 사인 바를 무대로 하고 있다. 등장인물 준이 아버지는 삼 년 전부터 A 사인 바를 경영하고 있으며 A 사인 업자 조합 고자コザ 지부의 부회장을 맡고 있다. 준은 바에서 아버지의 일, 정확하게는 호스티스들의 일을 돕고 있다.

아버지는 내일 있을 군 당국과의 교섭을 앞두고 동업자들과 마지막으로 상의를 하기 위해 나가 부재중일 것이다. 호스티스의 갓난아기들을 내가 봐야만 한다. 아이를 데리고 있는 호스티스가 가게를 쉬면 좋겠다고 생각한다. (⋯중략⋯) 아메리칸이 마시고 떠들며 페팅을 하는 동안 호스티스들의 갓난아기들을 돌보는 것은 비참하기 그지없다. 가게는 가까운 시일에 성황이 될 것이다. 아버지가 드물게 짓는 웃는 얼굴이 떠오른다. "이봐, 모두 기뻐하라고. '산에서 돌아온 사람들'이 잔뜩 올 거야. 왕창 쥐어짜야 해. 일 년 어치는 챙겨야 해." 보통 때는 말수가 적고 온순한 아버지가 어째서 저런 식으로 변하는 것일까. 나는 천장을 응시한 채로 계속 생각한다. "이봐, 모두 성병에 주의해야 해. 걸리면 바로 의사에게 보여주고 오프리밋off-limits 표찰이라도 붙으면 속수무책이니까. 모두 조심해서 일해. 이 가게를 설비하는 데 얼마나 많은 달러가 들었는지 알아? 만점 서비스를 해주라고. 충분히 귀여워해 줘. 모두 흥분한 것처럼 보여야 해. 하지만 정말로 흥분하면 안 돼. 결착을 짓는 게 제일 중요해."

(⋯중략⋯)

아버지의 직업을 경멸할 수 없다고 나는 곧잘 자신에게 타이르듯이 말했다. 밋치, 마사코 아주머니, 마마 그리고 다른 많은 여자들도 아버지를 필요로 하고 있다. 하지만 서너 명의 갓난아기에게 우유를 먹이거나 안아주거나 장난감을 흔들거나 하는 걸 혼자 떠맡는 건 역시 곤란하다……. 하지만 가게 문을 닫고 아이를 데리러 올 때 부모들의 가라앉은 것 같고 피곤한 것 같은, 혹은 안심한 것 같은 그런 얼굴을 보면 서너 시간 정도 아이를 달래고 있는 것도 괜찮다는 생각이 들었다. 호스티스들도 필사적이라고 나는 생각을 고쳐먹었다.[5]

위의 인용문은 전후 오키나와의 미군기지 주변에 밀집했던 A 사인바의 분위기를 섬세하게 묘사하고 있다. 평소에 과묵한 준의 아버지는 전장에서 돌아온 미군들을 맞이하느라 한껏 들떠 있다. 많은 돈을 들여 가게를 마련하고 여성 종업원들의 신체를 점검하는 준의 아버지는 미군들의 비이성적인 행동을 부추겨 그들의 주머니를 쥐어짤 생각에 여념이 없다. 여성 종업원 역시 수단과 방법을 가리지 않고 한 몫 챙길 심산으로 흥분되어 있다. 이때 준에게 맡겨진 임무는 여성 종업원들의 자녀들을 돌보는 일이다. "아메리칸이 마시고 떠들며 페팅을 하는 동안 호스티스들의 갓난아기들을 돌보는 것은 비참하기 그지없"지만, "아버지는 적어도 가게를 하는 동안에는 나를 보살펴 줄 것"이기에 준은 대학에 다니며 미국계 상업 회사에라도 취직할 꿈을 꾼다. 준의 아버지도 아들이 오키나와를 떠나 본토로 가서 살기를 내심 기대하고 있다.

이들 부자만큼 절실한 것은 "밋치, 마사코 아주머니, 마마 그리고 다

5 　마타요시 에이키, 곽형덕 역, 「창가에 검은 벌레가」, 『긴네무 집』, 글누림, 2014, 142~143쪽.

른 많은 여자들"도 마찬가지다. "달러를 주지 않으면 손가락 하나 건드리게 해선 안 돼. 우리들은 싸구려 물건이 아니니까. 군인은 여자에게 약점이 있어"라고 내뱉는 그녀들의 말투에는 성을 사고판다는 수치심이나 죄책감은 이미 존재하지 않는다. 오히려 철저하게 스스로를 경제적 가치로 환원시키려 하며, 때로는 미군의 약점, 즉 성에 대한 갈망을 전략적으로 지배하기도 한다. "갓난아기를 안은 푸에르토리코 계로 보이는 키 작은 미군 병사"가 "헤이, 파파. 너희 가게는 너무 비싸. 달러를 속이고 많이 뜯어가잖아"라는 말을 반복하는 것과는 달리 "얼굴에도 목에도 팔다리에도 희고 부드러운 지방이 올라 있"는 마마의 대조적인 묘사는 양자 사이의 경제적 권력이 오키나와 여성에게 주어져 있음을 상상하게 만든다. 이처럼 A 사인 바라는 공간 안에서 여성 종업원들이 그들의 신체를 상품으로 전시할 때, 미군이라는 존재는 어떤 면에서 손님이라는 대상에 불과한지도 모른다. 그리고 이들 여성의 수익 창출은 A 사인 바를 운영하는 준 부자의 생계의 근간이라는 점에서 두 사람은 여성 종업원들에게 다분히 경제적으로 의존하고 있다고 보아도 무방할 것이다.[6]

뿐만 아니라 이 소설은 매춘이라는 노동이 오키나와 여성들의 생계를 오랫동안 좌우해 왔음을 암시하고 있다. 밋치의 어머니는 '쿠론보

---

6   여기에서 유의해야 하는 것은 A 사인 바에 근무하는 여성들이 전차금 계약, 즉 업주로부터 미리 돈을 빌려 쓰고 이후에 자신의 임금으로 빚을 갚는 노동 환경에 놓이는 경우가 많았다는 점이다. 이들은 매춘으로 빚을 변제할 것을 약속하고 높은 이자도 지불해야 했다. 돈을 완전히 갚기 전까지는 신병이 구속되는 상태에 있었고 변제가 늦어질 경우에는 다른 업소에서 새로운 전차금 계약을 맺어 돈을 마련하는 수밖에 없었다. 말하자면 빚이 빚을 낳는 구조 속에 포박되어 있었던 것이다.(那覇市総務部女性室 編, 『那覇女性史(戦後編) なは・女のあしあと』, 琉球新報社事務局出版部, 2001, 287~292쪽)

(흑인 병사의 멸칭)의 허니(미군의 애인)'였고 밋치 역시 현재 흑인 병사 미키의 허니다. 그 영향 때문인지 그녀의 여동생 유키코도 "난 허니가 될 거야", "나, 쿠론보의 허니가 돼도 될까?", "난 허니가 될 거야. 어른이 되면 옷도 사 준다고 하잖아", "허니가 되면 스테이크도 먹을 수 있잖아"라고 연신 이야기한다. 유키코 만큼은 부족함 없이 키우고 있다고 자부하는 밋치는 자신의 여동생이 교사가 되기를 바라는 마음에서 준에게 유키코의 공부를 돌봐 주도록 부탁하기도 했다. 그러나 소학생에 불과한 유키코는 결국 미군 병사 존의 손을 잡고 자신의 집으로 돌아오고 만다. 이처럼 오키나와 여성은 미군을 대상으로 한 성 노동 현장에서 오랫동안 도구화되어 왔으며, 그것은 한편으로 화폐적 가치와 물질적 풍요를 미군을 통해 실현하려는 강력한 동기부여가 되기도 했다.

사실, 여성의 신체를 매개한 화폐의 창출은 마타요시의 초기 작품 전반을 가로지르는 주제이기도 했다. 「창가에 검은 벌레가」보다 앞서 발표된 「조지가 사살한 멧돼지」(『文學界』, 1978.3)와 「낙하산 병사의 선물パラシュート兵のプレゼント」(『沖縄タイムス』, 1978.6) 등은 그 대표적인 예다. 특히 「낙하산 병사의 선물」의 경우 「창가에 검은 벌레가」의 유키코처럼 어린 중학생 소년들이 주도적으로 같은 또래의 여자 친구 마사코를 미군과의 교섭에 이용한다. 그들은 마사코의 몸을 매개하는 것이 달러를 얻는 가장 흔한 수법이자 손쉬운 방법이라 여겼고, 그것은 오키나와 사회가 그들에게 가르쳐 준 생존의 양식이기도 했다. 이처럼 전쟁 직후의 오키나와 여성의 신체는 미국이라는 타자와 마주할 때 비로소 그 의미와 기능을 부여받는 경우가 많았고 그것은 달러, 즉 생존의 수단이기도 했다.

한편, 「창가에 검은 벌레가」에 등장하는 준은 거세된 오키나와 남성을 단적으로 상징하고 있다. 여성 종업원들이 일하는 동안 그녀들의 아이들을 돌보는 준의 모성적인 역할은 대단히 상징적이다. 하지만 그보다 더 중요한 의미는 준과 밋치의 관계 속에서 찾을 수 있다. 준은 자신보다 한 살 위인 여성 종업원 밋치를 좋아하나, 밋치는 흑인 병사 미키의 허니다. 주말마다 밋치를 찾아오는 미키는 그녀의 신체를 사는 것이 목적이기도 했지만 두 사람 사이에는 얼마간의 애정도 개입되어 있다. 이 사실은 밋치를 좋아하는 준으로 하여금 주눅 들게 만들고 심지어 흑인 병사에 대한 증오심을 증폭시킨다.

나는 살짝 밋치를 봤다. 느슨한 웨이브를 준 머리를 붉은 끈으로 묶고 있어 목덜미가 보인다. 아아, 어엿한 여자라는 생각이 든다. 핑크색 귀걸이도 묘하게 야하다. 저 목덜미나 귓불을 미키의 두툼하게 말리는 혀가 빤다. 두툼하고 거슬거슬한, 검붉은 긴 혀로 구석구석 핥는다. 밋치의 얼굴에 쿠론보의 타액이 친친하게 들러붙는다······. 매주 몇 시간이고······. 샌드위치를 먹고 싶은 생각이 들지 않는다. 가슴이 조금 메슥거린다. 나는 커피를 훌쩍거렸다. 밋치는 오키나와 여자다, 라고 나는 생각한다. 지금 마침 오키나와 남자와 만나고 있다. 군살이 없는 중간키에다 윤이 나는 밋치의 육체가 떠오른다. 나는 어이, 밋치 라고 말하고 싶다. 어이 밋치, 네가 쿠론보 허니가 된 것은 달러 때문이겠지. 아니면 그게 좋은 건가, 미사일이 좋은 건가. 지금까지 몇 번이고 말하고 싶었다. 하지만 말할 수 없었다. 지금도 말하지 못한다. 밋치는 지금 허둥대지 않는다, 웃지 않는다. 가게에 있을 때와는 다르다. 하지만 미키와 있을 때가 가장 즐거운 것이다.[7]

"그래도 어째서 쿠론보 따위랑." (…중략…) "쿠론보 따위를 왜 상대하는 거냐고. 남자는 얼마든지 있잖아. 오키나와인, 나이챠(내지인), 백인까지. 쿠론보는 호스티스들을 바보 취급 한다며? 밋치는 이상해졌어."[8]

준은 오키나와 여성인 밋치의 신체가 흑인 병사 미키의 점유물로 전락한 사실이 불순하게 느껴져 견딜 수가 없다. 준이 보기에 밋치의 신체와 성은 오키나와 남성이나 내지인 남성이 소유해야 마땅하며, 만약 미군을 상대해야 한다면 백인과 관계하는 편이 바람직하다. 달러든 미사일이든 밋치의 몸이 환기시키는 것은 흑인 남성에 의해 훼손된 오키나와 그 자체이기에 이를 바라보는 준의 시선은 불편할 수밖에 없다. 준은 미키에게 신체적인 열등감을 느끼는 것은 물론이고, 치즈, 주스, 맥주, 커피, 아이스크림, 서양 배, 오렌지, 담배와 같은 물질적 풍요를 밋치에게 제공할 수 없는 데에서 오는 열패감으로부터도 자유로울 수 없다. 밋치에게 고백하지 못하는, 아니 고백할 수 없는 준의 자괴감이 더욱 깊어지는 순간은 미키와 함께 있을 때 밋치가 가장 즐거워한다는 사실이다. 이는 준이 가지고 있는 가부장적 민족주의, 인종주의라는 프레임이 더 이상 밋치에게 통용되지 않음을 시사하는 부분이다. 결과적으로 준은 밋치에 의해 '오키나와인'이라는 단일성을 부정당하고 오키나와 남성이 가지는 권위를 박탈당하고 만다. 육체적으로나 정신적으로, 그리고 물질적으로 미국에 침윤되어 가는 밋치에게 도덕이나 윤리를 요구하는 것이 무의미함에도 불구하고, 준의 눈에는 그녀가 여전

---

7   마타요시 에이키, 「창가에 검은 벌레가」, 앞의 책, 88쪽.
8   위의 책, 102쪽.

히 타락의 상징으로 보인다. 매일 밤 "외로움, 분함, 수치심, 그리고 특히 괴로움으로 울던" 밋치, "유키코가 깨지 않도록 이를 악물거나 손수건을 입안에 밀어 넣고 버티던" 밋치는 일 년이 지난 사이 "갑자기 늙어 버린 것이다. 빔에 봐도 하얗게 떠 있을 정도로 지금은 보동ᅡ동한 손, 팔, 목도 다……."

그러나 준의 불쾌감은 미군, 혹은 미군기지에 대한 어떠한 저항도 될 수 없다. 오히려 준 부자가 운영하는 A 사인 바는 미군과 미군기지가 가지는 권력에 순응하고 있으며, 밋치의 성을 담보로 경제적 안락함을 얻고 있다. 오키나와 A 사인 바가 가지는 이 같은 디스토피아적인 풍경은 그곳이 제국주의와 식민주의, 인종주의, 군사주의, 심지어 자본주의에 이르기까지 각종 이데올로기가 난무하고 격투하는 상징적인 장소임을 나타내 보인다. 그 가운데 오키나와 여성의 신체와 성이 다양한 형태로 동원되거나 착취되고 또 전유되었던 것은 새삼 지적할 필요도 없을 것이다.

3. 죽음으로 향하는 자, 그들만의 '공감'

1960년대부터 현재까지 미국의 지구적 팽창 과정과 한국의 근대화 과정의 상호성을 네 가지의 노동(베트남 전쟁에서의 한국인의 군사 노동, 한국 남성을 위한 한국 여성의 성 노동, 미군을 위한 한국인의 군대 매춘, 그리고 아시아 및 다른 지역으로부터 한국으로 이주한 사람들의 이주 노동)을 통해 고찰한 이진경의 『서비스 이코노미─한국의 군사주의·성 노동·이주 노동』(나병철 역, 소명출판, 2015)은 주변화된 성과 노동이 초국적 노동력과 상품으로 구성되어 한국 근대화의 본질을 구성했음을 논증하고 있다. 특히 저자는 푸코와 아감벤, 음벰베Mbembe의 이론을 정치하게 다루면서 그들의 개념을 빌려 생명 권력과 노동의 개념을 죽음이나 죽음의 가능성과 연결된 것으로 재개념화한다. 그리고 그것을 '죽음정치적 노동'이라고 명명하고 있다. 예컨대 저자는 군복무나 군사 노동을 죽음정치적 노동의 일종으로 보는데, 군사 노동은 필연적으로 생명을 위험에 처하게 함으로써만 수행될 수 있는 일로서, 그것은 적을 정복하고 굴복시키는 국가 의지를 대리 수행하지만 동시에 적에 의해 제거될 수 있는 위험을 수반하기도 한다. 매춘 또한 하나의 죽음정치적 노동으로 간주할 수 있다. 성 노동과 성 노동자, 즉 상품화된 신체와 매춘 행위는 '임의로 처분 가능한' 노동 상품들의 하나이기 때문이다. 매춘은 어떤 면에서 매춘부의 주체성의 비유적 말소나 상징적 살해를 포함하며, 그것은 성의 상품화로 초래된 심리적, 육체적, 성적 폭력과 상해로 이어지거나, 반대로 폭력과 상해의 결과로 주체성의 말소라는 의미를 내포하게 된다. 성 노동자와 관련된 살인사건이 빈번하게 일어나는 것은 실제로 보편적인 현상으로 보이는데, 그것은 매춘의 비유적 폭력이 물질적으로 확장된 것이라 볼 수 있다.[9] 이처럼 죽음정치적 노동의 대표적인 예인 군사 노동과 성 노동은 누군가의 신체를 대신하여 스스로를 상해나 죽음의 위험에 노정시킨다는 점에서 공통점을 가진다. 그리고 신체의 소모와 그 결과로서 죽음을 예상해야 하는 이들의 노동은 국가 권

---

9   이진경, 나병철 역, 『서비스 이코노미―한국의 군사주의·성 노동·이주 노동』, 소명출판, 2015, 39~43·122~123쪽.

력이나 성, 인종 등의 면에서 불평등하고 부조리한 위계질서를 전제로 하고 있다는 점에서 전복의 가능성을 거의 상상하기 어렵다.

이와 같은 이진경의 논의가 한국적 상황에만 국한되는 것은 아닐 것이다. 주지하다시피 베트남 전쟁을 전후한 1960년대의 오키나와에서는 죽음정치적 노동으로서의 군사 노동과 성 노동이 극에 달해 있었고, 특히 전쟁이 격화되던 1960년대 후반에는 미군이나 오키나와 여성들이 정신적으로나 육체적으로 극단적인 훼손과 상해를 빈번하게 경험해야 했다. 예를 들면 아래의 글은 당시의 사정을 극명하게 묘사하고 있다.

가게는 8시부터 문을 열고 밤 12시부터 새벽 4시까지 영업을 하는데 병사들은 그 동안에 계속 술을 마시고 마약을 하곤 합니다. 또 그들은 사람을 죽이는 전장으로 갈 사람들인데, 사람을 죽이러 가는 이의 눈매란 보통 사람과는 전혀 다른 것입니다. 그 매서움이란 이루 다 말할 수 없죠. 그들의 눈을 보면 곧장 알 수 있기 때문에 (…중략…) 무대 위에서 객석을 내다보며 경계하곤 합니다만, 그럴 때에는 반드시 싸움이 일어나요.

처음에는 아무 죄도 없는 우리가 그들의 주먹에 맞고 술병에 맞는 것이 이상하다고 생각했지만 점차 그 이유를 알게 되었습니다. 나하那覇에 사는 사람들이나 A 사인 바를 경험하지 못한 사람들은 미군들과의 마찰의 의미를 결코 알 수 없을 겁니다.[10]

음식점 종업원 여성은 가장 많이 강간당하고 살해당했습니다. 그녀들은

10 沖縄国際大学文学部社会学科石原ゼミナール 編, 『戦後コザにおける民衆生活と音楽文化 第二版』, 榕樹社, 1994, 318쪽. (菊池夏野, 『ポストコロニアリズムとジェンダー』, 青弓社, 2010, 156쪽에서 재인용)

자신의 가족을 부양하기 위해 기지 주변에서 일하는 여성으로 미군을 상대하는 사람들이었습니다만, 목을 졸리는 경우가 많았습니다. (…중략…) 베트남 전쟁에서, 베트남 정글에서 돌아온 병사들의 가슴은 마치 여성의 가슴처럼 달러 다발로 부풀러 올라 있었다고 합니다. 그 달러를 마치 휴지 쓰듯이 쓰던 시대였죠. 드럼통이 달러로 가득 찰 정도로 베트남에서 돌아온 병사들은 많은 달러를 가지고 있었습니다. 특히 한 달에 두 번 있는 월급날이 돌아오면 매매춘을 하는 호텔 방에는 병사들이 줄을 지어 설 정도였습니다. (…중략…) 어쩐지 방이 조용하고 병사가 나오지 않을 때에는 호텔 클럽 측이 여성들의 방을 두드리며 들어가는 일도 많습니다. 왜냐하면 20분 정도 지나 병사들이 나오지 않으면 사건이 발생했을 가능성이 높기 때문입니다. 대부분의 여성들은 목이 졸려 죽을 뻔했다며 공포스러웠던 당시의 일을 자주 이야기하곤 합니다.[11]

위의 인용문은 베트남 전쟁에서 죽음의 공포를 경험한 미군들의 정신적 트라우마가 오키나와 여성에게 고스란히 이식, 전가되는 과정을 잘 말해주고 있다. 베트남 전장으로 향하는 군인들과 그들을 상대하는 여성들은 모두 자신의 삶을 온전히 영위하고 생을 마감할 수 있을지 장담하지 못했으며, 그러한 불안은 또 다른 죽음을 부르는 폭력으로 옮겨 붙어 갔다. 마타요시의 소설은 이 같은 현실과 마주하며 존재했다. 말하자면 그것들은 현실과 허구의 경계가 모호한 팩션faction에 가까운 것이었다. 예를 들어 「조지가 사살한 멧돼지」에 그려진 한 장면을 보자.

11　高里鈴代, 『沖縄の女たち女性の人権と基地・軍隊』, 明石書店, 1996, 26〜27쪽.

워싱턴이 잭나이프를 꺼내들었다. 조금 벌어져 있는 여자의 앞가슴에 밀어 넣어 흉부에 걸쳐서 옷을 찢었다. 여자가 날뛰었다. 필사적으로 버둥대는 것처럼 보였다. 잭나이프는 여자의 피부에 닿아서 드레스에 피가 배어나왔다. 조지는 여자가 손수건 안에서 이를 갈고 있다고 느꼈다. 눈을 부릅뜨고 있다. (…중략…) 워싱턴은 잭나이프로 여자의 목덜미나 안면을 여기저기 어루만지고 있다. 얼굴은 웃고 있지만 그것은 장난이 아니다. 조지는 쿵쾅대는 심장의 고동을 어찌할 수 없다. 술이 취한 것과는 다르다. 갑자기 눈을 파내고 코를 도려내고 단숨에 경동맥을 벨지도 모른다. 모든 호스티스가 존 일행을 둘러싸고 아우성치고 있다. 한탄하고 있는 것 같기도 하다. 화를 내고 있는 것 같기도 하다. 슬퍼하고 있는 것 같기도 하다. (…중략…) 존은 턱을 들고 괴로워하면서 눈 위에 있는 여자의 얼굴을 흘끔 본 뒤 오른쪽 주먹을 쥐고 여자의 턱을 쳐올렸다. 털썩하는 이상하고 큰 소리가 났다. 여자는 아무 소리도 내지 않고 바닥에 쓰러졌다.[12]

오키나와 호스티스의 몸 위로 워싱턴, 존과 같은 여러 미군 병사의 광기어린 폭력과 욕설이 쏟아진다. 죽음으로 향하는 혹은 죽음에 임박한 병사들의 싸움은 일상적으로 벌어지고 그들 병사는 마치 폭력을 경쟁이라도 하듯 싸움을 반복하고 있었다. 누구라도 언제든지 죽음의 표적이 될 수 있다는 공포와 불안은 도무지 그칠 줄 몰랐고 그것은 오히려 오키나와의 일상에 가까운 풍경이기도 했다. 목숨을 담보로 얻은 미군의 달러 다발이 오키나와 여성의 목숨을 위협하거나 착취하는 수

---

12 마타요시 에이키, 「조지가 사살한 멧돼지」, 앞의 책, 19~20쪽.

단으로 바뀌고, 오키나와 여성으로부터 성적 위안을 얻은 미군이 다시 베트남으로 파병되어 오키나와로 되돌아오는 순환 과정은, 죽음정치적 노동자로 전락한 미군 병사와 오키나와 여성이 냉전 구조 속에 포박되어 도무지 탈출할 길이 없음을 시사하고 있다. 그리고 이들 죽음정치적 노동자의 몸이 만들어 낸 경제적 효과가 오키나와의 경제 부흥에 얼마간 봉사하고 있었던 것은 부정할 수 없는 사실이기도 하다.[13]

매 순간 죽음을 감지해야 하는 이들 노동자들은 한편에서 어떤 친연관계를 형성하기도 한다. 이진경은 앞의 책에서 기지촌 여성 노동자와 미군 사이의 관계가 동등한 기반 위에서 형성되지는 않지만 그들 사이에 동지애의 가능성—인종, 민족, 젠더의 위계를 부분적이고 일시적으로 극복할 가능성—이 현실화되는 순간들을 목격할 수 있다고 지적한다.[14] 즉 임박한 죽음의 가능성에 대한 병사들의 두려움은 창녀들이 곤경의 삶 속에서 경험하는 물질적 감정적 공포와 뒤섞이는 것이다. 선고받은 운명처럼 살아가는 그들은 그처럼 무겁게 감지되는 분위기 속에서 서로 소통하고 교류한다.[15]

---

13 베트남 전쟁이 한창이던 1960년대 말과 1970년대 초, 오키나와 여성들이 성 노동으로 창출한 총 경제 규모는 오키나와의 어느 산업부문보다 컸다. 류큐 지방정부의 법무국에 의하면 1969년 전일제 매춘 여성의 수는 7,362명이었다. 물론 실제 숫자는 이들보다 훨씬 많았지만, 예를 들어 7,000명의 여성이 하룻밤에 평균 20달러를 번다고 가정하면 이 노동으로 벌어들이는 연간 수입은 약 5,040만 달러라는 계산이 나온다. 참고로 1970년에 오키나와 최대 산업인 사탕수수 생산으로 벌어들인 수입은 4,350만 달러였다.(산드라 스터드반트 · 브렌다 스톨츠퍼스 편, 김윤아 역, 『그들만의 세상—아시아의 미군과 매매춘』, 2003, 잉걸, 309~310쪽)

14 이진경, 앞의 책, 289쪽.

15 위의 책, 119쪽. 여기에서 우리는 기지촌 여성을 자기 행위성과 희생자성이라는 양극단이 아닌, 중간 지대에 위치한 역할자(player)로 보아야 한다는 캐서린 문의 지적을 상기할 필요가 있을 것이다. 이들 여성은 사회적으로나 경제적으로 자유를 제한당한 혹은 박탈당한 몸이지만 그들을 둘러싼 국가, 군대, 자본은 하나의 통일체로 존재하지 않았으며 이들 여성은 그 틈을 비집고 나오거나 맞서기도 했다.(캐서린 문, 이정주 역, 『동맹 속의 섹

잠재적인 죽음을 각오해야 하는 양자는 그렇기 때문에 죽음에 대한 공포와 두려움을 서로 공유할 수 있었고, 경우에 따라서는 A 사인 바의 오키나와 여성들보다 미군 쪽이 훨씬 궁지에 내몰린 피해자로 묘사되기도 했다. 생환의 기쁨도 잠시, 다시 사지로 떠나야 하는 참담한 현실 앞에서 병사들은 비이성적으로 행동하거나 유아적인 행위를 보이기도 하는 것이다.

미군 병사는 밋치의 가슴에 얼굴을 비비며 "오오, 좋은 향기, 좋은 향기"라고 말하다 갑자기 돌변해서는 어리광 섞인 영어로 말한다. (⋯중략⋯) 술에 취한 미군 병사가 여자에게 응석을 부리는 일은 다반사였다. 머리 모양을 GI컷으로 하고 얼굴이 둥글고 붉은 한 사내는 마치 아이가 어머니에게 매달려 있듯이 엉겨 붙어 있다. 그 알로하셔츠를 입은 백인의 몸은 밋치의 몇 배나 된다.[16]

"아메리칸들은 자포자기 상태야. 모두."

(⋯중략⋯)

"미키는 준, 너희들이 행복한 거라고 말했어. 데모를 아무리 해도 우리들처럼 죽을 걱정은 없다면서⋯⋯."

(⋯중략⋯)

"데모를 할 때 그 가드를 하는 병사들은 말이야. 총검을 갖고 데모대를 쫓

스』, 2002, 삼인, 87~89쪽) 죽음에 임박한 군인과 매춘부의 제한적인, 그러나 공통적인 감정과 경험은 국가와 인종, 민족, 젠더를 넘어 중간 지대에서 조우하고 있었던 것이다.
16 마타요시 에이키又吉栄喜, 「창가에 검은 벌레가」, 앞의 책, 71쪽.

아내잖아. 그래도 사실은 데모대 사람들이 말하는 그대로 되면 좋겠다고 생각하는 모양이야, 모두 다. 데모대가 전쟁을 그만둬라, 아메리카로 돌아가라고 말하잖아."

(…중략…)

"아메리칸은 내성적인 사람들이 많아서 부대에서 일하는 우치난추 여자에게 말조차 걸지 못하나 봐. 그러니까 술을 마시러 와서 우리들이 돈을 버는 거야……. 그리고 돈도 없고 술도 없을 때는 발작적으로 폭행을 가한다니까."

(…중략…)

"그 사람들 울보야. 난 그걸 한 후에 그 사람들에게 고향이나 처자식 이야기를 물어보곤 해. 술을 조금 먹여서 말이야. 그러면 조금 있다가 빨리 집에 가고 싶다면서 울음을 터뜨린다니까. 꼭 어린애 같지."[17]

거구의 미군이 밋치에게 엉겨 붙어 어리광을 부리는 모습은 마치 어머니와 아이를 연상시킨다. 자포자기, 내성적, 울보, 어린애로 미군을 묘사하는 밋치의 시선은 동정에 차 있다. 이때 밋치는 시혜적인 입장에서 연민을 베푸는 것이 아니라 그들과 같은 위치에서 감정을 공유하고 있다. 생각해 보면 미군들과 오키나와의 매춘부들이 A 사인 바에서 조우하게 된 것은 양자 모두 미국이 자행한 전쟁의 희생자라는 공통점을 갖고 있기 때문이었다. 미군 병사는 오키나와 사람들보다 더욱 절실한 목소리로 "전쟁을 그만둬라, 아메리카로 돌아가라"고 부르짖고

---

17 위의 책, 152~154쪽.

싶었는지 모른다. 베트남에 가서도 "나는 누구를 죽여야 하는지 모르겠어. 베트콩은 나에게 아무 짓도 하지 않았어. 나는 베트남에서 적을 죽일 수 없어서 오키나와인을 죽이려고 하는지도 몰라. 나는 너희들 가게가 있는 거리에 독가스를 풀어 모두 죽이고 싶은 충동을 몇 번이나 느껴", "모든 것이 금방이라도 끝나버릴 것 같아. 너희들과는 다르지. 너희들은 60년이고 70년이고 살 수 있지만 나는 20년으로 70년의 인생을 살아야 해"라고 미군들이 토로하는 장면에서도 알 수 있듯이, 그들은 국가로부터 위임받은 권력, 혹은 대리 노동의 의미를 전장에서 발견할 수 없었고, 다른 사람들이 누리는 70년의 삶을 20년으로 응축하여 살아야하는 데에도 피로해 있었다.

미군 병사와 오키나와 여성 사이에 만들어진 공감적 정서를 비약적으로 낭만화시켜 이들을 연민이나 사랑이라는 감정으로 통합시키는 것은 물론 경계해야 마땅하다. 그러나 죽음정치적 노동으로 내몰린 타자화된 대리노동자들의 친연성, 그로 인해 배태된 오키나와 여성 노동자들의 모성 등은 인종이나 민족, 젠더의 위계를 제한적으로나마 뒤흔드는 계기가 되기도 했다.

4. 상관하는 '성性'

패전 후 도쿄에서 태어난 사회학자 노마 필드Norma Field는 혼혈인인 자신을 포함해 "전쟁이 낳은 혼혈아는 지배로서의 섹스를 각인 받고 있는 까닭에 한층 더 불쾌한 존재임과 동시에 호기심을 불러일으키는 존재"[18]라고 말한다. 이는 전후 일본사회가 혼혈인을 '이인종 성교 miscegenation'의 결과물이자 일본 여성에 대한 미군 병사의 성적 억압으로 보기 때문일 것이다. 미군에 의한 오키나와 여성의 성적 영유가 지배와 정복의 비유로 표상되는 것이 일반적인 만큼, 오키나와 여성과 혼혈인은 식민화된 오키나와의 메타포로 간주된다. 때문에 혼혈인과 그들의 어머니는 가부장제 이데올로기와 인종주의, 순혈주의의 자장 속에서 축출되어야 마땅한 부정한 존재로 여겨져 왔던 것이 사실이다.[19]

하지만 그러한 사회적 차별은 혼혈의 아이를 낳은 오키나와 여성의 입장에서 볼 때 이차적인 문제일지도 모른다. 미군으로부터 유기당하고 또 무책임한 섹스의 결과물인 아이를 매일 대면하며 양육하는 것은 신체적 폭력뿐만 아니라 정서적 폭력의 일상화를 의미하기 때문이다. 시모지 요시코下地芳子의 「아메리카 민들레アメリカタンポポ」(『南濤文學』 創刊十周年記念号, 『文學界』, 1997.6. 1997년 상반기동인잡지 우수작)와 마타요시의 「셰이커를 흔드는 남자シェーカーを振る男」(『沖縄タイムス』, 1980.6)가 강간이나 한시적인 가족 관계로 혼혈아를 출산한 여성이 정신적 장애를 겪게되어 조모가 아이를 양육하는 과정을 묘사하고, 혼혈인이 겪는 사회적 차별과 정체성의 혼란을 공통적으로 그리는 것은 우연이 아니다. 불우한 출생과 성장, 붕괴된 가정, 학교에서의 따돌림, 사회 부적응, 정체성 혼란 등의 서사는 혼혈인이 겪는 갈등과 사회적 폭력을 압축적으로 보여준다는 점에서 의미가 있을지도 모른다. 그러나 마타요시의 「셰이커

---

18 노마 필드, 박이엽 역, 『죽어가는 천황의 나라에서』, 창작과비평사, 1995, 53쪽.
19 조정민, 「로컬리티 기호로서의 혼혈아―오키나와 아메라시안(AmerAsian)의 경우」, 『동북아문화연구』 34집, 2013, 367쪽.

를 흔드는 남자」의 경우는 혼혈인 미노루를 통해 오키나와와 미국 사이의 기존의 젠더 관계를 교란시킨다는 점에서, 그리고 그와 애인 관계에 있는 A 사인 바 여종업원 미사코를 통해 미국인 윌리엄스의 가족 질서에 균열을 일으킨다는 점에서 다른 관점을 제시한다고 볼 수 있다.

영화배우와 같은 수려한 외모를 가진 백인 혼혈인 미노루는 외할머니가 운영하는 A 사인 바에서 바텐더로 일하고 있다. 미노루를 키워 온 것은 외할머니다. 결혼을 약속하고도 도망친 미군 남편, 그리고 그를 점점 닮아가는 아들로 인해 어머니의 정신이 망가졌기 때문이다. 어머니의 정신 이상이 아버지를 닮아가는 자신의 외모 탓이라고 자책하는 미노루는 "왜 오키나와 남자들은 백인 여자에게 주저하는 것일까. 백인 남자는 오키나와 여자들에게 마음대로 손을 대고 아이를 낳게 하는데", "폭탄을 떨어뜨리듯이 간단하게 나 같은 아이를 낳은 사람도 있어. 죄다 엉망으로 만들어 놓고 태평하게 사는 이도 있다고"라며 자신의 아버지와 같은 미국인에 대해 원망과 비난을 숨기지 않는다.

한편 A 사인 바를 드나드는 미국인 윌리엄스는 크리스마스이브에 미노루와 여종업원 미사코를 집으로 초대하여 파티를 연다. 오키나와와 미국의 친선을 도모하기 위해서라는 그의 말은 구실일 뿐, 실은 그것은 한쪽 다리가 불편한 윌리엄스의 딸 린제이가 미노루를 좋아하기에 특별하게 마련된 자리였다. 린제이의 끈질긴 구애로 두 사람은 몇 번의 데이트를 거듭한다. 그 가운데 미노루는 미사코와 함께 다닐 때 따라다니던 조롱의 시선으로부터 벗어난 듯한 자유를 느끼며 "나의 섹스는 미사코보다 이 여자와 더 가깝다"고 생각하기도 한다. "미국 국민은 모두 혼혈이야, 나도 독일계이고"라는 린제이의 말을 듣고 있자면 미노루는 자신의 외모가 유별스레 느껴지지 않았고, "이 뒤죽박죽인 섬에서 벗어나 미국으로 가면 모든 것이 불식될 것 같은" 환상마저 보게 되는 것이었다. 그러나 미노루는 린제이를 보면서 "린제이를 엉망으로 만들고", "그 백인 여자 아이를 임신시킨다면…… 후련할 것 같"다는 불온한 강간 욕망을 끊임없이 드러낸다.

> 술집 미시시피의 삐끼 보이가 미노루를 불렀다. "그 미국 여자, 나에게 팔아버려. 오키나와 남자들이 눈을 뒤집으며 좋아할 거야."
> 벽에 기대 서 있던 호스티스가 배를 잡고 높은 목소리로 웃었다.[20]

> 린제이는 미노루를 지긋이 바라보았다. 부드럽게 웨이브를 한 머리가 강한 바람에 휘날린다. 이 여자를 오키나와 사람을 상대로 하는 매춘부로 만들면 어떨까. 미노루는 갑자기 그런 생각을 했다. 오키나와 남자들은 평소의 울분을 해소하기 위해 무리를 해서라도 이 여자를 살 것이다.[21]

여기에서 주목을 끄는 대목은 어머니의 성을 유린하고 자신에게는 혐오스러운 이중적 외모를 남겨 준 아버지에 대한 격렬한 증오와 분노가 미국인 여성 린제이에 대한 강간 욕망으로 이어진다는 점이다. 이는 강간하는 신체로서의 미국과 강간당하는 신체로서의 오키나와라는 기존의 젠더 구조가 미노루의 시선을 통해 역전되고 있음을 암시한다.

---

20 마타요시 에이키, 조정민 역, 「셰이커를 흔드는 남자」, 김재용·손지연 공편, 『오키나와 문학의 이해』, 역락, 2017, 339쪽.
21 위의 책, 364~365쪽.

이 같은 미노루의 심리는 위의 인용문에서도 보듯이 미노루 개인의 차원을 넘어 뻬끼 보이와 호스티스를 포함한 오키나와 전체로 확대되고 공유되고 있었다. 또한 한쪽 다리가 불편하여 절뚝거리는 린제이에 대한 미노루의 '잔혹한 쾌감'은 건장하고 정상적인 신체로 상징되는 미국에 대한 비아냥거림에 다름 아니며, 이는 지배적이고 폭력적인 신체를 가진 미국을 부정하는 심리이기도 하다. 이처럼 미노루는 강간하는 신체로 표상되던 미국을 부정하고, 오히려 미국인 여성을 강간하여 자신과 같은 혼혈인의 생산을 기도함으로써 미국이라는 거대한 적의 정체성을 오염시키려 하고 있다. 다시 말해 미노루의 시선은 여성의 문제를 넘어 국가나 민족의 문제로 확장되고 있었으며 그것은 남성중심주의나 민족주의 이념에 크게 경도된 것이기도 했다.

한편, 미노루와 함께 A 사인 바에서 일하며 그에게 연정을 품고 있는 미사코는 미노루와 린제이의 관계를 질투한 나머지 린제이에게 "네 아버지는 나를 안기도 한다고. 사기도 해. 나를"이라고 발설하고 만다. 궁지에 몰린 윌리엄스의 요구로 미사코는 그들 부부와 만나 자신의 발언을 해명했지만, 윌리엄스의 부도덕한 행위를 들춤으로써 그 가정에는 불화가 초래될 수밖에 없었다. 이와 같이 미노루와 미사코는 각각 린제이와 윌리엄스의 신체를 소유함으로써 미국인 가정의 질서에 상관하고 그들의 관계를 위태롭게 만들고 있었다.

그런데 결과적으로 파국을 맞이하는 쪽은 미노루와 미사코였다. 미노루가 린제이와 함께 도미하는 것을 거절하고 미사코와의 혼인을 약속하자, 린제이는 결국 권총으로 미사코를 죽이고 만다. 이는 질투심에 휩싸인 린제이가 단독으로 자행한 사건이 아니었다. 총성과 함께 윌리엄스가 정확하게 등장한 것과 권총이 없어졌다는 사실을 우연히 알게 되었다는 그의 변명은 오히려 윌리엄스 가족이 계획적으로 미사코를 살해하고자 한 것을 증명할 뿐이다. "재판에서 이길 때까지 어디에도 가지 않을 거야. 사람이 죽었다고! 나는 온 세상에 큰 소리로 알리고 말거야"라는 미노루의 절규가 "걱정 마. 마음을 가라앉히렴. 파파가 뭐든지 다 해결할 거니까"라는 윌리엄스의 말에 가려지고 말 것이라는 것은 능히 짐작할 수 있는 바이다. 미국인 가정에 간섭한 미노루와 미사코의 비극적인 결말이 비현실적으로 여겨지지 않는 것은 미국과의 대적의 결과란 매번 패배를 예상하게 만들기 때문이다.

5. 침묵의 목소리, 저항의 몸

미군을 상대로 성 노동에 종사했던 오키나와 여성들은 민족적, 계급적, 성적 면에서 일방적인 시선의 폭력에 노출되는 경우가 많았다. 성윤리가 문란한 매춘 여성의 몸뚱어리는 미군에 의해 괴손된 오키나와의 또 다른 이름으로 간주되는 것이 보통이었던 것이다. 미군의 성적 지배와 억압, 폭력을 고발하기 위한 장치로서 이들의 몸이 소환되는 경우에서조차, 여성의 몸은 가부장적인 시선에 의해 분노의 대상이 되거나 은혜롭게 용서해야 할 대상이 되기 일쑤였다. 그러나 다른 한편으로 이들 여성은 경제적 풍요와 재건, 일탈의 욕망과 자유연애 등을 상징하는 기호이기도 했다. 그들은 전통적 가족 질서의 와해는 물론 민족주의나 인종주의가 가지는 허구성을 폭로하며 기존의 가치와 이념들에 대한 재성찰을 촉구하곤 했다.

　마타요시의 초기작에서 주목하고 싶은 부분은 이들 여성의 신체가 점령 체제를 이분법적으로 대변하는 도구로 동원되기보다, 폭력적이고 야만적인 점령 체제 하에서 민족적, 인종적, 계급적, 성적 측면에서 지배자의 의지가 관철되지 못하는, 혹은 관철될 수 없는 틈새를 보이고 있다는 측면이다. 예컨대 A 사인 바에서 확인할 수 있는 디스토피아적 풍경은 오키나와 여성 신체 그 자체가 제국주의와 식민주의, 인종주의, 그리고 자본주의에 이르기까지 각종 이데올로기의 폭력이 중첩되고 길항하는 장場임을 암시한다. 이렇게 죽음정치적 노동의 장에 노정된 그녀들은 이중 삼중으로 타자화된, 그렇기 때문에 해방과 전복의 가능성을 결코 상상할 수 없는 또 다른 타자들과 공감대를 만들기도 한다. 뿐만 아니라 오키나와는 공고한 권력 구조로 무장한 미국에 대해 그 폭력적인 지배 의지가 관철되지 못하도록 탈주하기도 하고 저항해 보이기도 한다. 물론 그 틈새에서 확인할 수 있는 오키나와의 저항의 목소리란 압도적인 지배자 미국에 의해 사장되거나 은폐되고 때로는 희미한 울림으로밖에 남지 못한다. 그러나 그 목소리에 대해 침묵을 강요하거나 무관심으로 일관하는 것은 결국 이들의 목소리가 대항 서사가 되어 기존의 오키나와와 미국, 일본의 관계를 불안하게 만들 수 있음을 역설적으로 대변하는 것이기도 하다.

참고문헌

노마 필드, 박이엽 역, 『죽어가는 천황의 나라에서』, 창작과비평사, 1995, 53쪽.

마타요시 에이키, 곽형덕 역, 『긴네무 집』, 글누림, 2014, 19~162쪽.

마타요시 에이키, 조정민 역, 「셰이커를 흔드는 남자」, 김재용·손지연 공편, 『오키나 와 문학의 이해』, 역락, 2017, 278~395쪽.

산드라 스터드반트·브렌다 스톨츠퍼스 편저, 김윤아 역, 『그들만의 세상―아시아의 미군과 매매춘』, 2003, 잉걸, 309~310쪽.

신시아 인로, 권인숙 역, 『바나나, 해변, 그리고 군사기지』, 청년사, 2011, 107~144쪽.

이진경, 나병철 역, 『서비스 이코노미―한국의 군사주의·성 노동·이주 노동』, 소 명출판, 2015, 39~289쪽.

조정민, 「로컬리티 기호로서의 혼혈아―오키나와 아메라시안(AmerAsian)의 경우」, 『동북아문화연구』 34집, 2013, 367쪽.

캐서린 문, 이정주 역, 『동맹 속의 섹스』, 2002, 삼인, 87~89쪽.

菊池夏野, 『ポストコロニアリズムとジェンダー』, 青弓社, 2010, 131~156쪽.

高里鈴代, 『沖縄の女たち―女性の人権と基地·軍隊』, 明石書店, 1996, 26~27쪽.

那覇市総務部女性室 編, 『那覇女性史(戦後編) なは·女のあしあと』, 琉球新報社事務 局出版部, 2001, 287~292쪽.

又吉栄喜, 『パラシュート兵のプレゼント』, 海風社, 1988, 7~123쪽.

C. ダグラス·ラミス, 『イデオロギーとしての英会話』, 晶文社, 1976, 40쪽.

금기에 대한 반기, 전후 오키나와와 천황의 조우
메도루마 슌目取真俊의 「평화거리로 불리는 길을 걸으며」를 중심으로

1. '천황'이라는 이름의 금기

금기가 존재한다는 것은 금기의 대상을 거역하거나 반역을 도모하려는 욕망을 역설적으로 증명한다. 그리고 금기에 대한 욕망을 문학만큼 진지하게 상상한 장르도 드물 것이다. 이 글에서는 표현의 금기 영역인 '천황'에 대해 전후 일본문학과 전후 오키나와 문학이 각각 어떠한 대응을 해왔는지 살펴보고자 한다. '전후'로 시간을 한정한 이유는 일본 본토와 오키나와가 상상하는 천황(제)은 서로 다르지만, 양자 모두 전후민주주의와 상징천황제의 모순 사이에서 자신들의 몸에 기입된 천황(제)을 문학적으로 해체하려고 시도한 바 있기 때문이다.

문제는 천황이라는 금기로부터의 탈주가 쉽지 않다는 데 있다. 이에 대해서는 앞으로 자세히 살펴보겠지만 1960년대 우익 청년들이 일으킨 아사누마 사건浅沼事件(1960.10.12)과 시마나카 사건嶋中事件(1961.2.1)은 전후민주주의와 초국가주의가 혼재하는 전후 일본의 이중적인 현실을 그대로 대변하는 것으로, 이 두 사건은 천황이 일본인의 몸과 마음을 강력하게 포획하는 장치임을 더욱 뚜렷하게 전경화시키는 결과를 낳았다. 천황(제)이라는 심상적 질곡을 뛰어넘어 체제에 미세한 균열을 일으키고 그로부터 탈주하려 했던 두 문학자 후카자와 시치로深沢七郎와 오에 겐자부로大江健三郎는 우익 청년들의 테러에 직간접적으로 연루되면서 전후 일본의 문학 공간에 더는 천황을 등장시킬 수 없음을 증명해 보이고 말았다.

그 뒤 천황(황태자)이 문학 공간에 다시 등장한 것은 1986년에 이르러서다. 오키나와의 작가 메도루마 슌目取眞俊이 쓴 「평화거리로 불리는 길을 걸으며平和通りと名付けられた街を歩いて」(『新沖縄文學』, 1986.12. 이하 '평화거리'로 약칭)는 패전 후 오키나와를 방문한 황태자 부부에게 한 치매 노인이 오물을 투척하는 사건을 그린 것으로, 여기에는 일본화라는 강력한 훈육과정과 치매를 앓고 있는 예외적인 몸이 일으킨 감시 체제의 와해가 동시에 드러나 있다.

그렇다면 1960년대 이후 본토의 문학 공간에서 자취를 감추었던 천황을 1980년대의 오키나와가 다시 소환한다는 것은 무엇을 의미하는 것일까. 이 글에서는 전후 일본문학과 전후 오키나와 문학에서 보이는 천황의 표상과 그 정치·사회적인 맥락을 짚어보고 지금 다시 「평화거리」를 읽는 의미에 대해 이야기해보고자 한다.

2. 꿈속에서조차 불가능한 이야기

1960년 11월 잡지 『중앙공론中央公論』에 발표된 후카자와 시치로의 소설 「풍류몽담風流夢譚」은 주인공 '나'가 꿈에서 본 소요 사태를 매우 인상적으로 그리고 있다. 버스정류소에 있던 '나'는 사람들로부터 도쿄 시내에서 혁명이 일어나고 있다는 이야기를 전해 듣는다. 버스를 타고 황궁에 도착해 보니 황태자와 황태자비는 '나'가 쓰던 도끼로 목이 베이기 직전에 처해 있었다. '나'의 도끼가 더러워지는 것을 못마땅하게 여기고 있던 찰나, 황태자 부부의 목은 베이고 목이 잘린 두 사람 주변에 사람들이 모이기 시작한다. 그곳에 갑자기 나타난 쇼켄 황태후昭憲皇太后와 '나'는 언제부턴가 고슈甲州 사투리로 말싸움을 벌이고 심지어 서로 욕설을 퍼붓기도 한다. 얼마간 언쟁이 이어지는 가운데 군악대가 연주하는 음악 소리가 들리고 불꽃놀이가 시작된다. 그만 죽어도 미련이 없다고 생각한 '나'는 머리에 총을 쏘아 자살하고 만다. 내 머리 안에는 구더기가 가득했다.

도심의 폭동 속에서 황태자 부부의 목이 베어 나가고 나머지 몸뚱어리는 사람들의 구경거리로 전락하는 장면은 꿈에서 본 광경이라 해도 충격적인 묘사임에는 틀림없다. 더구나 작중에 실명이 그대로 드러난 히로히토裕仁 천황과 밋치(1959년 아키히토明仁 황태자와 결혼한 쇼다 미치코正田美智子의 애칭), 쇼켄 황태후는 상상의 차원에 머물러 있던 황실의 모습을 마치 현재와 실재의 의미망 속에 살아 있는 것처럼 느끼게 만들었고, 또 쇼켄 황태후가 사투리로 욕하는 장면은 철저하게 박제된 인물로 등장했던 기존의 황족의 모습과는 크게 동떨어진 것이었다. 때문에 이 작품은 궁내청宮內庁의 항의(황실에 대한 명예 훼손, 1960.11.29)를 받은 것은 물론 해당 작품을 게재한 잡지사는 우익으로부터 지속적인 협박과 공격에 시달려야 했다.

그런 와중에 1961년 2월 1일 중앙공론사의 사장 시마나카 호지嶋中鵬二의 자택에 대일본애국당 소속 극우 청년들이 침입하여 사장의 부인과 가정부를 피습해 가정부가 사망하는 시마나카 사건이 일어난다. 이에 중앙공론사는 2월 6일 전국지에 "게재하기에 부적합한 작품이었음에도 불구하고 저(중앙공론사 사장)의 감독이 제대로 이루어지지 않은 채 공간公刊되어 황실 및 일반 독자들에게 큰 폐를 끼치게 된 점을 깊이 사죄드립니다"[1]라는 사죄문을 발표하고, 1961년 3월호 『중앙공론』에도 같은 취지의 사죄문을 게재한다. 니시카와 나가오西川長夫가 지적한 것처럼 피해를 입은 언론사는 테러리즘에 항의하는 대신 사죄를 하였으며, '저의 감독이 제대로 이루어지지 않은 채'라는 단서를 달고는 있지만 글의 책임을 작가나 편집자들에게 전가하는 등, 표현의 자유를 스스로 포기하고 언론계에 금기가 존재함을 자인하고 말았다.[2] 다시 말해 「풍류몽담」을 둘러싼 일련의 사건은 언론의 자유라는 관점에서 볼 때 전후민주주의가 표방하는 이념적 가치가 얼마나 공허한지를 그대로 드러내고 있었던 것이다.

「풍류몽담」 필화 사건과 시마나카 사건을 두고 구노 오사무久野收, 나카노 요시오中野好夫, 다케우치 요시미竹內好 등의 지식인들은 반사회적이고 인정받기 힘든 소수 의견을 이야기할 수 있을 때 비로소 진정한

---

1   西川長夫, 『日本の戦後小説—廃墟の光』, 岩波書店, 1988, 315쪽에서 재인용.
2   위의 책, 316쪽.

언론의 자유는 보장될 수 있음을 공통적으로 지적했지만, 그 주장의 정당성에 비해 내용은 다소 추상적인 것이 사실이었다. 이들은 작품에 등장하는 천황(제)에 대한 이야기를 구체적으로 다루는 대신 논의의 향방을 '테러리즘과 표현의 자유'로 이행시키면서 천황과 소설의 문제를 무화시키고 있었던 것이다. 이는 자신의 주장을 스스로 검열한 자주규제에 따른 결과에 다름 아니었다.[3]

자주규제를 한 것은 작가 후카자와 쪽도 마찬가지였다. 「풍류몽담」이라는 제목에서 보듯이 이 소설은 '꿈夢'과 '이야기譚' 형식에 기댄 초현실주의적인 작품이었음에도 불구하고 후카자와는 물의를 일으킨 데 대한 잘못을 눈물로 사죄하는 기자회견(1961.2.6)을 열고 우익의 습격을 피해 호텔에 잠시 몸을 숨겼다가 1965년까지 약 5년간 전국 각지를 돌아다니는 방랑생활을 하게 된다. 그는 해당 작품에 대한 복간 의뢰를 모두 거절했고 사후에 간행된 『후카자와 시치로 전집深沢七郎集』(全10卷, 筑摩書房, 1997)에도 이 작품은 수록되지 않았다.

한편 시마나카 사건이 일어나기 직전인 1960년 10월 12일에는 17살의 우익 청년 야마구치 오토야山口二矢가 일본사회당 당수 아사누마 이네지로浅沼稲次郎를 흉기로 찔러 사망하게 한 아사누마 사건이 일어난다.

---

3 根津朝彦, 『戦後『中央公論』と「風流夢譚」事件―「論壇」·編集者の思想史』, 日本経済評論社, 2013, 180쪽. 시마나카 사건을 계기로 황실에 대한 중앙공론사의 자주적인 검열은 더욱 강화된다. 중앙공론사는 사상의 과학연구회[思想の科学研究会]가 편집하는 잡지 『사상의 과학[思想の科学]』이 1962년 1월호에서 천황제 특집을 꾸미자 이를 일방적으로 발간 정지하여 폐기 처분했고, 그 와중에 중앙공론사가 공안조사청 직원에게 미리 잡지를 보여주고 검토 받은 사실이 드러나 사상의 과학연구회 주요 집필진으로부터 거센 항의를 받기도 했다. 결국 잡지 『사상의 과학』은 중앙공론사로부터 독립하여 자주 발간하는 수순을 밟게 되었고, 중앙공론사의 논조는 체제비판적인 집필진이 주요 논객이던 과거와는 달리 보수 논객의 글이 자주 등장하게 되었다.(根津朝彦, 위의 책, 189~192쪽)

아사누마는 당시 안보투쟁의 최전선에서 기시 노부스케岸信介 내각의 총 사퇴를 주장하고 있었고 사건 당일에는 일본 3당 대표자 합동 연설 회에 참가해 연설을 하던 중이었다. 연설회가 TV로 생중계되고 있던 탓에 피습 장면은 전국으로 전파를 타게 되었고 그것을 지켜본 대중들은 충격에 휩싸였다. 사건을 일으키고 약 한 달이 지난 뒤, 야마구치는 '천황폐하 만세, 칠생보국天皇陛下万才 七生報国'이란 유서를 남기고 자살했다.

야마구치의 왜곡된 천황 숭배는 작가 오에 겐자부로의 작품 「세븐틴セブンティーン」(『文學界』, 1961.1·2)을 통해 동시대적으로 재조명되었다. 특히 1961년 2월 『문학계文學界』에 발표된 「정치 소년 죽다─세븐틴 제2부政治少年死すーセブンティーン 第2部」는 한 우익 소년이 자기 정체성을 회복하기 위해 천황을 성적 욕망의 대상으로 삼는 과정을 다룬 작품으로, 작가는 소년이 성을 매개로 천황과의 동일시를 추구하면 할수록 '초국가주의'라는 정치성이 짙게 표면화되는 것을 비판적으로 그렸다. 다시 말해 오에는 유약한 전후민주주의의 틈 사이로 비집고 들어온 초국가주의가 아사누마 사건과 같은 아이러니를 배태시켰다고 보았던 것이다.[4] 이 작품을 발표한 이후 오에는 우익의 살해 위협으로부터 자유로울 수 없었고 해당 작품을 게재한 잡지사는 작가의 의도와는 상관없이 3월호에 사과문을 실었다. 그리고 훗날 간행된 『오에 겐자부로의 소설집大江健三郎小説』(全10卷, 新潮社, 1996)에 「정치 소년 죽다─세븐틴 제2부」는 실리지 못했다.[5]

---

4   大江健三郎·すばる編集部, 『大江健三郎·再発見』, 集英社, 2001, 66~67쪽.
5   1996년에 출판된 오에 겐자부로의 소설집보다 먼저 간행된 『오에 겐자부로 전 작품[大江健三郎全作品』1(新潮社, 1966)의 「자필연보」에 따르면 「政治少年死すーセブンティーン 第2部」가 수록되지 않은 것은 오에 자신의 뜻에 따른 결과가 아니라고 밝히고 있다.(377쪽)

1960년대 초에 연이어 일어난 우익 테러 사건과 출판사의 자기 검열 태도는 전후 일본문학이라는 무대에 겨우 등장하기 시작한 천황에 대해 그 어떠한 접근도 허락하지 않으려는 듯 문학 공간을 암전시키고 말았다. 그것은 전쟁과 패전, 그리고 점령으로 이어지는 극단의 혼란 속에서 천황에게 전쟁 책임을 물으며 대결하려 했던 1950년대의 담대한 시도로부터의 역행을 의미하기도 했다.[6]

3. 전후 오키나와와 천황의 조우

「풍류몽담」과 「세븐틴」이 발표되고 약 25년이 지난 1986년, 오키나와에서는 이들과는 또 다른 방식으로 천황가를 문학 속에 등장시킨 작품이 출현한다.[7] 오키나와 출신 작가 메도루마 슌이 쓴 「평화거리」가

---

[6] 1952년 5월 1일, 일본노동조합총평의회[總評議會]가 '인민광장 탈환'을 외치며 황궁 앞 광장까지 이동해 집회를 연 것은 대표적인 사례일 것이다. 이들은 당시 황궁 주위를 지키던 5천여 명의 경찰들과 치열하게 대립하였고 결국 경찰의 발포로 2명이 사망하고 1,500여 명이 부상을 입었다.

[7] 물론, 오키나와에서 천황에 대한 문학적 논의를 메도루마가 처음 시작한 것은 아니다. 좀 더 넓은 의미의 '문학'을 염두에 둔다면 본토 복귀 전후에 아라카와 아키라[新川明]가 쓴 『반국가의 흉악 지역[反国家の兇区]』(現代評論社, 1971)과 『이족과 천황의 국가[異族と天皇の国家]』(二月社, 1973) 등은 오키나와와 본토·천황의 거리를 보다 치열하게 고민한 저작이었다고 볼 수 있다. 예컨대 그는 "일본에 대한 뿌리 깊은 차이 의식[差意識]=거리감을 기층으로 하면서도 급속하게 천황제 국가 '일본'에 편입된 오키나와는 완전히 천황제 문화(의식)에 포섭되어갔고, 본토의 차별의식에 대응하듯이 오키나와 내부의 언론 기관이나 민권 운동, 학문 등은 보완적인 역할을 수행하며 적극적인 동화지향=황민화지향을 초래하고 말았다. 그리하여 오키나와(인)은 일본 가운데서도 가장 농밀하게 천황제 사상=일본국민의식에 물든 지역이 되어 오늘날에 이르고 있다"고 지적하기도 했다.(新川明, 「「非国民」の思想と論理」, 『反国家の兇区』, 앞의 책, 130쪽) 한편, 오키나와에서의 천황(제) 논의는 대부분 지식인이나 정치운동가, 노동운동가를 중심으로 이루어졌고 서민들의 의식이나 감성을 다룬 논의는 거의 없었다. 오카모토 게이토쿠[岡本恵徳]는

바로 그것이다.[8] 이 작품은 1983년 7월 12일부터 13일까지 오키나와 나하郍覇 시민회관에서 열렸던 헌혈운동추진전국대회에 황태자 부부가 참석한 것을 모티브로 삼고 있다. 황태자 부부의 오키나와 방문을 앞두고 경찰 당국은 두 사람의 동선을 중심으로 삼엄한 경비 태세를 갖춘다. 이 과정에서 경찰은 평화거리에서 좌판 장사를 하는 사람들에게 휴업을 강제하고, 치매를 앓고 있는 우타ウタ 할머니에게는 외출을 금지하는 등, 개인의 신체와 일상을 철저하게 통제하고 감시한다. 오키나와 북부 얀바루山原가 고향인 우타는 전쟁 중에 남편과 큰 아들을 잃고 둘째아들 가족과 함께 나하에 살며 생선 장사를 해왔다. 한때는 폭력단에도 맞설 정도로 강단이 있던 그녀였지만 치매를 앓는 지금은 가족과 주변 상인들에게 성가신 존재로 비쳐질 뿐이다. 그러니까 평화거리의 평화를 수호하던 우타가 지금은 평화거리의 평화를 위협하는 불온한 존재가 되어버린 것이다. 또한 치매를 앓는 우타와 평화거리의

문학적 제재로 다루기 힘든 천황에 대한 서민의 심상을 메도루마의 「평화거리」가 잘 대변하고 있다고 지적한 바 있다.(岡本恵徳, 『現代文学にみる沖縄の自画像』, 高文研, 1996, 261쪽)

8 국내에도 소개된 메도루마의 대표작은 「물방울水滴」(1997), 「넋들이기[魂込め/まぶいぐみ]」(1998) 등으로, 특히 1997년 상반기 아쿠타가와상을 수상한 「물방울」은 비평가나 연구자들의 호평을 받았다. 그에 반해 「평화거리」는 "'천황제 고발'이라는 강한 의지가 전면에 드러나 소설 자체가 단조로운 이데올로기에 자족해버렸다"는 혹평을 받은 바 있다.(新城郁夫, 『沖縄文学という企て―葛藤する言語・身体・記憶』, インパク出版会, 2003, 129~130쪽) 그러나 작품의 평가와 수용 경향을 차치하더라도, 천황을 매개로 본토와 투쟁하고자 한 메도루마의 의도는 훗날 간행되는 단행본이나 작품집에 매우 분명하게 드러난다. 메도루마는 2003년에 간행된 단편소설집의 표제작으로 「평화거리」를 두었고, 또 오키나와국제해양박람회에 참석한 황태자 부부에게 화염병 테러를 감행하려 했던 한 남자를 회상한 소설 「이승의 상처를 이끌고面影と連れて/うむかじとぅちりてぃ」(1999)를 2013년에 발간한 『메도루마 슌 단편소설선집[目取真俊短篇小説選集]』3의 표제작으로 두었다. 지금도 기지 반대를 위해 헤노코[辺野古]의 바다와 다카에[高江]의 숲에서 저항운동을 이어가고 있는 메도루마에게 이들 작품은 본토의 정치에 굴종하지 않기 위한 무겁고도 절박한 외침이기도 한 것이다.

상인 모두를 과잉 규제, 진압하는 당국의 폭력은 평화거리를 소설의 제목처럼 '평화거리로 불리는' 데 그치게 할 뿐이다. 거기에는 진정한 '평화'의 편린도 발견하기 힘들다.

한편 경찰 당국의 집요한 강요에 못 이긴 둘째아들은 황태자 부부의 오키나와 방문 당일에 우타를 집안에 감금하고, 여기에 불만을 품은 손자 가주カジュ가 가족들 몰래 자물쇠를 열어 그녀를 탈출시킨다. 집 밖으로 나온 우타는 황태자 부부를 환영하는 인파 사이로 비집고 들어가 두 사람이 탄 차에 다가가서는 자신의 대변을 차창에 내던진다. 창문에 묻은 '황갈색의 손도장'은 마치 '두 사람(황태자 부부)의 얼굴에 찍힌 것 같'은 모양새가 되어버린다. 그 뒤 고향 얀바루로 가는 버스에 몸을 실은 우타는 가주 옆에서 조용히 숨을 거둔다.

오키나와에 거주하는 치매 할머니 우타와 황태자 부부가 조우하는 장면에서 메도루마는 양자를 인분으로 매개한다. 언어와 기억을 반쯤 잃어버린 치매 노인의 인분 투척 행위는 합리적인 방식으로 설명하기 어렵고 통제가 불가능하기에 더욱 급작스럽고 당혹스럽다. 천황가의 위엄과 존엄을 순식간에 부정하는 우타의 행동은 매우 인상적이지만, 그것이 실재할 가능성은 거의 희박하기에 그녀의 행동이 천황가의 권위를 당장에 실추시킨다고 보기는 어렵다. 즉 우타의 행위를 치매 노인의 병리적인 행동이라고 해석한다면 거기에서 '저항'의 의미를 발견하기란 매우 힘든 것이 사실인 것이다. 그런 의미에서 본다면 '치매'라는 장치는 천황가의 존엄을 위한 마지막 피난처이자 보루일지도 모르는 셈이다. 그럼에도 이 작품에서 우타의 행동을 주의 깊게 보아야 하는 이유는 그녀의 '폭력'이 오키나와의 전쟁과 전후에 근거하고 있기 때문이다. 다시 말하면 전쟁 경험이나 전사자 위령, 복귀 이후의 오키나와의 정체성 정치 등, 오키나와를 둘러싼 중층적이고 복합적인 상황이야말로 그녀의 행위의 근간인 것이다. 전쟁과 전후를 관통하는 우타의 신체는 오키나와의 메타포임이 분명하다. 작품에 대한 구체적인 언급은 다음으로 미루고 여기서는 먼저 우타, 즉 오키나와가 경험한 전쟁과 전후를 천황과의 관련성을 중심으로 살펴보도록 하자.

"미국이 오키나와를 25년이나 50년, 혹은 그 이상의 기간에 걸쳐 지배하는 것은 미국에 이익이 될 뿐 아니라 일본에게도 이익이 된다"는 이른바 '오키나와 메시지'(1947)는 쇼와昭和 천황이 전후 일본의 안녕과 번영을 위해 오키나와를 일방적이고 강제적으로 희생시켰다는 사실을 가감 없이 보여준다.[9] 천황제의 존속과 본토 방위를 위해 오키나와 전투를 감행하고 패전 후에도 오키나와를 적극적으로 미국에 헌납한 '천황 외교'[10]는 여러 겹의 지배와 폭력에 의해 결박된 오늘날의 오키나와를 초래했다. 전쟁과 점령이라는 연속된 폭력을 오키나와에 강제한 쇼와 천황은 패전 이후 오키나와 땅을 밟은 적이 단 한 번도 없었다.[11]

이후 오랜 공백을 사이에 두고 1975년 7월 17일 쇼와 천황의 장남 아키히토明仁 황태자(헤이세이平成 천황)와 황태자비는 오키나와국제해양박람회 개회식에 참석하기 위해 오키나와를 찾았다. 1975～76년에 열린 국제해양박람회는 통상산업성通商産業省이 제안하여 1971년에 각의 결정된 프로젝트로, 오키나와의 일본 복귀를 기념하기 위한 사업의 일환

9　進藤榮一, 『分割された領土－もうひとつの戰後史』, 岩波書店, 2002, 66쪽.

10　豊下楢彦, 『安保条約の成立－吉田外交と天皇外交』, 岩波新書, 1996; 豊下楢彦, 『昭和天皇・マッカーサー会見』, 岩波現代文庫, 2008 참조.

11　1921년 3월 황태자 신분으로 구미 방문 도중에 오키나와를 방문한 적은 있었다.

이기도 했다. '바다―그 소망스러운 미래海―その望ましい未来'라는 주제로 열린 이 박람회는 오키나와를 '새로운 해양문명의 발상지'로 규정하며 지역 정체성을 창조하고, 오키나와의 산업 진작과 사회 인프라 정비를 꾀하는 목적을 가지고 있었다.[12] 패전 이후 각기 다른 방식으로 전후를 살았던 일본과 오키나와는 공공시설이나 사회자본, 복지와 같은 행정적 측면에서 단절과 공백을 서둘러 메울 필요가 있었지만, 정서적으로도 본토와의 일체감을 만들어내야만 했다. 어쩌면 더욱 긴요하고 지난한 과제는 후자일지도 몰랐다. 국제해양박람회를 개최하면서 당시 미디어를 통해 인기를 구가하던 황태자 부부를 명예 총재로 맞이한 것은 우연이 아니었다.[13] 본토와 오키나와의 정서적 통일을 구현하는 데 황족만큼 적절한 장치는 없었던 것이다.[14]

---

12 일본 정부는 1974년에 본토 복귀한 오키나와에 대해 행정과 제도 면에서 본토와의 통일을 서두르는 한편, 문화적으로는 '오키나와다움'을 전경화시키는 사업을 대대적으로 추진했다. 국제해양박람회 개최는 그 대표적인 사례로, 1992년에 정전(正殿) 공사를 완료하여 일부 공개한 슈리성[首里城] 복원도 같은 취지의 사업이었다. '오키나와다움'이라는 문화 코드가 커다란 경제효과를 불러일으킬 것으로 기대한 일본 정부는 오키나와에 집중적으로 자금을 투입했는데, 이를 오키나와의 기초 사회자본 정비의 계기로 기대하는 의견이 있었는가 하면 다른 한편에서는 환경 파괴나 낙도의 과소화, 물가 상승 등의 이유를 들어 반대 운동을 전개한 사람들도 있었다. 실제로 국제해양박람회가 끝난 뒤 오키나와에는 후자의 주장대로 도산, 실업과 같은 후유증이 오랫동안 남았다.(鹿野政直, 『沖縄の戦後思想を考える』, 岩波書店, 2011, 147~148쪽)
13 1959년 아키히토 황태자와 결혼한 쇼다 미치코는 '평민' 출신이었다. 황태자와 평민 여성의 결혼은 많은 이슈를 낳았고, 라디오와 TV 매체는 두 사람을 마치 연예인과 같은 친근한 존재로 포장했다. 특히 미치코 황태자비를 둘러싼 '밋치 붐'은 천황(가)이 연상시키는 전쟁과 정치 이미지를 표백시켜 대중문화적 존재로 만드는 계기가 되었다. 그러나 '대중천황제'는 천황을 우상화하는 천황제의 새로운 정신지배 체제로, 그것은 결국 절대군주로서의 천황을 문화 개념으로 되살린 것에 지나지 않는다.
14 오키나와의 문학자 오시로 다쓰히로大城立裕는 1971년의 오키나와국제해양박람회 구상과 진행을 주도한 인물 중 한 사람이다. 그는 1983년에 황태자 부부가 오키나와를 재차 방문했을 당시 해양박람회 때 만났던 황태자를 다음과 같이 회상한다. "해양박람회 오키나와관에서 스태프들과 이야기를 나눌 때 황태자의 발언에서 드러나는 오키나와 역사에 대한 깊은 학식은 솔직히 경복할 정도였다. (…중략…) 아마도 공부와 진강(進講)이

그러나 천황가의 오키나와 방문은 일본과의 통섭의 효과보다는 균열의 효과를 부르고 있었고 본토와 오키나와 사이의 절대적 차이를 현시하는 결과를 초래하고 말았다. 예를 들어 황태자의 방문을 앞둔 오키나와에서는 박람회가 내거는 '경제'를 무색하게 만들 정도로 '정치'가 커다란 이슈로 등장하며 노골적으로 치안 문제가 드러나기에 이르렀다.[15] 그것은 단순히 황태자의 오키나와 방문을 반대하는 목소리로 그치는 것이 아니라 황태자에 대한 습격의 가능성도 내포한 것이었다.[16] 방문 당일 오키나와에서는 오키나와 현 경찰 1,300명과 본토에서 지원 나온 경찰 2,400명이 완전 무장하여 엄중한 경비를 섰다. 그럼에도 히메유리의 탑ひめゆりの塔에 헌화하고 설명을 듣던 황태자 부부에게 두 남성이 화염병을 던지는 사건이 발생하고 만다. 이들은 황태자 부부의 일정을 미리 파악하고 동굴에 잠복해 있다 화염병 테러를 시도한 것이었다. 삼엄하다 못해 공포스러운 경비, 그리고 그 틈새를 비집고 분노

있었기 때문일 것이다. 제왕도 마냥 편한 것만은 아니다. 단지 그'진강'을 위해 시종에게 감시당하면서 무보수로 협력할 '충성심'이 나에게 있는지 없는지는 의문스럽다. 그러나 '의문스럽다'는 것은 '전무하다'는 것을 반드시 의미하지는 않는다. 진강을 거절할 수 없는 시스템이 있는 것처럼 여겨지며 그것은 우리들의 내면에 기묘하게 깃들어 있다."(「皇室のこと」, 『沖縄タイムス』, 1983.9.23. 인용은『大城立裕全集』第13卷 評論・エッセイII, 勉誠出版, 2002, 206쪽) 오시로는 천황(제)에 대한 오키나와의 양가적인 감정과 거리를 토로하면서 동시에 그것을 (무)의식적으로 내면화하고 있음을 고백하고 있다.

15 鹿野政直, 앞의 책, 148쪽.

16 5월에는 오키나와 현 원수폭 금지 협의회[沖縄原水協] 및 오키나와 현 교직원 조합[沖教組], 전 오키나와군 노동조합[全軍勞] 등 각종 단체들이 황태자 방문에 반대 의사를 분명히 밝혔고, 황태자의 방문을 한 달 정도 앞둔 6월에는 마부니[摩文仁] 언덕 일각에 '황태자의 오키나와 방문 저지', '천황 규탄'이라 쓴 붉은 낙서가 발견되기도 했다. 더욱이 6월 25일에는 가마가사키 공투회의[釜ヶ崎共鬪会議] 간부가 오키나와 시내 미군기지 앞에서 분신자살했다. 그는 "황태자 암살을 기도했지만 정세를 보아 객관적으로 불가능할 것 같다. 따라서 죽음을 걸고 투쟁하는 것이 아니라 죽음으로써 항의한다"는 말을 남기며 스스로 목숨을 끊었다. 당시의 황태자 암살 계획에 대해서는 友田義行의 「目取真俊の不敬表現－血液を献げることへの抗い」(『立命館言語文化研究』22(4), 2011, 154쪽) 참조.

의 시위를 해 보인 화염병 테러는 천황에 대한 오키나와의 여론을 무엇보다 명징하게 보여주는 사건이었다. 화염병을 던진 한 남성은 재판소에서 히메유리 여학생들로부터 "복수해 달라는 부탁을 받았다"고 진술하기도 했다.[17] 이렇듯 오키나와는 여전히 전쟁이라는 과거의 정신적 외상으로부터 자유로울 수 없었고, 그것은 황태자 부부가 오키나와의 비극을 애도하고 묵념하는 행위를 통해 새로운 평화의 시대를 다짐하는 것과는 층위를 달리하는 경험이자 고통이었다.

테러라는 폭력이 상호 교환이 불가능한 결정적인 행동이듯,[18] 황태자에 대한 화염병 테러는 말 그대로 교환 불가능한 양자의 관계가 부른 사건이었다. 군정하의 오키나와가 본토 복귀를 희구한 것은 미군기지와 관련된 갖가지 갈등과 폭력으로부터 해방되기 위해서였다. 그러나 결과적으로 본토 복귀 과정에서 이들 문제는 미봉되거나 외재화되고 말았다. 그런 가운데 본토는 오키나와를 성급하게 포섭하여 하나 된 '일본'을 구현하려 했다. 화염병 테러는 본토와 오키나와가 상상하는 '일본'이 서로 어긋나 있음을 무엇보다 극명하게 대변하고 있었던 것이다.

화염병 사건으로 기억되는 황태자 부부의 첫 번째 오키나와 방문으로부터 8년이 지난 1983년, 두 사람은 다시 오키나와를 찾는다. 이번에는 나하 시민회관에서 열린 제19회 헌혈운동추진국민대회에 참가하기 위해서였다. 오키나와에서는 또 다시 철저한 사상 검열과 신원 조사, 그리고 정신이상자에 대한 특별 감시가 이루어졌지만 특별히 불미스

---

17 도미야마 이치로, 임성모 역, 『전장의 기억』, 이산, 2002, 110쪽.
18 장 보드리야르, 「테러리즘의 정신」, 『아부 그라이브에서 김선일까지』, 생각의나무, 2004, 272쪽.

러운 사건 사고는 일어나지 않았다.

　그런데 여기에서 한 가지 짚고 넘어가야 할 부분우 헌혈운동추진국
민대회와 천황가의 관련이다. 헌혈운동추진국민대회는 후생성厚生省과
각 지방정부, 그리고 일본적십자사의 협찬하에 1965년부터 매해 열리
는 '사랑의 혈액돕기운동愛の献血助け合い運動' 행사의 일환이다. 이 대회를
후원하는 일본적십자사의 명예 총재는 1947년부터 황후가 맡고 있다.
1960년 헌혈운동을 소재로 황후가 지은 와카和歌 두 수가 '헌혈의 노래献
血の歌'로 만들어져 매 대회마다 제창되고, 1976년 제12회 대회부터 황
태자 부부의 참석이 정례화된 것에서 보듯이 헌혈운동과 천황가의 관
계는 매우 밀접하다. 1983년 황태자 부부가 오키나와를 방문한 것도
같은 맥락에서의 일이었다.[19]

　문제는 '헌혈'이라는 용어와 행위가 어떠한 문맥에서 만들어져 전후
로까지 연속되고 있는가 하는 것이다. 헌혈이란 말이 처음으로 사용된
것은 전쟁 중의 일이며 수혈용 혈액을 장기간 보존하는 기술 또한 전장
을 지지하기 위해 강구된 것이었다. 혈액 기증의 역할은 후방에 있던
사람, 특히 여성들에게 부과되었다. "총후의 여성의 혈액이 제일 전선
에 있는 병사들의 목숨을 구한다銃後の女性の血液が第一線の兵士の命を救う"는
당시의 선전 문구는 전시하의 여성들이 헌혈운동에 직간접적으로 동
원되고 있었음을 반증한다.[20] 이처럼 전시 체제하에서 만들어진 여성
과 헌혈이라는 관련 구조는 황후라는 새로운 연결고리를 더해 전후 사
회로까지 이어져 1980년대 오키나와에서도 반복되고 있었다.

19　友田義行, 앞의 글, 156~157쪽.
20　위의 글, 157쪽.

당시 오키나와 사람들이 헌혈운동추진국민대회의 이면에 내장된 정치적 기획, 다시 말해서 전전의 군국주의 아래 맺어진 여성과 헌혈, 그리고 황후의 관계를 인지하고 있었는지는 알 수 없지만, 적어도 메도루마의 소설 「평화거리」는 우타의 차남의 입을 빌려 "전쟁에서 그만큼 피를 흘렸는데 무슨 헌혈대회를 한단 말이야"라 말하며 '국가'와 '전쟁'으로 인해 처절하게 유린당한 수많은 목숨들을 상기시키고 있었다. 그뿐만 아니라 소설은 "봐봐, 앞전 해양박람회 때에 히메유리의 탑에서 황태자 전하와 미치코 황태자비에게 화염병을 던져서 큰 일이 난 적이 있었잖아"라고 지난 경험을 기억해 내며 천황과 오키나와 사이에 잠복하고 있는 갈등과 폭력, 소요와 반란을 환기시키고 있었다. 이렇게 볼 때 1975년의 황태자 부부에 대한 화염병 투척과 소설 속의 우타가 벌인 인분 투척을 중첩시켜 읽는 것은 과도한 해석이 아니라, 오히려 그렇게 겹쳐 읽어야 마땅하다고 할 것이다.

4. 메도루마 슌의 응전 – 전쟁을 사는 몸, 우타

메도루마의 「평화거리」에는 현실에 육박하는 임장감과 긴박함이 있다. 황태자 부부의 두 번에 걸친 오키나와 방문 흔적이 소설 곳곳에 녹아 있는 것은 물론이고, 여러 번 인용되는 신문 기사나 황태자의 발언은 과거가 아니라 현재의 오키나와를 겨냥하고 있기 때문이다. 그런 이유로 「평화거리」에는 오키나와의 현실이 명료하게 반영되어 있으면서 동시에 도래하지 못한 현실에 대한 희구와 욕망이 교차하고 있다.

무엇보다 이 작품에서 주목을 끄는 대목은 다음과 같은 장면일 것이다.

　그것은 우타였다. 차 문에 몸을 부딪치며 두 사람의 모습이 비치는 차창을 큰 소리가 나도록 손바닥으로 두드리고 있다. 백발의 얼룩진 머리카락을 산발한 원숭이 같은 여자는 우타였던 것이다. 앞뒤의 차에서 뛰쳐나온 다부진 남자들은 우타를 차에서 떼어내더니 순식간에 황태자 부부가 탄 차를 몸으로 에워쌌다. 기모노 끈이 풀려 앞섶이 헤쳐진 채 길바닥에 나동그라진 우타 위로 사파리 재킷을 입은 남자와 공원에서 라디오를 듣고 있던 부랑자 같은 남자가 덮친다. 양쪽 팔을 붙잡혔음에도 우타는 늙은 여자라고는 여겨지지 않는 힘으로 날뛴다. 입에서 피와 침을 흘리며 끝까지 버티고 울고 불며 저항하는 우타를 가주는 보았다. 개구리처럼 다리를 벌리고 버둥대는 비쩍 마른 다리 사이로 황갈색의 오물로 범벅된 옅은 음모와 벌겋게 짓무른 성기가 보인다.

　(…중략…)

　두 사람이 탄 차가 허둥지둥 떠난다. 웃음을 짓는 것도 잊어버린 가주는 겁먹은 표정으로 우타를 보던 두 사람의 얼굴 앞에 두 개의 황갈색 손도장이 찍혀 있던 것을 알아차렸다. 그것은 두 사람의 뺨에 찰싹 들러붙어있는 것 같았다. 사람들의 실소를 수상하게 여겼는지 조수석에 앉아 있던 노인이 차를 세우고 내린다. 창문을 보고 새파랗게 질린 그는 황급히 손수건으로 창문을 닦는다. 그러나 그것만으로는 역부족이었다. 그 점잖은 노인은 차를 따라 비틀비틀 달리며 턱시도 소매로 똥을 닦았다. 새카만 고급차는 비웃음과 향긋한 냄새를 남기고 시민회관 주차장으로 사라졌다.[21]

황태자 부부의 뺨에 찰싹 들러붙듯 차창에 찍힌 우타의 '황갈색 손도장', 그리고 '엷은 음모'와 함께 드러난 '벌겋게 짓무른 성기'는 숭고하고 존엄한 천황가의 권위를 단숨에 무력화시킨다. 언어와 기억을 반쯤 잃어버린 치매 노인의 비정상적인 신체는 통상적인 규제의 범주로부터 벗어난 예외적인 신체에 다름 아니며, 이 예외적인 신체로 말미암아 천황가의 이데올로기적 효과는 단번에 파탄이 나고 만다. 작품의 배경이 된 헌혈운동추진전국대회는 일종의 관제 이벤트로서 국가 구성원의 신체와 사상을 예외 없이 균질하게 통합하고 훈육하는 정치적·사회적 수단이었다. 하지만 적어도 메도루마가 시도하고자 한 것은 규율과 감시의 대상인 개인이 역으로 천황이라는 상징과 국민국가적 상상력에 균열을 불러일으키는 일이었다. 「평화거리」에서 우타를 치매 환자로 등장시킬 필요가 있었던 것은 바로 그 때문이었다. 정상적으로 활동하지 않는 정신과 규제가 적용되지 않는 예외적인 신체를 가진 우타는 국가와 천황을 모독하고 질서를 위반해도 달리 교정할 방도가 없으며 끝까지 천황을 위협하는 신체로 남는다. 방 안에 감금되어 있던 우타를 풀어준 손자 가주 역시 마찬가지다. 가주 주변에는 할머니의 감금을 강요하는 카키색 사파리 재킷을 입은 건장한 남자가 늘 따라다니는데, "소학교 5학년치고는 너무나도 작은 몸"을 한 가주는 "물총새 부리에서 도망치는 작은 물고기"처럼 보란듯이 남자의 감시망으로부터 도망친다. 이처럼 우타와 가주는 국가에 반역하고 탈주하는 몸의 상징

---

21 目取真俊, 「平和通りと名付けられた街を歩いて」, 『新沖縄文学』70号, 1986.12.(目取真俊, 『平和通りと名付けられた街を歩いて』, 影書房, 2003, 152~153쪽) 참고로 이 작품은 한국어로 번역되어 소개된 바 있다.(메도루마 슌, 곽형덕 역, 「평화거리라 이름 붙여진 거리를 걸으면서」, 김재용·손지연 공편, 『오키나와 문학의 이해』, 역락, 2017)

으로 등장하고 있다.

그렇다고 우타의 행동을 단순히 치매 노인이 저지른 비이성적인 병리적 행동으로만 해석해서는 곤란할 것이다. 결론부터 이야기하면 우타의 오물 투척 테러는 치매로 인한 우발적 사건이 아니었다. 우타의 행동을 뒷받침하는 유일한 근거는 그녀가 살아온 전쟁과 전후의 경험이었다. 전쟁 중에 남편을 잃은 우타가 남자아이 하나와 여자아이 둘을 데리고 힘든 삶을 살아왔다는 것은 대충 짐작이 가지만, 작품 속의 그녀는 자신의 과거를 일절 드러내지 않는다. 그녀의 가장 친한 이웃 상인인 후미フミ만이 유일하게 우타가 전쟁 중에 장남 요시아키義明를 잃었다는 것을 들었을 뿐이다. 방위대에 끌려간 남편의 소식도 모른 채 동굴을 전전하다가 장남마저 잃어버린 우타의 기억은 좀처럼 언어화되는 일이 없었으며, 그로 인해 그녀의 기억도 풍화되는 듯했다. 하지만 그녀가 치매를 앓게 된 시점에 전쟁의 기억과 언어는 분명하게 다시 돌아왔다.

우타는 양 손으로 귀를 막고 무언가 알 수 없는 말을 중얼거리며 작은 몸을 더욱 작게 만들려고 하고 있었다.

"할머니!"

가주는 가만히 우타의 어깨에 손을 얹었다. 할머니는 갑자기 가주의 손목을 세게 잡아채듯 하더니 가주를 땅에 넘어뜨리고는 그 위로 자신의 몸을 포갰다.

"왜 이래, 할머니."

일어나려고 발버둥쳤지만 우타는 믿기 힘든 힘으로 가주를 누르고 있다.

"조용히 해. 병사가 온다고."

(…중략…)

"할머니, 병사는 이제 오지 않아요."

잠시 시간을 보낸 뒤 가주는 부드럽게 우타의 손을 쓰다듬으며 귓속말로 속삭였다. 우타는 입을 다물고 몸을 떨고 있다. 뭔가 뜨뜻한 것이 가주의 등을 적신다. 가주는 손을 뒤로 뻗어 우타의 다리를 더듬어 보았다. 냄새가 코를 찌른다.

"할머니, 집에 가요."[22]

"이봐요, 어머니. 정신 차리세요. 무슨 짓을 하는 거예요?" (…중략…)

"밀감을 어디에 가져가시려고요."

"밀감을 얼른 요시아키에게 먹이지 않으면 안 돼."

아연실색한 세이안正安은 손을 놓고는 어머니 우타를 바라본다.

(…중략…)

"어머니, 요시아키는 벌써 40년 전에 죽었잖아요."

세이안은 뒤에서 우타를 끌어안아 일으켰다.

"거짓말 하지마, 요시아키는 얀바루 산에서 날 기다리고 있다고."

우타가 자꾸 보챈다. (…중략…) 우타가 잠들자 세이안은 드라이버를 가지고 와서는 방문에 열쇠를 채우기 시작했다.[23]

치매를 앓기 전에는 입 밖으로 나오는 법 없이 억압되어 있던 전쟁의 경험과 장남의 존재는 기억과 언어가 모두 질서를 잃은 순간 역설적으

22　目取真俊, 앞의 책, 97~98쪽.
23　위의 책, 139쪽.

로 언어화된다. 문맥도 없고 상황도 고려하지 않은 채 급작스럽게 언어화되는 우타의 전쟁 기억은 그렇기 때문에 더욱 위협적이고 불온할 수밖에 없다. 카키색 사파리 재킷을 입은 남자가 가주 주변을 맴돌며 겁박하는 이유도 바로 여기에 있으며, 가주의 아버지이자 우타의 차남인 세이안이 직장 상사로부터 우타의 감시를 단단히 부탁받는 이유도 그 때문이다.

관리와 감독의 대상은 치매 노인과 같은 우타에게만 국한되는 것이 아니었다. 황태자의 방문을 앞두고 몇 개월 전부터 "경찰은 황태자가 통과하는 도롯가의 전 세대와 사업소 등을 대상으로 가족 구성원이나 근무처, 사상이나 정당 지지까지 조사하여 정보를 수집하고 있었다." "신문은 '과잉 경비'에 대한 변호사 단체의 항의성명과 몇몇 과도한 경비 사례를 소개하였"고, "황태자 부부의 경비를 위함이라는 명목으로 길 가의 불상화佛桑花나 자귀나무를 무참하게 잘라 버린 사진"을 보도하기도 했다. 포위망처럼 펼쳐진 전방위적인 감시와 통제가 황태자 부부에 대한 완벽한 환영과 안녕을 위해 존재하는 장치임은 새삼 지적할 필요도 없다. 그러나 작품에 나오는 다음과 같은 신문 보도는 노골적인 감시와 통제 체제를 후경에 감추고 마치 처음부터 오키나와가 황태자 부부를 환대하고 있었던 것처럼 그리고 있다.

8년 만에 현민県民 앞에 모습을 드러내신 황태자 부부를 보기 위해 길가를 메운 주민들의 눈이 일제히 쏠렸다. 인파가 크게 출렁이더니 환영의 작은 깃발이 펄럭였다. (…중략…) 이토만糸満 가두에서도 환영 인파는 끊이지 않았고 황태자 부부의 차가 모습을 드러내기 전부터 일장기 깃발을 든 주민들은 길가를 가득 메웠다. 차 안의 황태자 부부는 얼굴에 미소를 띠고 손을 작게 흔들며 주민들의 환영에 답했다.[24]

'환영의 작은 깃발'의 펄럭임과 황태자 부부의 화답은 양자 사이에 존재하는 간극과 분열을 말끔히 지우고 화해와 통합을 가시화하고 있다. 국민적 아이덴티티를 공유하도록 만드는 이 같은 패전트pageant는 '우치난추' 오키나와 사람을 비로소 '일본국민'으로 조형하고 포섭하는 상징적인 의용儀容이었다. 그러나 여기에 우타의 오물이 개입한다. 마치 원초적이고 근본적인 기억과 경험을 소환하듯이 그녀의 배설물은 황태자 부부의 얼굴에 손도장을 남기고, 그것은 위태로운 모양새로 겨우 '하나 된 일본'을 연출하고 있던 환영 분위기를 단숨에 전복시키고 만다. 우타의 오물 투척이 있고 난 뒤 인파 속에서는 곧장 "눈앞의 혼란과는 어울리지 않는 음미淫靡한 웃음이 새어나"오고, 그것은 또 "낮은 속삭임의 포자들"이 되어 "여기저기 흩날리더니 금세 주변을 감염시킨"다. 이 기묘한 풍경은 천황이란 인물을 정점으로 하는 이데올로기적 지배 장치가 적어도 오키나와에서는 동의를 얻어내지 못하고 있음을 드러내는 부분이며, 설령 동의를 얻었더라도 거기에 내재된 불신은 언제든지 지배 장치를 역습할 수 있음을 시사한다.

이 역습의 계기를 우타가 체현할 수 있었던 것은 그녀의 몸이 바로 '전쟁을 사는 몸'이기 때문이었다. 황태자의 방문을 앞두고 우타를 보이지 않는 곳에 가두려 하는 행위는, 이야기되어서는 안 되는, 현시화

---

24 위의 책, 136쪽.

되어서는 안 되는 기억을 침묵 속에 봉인하려는 힘의 발동에 다름 아니다. 감금된 방 안에서 뛰쳐나온 우타의 일격은 언어를 빼앗긴 기억이 '지금 여기'라는 장場에 회귀하려는 힘의 발현이었던 것이다.[25]

5. 지역의 시차時差와 시차視差

황태자에 대한 '불온'한 상상과 행위를 해 보인 것은 비단 우타만이 아니었다. 우타의 손자 가주는 "할머니를 감금시킨 저들에게 반드시 복수를 해주어야겠다고 다짐"하며 "어떻게든 저 두 사람(황태자 부부)이 하려는 것을 방해하고 싶다"고 생각한다. 고민 끝에 그는 "두 사람을 환영하기 위해 일장기를 흔들며 거리를 메운 어른들 사이로 비집고 들어가 차를 기다린 다음 두 사람의 얼굴에 제대로 침을 뱉"어 보리라 다짐한다. 그날 가주의 눈에 비친 황태자 부부의 얼굴은 "신선도를 잃어버린 오징어처럼 핏기가 없고 부어오른 볼에는 웃음 주름이 잡혀 있으며 토우와 같이 부석부석한 눈꺼풀의 작은 눈 틈 사이에서는 희미한 눈빛이 새어나오고 있었다." 가주가 실제로 본 두 사람의 얼굴은 엄마 하쓰ᄼᄼ가 가지고 있는 부인잡지 속의 사진보다 훨씬 늙었고 보기 흉했다.

우타의 과거를 공유하고 있는 후미도 마찬가지다. 전쟁 중에 장남 요시아키를 잃은 사실을 우타가 이야기했을 때, 후미는 그것을 "마치

25 鈴木智之, 『眼の奧に突き立てられた言葉の銛－目取真俊の'文学'と沖縄戦の記憶』, 晶文社, 2013, 48쪽.

지금까지 자신이 경험한 일처럼 느꼈고", 마음속으로 다시 그 이야기를 곱씹을라치면 "그 일을 자신이 직접 체험하지 않았다는 것이 믿기지 않았다. 아니 나는 분명 배를 아파하며 요시아키라는 남자 아이를 낳았고 그 아이의 죽음도 목격한 것이다. 손끝에는 아직 요시아키의 눈꺼풀의 감촉이 남아 있다"고 그녀는 생각할 정도였다. 상흔을 나누어 가진 탓인지 우타가 돌발적인 행동을 일으켜 시장 상인들로부터 비난을 받을 때면 후미는 우타나 상인들에게 화가 나는 것이 아니라 "알 수 없는 더욱 큰 어떤 것에 대한 분노"를 느꼈다. "알 수 없는 더욱 큰 어떤 것"이 무엇인지 작품에는 구체적으로 명시되어 있지 않지만, 후미의 "아버지와 오빠가 모두 천황을 위한다는 명목으로 군대에 끌려가 전장에서 숨을 거두"었다는 대목을 보면, 후미의 분노의 대상이란 거역할 수도 저항할 수도 없는 국가적 폭압이었음을 짐작할 수 있다.

그런 후미는 황태자의 오키나와 방문 당일에는 평화거리에서 생선 장사를 해서는 안 된다는 행정 당국의 지시를 어기고 혼자 거리로 나와 좌판을 연다. 거리에서 생선을 파는 행위가 비위생적일 뿐 아니라 생선을 손질하는 칼이 황태자를 위협하는 도구가 될 수 있다는 것이 당국의 입장이었다. 이처럼 황족과 오키나와의 하나 됨을 연출하기 위해 배후에서는 권력의 억압적인 감시가 끊임없이 이루어지고, 그 과정에서 오키나와는 어느새 통제하는 신체와 통제받는 신체로 양분되기에 이른다. 그와 동시에 조종과 감시의 시선으로부터 탈주하려는 시도들이 곳곳에서 분출하고 있었다. 그러한 의미에서 다음과 같은 장면은 매우 인상적이다.

검게 칠한 차체에 국화 문양을 장식하고 '지성至誠'이라 쓴 우익 선전차가 비에 촉촉이 젖은 일장기를 걸고 눈앞을 지나간다. 거기에서는 귀가 멍할 정도로 볼륨을 크게 높인 군가가 흐른다. 오늘 1시에 황태자 부부가 오키나와에 올 터다. 후미가 살고 있는 이토만에는 황태자 부부가 다녀가기로 예정되어 있다. 여기엔 마부니摩文仁 전쟁유적공원이나 예전에 화염병 투척 사건이 있었던 히메유리의 탑 등이 있기 때문에 무시무시한 경비가 깔렸다. 도로 여기저기에 경찰이 서 있다. 오늘 아침 남편 고타로幸太郎의 화물차로 나하까지 갈 때 몇 번이나 검문에 걸린 후미는 짜증이 났다.

"한심한 녀석들이군. 섬 사람만이 아니라 내지 경찰까지 있네."

정말이지, 뭐가 황태자 오키나와 방문 환영이야? 모두 옛날 아픔을 잊었나 보군. 후미는 뒤따라오는 자동차를 무시하고 천천히 나아가는 우익 선전차에 돌이라도 던져버리고 싶었다.

소토쿠宗德도 그렇다. 전쟁으로 가족을 세 명이나 잃었으면서도 군용지 사용료를 받아 돈이 잘 돌아가자 자민당 뒤꽁무니나 따라다니고.

어젯밤의 일이다. 구장區長 소토쿠가 일장기 깃발 두 개를 가지고 왔다.

"뭐야 이건?"

술이라도 마신 건지 붉은 얼굴을 번쩍이는 소토쿠를 후미는 차갑게 바라보았다.

"내일 황태자 전하와 미치코 황태자비가 오시니까 모두 환영해야지. 깃발을 나눠주러 다니는 중이야."

"내가 왜 깃발을 흔들어야 하는 건데?"

"이건 그냥 기분 내려고 하는 거잖아."

"무슨 기분?"

"황태자 전하를 환영한다는 기분."

"환영? 넌 전쟁에서 형과 누나를 모두 잃었잖아. 참 잘도 환영할 마음이 드는구나. 나는 네 누나 기쿠菊 상에게 아단阿檀나무 잎으로 만든 풍차를 받은 걸 아직도 기억해. 착하고 좋은 사람이었지. 그런데 그 언니는 여자정신대에 끌려가 아직 유골도 찾지 못했어. 넌 그렇게 누나에게 귀여움을 받았으면서⋯⋯."

"뭐야, 또 전쟁 얘기야? 나도 전쟁은 싫다고. 그치만 황태자 전하가 전쟁을 일으킨 게 아니잖아. 그것과 이건 다르지."

"뭐가 달라. 네가 뭐라고 해도 난 환영 같은 거 못 한다."

후미는 깃발을 거칠게 잡아채 마당에 내던졌다.

"맘대로 해."

소토쿠는 화를 내면서 문 쪽을 향해 걸어갔다.

"야! 그 썩을 깃발 가지고 돌아가."

후미가 화를 냈지만 소토쿠는 뒤도 돌아보지 않았다. 맨발로 마당으로 뛰쳐나가 깃발을 집어 든 후미는 그것을 네 등분으로 찢어서는 변소 속에 던져버렸다.

"저 녀석은 머리가 벗겨지더니 기억도 벗겨졌나봐."[26]

위의 인용문 안에는 적어도 두 종류의 시차가 존재한다. 일장기를 흔들며 일본인의 한 사람으로서 '황태자 전하'를 환영하자는 소토쿠와 황태자 역시 전범과 다름없다고 생각하는 후미는 같은 대상을 바라보

---

[26] 目取真俊, 앞의 책, 130~132쪽.

면서도 큰 시차視差를 보이고 있다. 군용지 사용료로 얼마간 생활이 윤택해진 소토쿠에게 전쟁이란 이미 지난 일이다. 그가 어떠한 의도에서 일장기를 흔든다 한들 그것은 훈육된 신체의 자발적인 복종에 다름 아니지만 이미 전후를 살고 있는 그에게는 아무럼 좋았다. 이렇게 전쟁 기억이 벗겨진 소토쿠에 비해 후미는 '여자정신대에 끌려가 아직 유골도 찾지 못한 기쿠'를 기억하고 있다. 전쟁 이후를 살고 있는 소토쿠와 전쟁을 살고 있는 후미는 시간 감각으로도 큰 시차時差를 보이고 있는 것이다. 이 두 시차는 오키나와 내부에서 분화를 거듭하며 일본에 통합되는 신체와 통합되지 못하는 신체, 혹은 통제하는 신체와 통제되는 신체를 양산하고 있었다. 그 가운데서 우타나 후미와 같은, 혹은 가주와 같은 반란의 움직임들은 일어났다.

일장기를 찢어 변소 속에 던져버리는 후미의 행동을 마냥 허구라고만 할 수 없는 이유는, 다시 말해 메도루마의 「평화거리」가 현실에 육박하는 임장감과 긴박함을 가지고 있다고 말한 이유는, 이 장면 역시 1987년 10월에 일어난 지바나 쇼이치知花昌一의 일장기 소각 사건[27]과 묘하게 중첩되기 때문이다. 지바나는 "오키나와 전투의 집단사 원인은 일장기와 기미가요, 천황에 의한 황민화 교육"에 있다고 말하며 "진정으로 평화를 사랑하는 사람들과 진정으로 전쟁을 거부하는 사람들을

---

27 오키나와에서 개최된 제42회 국민체육대회 소프트 볼 경기장에서 일장기와 기미가요 없이 경기를 진행하려던 요미탄손讀谷村에 대해 일본 소프트볼 협회 회장은 강경한 태도로 반대했다. 결국 요미탄손은 회장의 의견에 따라 일장기 게양과 기미가요 제창을 수용해야만 했다. 이에 지바나는 "한 사람의 권력자에 의해 3만 명의 마을 사람들의 의지가 꺾이는 현실에 대해 위기감"을 느껴 일장기를 소각하게 되었다고 사건 동기를 밝힌 바 있다.(知花昌一, 『焼きすてられた日の丸―基地の島・沖縄読谷から』, 社会批評社, 1996, 41~42쪽)

생각하며 (…중략…) 나 자신을 걸고 일장기를 불태웠다"[28]고 사건 배경에 대해 밝힌 바 있다. 이처럼 오키나와에서 일장기란 오키나와 전투와 식민 지배를 환기시키는 상징 그 자체이며, 그것은 오키나와 사람들에게 여전히 폭력적인 사상 검열과 강제적인 동일화의 기제로 작동하고 있는 것이다.

천황에 대한 언급과 비판이 실종된 본토의 정치 상황이나 의도적으로 천황을 낭만화시키는 본토의 문화 코드는 매번 오키나와에서 시험의 대상이 되었다. 오키나와는 천황을 정점으로 한 순결한 일본의 시공간을 뒤흔드는 국가 내부의 타자를 자처했으며, 천황과 일장기, 기미가요를 통해 또다시 상상의 공동체를 공고히 하려는 일본의 퇴행적인 욕망을 비판하고 나섰다. 그것은 단 한번도 '전후'라는 시간을 가져본 적이 없는 오키나와의 시차時差와 '한 사람의 권력자'에게 끊임없이 전쟁 책임을 묻는 오키나와의 시차視差에서 비롯된 것이었다.

6. 환역幻域에 자폐하지 않는 힘

그렇다면 1980년대 중반에 이르러 오랫동안 금기시 되어왔던 천황을 다시 한 번 문학 공간에 불러들인 메도루마의 의도는 무엇일까. 적어도 이 작품을 통해 우리가 읽을 수 있는 것은, 하나는 복귀 이후 오키나와를 포섭하는 본토의 정치에 배제와 억압의 천황 권력이 강력하게

---

28 위의 책, 42쪽.

군림하고 있다는 사실이며, 다른 하나는 '전후'의 종언과 '전후 이후'를 구가하던 1980년대의 일본은 물론이고 복귀 이후 경제적 성장과 함께 전장의 기억이 풍화되고 있던 오키나와 모두를 겨냥해 이 작품이 전쟁·전후 감각의 실종에 대해 문제를 제기하고 있다는 것이다.

「평화거리」로 1986년도 신 오키나와 문학상新沖縄文学賞을 수상한 메도루마는 다음과 같은 수상 소감을 밝혔다. "1987년 국민체육대회를 목전에 두고 반대파나 정신적 장애자들에 대한 사전 경비가 은연중에 시행되고 있었다. 문학에 사회적 현실을 바꾸는 힘이 있다고 생각하는 것은 환상에 지나지 않으며 문학을 자신의 정치적 수단으로 삼는 것도 잘못된 일이다. 그러나 그러한 잘못을 두려워한 나머지 개인의 환역幻域에 자폐하는 것은 나의 문학관에 어긋난다."²⁹ 이러한 그의 발언에서도 확인할 수 있듯이, 「평화거리」는 당시 개최를 준비하고 있던 제42회 국민체육대회(1987)를 염두에 두고 발표된 작품이었다. 국민체육대회를 앞두고 일장기와 기미가요로 사상을 검열하고 불온한 정신과 몸에 대한 감시와 처벌이 횡행할 때, 메도루마는 이 소설을 통해 전후민주주의와 상징천황제가 공존하는 전후 일본의 모순과 뒤틀림은 물론, 여전히 폭압적인 방식으로 오키나와를 포섭하고 통제하는 일본의 지배를 날카롭게 드러내고자 했다. 그는 자신의 문학 활동이 현실을 바꾸지 못하는 '환상'임을 알면서도 무기력하게 '환역'에 자폐할 수는 없었다. 국가 질서에 순응하는 '온순한 몸'을 완성하기 위해 또 다시 오키나와의 신체를 교정하려는 강제성에 대응하기 위해 메도루마는 문학의 힘에 다시 한

29　目取真俊, 「受賞のことば」, 『新沖縄文学』70号, 1986.12, 173쪽.

번 기댔던 것이다. 표현의 금기인 황태자라는 상징적인 존재를 표적으로 삼아 문학적 반기를 시도한 것은 바로 그러한 이유에서였다.[30]

여기서 1960년대 초에 등장했던 후카자와의 「풍류몽담」과 오에의 「세븐틴」을 다시 상기할 필요가 있다. 한국전쟁 발발을 계기로 '조선특수朝鮮特需'를 누린 일본은 패전의 충격에서 비교적 빨리 벗어날 수 있었다. 1955년의 국민총생산은 전전의 수준을 넘어섰고, 1956년에는 경제백서가 "더 이상 전후가 아니다もはや戦後ではない"라고 선언할 정도로 전후적 상황은 예상보다 빨리 종결되었다. 일본의 고도경제 성장이 시작되고, 자민당과 사회당을 축으로 하는 소위 55년 체제가 출범하여 안정된 장기 보수정권이 성립한 것도 바로 이때였다. 그 가운데 1960년의 안보투쟁을 겪으며 불거져 나온 좌우 대립과 일련의 우익 테러는 전후 일본의 정치 과정과 경제 상황의 변화 속에서 풍화되거나 변질된 전후 민주주의의 한계를 그대로 드러내고 있었다. 「풍류몽담」과 「세븐틴」은 그에 대한 응전이자 반기로서 제출된 작품들이었다. 하지만 그 뒤의 전개가 결국 언론과 지식인들의 패배 선언으로 끝난 것은 이미 언급한 대로다. 이후 문학의 언어는 적어도 천황에 대해서는 규준에 맞는 이야기만 하겠다는 암묵의 약속과 함께 침묵의 길을 걸었다.

---

[30] 천황에 대한 메도루마의 문학적 반기는 「평화거리」 이후에도 거듭되었다. 1989년에 발표된 「1월 7일(一月七日)」(『新沖縄文学』, 1989.12)은 실제로 쇼와 천황이 사망한 날을 배경으로 한 작품으로, 천황의 죽음 한편에서 벌어지는 일상의 섹스와 폭력의 난무를 묘사하고 있다. 천황의 신성한 죽음에 일상의 욕구와 욕망을 삽입시킨 작가의 의도란 천황에 대한 조롱이자 야유, 경멸에 다름 아니다. 또한 「평화거리」 발표 후 약 10년이 지난 1999년, 메도루마는 오키나와국제해양박람회를 위해 오키나와를 방문한 황태자 부부를 다시 한 번 소환한다. 「이승의 상처를 이끌고面影と連れて」의 '나'는 황태자 부부에게 화염병 투척을 기도한 한 남자를 회상하며 야만적이고 폭압적인 본토의 정치를 노골적으로 고발하고 있다.

「평화거리」에 천황이 등장한 1980년대 중반의 오키나와도 유사한 배경을 가진다. 패전 후 27년에 걸쳐 본토와 단절되어 있던 오키나와는 복귀 이후 빠르게 일본으로 회수되어갔고, 특히 국제해양박람회와 같은 국가적 이벤트는 오키나와의 낙후된 인프라를 정비하고 경제적 성장을 꾀하는 발판이 되어 일본으로의 포섭을 보다 용이하게 했다. 이런 시점에서 황태자가 일본과 오키나와의 심리적·상징적 통합 기제로 작용했음은 앞서 지적한 대로다. 관광입현観光立県이라는 지위를 앞세운 오키나와는 이후 관광 붐의 부침은 있었지만 '남국의 낙원'이 되어 지금에 이르고 있고 그 가운데 전쟁과 미군기지의 현실은 후경화되기 일쑤였다. 복귀 후 천황가의 전략적인 오키나와 방문이 있을 때마다 전쟁 책임과 전사자 위령 문제, 그리고 미군기지 문제는 천황가 그들의 신체를 위협하는 날카로운 칼날이 되었지만, 권력의 감시와 더불어 오키나와에 분화된 여러 층위의 시차가 그 칼날을 무디게 만든 것도 사실이었다. 메도루마가 이미 20여 년 전 본토에서 패배한 천황이라는 금기를 문학 공간에 다시 등장시키고자 한 것은 바로 그러한 상황에 대한 위화감과 위기감 때문이었다.

1986년 발표 당시 오키나와에서 문학상을 수상하고 2003년에 간행된 단편소설집의 표제작이기도 한 「평화거리」를 본토의 문학계나 언론계가 특별히 주목한 경우는 없었다. 그 무렵 본토에서는 무라카미 하루키村上春樹가 쓴 연애소설 『노르웨이의 숲ノルウェイの森』(講談社, 1987)이 커다란 반향을 불러일으키며 오늘날의 '무라카미 하루키 현상'의 출발을 알리고 있었다. 이런 서늘한 고독과 낙차는 일본과 오키나와 사이의 간극을 말해주고 있으며, 지금 다시 「평화거리」를 읽어야 하는 이유기도 하다.

참고문헌

도미야마 이치로, 임성모 역, 『전장의 기억』, 이산, 2002, 110쪽.

장 보드리야르, 「테러리즘의 정신」, 『아부 그라이브에서 김선일까지』, 생각의나무, 2004, 272쪽.

新川明, 『反国家の兇区』, 現代評論社, 1971, 130쪽.

大江健三郎・すばる編集部, 『大江健三郎再発見』, 集英社, 2001, 66~67쪽.

大城立裕, 『大城立裕全集』 第13巻 評論・エッセイ II, 勉誠出版, 2002, 206쪽.

岡本恵徳, 『現代文学にみる沖縄の自画像』, 高文研, 1996, 261쪽.

鹿野政直, 『沖縄の戦後思想を考える』, 岩波書店, 2011, 147~148쪽.

進藤榮一, 『分割された領土－もうひとつの戦後史』, 岩波書店, 2002, 66쪽.

鈴木智之, 『眼の奥に突き立てられた言葉の銛－目取真俊の文学と沖縄戦の記憶』, 晶文社, 2013, 48쪽.

新城郁夫, 『沖縄文学という企て－葛藤する言語・身体・記憶』, インパク出版会, 2003, 129~130쪽.

知花昌一, 『焼きすてられた日の丸－基地の島・沖縄読谷から』, 社会批評社, 1996, 41~12쪽.

友田義行, 「目取真俊の不敬表現－血液を献げることへの抗い」, 『立命館言語文化研究』 22(4), 2011, 154~157쪽.

西川長夫, 『日本の戦後小説－廃墟の光』, 岩波書店, 1988, 315~316쪽.

根津朝彦, 『戦後 『中央公論』 と 「風流夢譚」 事件－「論壇」・編集者の思想史』, 日本経済評論社, 2013, 180~192쪽.

目取真俊, 『平和通りと名付けられた街を歩いて』, 影書房, 2003, 89~161쪽.

3부

지역과 세계

역사적 트라우마와 기억 투쟁
사키야마 다미崎山多美 『달은, 아니다』

두 개의 미국
오키나와 아메리칸 빌리지를 둘러싼 표상 정치

역사적 트라우마와 기억 투쟁

사키야마 다미崎山多美『달은, 아니다』

1. 일본군 위안부, 그 재현과 기억

1991년 8월 14일 고 김학순 할머니는 일본군 위안부 피해자로는 처음으로 기자회견을 열어 일제 강점기에 있었던 강제적 성 노동에 대해 증언했다. 위안부 문제에 대한 제대로 된 논의나 담론 지형이 형성되지 않았던 당시, 김학순 할머니가 자신의 경험을 공개한 것은 사회적 파장을 일으키기에 충분했다. 무엇보다 한국 사회를 강력하게 지배하던 가부장적 순결 이데올로기는 불특정 다수의 일본군과 성관계를 가졌던 위안부 여성들의 목소리를 억압했고, 그것은 개인적으로나 사회적으로 터부시되어야 마땅한 사실이었다.[1]

---

[1] 위안부들의 침묵은 단지 당사자 개인의 사정 때문만은 아니다. 그들의 침묵은 동아시아 제국주의의 잔학행위를 방관해 온 국제사회와 일본의 침묵, 위안부를 포함하여 징용, 징병 등 식민주의 피해에 관하여 적극적으로 나서지 않은 한국의 침묵, 여성의 성규범과 관련한 가부장제 사회의 침묵, 가족과 이웃 등 주변 커뮤니티의 침묵, 위안부 생존 당사자

이렇게 공론장에서 논의되지 못했던 위안부 문제는 오랫동안 사적 경험과 기억의 차원에 머물러 있었지만, 1990년대부터 복수의 위안부 여성들이 그 피해를 고발하기 시작하면서 이들의 경험은 ① 보고서 형태의 사실 기록, ② 위안부들의 증언, ③ 예술적 재현이라는 방식으로 기록되고 계승되어 왔다. 예컨대 한국정신대문제대책위원회 진상조사연구위원회의 『일본군 '위안부' 문제의 진상』(역사비평사, 1997), 국회의원이 중심이 된 일본군 '위안부' 문제 연구모임의 의정활동 자료집 『일본군 '위안부' 문제의 현황과 해결 방안』(1997), 여성부가 펴낸 『일본군 위안부 문제에 대한 국외자료조사 연구』(2003), 『일본군 '위안부' 관련 국제기구 권고 자료집』(2004)은 보고서 형태의 위안부 조사 기록이라 할 수 있다. 또 여성부 편 『그 말을 어디다 다 할꼬-일본군 '위안부' 증언자료집』(2002), 한국정신대문제대책협의회 2000년 일본군 성노예 전범 여성국제법정 한국위원회 증언팀 편 『기억으로 다시 쓰는 역사』(풀빛, 2000)는 위안부 여성들의 구술을 토대로 만든 대표적인 증언 자료집이다.[2]

들의 침묵 등 중층적인 것이다.(양현아, 「증언과 역사쓰기-한국인 '군위안부'의 주체성 재현」, 『사회와 역사』 60권, 2001, 60쪽)

2 일본군 위안부 피해자들의 기억은 민족적으로도 또 여성으로서도 '수치'의 문제와 직결되어 있기에 그것을 구술하고 채록하는 작업은 쉬운 일이 아니며, 또 그들의 기억은 긴 세월을 통과한 것이기에 불확실하거나 혼동이 있을 수 있으며, 현재 입장에서 해석된 것일 수 있다. 그럼에도 불구하고 이들의 구술과 증언은 사료편찬자의 관점이 아닌 경험한 사람의 관점과 해석을 제시한다는 측면에서 '아래로부터의 역사'를 가능케 한다.(김미영, 「일본군 위안부 문제에 관한 역사기록과 문학적 재현의 서술방식 비교 고찰」, 『우리말글』 45, 2009, 227~228쪽) 한편, 위안부의 증언, 구술에 대한 운동가/연구자들의 입장은 시각에 따라 차이를 보이기도 했다. 민족에 방점을 둘 것이냐, 여성에 방점을 둘 것이냐에 따라 이들은 상호 비판하거나 경합해 나갔고 이후 2000년대에 들어서부터 트라우마의 재현이나 포스트식민주의론적 논의로 이어져 갔다.(김수진, 「트라우마의 재현과 구술사-군위안부 증언의 아포리아」, 『여성학논집』 30집, 2013, 37쪽)

문학의 경우에는 1990년대에 위안부 문제가 본격적으로 조명되기 이전부터 소설의 형태로 다루어졌다. 1975년 추리소설가 김성종은 「여명의 눈동자」에서 '여옥'이라는 인물을 통해 위안부 여성을 그렸고, 1982년 윤정모의 「에미 이름은 조센삐였다」는 여자 주인공 '순이'를 통해 위안부 문제를 전면적으로 다루기도 했던 것이다. 또한 미국에서는 한국계 작가를 중심으로 위안부들의 비극적인 트라우마를 공동체 혹은 민족의 수난으로 인식한 작품들이 다수 발표되기도 했다. 테레즈 박Therese Park의 「천황의 선물A Gift of the Emperor」(1997)과 노라 옥자 켈러Nora Okja Keller의 「종군위안부Comfort Woman」(1997), 이창래Chang-rae Lee의 「제스처 라이프A Gesture Life」(1999) 등은 바로 이에 해당하는데, 이들 작가들은 위안부 증언집의 영문 번역본이나 직간접적인 증언 등을 통해 위안부 문제에 접하고 이를 문학적으로 재현하거나 승화하는 방식을 택했다. 이들 작품은 위안부의 목소리를 단일화시키고 그녀들의 모습도 기호화, 정형화시키고 있다는 비판에서 자유롭지 못하지만,[3] 위안부의 기억과 증언이 수직적으로 세대 간에 이동하고 있고 또 수평적으로도 국가 간에 이동을 하고 있음을 시사한다는 점에서, 그리고 문학적 메시지가 현재의 식민 구조를 겨냥하고 있다는 점에서 의미 있는 성과라 할 수 있을 것이다.[4]

---

[3] 예를 들면 유제분은 윤정모의 『에미 이름은 조센삐였다』의 경우는 어머니가 과거를 묘사하면 할수록 개인 주체의 목소리를 전달하기 보다는 역사의 증인이 되어 마치 종군위안부 역사의 서술자가 되어가는 듯한 인상을 주고 있다고 말한다. 또한 이창래의 『제스처 라이프』에 등장하는 K는 아버지와 국가에 대한 거리감을 전혀 느끼고 있지 않으며 오히려 유교주의 가부장제 이데올로기를 온전히 전달하고 있다고 지적한다. (유제분, 「재현의 윤리-『제스처 라이프』의 종군위안부에 대한 기억과 애도」, 『현대영미소설』 13권, 2006, 82 · 88쪽)

[4] 이유혁, 「이동하는 또는 고통스러운 기억들-한국인 종군위안부들의 트라우마의 초국

한편, 아시아태평양 전쟁과 관련한 여러 문제를 문학적, 사상적 과제로 삼아 왔던 전후 일본문학의 경우에는 위안부 문제를 대단히 제한적으로 취급해 왔던 것이 사실이다. 한국을 비롯하여 중국과 대만, 필리핀, 인도네시아, 말레이시아, 네덜란드 등, 일본은 국적을 불문하고 수많은 여성들에게 성 노동을 강제했지만 이들 여성이 전시 하의 폭력이나 패전 이후에도 이어지는 식민주의와 제국주의의 잔영에 관해 문제제기하는 경우는 극히 드물었다. 다무라 다이지로田村泰次郞의 「춘부전春婦伝」(1947)과 「메뚜기蝗」(1964), 후지 마사하루富士正晴의 「동정童貞」(1952), 후루야마 고마오古山高麗雄의 「매미의 추억セミの追憶」(1993) 등, 위안부 여성이 비중 있게 등장하는 작품에서조차, 이들은 군사적 지배나 식민성 비판, 위계적인 젠더구도와는 동떨어진 곳에 위치해 있었다. 일본군 병사와 인간적인 교감을 나누며 연애의 대상으로 등장하는 위안부, 반대로 그들 병사에게 여성 혐오의 감정을 부추기는 존재로서의 위안부는 제국과 식민지의 차이, 군대 조직 내부의 지배 관계, 젠더적 위계질서 등, 여러 겹으로 중첩되어 있는 위안부 문제를 왜소화시킬 뿐이다.[5] 재

가적 이동, 그것의 문학적 재현, 그리고 식민의 망각에 관하여」, 『인문연구』 64, 영남대, 2012, 272쪽.

5   전후 일본문학과 위안부 표상의 문제를 다룬 글로는 가나이 게이코金井景子의 「일본군 병사의 섹슈얼리티를 둘러싼 표상」(『여성문학연구』 7호, 2002)과 최은주의 「조선인 위안부의 연애=사랑을 둘러싼 정치」(『일본연구』 64호, 2015), 손지연의 「전쟁체험의 (사)소설적 재현과 일본군 '위안부' 표상―후루야마 고마오의 소설 텍스트를 중심으로」(『한일군사문화연구』 19호, 2015)를 참고. 한편 최근 논쟁이 되고 있는 박유하의 『제국의 위안부―식민지지배와 기억의 투쟁』(뿌리와이파리, 2013)도 이들 문학작품을 인용하며 일본 병사와 조선인 위안부의 관계를 '동지적 관계'로 규정하고 있다. 저자는 일본군 병사나 조선인 위안부 모두 전쟁 수행의 역할을 강요받았다는 점, 그리고 그것이 인간적인 이해와 사랑을 배태했다는 점을 강조하며 다양한 식민지 경험을 제시하려 하지만, 양자가 가지는 배경이나 전제를 낭만적인 감성으로 통일시켜버리는 이 같은 접근 방식은 식민 지배나 전쟁에 대한 일본의 '법적 책임'을 회석시키고, 나아가 일부 리버럴리스트들의 '역사수정주의'와 공명하며 전쟁 책임을 부정하는 결과를 낳을 수 있다.

일조선인 문학자 양석일은 2010년에 『다시 오는 봄めぐりくる春』(幻冬舍, 한국에는 2012년에 번역되어 출판)이라는 소설을 발표하면서 일본의 제국주의 이데올로기가 개인의 신체에 어떠한 폭력을 가해 왔는가에 대해 적극적으로 고발한다. 중국 난징, 싱가포르, 미얀마 등, 일본군과 함께 전장을 이동하며 연속적으로 강제적인 성 노동에 노출되어 있던 인물 김순화는 극한의 상황에서 벌어지는 신체적 폭력과 인권 유린 등을 적나라하게 대변하고 있다. 「피와 뼈」, 「어둠의 아이들」, 「아시아적 신체」 등에서 보여준 작가의 문제의식이 이 소설에도 관통되고 있지만, 김순화의 신체에 일어나는 사건 자체가 결과적으로 민족주의 담론에 수렴되고 재편될 가능성이 농후하다는 점에서 이는 여전히 성찰이 필요한 작품이라 할 수 있다.

일부 논의 가운데서는 문학 작품을 통한 위안부 기억의 분유와 트라우마의 극복, 사자에 대한 애도 등이 비교적 긍정적으로 검토되어 왔지만,[6] 기억의 분유와 애도의 전제가 되는 문학적 표상이 정형화, 대상화의 한계를 가진다면 문학적 서사 내부에 작동하는 '동일성'의 표상 정치에 관한 논의 역시 결코 소홀히 할 수 없는 부분이라 할 수 있다. 이러한 문제 관심을 토대로 이 글에서는 오키나와에서 활동하고 있는 여

---

[6] 이에 관한 논의는 김미영의 앞의 글에 자세하다. 김미영에 따르면 "사료집이나 증언집의 형태를 띤 역사 기술은 (…중략…) 특정 개인의 퍼스펙티브에 의한 기록이라는 인상을 지우고, 보다 보편타당한 존재에 의해 파악되어진 양, 기록된 내용의 권위를 사실화한다. 때문에 역사를 읽는 독자는 서술자의 정체성에 대한 고민 없이 이야기의 내용을 사실로서 받아들인다. 반면 문학은 화자-서술자의 목소리를 드러냄으로써 그것이 개인의 관점임을 명시적으로 드러낸다. 문학의 시제인 준-과거는 내포된 화자-서술적 목소리로 볼 때 과거의 사실이지만 작가가 행하는 기억의 환기는 언제나 현재에 이루어짐을 동시에 표상한다. (…중략…) 경험적 시간을 기억으로 불러내는 서술하기는 과거의 경험 자체를 현재의 퍼스펙티브로 재구성하는 과정에 해당하는데, 이 과정에서 문학은 독자를 경험의 외부에 따로 세워두지 않는다."(김미영, 앞의 글, 235 · 242~243쪽)

성작가 사키야마 다미崎山多美의 소설 『달은, 아니다月や、あらん』를 중심으로 위안부 서사와 재현의 정치에 대해 살펴보고자 한다.[7] 이 작품은 위안부의 삶을 구체적으로 묘사하고 있지는 않지만 위안부에 관한 재현과 표상의 정치성을 중점적으로 다루고 있으며 위안부 서사를 어떻게 수용할 것인가라는 측면에서도 커다란 시사점을 제시하고 있다. 이하에서는 소설 속에 등장하는 여러 가지 형태의 기록과 목소리, 그리고 그것을 수용하고 이해하는 인물들의 입장 등을 정리하면서 위안부 재현에 관한 기억의 경합과 억압, 투쟁 등에 대해 고찰해 보고, 나아가 역사적 트라우마의 수용과 그 의미에 대해서도 고민해 보고자 한다.

---

7   아시아태평양 전쟁에서 유일하게 지상전을 겪었던 오키나와는 그 공간이 전장화되면서 1941년에 첫 위안소가 만들어진다. 이후 오키나와 본섬과 사키시마先島, 미야코지마宮古島 등에 130개가 넘는 위안소가 설치되었고 일부 위안소에는 한국 여성들이 강제 동원되기도 했다. 패전 이후에도 이들은 미군 수용소에서 미군을 상대로 같은 일을 해야 했으며 한국으로 귀환한 자는 소수에 그친다. 전시 하는 물론이고 전후에도 어두운 그림자를 드리웠던 위안소 및 위안부 문제는 그것이 중압적인 '피해'만을 상징하는 것이 아니라 이 문제가 오키나와의 일상에 커다란 영향을 미쳤음을 시사한다.(洪玧伸, 『沖縄戦場の記憶と「慰安所」』, インパクト出版会, 2016, 23~24쪽) 오키나와 문학에서도 이들 위안부는 종종 등장하는 데 대표적인 작품으로는 오시로 다쓰히로大城立裕의 「신의 섬[神島]」(1968), 마타요시 에이키又吉栄喜의 「긴네무 집[ギンネム屋敷]」(1980), 메도루마 슌目取真俊의 「나비떼 나무[群蝶の木]」(2000), 사키야마 다미崎山多美의 『달은, 아니다[月や、あらん]』(2012) 등이 있다. 한편, 1975년 배봉기 할머니가 오키나와 체류 절차 문제로 부득이하게 자신이 위안부였음을 밝히자, 오키나와의 언론이나 예술계는 즉각 이 문제에 주목하기도 했다. 대표적인 것으로『오키나와 타임스[沖縄タイムス]』(1975.10.22), 『고치신문[高知新聞]』(1975.10.22), 『푸른 바다[青い海]』 86호(1979), 야마타니 데쓰오[山谷哲夫]의 기록영화〈오키나와의 할머니[沖縄のハルモニ 証言・従軍慰安婦]〉(1979), 역시 야마타니 데쓰오의 르포르타주『오키나와의 할머니[沖縄のハルモニ]』(晩声社, 1979), 가와타 후미코[川田文子]의 르포르타주『빨간 기와집[赤瓦の家－朝鮮からきた従軍慰安婦]』(筑摩書房, 1987) 등이 있다.

2. '말하는' 사람과 '쓰는' 사람

사키야마 다미의 『달은, 아니다』는 시간의 흐름에 따라 순차적으로 갈등이나 사건이 일어나고 마무리 되는 보통의 소설과는 다른 전개를 보인다. 화자 '나私'의 서술과 '나'의 친구인 다카미자와 료코高見沢了子의 육성 녹음, 그리고 환상 체험 등이 교차하는 가운데 내용이 전개되기에 그 흐름을 파악하기가 쉽지 않은 것이 사실이다. 거칠게 요약하자면 이 작품은 오랫동안 편집자로 일하던 다카미자와가 미처 마무리 짓지 못한 '업무상의 일'을 '나'에게 부탁하고 잠적한 뒤, '나'가 환시와 환청의 순간 속에서 '업무상의 일'의 구체적인 내용을 추적해 가는 이야기라 할 수 있다. 그 가운데서 '나'는 아무 것도 쓰여 있지 않은 백지에다가 저자마저 알 수 없는 '자서전'과 마주하게 되는데, '나'는 '자서전'의 공백을 메우는 것이 다카미자와가 남긴 '업무상의 일'이라 상정하고 그녀가 남긴 육성 녹음을 실마리로 삼아 '업무상의 일'을 진행시키고자 한다. 때때로 일어나는 환상 현상 속에서 '나'는 다카미자와가 어느 한 젊은 남성 작가의 논픽션 다큐멘터리 『진흙바닥으로부터―어느 할머니의 외침泥土の底から―あるハルモニの叫び』을 접하게 된 사실과 이후 그녀가 직접 '어느 할머니'를 만나게 되는 사정, 그리고 '어느 할머니'와 만난 뒤 방대한 양의 두루마리 원고와 씨름하게 되는 경위 등에 대해 알게 된다. '나'는 다카미자와가 고백하는 일련의 사건들이 '자서전'과 어떠한 관련이 있는지 유추해 가지만 결국 또 다른 환상 속에서 죽은 혼령들과 만나게 되고, 그 속에 다카미자와의 모습이 섞여 있는 것 같아 그녀의 이름을 불러보는 것으로 소설은 끝이 난다.

시공간을 초월하는 환시와 환청이 단속적으로 개입하는 작품의 흐름 속에서 한 가지 주제만큼은 일관되는데, 그것은 바로 기록이나 기억에 내재하고 있는 동일성의 정치와 폭력에 대한 지속적인 문제 제기다. 한 젊은 남성 작가가 일본군 위안부 할머니를 취재하여 쓴 논픽션 다큐멘터리 『진흙 바닥으로부터―어느 할머니의 외침』, 인종이나 나이를 가늠할 수 없는 여자 사진이 표지를 장식하고 있는 공백의 '자서전', 그리고 다카미자와가 운영하는 편집공방 '세 여자ミドゥンミッチャイ'에 도착한 12개의 의미 불분명한 원고 두루마리와 그것을 독해하려고 1년 이상을 매달린 다카미자와의 고백, 편집공방 동료들의 증언, 마지막으로 다카미자와가 편집공방 '세 여자'를 해체시키고 행방불명되기 직전에 남긴 육성 녹음 등, 이 소설에는 다양한 형태의 기록을 통해 과거가 복원되고 있으며 각각의 기록은 조금씩 서로 보완적인 작용을 하거나 혹은 전혀 상반된 담론을 만들기도 한다. 그 가운데서도 특히 『진흙 바닥으로부터―어느 할머니의 외침』이라는 논픽션 다큐멘터리 원고에 대한 편집자 다카미자와의 반응은 매우 상징적이다.

어느 날 프리랜서 라이터라 자칭하는 30대 중반의 남자가 『진흙 바닥으로부터―어느 할머니의 외침』이란 제목의 논픽션 원고를 들고 편집공방에 찾아온다. 그의 원고는 아시아태평양전쟁 때 오키나와로 강제 연행되어 온 후 전후에도 줄곧 같은 지역에서 살았던 어느 일본군 위안부의 회고를 낱낱이 옮겨 놓은 것이었다. 다카미자와는 오랜만에 제대로 된 원고를 만났다고 생각했지만 그 문체가 '거짓말 같은 진실'을 말하고 있다는 느낌을 지울 수가 없었다. 그녀는 남성 작가가 만났다는 일본군 위안부를 수소문 끝에 찾아내는데, 시내의 한 병원에서 장기 입원 중이던 80살 정도의 일본군 위안부 할머니는 오래 전부터 정신 질환을 앓고 있었고 자신에 대해 표현할 수 있는 언어 능력도 한참 전에 상실한 상태였다. 50여 년 동안 할머니를 담당하고 있다는 의사와 이야기를 나누는 가운데, 남성 작가의 글이란 담당 의사를 몇 번이나 취재한 후 할머니의 임상적인 병세를 참고하여 사후적으로 재구성한 것으로, 실제로 할머니의 입에서 그 인생의 일단이 직접 발화된 적이 없었음을 다카미자와는 알게 된다.

다카미자와가 처음 남자의 원고를 접했을 때 그것은 "정력적인 취재와 더불어 역사 자료를 더함과 덜함도 없이 인용하고 검증"한 내용이었다. "체험자의 몸에서 새어 나오는 말 속의 독이 자신의 몸을 끊임없이 아프게 만들며, 이 거침없는 중얼거림과 외침이 역사의 암부를 도려내어 결과적으로 체험자의 이야기를 통해 국가 폭력과 전쟁 범죄를 규탄하게 만드는 빈틈없이 짜인 다큐멘트"처럼 보였던 것이다.[8] 그러나 그것이 실제로는 담당 의사를 취재한 것에 할머니의 임상적 병세를 더하여 사후적으로 재구성한 하나의 이야기에 불과하다는 사실은 매우 주의를 요하는 부분이다. 보다 진실에 가깝게 접근하기 위해 당시의 상황을 재현하고 당사자들의 증언으로 신빙성을 확보해왔던 다큐멘터리 서사의 신화가 적어도 이 작품에서는 완전히 무너져 있기 때문이다. 다큐멘터리의 외피를 쓴 픽션으로서의 위안부 서사는 그 글이 가지는 효과까지 철저하게 미리 계산된 탓에 "체험자의 이야기를 통해 국가 폭력과 전쟁 범죄를 규탄하게 만드는" 효과를 낳지만, 당사자인 할머

---

8 사키야마 다미, 조정민 역, 「달은, 아니다」, 『신의 섬』, 글누림, 2016, 318쪽.

니에게는 '말하는 주체'이기를 영원히 금지시키는 결과를 초래하고 만다. 즉, 할머니의 경험과 기억은 남성 작가가 가진 권력과 지식 체계 내에서 재배치되고, 이로써 할머니의 존재는 작가의 위안부 담론 보강에 적절한 재료로 쓰일 뿐인 것이다. "지나치게 미끈한 문체가 오히려 위화감의 화근"이 되고, "빈번하게 삽입된 인물의 실명"과 "체험자가 진술 속에 등장하여 자신의 무참한 체험"을 토로하는 문장 사이의 '불쾌한 불연속감'은 바로 실명의 존재와 발화되는 경험담의 불일치를 의미하며, 이는 남성 작가에 의해 실명 당사자의 경험이 각색되고 번역되었음을 시사하는 부분이라 볼 수 있다.

이를 간파한 다카미자와는 『진흙 바닥으로부터―어느 할머니의 외침』을 픽션이라면 몰라도 논픽션으로는 발간할 수 없다고 판단하고, 자신이 직접 할머니와 접촉하여 증언을 들어 보기로 한다. 미쳐버린 의식 가운데서도 어떤 관계를 계기로 언어를 되찾아 과거의 트라우마에 대해 이야기할 수도 있다는 담당 의사의 말을 믿었기 때문이다. 그러나 잘 생각해 보면 다카미자와가 할머니와 접촉하게 된 배경은 젊은 남성 작가의 경우와 크게 다르지 않다. 그녀가 "예전에 삐―(조선인 위안부를 가리키는 멸칭)였다며 자신의 치부를 스스로의 혀로 도려내는 것처럼 본명을 드러내고, 국가폭력의 희생자로 무참한 인생을 보낸" 인물과 만나기로 작정한 것은 지금까지 금기시되고 봉인되어왔던 위안부의 충격적인 경험을 직접 듣고자하는 욕망에서 비롯된 것이었으며, 당사자의 목소리만이 원고의 진정성과 신빙성을 보장하는 유일한 방법이라 여겼기 때문이었다. 젊은 남성 작가와 편집자 다카미자와는 방법은 서로 달랐지만, 할머니로부터 개별적인 기억이나 진술을 기대하기

보다는 이미 집합적 기억으로 만들어져 있던 위안부 담론을 확인하려는 의도 하에 할머니에게 접근한 것은 동일하다고 볼 수 있다. 이들의 시선과 위치는 흥미로워 보이는 타자의 이야기를 재구성하여 공표하는 일종의 '스파이 민족지 쓰기'와 크게 달라 보이지 않는다.

이 같은 다카미자와의 의도와는 달리 할머니가 그녀에게 내뱉은 말은 "조선 삐, 조선 삐, 바보취급 하지 마", "너 류큐 토인, 더욱 더럽다"였다. 이는 오키나와 사회 내부에 존재하는 민족적 위계와 차별을 할머니의 방식으로 분노해 보인 것으로[9] 다카미자와의 기대를 완전히 배반하는 반응이었다. 즉, 다카미자와는 할머니로부터 제국주의에 대한 규탄이나 식민지 지배에 대한 원한, 혹은 자신의 신체를 뒤덮었던 상처의 고백 등을 기대하며 할머니의 실명과 신체를 기성의 위안부 담론 안에

---

9 소명선은 「사키야마 다미의 『달은 아니다』론」(『일본문화연구』 50, 2014)에서 할머니의 외침에 대해 "여성들을 성폭력시스템 한가운데에 몰아넣은 국가 폭력에 대한 노녀의 마지막 저항과 절규였으며 (…중략…) 노녀를 광기로 몰아넣은 전시성 성폭력은 일본이라는 국민국가에 의한 전쟁범죄로 오키나와인에게는 아무런 책임이 없으며 오히려 피해자라는 태도, 그리고 전후에는 '위안부'를 강제당한 여성의 고통을 분유하기는커녕 오히려 차별과 멸시를 해온 오키나와인에 대한 지탄의 표현"(155쪽)이라고 설명했다. 이렇듯 전후 오키나와 문학은 오키나와 내부에 존재하는 '타자'들의 시선을 빌어 스스로를 내파하는 힘으로 삼아 왔다. 예컨대 마타요시 에이키의 「긴네무 집」에는 오키나와 전투에서 네 명의 오키나와인이 알몸이 된 조선인 한 사람의 손과 발을 묶고, 여기에 일본 병사가 등장하여 조선인의 가슴에 총검을 찔러 심장을 도려내는 장면이 묘사되어 있다. 이 소설은 일본인 병사-오키나와인-조선인이라는 구도를 제시하며 오키나와인이 피지배자임과 동시에 지배자이기도 했음을 이야기하고 있는 것이다. 이처럼 전후 오키나와 문학은 '조선'을 경유하여 오키나와의 중층적인 위치와 복합적인 관계망 등을 드러내어 왔다. 이와 관련한 논의로는 新城郁夫의 「奪われた声の行方-「従軍慰安婦」から七〇年代沖縄文学を読み返す」와 「文学のレイプ-戦後沖縄文学における「従軍慰安婦」表象」(『到来する沖縄-沖縄表象批判論』, インパクト出版会, 2007), 조정민의 「교차의 장, 오키나와-'조선'에 대한 시선」(『만들어진 점령서사』, 산지니, 2009), 소명선의 「오키나와 문학 속의 '조선인'-타자 표상의 가능성과 한계성」(『동북아문화연구』 28, 2011)과 「오키나와 문학 속의 일본군 '위안부' 표상에 관해」(『일본문화연구』 58, 2016), 손지연의 「전후 오키나와(인)의 성찰적 자기서사 『신의 섬』-'오키나와 전투'를 사유하는 방식」(『한림일본학』 27, 2015) 등이 있다.

안착시키려 했지만, 할머니는 역으로 다카미자와의 위안부 재현 방식의 문제점을 고발하고 있었기 때문이다. "'너 더럽다'라는 나에 대한 할머니의 지탄은 적어도 받아들여야 한다고 생각했어. 실제로 내가 할머니를 대상으로 하고 있는 행위란 그 할머니의 음부를 파헤쳐서 증거라는 둥 언질이라는 둥 하며 책을 꾸며내 결국 돈을 벌려고 하는 것이니까"라고 다카미자와가 고백하고 있듯이, 그녀는 할머니의 경험을 자신의 방식으로 조율하고 취사선택하여 출판이라는 매체를 통해 상업화시키고자 했다. 때문에 다카미자와의 위안부 재현에서 할머니의 개인적인 시간과 체험, 그리고 목소리가 살아날 가능성은 희박할 수밖에 없었고, 이 같은 위안부 재현에 작동하는 서사의 정치성에 대해 할머니는 '더럽다'고 일갈해 보이고 있는 것이다.

자신들의 서사를 할머니에게 덧씌워 위안부 담론을 만들고자 했던 젊은 남성 작가와 다카미자와는 결과적으로 할머니를 무력화시키고 침묵시킨다는 점에서 같은 입장에 서 있었지만, 적어도 다카미자와는 자신의 편집 행위에 정치성과 폭력성이 수반되고 있음을 의식하고 있었다. 그녀는 가끔씩 편집공방에서 출판한 책을 '나'에게 직접 건네주곤 했는데, 이때 "편집자 업이라는 건 말이지, 어떤 대의나 사명감을 내세워도, 아니 사명감을 내세울수록 결국은 그저 눈에 띄고 싶어 할 뿐인 작가의 자아를 자극해 주면서 있는 것 없는 것 모두 꺼내놓게 해 세상에 알리는, 그런 본분을 가진 것인데, 사실은 말이야, 그들이 작가들의 영역이라 여기고 있는 세계란 우리들이 뒤에서 조미료를 가득 뿌려주기 때문에 성립하는 것이고, 그걸 독자들이 먹어주고 있다고 몰래 느끼는 것이 편집자 업의 묘미야"라는 말을 남기기도 했다. 이는 독자가 접하는 내용이란 이미 편집자가 어떤 목적을 가지고 매끄럽게 매만진 작위적인 글이며 심지어 작가의 의도마저도 편집자의 조미료와 같은 조율로 인해 왜곡될 수 있음을 다카미자와 스스로 인정하는 대목이라 볼 수 있다.

독자나 작가를 지배하고 군림하는 듯이 보이는 편집자 다카미자와 는, 그러나 그 위계를 가능하게 만드는 권력인 '언어'를 완전히 소유하 지는 못한다. 오랫동안 편집자 생활을 해 온 다카미자와는 "다른 사람 의 메시지에 기생하며 삶을 영위해 온 사람이 짊어져야 할 자기표현의 곤란함"을 깨닫고 있으며, 스스로를 "다른 사람의 언어에 관계되는 일 을 하는 가운데 자신의 언어를 잃어버리고 만 여자"라고 고백해 보이 기도 했던 것이다. 타자의 언어 생산에 개입하면서도 타자에 기생하는 구조로 인해 결국 자신의 언어를 잃어버린 다카미자와는 그렇기 때문 에 '자서전'을 공백으로 점철시켰는지도 모른다.

이렇게 보이지 않는 곳에서 '쓰기'에 가담하며 텍스트를 생산하던 다 카미자와는 할머니의 죽음 이후 편집공방에 도착한 12개의 원고 두루 마리를 자신만의 감각적인 방법으로 '읽기' 시작한다. 그녀의 '읽기'란 단순히 글자 사이의 정태적인 의미meaning를 찾는 것이 아니라, 저자와 원고, 그리고 독자인 다카미자와 자신이 서로 상호작용하는 가운데 역 동적인 의미significance를 만들어 나가는 과정 그 자체를 말하는 것이었 다. 다카미자와의 '쓰기'에 이어 지금부터는 그녀의 '읽기' 행위에 주목 해 보자.

3. '읽기'라는 행위

다카미자와가 접촉한 할머니는 그녀에게 두 마디 말을 던지고 숨을 거두었다. 그리고는 얼마 후, 편집공방에는 12개나 되는 발송인 불명의 두루마리 원고, 그것도 읽을 방도가 없는 기괴한 문자로 점철된 두루마리 원고가 도착한다. 또한 별도의 메모가 한 통 더 도착하는데, 그것은 사정이 있어 신분을 밝히지는 못하지만 두루마리 원고를 어떻게든 세상에 남겨 달라고 부탁하고 있었고 마치 피로 쓴 것 같은 모양을 하고 있었다. 무슨 수를 써서라도 해독 불가능한 원고를 활자화시키겠다는 다카미자와와 그것을 격렬하게 반대하던 나머지 동료 두 사람은 봉합이 불가능할 정도로 관계가 틀어지고 말았고, 이는 결국 편집공방 '세 여자'가 문을 닫게 된 직간접적인 원인이 되고 말았다. 주변의 반대에도 불구하고 춤추듯 기괴하게 쓰인 문자를 읽기 위해 1년 이상을 고군분투하던 다카미자와는 어느 날 갑자기 원고의 의미를 이해하기 시작한다. 이 같은 사정은 다카미자와의 육성 녹음을 통해 '나'에게 전달된 것인데, 해독하기 시작했다는 두루마리 원고 내용이 소개되기도 전에 그녀의 육성은 중단되고 동시에 옛 동료 두 사람의 모습도 갈래갈래 찢기어 사라지고 만다.

여기에서 다카미자와가 두루마리 원고를 읽어 내는 방식은 매우 주의를 요하는 부분이다. 신원을 알 수 없는 사람이 보낸 어마어마한 양의 원고는 일단은 일본어처럼 보이기는 하지만 "이루 다 말할 수 없는 기괴한 문자"로 점철되어 있어 도무지 판독할 수 없었고 그럼에도 원고 읽기에 착수한 다카미자와는 "전혀 구분하여 알아들을 수 없는 문자들의 진창" 속에서 오랜 시간을 보내며 괴로워해야만 했다. 그러던 어느 날 그녀는 자신의 신체가 원고의 글자 모양과 일치해 가는 것을 알아차리게 된다.

둘둘 말린 일본 종이 표면에 묵으로 장장하게 쓰인 춤추는 글자 세계였지, 그것은. 그 세계로 나의 온 몸은 빨려 들어가고 말았어…… 뛰어 오르는 글자, 구부러진 글자, 비뚤어진 글자, 주물럭대는 손과 모으는 손, 미는 손과 되돌리는 손, 허리에 힘을 주고 마음을 담고, 누글누글, 누그르르…… 점점점점점점점텐텐텐, 테테텐텐, 테테텐테테텐, 텐, 테테테테, 토토토토, 텐, 텐, 테테텐, 토토톤, 톤, 테테, 텐텐, 테테테테, 텐텐, 텐텐텐텐, 점, 점, 점점점점텐테테, 텐텐…… 넘어지고 엎어지는 매우 힘든 고비가 이어졌어. 두루마리 원고를 굴리고 뒤집고, 종이를 넘기고 또 넘기며, 때로는 마구 핥거나 뺨에 부비며 기괴하게 춤추는 글자에 몸을 맡긴 채 눈을 맞추고 있는 사이…… 대체 이 어찌된 일일까, 묵으로 쓴 그 글자 모양처럼 내 허리와 손목, 팔목은 비틀어지고 모아지며 주물대고, 떨치고 밀치는 것을 반복하는 거야. 뒤틀어지기 시작하는 내 몸의 뜻밖의 모양새에, 자각을, 하고 만 거지…….

(…중략…)

두루마리 원고에 쓰인 기괴하게 춤추는 글자에 밤낮 묻히어 비틀어지고 주물럭대고 허리에 힘을 주고 마음을 담고 하는 사이에 조금씩 알게 된 것이 있어, 나.

먼저 이것은 한창 때를 지날 즈음에 돌연 신들린 체험을 한 여자의 언어들이다, 하는 것을. 뭐, 이런 말을 하면 그건 단순한 자기 투영적인 읽기가 아니냐는 지적이 돌아오겠지만 그래도 어쩔 수 없어, 역시. 한창 때를 지난 여자의 신 내린 상태인 것은, 수수께끼투성이고 알 수 없는 물건과 밤낮으로 격투하는 광녀 같은 나 자신도 마찬가지야. 제 삼자가 보면 반론의 여지가 아주 없기도 하지.[10]

위의 인용문에서 보듯이 다카미자와는 비문자와 같은 문자를 읽는 가운데 자신의 신체가 문자 모양 그대로 변형되고 있다는 것을 인지하며 그것이 한창 때를 지난 한 여성의 신기 들린 목소리라는 것을 알게 된다. 소설 속에는 그 신기 들린 목소리가 어떤 내용을 가진 것인지 구체적으로 언급되지는 않는다. 그러나 그 내용보다 여기에서 주목해야 하는 부분은 활자와 신체의 일치가 역설적이게도 양자의 불일치를 증명하는 유일한 근거가 된다는 점이다. 다카미자와는 자신만의 감각적인 독해 방식, 즉 몸으로 글자를 흉내 내며 따라 읽는 방식으로 인해 "말로 다 표현하지 못하고 망각 저편으로 내쫓긴 사람의 몸에 담긴 갖은 원망과 원한, 한탄과 슬픔, 고민과 격분의 주름, 그리고 부침하는 극상의 유열까지 모두 읽을 수 있게 되었"지만, 동시에 "기묘한 두루마리 원고에 빠져든" 자신과 "엄청난 분량의 문자를 두루마리 원고로 만들 수밖에 없었던 어두운 정렬의 필자" 사이에는 "아무래도 메워지지 않는 틈"이 존재한다는 것을 깨닫게 된다.

이처럼 방대한 두루마리 원고에 쓰인 비언어와 같은 언어를 감지하고 그것을 자신의 신체로 재현한 유일한 독자인 다카미자와는, 그러나

---

10 사키야마 다미, 앞의 책, 335~336쪽.

그 내용을 '나'에게 알려주지 않았고, 심지어 두루마리의 글자와 자신의 신체가 합일을 이룬 순간, "사람, 이 아닌, 것, 같은 완전 다, 른, 모습"으로 변해 사라지고 말았다. 즉, 다카미자와는 자신의 신체가 인지한 김경이니 메시지를 다른 문자나 음성으로 재현시키지 못했고 모습마저 바꾼 채 종적을 감추고 만 것이다. 이러한 다카미자와의 모습은 앞으로도 그녀에 의해 원고 메시지가 되살아날 가능성이 희박하다는 것을 암시한다. 뿐만 아니라 그녀가 원고를 온전히 이해했다고 해도 그 과정은 저자와 독자 사이의 좁힐 수 없는 '틈'을 매번 환기시키는 것이었다.

그런데 다카미자와는 원래부터 감각적인 읽기를 해 왔던 인물이다. 오랜 세월 동안 편집 일을 해 온 그녀에게는 원고를 판단하는 기준이 있었다. 일명 '문체즉단 노이즈'라는 것인데 어떤 원고를 읽으면 문체에서 들여다보이는 공동감이 그녀의 신경을 자극하고, 더욱이 그것은 목에서 위까지 이르는 장기들을 죄어치거나 진동시켜 노이즈를 일으킨다. 예를 들어 '큐히히−'라는 소음은 '진실 같은 거짓말 문체'와 조우했다는 것을 알리는 신호이고, '거짓말 같은 진실다운 문체'를 읽었을 때에는 '큐시시−큐시−시−'라는 소리가 들린다. 그리고 진실과 거짓이 종이 한 장에 녹아 든 '진실 거짓 짬뽕 문체'를 접했을 때에는 '큐혜−, 큐혜−, 홍시시−'라는 음이 들리는 것이다. 앞에서 언급한 『진흙 바닥으로부터−어느 할머니의 외침』을 읽었을 때에도 그녀는 '진실 같은 거짓말 문체'와 만났음을 의미하는 '큐히히−'라는 소리를 듣기도 했다. 때문에 그녀는 자신이 직접 할머니와 만나 거짓말이 아닌 '진실'을 얻으려고 했던 것이다.

글의 의미를 신체 감각으로 받아들이고 해석하는 다카미자와의 '문체즉단 노이즈'는 그저 문체의 진위 여부를 판단하는데 쓰이는 것만은 아니었다. 그녀는 『진흙 바닥으로부터─어느 할머니의 외침』을 접했을 때 자신에게 일어났던 신체적 반응과 감정을 다음과 같이 고백한다.

거기에는 예를 들면 어두운 숲 속 한구석에 높다랗게 날아올라 있으면서도 그 울음소리가 전해지지 않는 고독한 야조의 부르짖음이나, 한계 영역에서 파열하여 날카롭게 끊어지는 피리 소리와 같이 들리는, 귀에 닿는 순간 가슴을 찌르듯 날카로운 고통을 동반하는 삐─하는 소리가 고통과 함께 은밀함을 머금은 웃음마저 유발시키며 몇 번이고 나고 있었다고 한다.

사실 그 소리는 야조의 울음소리도 피리의 파열음도 아니었다. 그것은 목소리를 빼앗긴 채 어둠의 역사 속에 웅크린 여자들의 무리를 그 신체 부위로 상징하는 말이었다. 소리의 의미를 깨달았을 때, 소리의 울림과 함께 몸을 관통하는 고통의 끝자락이, 순간, 어둠을 찢고 폭발하는 여자들의 기괴하고 떠들썩한 웃음소리가 되어, 삐─잇, 삐뽀─옷, 비보오─ㅅ 하며 공명하고, 노골적으로 연속되는 파괴적인 큰 웃음소리는 몸을 갈기갈기 찢는 공포를 불러왔다.[11]

고독한 야조의 울음소리, 혹은 피리의 파열음으로 들리던 '삐─' 하는 소리가 사실은 "목소리를 빼앗긴 채 어둠의 역사 속에 웅크린 여자들의 무리를 그 신체 부위로 상징하는 말", 다시 말해 할머니들의 음부

---

11 사키야마 다미, 앞의 책, 316~317쪽.

를 가리킨다는 것을 깨달았을 때 다카미자와는 이 노골적이고 파괴적인 소리가 "자신의 몸을 갈기갈기 찢는 공포" 그 자체임을 인지하게 된다. 이렇듯 다카미자와에게 있어서 읽는 행위란 글 쓴 이의 감정과 감각에 사신의 신체가 온전히 삼투되는 것을 말하며, 이는 그녀가 글 쓴 이의 세계를 남김없이 받아들인다는 의미를 가짐과 동시에 그녀가 글 쓴 이가 만든 세계에서 조금도 자유스러울 수 없음을 시사하는 바이기도 하다.

자신만의 독특한 신체 반응으로 글 쓴 이와 합일을 이루어 가던 다카미자와는 역설적이게도 글 쓴 이와 자신 사이를 가로지르는 깊은 틈새와 골을 인정하지 않을 수 없게 되고, 나아가 자신이 감지한 것을 어떠한 형태로도 재현시키지 못했다. 정서적, 신체적으로 작가의 언어를 공감하는 것과 그것을 자신의 언어로 재현한다는 것은 전혀 다른 차원의 일이며 심지어 그것은 불가능해 보이기도 했다. 예컨대 백지로만 구성된 '자서전'이 '나'에게 남겨진 것과 해독하기는 했지만 활자화시키지 못했던 12개의 두루마리 원고는 다카미자와의 서술할 수 없음, 재현할 수 없음을 단적으로 드러내는 대목이라 볼 수 있는 것이다.

이와 같은 다카미자와의 재현 불가능성은 '나'와도 깊이 연루되는 문제였다. 할머니의 죽음과 다카미자와의 행방불명 뒤에 남겨진 12개의 두루마리 원고와 백지의 '자서전'은 물론이고 다카미자와의 육성 녹음은 '나'가 메워 가야 할 '자서전'에 어떠한 도움도 의미도 주지 못했기 때문이다. 즉, 두 사람이 사라진 후에 남겨진 이들 자료는 '나'에게 해독의 의무를 부가했지만, 역설적이게도 그것은 이해 불가능하고 불가사의한 일들을 연속적으로 초래할 뿐이었던 것이다. 12개의 두루마리 원고를 1년 이상 분투하며 읽었던 다카미자와, 그리고 그녀가 남긴 육성 녹음을 통해 백지의 '자서전'을 추적해 가는 '나'에게 요구되는 것은 그들 원고의 의미를 감지하는 행위 자체일 뿐, 그것을 다시 다른 형태의 기록이나 서술로 남기는 것이 아니었는지도 모른다. 앞에서 언급한 편집자의 조미료처럼, 어디의 누가 어떻게 재구성하건 재현이라는 행위에는 각종 이데올로기의 정치학이 개입할 여지가 크고, 그렇게 간신히 재현된 서사란 '동일한 하나'에 수렴되려는 관성에서 벗어나기 힘들며 이는 하나의 '단언'이 되어버리기 일쑤기 때문일 것이다.

생각해 보면 다카미자와에게 보내어진 두루마리 원고나 '나'에게 맡겨진 업무상의 일, 즉 '자서전'의 내용을 메우는 일이란 모두 일방적인 방식으로 보내진 부탁이자 이야기들이며 그들 원고 내용은 고정적이지 않았고 심지어 공백, 백지이기도 했다. 그것은 원고를 읽는 방식이나 읽는 이의 주체성에 따라 원고 내용이 가변적일 수 있다는 것을 뜻한다. 여기에서 중요한 것은 원고 내용이나 의미가 아니라 그것을 의미화시키며 읽어나가는 독자의 수행적 역할에 있는지도 모른다. 쓰여 있는 것과 시시각각 투쟁하며 의미화 시켜나가는 것, 그리고 그것을 하나의 의미로 수렴시키거나 고정시키지 않는 것이야말로 읽는 행위의 본질인 것이다. 다카미자와가 '자서전'을 백지로 남긴 이유는 바로 그녀 자신이 보여준 '읽는' 방식에서 찾을 수 있을 것이다.[12]

---

12 다카미자와에게 있어서 두루마리 원고의 글자란 "언어라는 물질의 기표가 현실적으로 지시하는 기의도 아니며, 또한 기표라는 물질이 지니고 있는 심층적 무의미도 아니다. 그것은 마치 우리의 삶처럼 이 세계에서 끊임없이 의미를 생산하는 사건이고, 그 무엇으로도 환원될 수 없는 순수생성의 의미를 지닌다."(장시기, 『들뢰즈와 탈근대 문화연구』, 당대, 2008, 53쪽) 즉, 다카미자와의 '읽기'는 의미를 구성한 순간 사라지며 그것을 다른 형태로 재현하지 못하지만 여전히 의미를 가지는 사건으로서의 시뮬라크르를 사유하게 한다.

4. '이방인', 혹은 '유령'의 자리

'나'와 10년 이상을 만나 온 친구 다카미자와는 원래 도심의 광고회사를 4년간 다니다가 오키나와로 이주하여 여자 세 명으로 구성된 편집공방 '세 여자'를 만들어 주도적으로 활약해 왔다. 3년만 견디면 노포 대열에 들 수 있다는 비아냥 섞인 말을 듣는 지방 출판업계에서 드물게도 순조롭게 업적을 쌓아 13년간 회사를 유지해 왔고, 기발하고 유연한 기획으로 질과 양 모두 정평 난 출판물을 발간하며 상도 여러 차례 수상했다. 다카미자와는 지방에 있기에는 실력이 아깝다는 말을 들을 정도로 평판이 좋은 편집자였지만 그러한 수식어를 제외하면 그녀를 설명할 수 있는 말이란 그리 많지 않았다. 더욱이 다카미자와는 "어디의 누구도 아닌 것이 자신을 자신답게 만든다고 입버릇처럼 말하"며 어딘가에 귀속되거나 고정되는 것을 거부해 왔다.

이처럼 스스로 이방인임을 자처하며 어떠한 이름도 부정했던 그녀에게 위안부였던 할머니는 "너, 류큐 토인, 더욱 더럽다"라고 말한다. 할머니의 말은 그에 대한 긍정이나 부정의 반응을 기다리지 않는 일방적인 단정에 가까운 것이었던 만큼 다카미자와에게 커다란 충격을 주었다. 그녀가 입버릇처럼 달고 다니던 말, 그러니까 "이 지역에서 십여 년을 살기는 살았지만 어디에서 온 누구인지 모른다는 사실이 유일하게 나를 나답게 만든다"는 신념이 할머니의 발언으로 인해 순식간에 무너지고 만 것이다.

그런데 여기에서 약간의 주의가 필요한 부분은 할머니와 다카미자와 사이에 일어난 미묘한 어긋남이다. 오키나와 사람들의 가해성에 대한 할머니의 지탄은 '류큐 토인'이 아닌 다카미자와에게 정면으로 받아들여지지 않았고, 오히려 할머니의 발언으로 인해 다카미자와는 자신이 '류큐 토인'이라는 범주 밖에 존재하고 있음을 새삼 인식하게 된다. "그러면 이참에 '류큐 토인' 같은 것이 되어 볼까?" 하는 마음이 일어난 것 역시 같은 맥락으로, 이는 그녀 자신이 '류큐 토인' 공동체 외부에 존재하는 낯선 사람임을 전제한 발언이라 볼 수 있다. 뿐만 아니라 그녀는 할머니의 외침으로 말미암아 자신이 부외자적인 시선으로 "할머니의 음부를 파헤쳐서 증거라는 둥 언질이라는 둥 하며 책을 꾸며내 결국 돈을 벌려고" 하고 있음을 더욱 깊이 자각하기도 했다.

이러한 다카미자와 만큼이나 부외자의 위치에 있는 사람은 다름 아닌 할머니다.[13] 할머니가 뱉어낸 두 마디 말은 할머니 자신이 '류큐 토인' 공동체와 얼마나 유리되어 있는지, 그리고 얼마나 낯선 이방인인지를 알 수 있게 한다. 특히 이 부분은 작품 원문으로 확인할 필요가 있는데, 작품 속에 할머니의 말은 다음과 같은 형태로 재현되어 있다.

チョおセェーン、ピィー、チョぉーセン、ピィー、ぱかに、しーるナッ.[14]

ホまへー、リュウちゅうドージン、もホおーッと、キータナイッ.[15]

---

13 다카미자와와 할머니는 '류큐 토인'이 아니라는 점에서는 동일한 이방인이라고 볼 수 있지만, 한 사람은 일본인 다른 한 사람은 조선인으로 존재하기에 양자 사이에는 또 다른 민족적 위계가 존재한다고 볼 수 있다. 그러한 의미에서 본다면 다카미자와에게 있어서 할머니는 '이방인'에 다름 아니며 그러한 할머니의 시선으로 인해 다카미자와는 자신의 위치를 새삼 확인하게 된다.
14 崎山多美, 『月や、あらん』, なんよう文庫, 2012, 76쪽.

히라가나와 가타가나의 뒤섞임, 부자연스러운 장음 사용 등은 할머니가 '류큐 토인'과 구별되는 부외자임을 증명하는 데 부족함이 없다. 나와 타자의 정체성을 언어로 구별하고, 주인의 언어로 이방인에게 그가 누구인지 묻고 답하도록 강요하는 이 같은 폭력적인 메커니즘은 할머니가 '류큐 토인'이라는 공동체에서 결코 주체가 될 수 없고 불안정하고 쓰라린 이방인으로 자리하고 있음을 말해주고 있다.[16] 같은 이방인으로서 할머니와 서로 공감하고 교감한 다카미자와는 그들 이방인이 가지는 경계 경험으로 기성 공동체에 '물음을 던지는 존재'가 된다. 본성상 토지 소유자가 아닌 이들 이방인들은 물리적 의미에서뿐만 아니라 삶의 본질이라는 상징적인 의미에서도 뿌리를 내리고 있지 않고, 친족 관계나 지역적, 직업적 고정 상태에 따른 그 어떠한 개별적 요소와도 유기적으로 결합하지 않기 때문에 고착된 관념에서 자유롭고 동시에 위험한 질문도 해 보일 수 있다.[17] 예를 들어 다카미자와가 기대한 위안부 담론에서 비껴나 오히려 오키나와 사회 내부에 존재하는 다양한 민족적 갈등과 차별의 결을 드러내 보이며 오키나와를 표상하는 수사 전략에 대해 재검하게 만든 것은 할머니가 이방인이기에 가능한 일이었다. "도심에서 이 지방으로 표류해 온 사람이라 일가친척 하나 없는", "어디의 누구도 아닌" 다카미자와 역시

---

15 위의 책, 77쪽.

16 자크 데리다, 남수인 역, 『환대에 대하여』, 동문선, 2004, 64~65쪽. 한편 사키야마 다미는 김재용 교수와의 인터뷰(2015.12.13)에서 작품 속의 할머니의 언어는 작가의 어머니가 미야코지마에 살던 시절에 실제 위안부 여성들이 말하던 것을 접하고 흉내 내던 것의 잔영임을 밝힌 바 있다. 작가의 어머니는 일상적으로 접하던 위안부들의 모습과 그녀들의 균열된 언어를 기억하고 있었는데, 이는 오키나와인과 조선인 사이에 일어나는 반감과 호기심, 그리고 일상적인 조우 등을 대변한다고 볼 수 있을 것이다.(김재용・사키야마 다미 대담, 『지구적 세계문학』 7호, 2016, 369쪽)

17 게오르그 짐멜, 김덕영・윤미애 역, 『짐멜의 모더니티 읽기』, 새물결, 2005, 81~85쪽.

마찬가지다. 여기에서 "어디의 누구도 아닌" 것이란 익명성을 말하는 것이 아니라 "어디의 누구도 아닌" 이방인의 '자유'를 말한다. 그녀는 그 자유로 인해 도식적인 표상의 일방성과 폭력성에 대해 진술할 수 있었고, 심리적인 경계와 위계를 넘어서는 행위를 스스로 해 보일 수 있었던 것이다.

한편, 부외자이자 이방인이었던 할머니와 다카미자와는 그들 죽음 이후에 비로소 자신들의 메시지를 전달할 수 있었다. 다카미자와와 만나 두 마디 말을 남긴 할머니는 얼마 후 숨을 거두었지만 마치 이와 연동되듯이 12개의 두루마리 원고와 피로 쓴 듯한 메모는 다카미자와에게 전달되고 읽힌다. 기괴한 글자로 점철된 방대한 양의 두루마리 원고 때문에 다카미자와는 1년 이상을 '춤추는 글자'와 씨름하게 되는데, 이에 관한 이야기 역시 다카미자와가 종적을 감춘 이후 녹음 형태로 '나'에게 전달될 수 있었다. 그리고 두루마리 원고의 신들린 목소리와 다카미자와의 육성은 현실을 초월하는 환상 속에서 재현되었고 초자연적인 영靈적인 형태로 경험되었다.

뿐만 아니라 다카미자와에게 '업무상의 일'을 부탁받은 '나' 역시 그 일에 몰입하면서 몇 번이나 환시, 환상 경험을 하게 된다. 원래부터 "멍청이, 얼간이라는 말을 종종 들으며 가끔 당치도 않는 무서운 도깨비에 홀려 상상도 못할 터무니없는 경우에 빠"지기도 했던 '나'였지만, 다카미자와가 말한 '업무상의 일', 즉 공백의 '자서전'을 완성하려 오랫동안 집 안에 틀어박혀 단서를 추리하는 가운데, '나'는 자신이 자신을 부르는 환청에 시달리기도 했던 것이다. 그러던 어느 날 '나'는 누군가에게 내쫓기듯 집 밖으로 나가 어느 해변공원 입구에 이르게 되고 여기에서 죽은 혼령들의 무리들과 마주하게 된다.

몸을 휙 돌려 해변공원 입구 앞까지 걸어갔다.

철망으로 빙글 둘러싸인 공원 바깥에서 사열횡대로 선 무리들과 부딪혔다. (…중략…) 그들 존재는 딱히 무어라 특정하기 어려운 인간들의 무리다. 여자인지 남자인지, 노인이지 어린이인지 젊은이인지. 그 가운데는 고양이처럼 등이 굽은 아가씨 같은 이도 있고 흔들리는 대나무 같은 청년도 있으며 아장아장 걸음마하는 어린아이로 보이는 절반쯤은 일그러진 모습을 한 사람들도 있다. 이들은 멍한 그림자 몸을 이끌며 습하고 검은 오라를 주변에 내뿜고 있다. 무슨 일인지 검정 일색의 옷을 예외 없이 입고는 서로 아무런 사이가 아닌 것처럼 모른 척을 하면서도 신묘한 표정을 짓고 있다. 누군가의 죽음을 정중하게 애도하는 것 같다. 끝없이 비스듬하게 사열횡대로 줄 선 묵묵한 사람들의 무리였다.

(…중략…)

검게 이어지는 엄숙한 웅성거림에 휩싸여 좌우로 흔들리며 밀려 나아간다. 웅성거림이 어느새 소리가 되었다. 각각 홀로 떨어진 듯 보였던 사람들이 슬며시 모인다. 이들이 주고받는 웅성거림이 가만히 들려온다. 사람들은 이동하면서도 세상 이야기를 하듯이 끊임없이 말을 주고받는다.

─나, 마음 아파 죽겠어.

─그래, 속상해 하지 마.

─그래도, 아무리 우리가 마음 아파한들 이렇게 된 이상은…….

─그래, 어쩔 수 없지, 이건 누구에게나 닥쳐 올 일이야.

─그래도 여기에 있는 우리들은 모두 비슷한 처지에 있는 거야.

(…중략…)

─난 말이지, 야밤에 화장실에서 갑작스럽게 죽어버렸어. 아아, 혼자 외

롭게 말이야, 죽어버렸다고. 정말 간단하게.

　─아이고, 너 참 외로웠겠다.

　(…중략…)

　─봐봐. 저쪽에서 촐랑거리며 차분히 있지 못하는 아이들의 행렬을. 저 아이들이 어떤 일을 당해서 여기까지 무리지어 왔는지 넌 알기나 해?

　─알아. 부모가 학대해서 버려진 아이들이잖아…….

　─그래, 태어난 보람도 없고, 살아남았더라도 사람 취급 받은 적이 없는 아이들이지.

　─불쌍하기도 하지.

　─오─, 네가 다른 혼령을 동정할 처지는 아니지. 듣자하니 너, 이국 병사에게 당한 여자라던데.

　─무, 무슨 말을 하는 거야. 그렇게 말하는 너야 말로 무슨 일이 있었는지 모르지만 가주마루 나무에 스스로 목매단, 말라빠진 남자잖아.

　─뭐 말라빠진 남자? 너같이 사람 죽이는 병사에게 당한 것과 비교하면 누가 더 비참한 꼴인 거냐?

　(…중략…)

　─아, 그러나 나의 가난한 인생이여, 헷, 헤헷.

　(…중략…)

　─그래. 미증유의 불황으로 제대로 된 일도 하지 못하고 격차사회의 밑바닥 생활을 한다는 건, 그건 역시 힘든 일이었을 거야.

　─그렇지만 아무리 힘들어도 용서할 수 있는 것과 용서할 수 없는 게 있어. 너, 고생만 시키던 아내와 다섯 명이나 되는 어린 아이들을 모두 놔두고 자존심도 뭐도 내팽겨 치고 거지가 되었다지?

(…중략…)

　─아무리 시대가 좋지 않았다 해도 그건 아니지. 가족을 버리는 것은. 여기서는 그걸 무차별 살인과 같은 죄라 말한다고.

　─그래그래. 그건 남자가 할 일이 아니지.[18]

　자기도 모르는 사이에 해변공원 입구로 나간 '나'는 그곳에서 사열횡대로 끝없이 줄 지어 선 혼령들과 마주하게 되고 그들의 웅성거림을 듣게 된다. 일종의 환시를 보고 있는 셈인 것이다. 그 가운데 '나'는 혼령들이 하나같이 불행하고 처절한 저마다의 사연을 가지고 있다는 것을 알게 된다. 거기에는 밤에 혼자 외로이 화장실에서 죽은 이가 있고 부모에게 학대받아 죽은 아이들이 있으며 이국 병사에게 신체를 점령당한 자가 있다. 또 나무에 목을 매달아 자살한 이가 있으며 아내와 자식을 버리고 거지로 인생을 마감한 자도 있다. 그리고 '나'는 그들 혼령들 사이에 친구 다카미자와가 있을지도 모른다고 생각해 본다.

　이들 혼령들이 토로하는 사연은 뭔가 새롭고 신기한 이야기가 아니라 오히려 세상에 익히 알려진 그대로이며 숨겨질 필요가 없는 것들이다. 그럼에도 이들의 이야기가 영혼이라는 환상적인 형태로 등장하는 것은 "마음속에 형성되어 있는 오래되고 낯익은 것이 억압 과정을 통해 마음으로부터 소외되어 있는 어떤 것"이기 때문일 것이다.[19] 익숙한 어떤 것이지만 억압되어 말하지 못하던 것을 혼령이 되어 토로하는 방식은 단지 환상적인 측면만 가지는 것이 아니다. 그것은 "환성적인

18　사키야마 다미, 앞의 책, 355~361쪽.
19　로즈메리 잭슨, 서강여성문학연구회 역, 『환상성─전복의 문학』, 문학동네, 2001, 89쪽.

것과 마찬가지로 교란적이다. 왜냐하면 유령 이야기는 죽은 존재가 죽지 않은 존재로 되살아오는 것을 함축하고 있기 때문이다. 유령 이야기와 같은 환상적인 것은 문화적으로 비가시적인 것, 그리고 부정과 죽음으로 쓰인 것들을 가시적인 것으로 만듦으로써 부재를 끌어 들인다."[20] 다시 말해 죽었지만 죽지 않고 되살아오는 이들 유령과 혼령이라는 존재는 예측할 수 없는 시간과 공간에 나타나 죽음을 현실 안으로 끌어 들이며 단속적으로 개입하고 있는 것이다. '살아서 죽은' 혼령들의 출현과 혼재, 삶과 죽음이라는 경계의 교란. 이것은 어쩌면 목소리를 잃어버린 자들의 목소리를 과거로 만들지 않고 현재의 것으로 만드는 유일한 방법인지도 모른다.

5. ', 아니다'

한 젊은 남성 작가가 일본군 위안부 할머니를 취재하여 쓴 논픽션 다큐멘터리 『진흙 바닥으로부터―어느 할머니의 외침』, 할머니와의 만남을 육성으로 고백하고 있는 다카미자와의 녹음테이프, 할머니의 죽음 이후 편집공방 '세 여자'에 도착한 의미 불분명한 원고 두루마리, 마지막으로 '나'에게 남겨진 백지의 '자서전' 등, 이 소설에는 다양한 형태의 기록들이 제시되고 있지만, 사실 그것은 고정되고 안정된 '기록'과는 거리가 먼 것들이다. 이들 기록은 여러 층위로 분열하며 마치 읽히

---

20 위의 책, 93쪽.

는 것을 거부하듯이 존재한다. 서사의 맥락을 의도적으로 분산시키며 독자가 그것을 단일한 실체로 파악하지 못하도록 끝없이 방해하고 있는 것이다. 글 쓴 이의 마음과 감정을 모조리 읽어내었다고 믿는 순간에도 그것은 그 의미가 산산조각날 수 있음을 암시하며 기록과 독자 사이의 끈을 더욱 분명하게 전경화시킨다. 이는 글을 쓰는 사람에게도 해당하는 부분이다. 독자의 읽기가 이데올로기적 관습에서 자유롭지 못한 것처럼, 글을 쓰는 사람에게도 동일성의 정치는 끊임없이 작동하고 있으며 그는 이미 범주화된 수사 범위 내에서 움직일 뿐이다. 젊은 남성 작가가 그러했고 다카미자와도 그러했다. 때문에 다카미자와는 '자서전'을 백지로 남겨야 했고 '자서전'을 '나'의 방식으로 쓰고 읽어주기를 바랐던 것이다.

이렇게 생각해 보면 이 작품의 제목이 왜 『달은, 아니다』인지도 분명해진다. 작가가 제목과 본문 사이에 카프카의 말을 인용한 부분, 즉 "유감스럽게도 너는 더 이상 달이 아니다, 그러나 달이란 이름으로 불리는 것에 지나지 않는 너를, 내가 여전히 달이라 여기는 것은 아마도 나의 태만 때문이리라"라는 문장은 작품 전체를 예견하게 만드는 상징적인 글이라 할 수 있는데, 내가 '너'를 '달'이라고 부르는 것은 어디까지나 일시적인 것으로 '너'의 이름은 영원히 유동적이며 심지어 표류하고 있음을 위의 글은 시사하고 있다. 작품의 제목과 관련하여서는 이미 기나 이쿠에喜納育江와 후치가미 치카코渕上千香子가 지적한 바 있다. 두 사람은 작품 제목에서 '달'과 '아니다' 사이를 ','로 구분하고 있는 점에 주목하며, 이 쉼표는 달을 규정하는 적합한 말을 찾는 과정을 암시하는 것으로 쉼표 이후의 부정어 '아니다'는 명명을 부정한 뒤에도 여전히

그 이름을 찾고 있음을 시사한다고 지적했다.[21]

이와 같은 제목의 함의를 염두에 두고 다시 소설 본문을 상기해 보면, 앞에서 언급한 각종 기록뿐만 아니라 물건이니 혼령까지도 정의가 불가능한 ', 아니다'의 형태로 존재함을 알 수 있다. 어느 가을 새벽 세 시에 하늘에서 내려 와 '나'를 환상 세계로 이끌고 간 '통나무 막대기'는 사람의 목소리를 가지고 있으나 그렇다고 사람이라 할 수 없는 기괴한 종족이었다. "비유하자면 해초로 둘러싸인 두발 가진 청새치, 혹은 산 원숭이와 이리오모테 섬西表島 고양이를 섞어 놓은 듯"했으며 "굳이 사람이라 해도 어른이 되기를 거부한 아이, 아니면 몸이 줄어 든 마른 할머니"라 묘사할 수 있는 자였다. 또 백지의 '자서전' 표지를 장식하고 있는 여인도 "세피아 풍으로 흐릿하게 프린트된 사진인 탓에, 언뜻 보면 젊은 여자인지 늙은 여자인지 분간이 가지 않는"다. 심지어 그녀는 "황인종인지 흑인종인지 백인종인지, 아니면 서아시아 근방의 사람인지 혼혈인인지 짐작이 가지 않는 얼굴"을 하고 있었다. 이 짐작할 수 없는 얼굴이 '자서전'의 주인공일 수 있지만, 그 주인공이 할머니인지 다카미자와인지 역시 섣불리 단정할 수 없다. 단언할 수 없는 것은 혼령들의 세계도 마찬가지다. '나'가 해변공원 입구에서 본 혼령들은 "딱히 무어라 특정하기 어려운 인간들의 무리다. 여자인지 남자인지, 노인인지 어린이인지 젊은이인지. 그 가운데는 고양이처럼 등이 굽은 아가씨 같은 이도 있고 흔들리는 대나무 같은 청년도 있으며 아장아장 걸음마하는 어린아이로 보이는 절반쯤은 일그러진 모습을 한 사람들"도 있었

---

21 渕上千香子, 「崎山多美『月や、あらん』論―他者の声の表象化をめぐって」, 『近代文学論集』 40, 2014, 85쪽.

다. 구분하고 정의할 수 없는 일부 혼령은 급기야 "여자남자 같은 자"로 묘사되고는 했다.

어떤 존재에 대한 규정이나 정의, 의미 부여를 미루며 쓰기와 읽기의 관성으로부터 벗어나 있으려 했던 작가의 전략으로 말미암아 독자는 파편화된 맥락을 재구성해야 하는 숙제를 매번 떠안는다. 그러나 이 분절된 틈 사이로 낯선 이방인, 혹은 독자는 끊임없이 개입하며 재현된, 혹은 재현되지 않은, 재현될 수 없는 것들에 대해 주목하게 된다. 대상과 재현 사이의 간극이 만드는 긴장을 응시하는 것, 그 간극 사이로 예측할 수 없는 순간에 이방인 혹은 유령의 목소리가 도래하는 것을 감지하는 것, 섣부른 화해나 치유로 과거를 과거의 것으로 만들지 않는 것, 그로 인해 다시 한 번 목소리를 잃어버린 자들의 목소리를 듣는 것. 이것이 사키야마 다미가 ', 아니다'라고 말하는 이유일 것이다.

참고문헌

게오르그 심멜, 김덕영·윤미애 역, 『짐멜의 모더니티 읽기』, 새물결, 2005, 81~85쪽.

김미영, 「일본군 위안부 문제에 관한 역사기록과 문학적 재현의 서술방식 비교 고찰」, 『우리말글』 45, 2009, 227~243쪽.

김수진, 「트라우마의 재현과 구술사-군위안부 증언의 아포리아」, 『여성학논집』 30집, 2013, 37쪽.

김재용·사키야마 다미 대담, 『지구적 세계문학』 7호, 2016, 369쪽.

로즈메리 잭슨, 서강여성문학연구회 역, 『환상성-전복의 문학』, 문학동네, 2001, 89~93쪽.

사키야마 다미, 조정민 역, 「달은, 아니다」, 『신의 섬』, 글누림, 2016, 269~365쪽.

소명선, 「사키야마 다미의 『달은 아니다』론」, 『일본문화연구』 50집, 2014, 155쪽.

양현아, 「증언과 역사 쓰기-한국인 '군위안부'의 주체성 재현」, 『사회와 역사』 60권, 2001, 60쪽.

유제분, 「재현의 윤리-『제스처 라이프』의 종군위안부에 대한 기억과 애도」, 『현대영미소설』 13권, 2006, 82~88쪽.

이유혁, 「이동하는 또는 고통스러운 기억들-한국인 종군위안부들의 트라우마의 초국가적 이동, 그것의 문학적 재현, 그리고 식민의 망각에 관하여」, 『인문연구』 64, 2012, 272쪽.

자크 데리다, 남수인 역, 『환대에 대하여』, 동문선, 2004, 64~65쪽.

장시기, 『들뢰즈와 탈근대 문화연구』, 당대, 2008, 53쪽.

崎山多美, 『月や、あらん』, なんよう文庫, 2012, 76~77쪽.

渕上千香子, 「崎山多美「月や、あらん」論-他者の声の表象化をめぐって」, 『近代文学論集』 40, 2014, 85쪽.

洪玧伸, 『沖縄戦場の記憶と「慰安所」』, インパクト出版会, 2016, 23~24쪽.

두 개의 미국
오키나와 아메리칸 빌리지를 둘러싼 표상 정치

1. 국도 58호, 문화적 양극성의 경계

가고시마 현鹿児島県 가고시마 시鹿児島市에서 시작되어 오키나와 현沖縄県 나하 시那覇市에 이르는 국도 58호는 천혜의 자연 환경과 미군기지로 대변되는 오키나와의 현주소를 한꺼번에 눈에 담을 수 있는 도로다. 바다와 하늘이 어우러진 서부 해안선의 광경을 보고 있으면 많은 사람들이 오키나와를 찾는 이유를 대번에 느낄 수 있다. 한편, 반대편에 드문드문 나타나는 그러나 광대하게 펼쳐지는 미군기지의 철조망 펜스는 마치 오키나와가 미국의 한 지역에 속한 것 같은 착각을 불러일으킨다.

실제로 국도 58호는 미군기지와 밀접한 관련이 있다. 미군에 의해 'Highway No.1'으로 지정된 이 도로는 구니가미손国頭村부터 나하에 이르는 구간을 미군이 관리하고 있었다. 또한 이 도로는 나하 군항이나 후텐마普天間 기지, 가데나嘉手納 기지 등 주요 군사 시설과 인접하고 있

국도 58호선을 사이에 두고 미군기지와　　　　　아메리칸 빌리지 입구　　　　　미군기지 캠프 구와에
아메리칸 빌리지가 마주보고 있다.　　　　　　　　　　　　　　　　　　　　（キャンプ桑江, Camp Lester）

으며 비상시에는 활주로로도 사용 가능하도록 건설되었다. 오키나와
에서 유일하게 일부 구간의 한쪽 차선이 3차선(왕복 6차선)인 것도 바로
이 때문이다. 1972년 5월 15일 오키나와의 본토 복귀와 함께 'Highway
No.1'은 '국도 58호'라는 이름으로 바뀌었지만 여전히 '1호선'으로 불리
는 일이 많다. 이는 미국이 만든 제도와 관습이 오키나와에 점차 자연
화, 문화화되고 있는 실정을 보여주는 대목이기도 하다.

　　이 글에서 주목하고자 하는 미하마美浜 아메리칸 빌리지American Village
는 국도 58호를 사이에 두고 현시되는 상반된 '미국' 이미지를 극명하
게 보여주는 예다. 앞으로 자세히 이야기하겠지만 아메리칸 빌리지는
1981년 해안가에 있던 미군 비행장 및 사격장이 반환되면서 그 일대에
매립지를 조성하여 만든 도심형 리조트 시설이다. 미국 샌디에이고에
있는 씨 포트 빌리지를 모델로 삼았다는 이 위락 시설은 미군기지의 성
공적인 활용 사례로 자주 일컬어지지만, 국도 58호를 사이에 두고 마주
하고 있는 미군기지 캠프 구와에キャンプ桑江와는 상반된 미국을 제시하
며 긴장 관계를 유지하고 있다. 이 같은 풍경은 미국에 대한 부정적/긍
정적 시선이 반복적으로 교차하고 또 미국 문화에 대한 동경과 거부가
양가적으로 존재함을 현시하는 데 부족함이 없다.[1]

문화적 양극성 사이에 존재하는 공간은 결코 '문화 진공' 상태로 남겨지는 법이 없다. 그곳은 다양한 문화 요소들이 가장 빈번하게 교차되는 지점이며, 모방과 수용을 통한 문화의 축적 과정이 역동적으로 일어나는 공간이다.[2] 어쩌면 국도 58호를 사이에 두고 양 편에 펼쳐진 상반된 오키나와(혹은 미국)란 타자의 모방과 수용, 충돌과 접합, 동의와 부정 등이 만들어 내는 문화적 대화의 대표적인 표상 공간인지도 모른다. 이와 같은 점을 염두에 두고 여기에서는 아메리칸 빌리지의 형성 과정과 소비 과정을 검토하고 이들 공간에서 벌어지는 타자 미국에 대한 재현 양상과 오키나와 정체성의 발현 양상 등에 대해 분석해 보고자 한다. 이러한 작업은 오키나와 내에 복합적으로 작동하는 포스트식민주의적 문화 현상을 새로운 각도에서 조망해 볼 가능성을 열어줄 수 있을 것이다.

---

1 사진작가 구리하라 다쓰외[栗原達男]는 전후 60년과 오키나와 반환 33년을 맞이한 2005년에 국도 58호를 따라가며 그 풍경을 사진과 글로 묘사한 바 있다. 그는 차탄초에 대해서는 "국도 58호선의 경관은 1972년 복귀 이전에 비해 격변했다. 특히 차탄 주변의 변화는 두드러진다. 광대한 매립지는 미국의 리조트와 같고 거대하게 들어선 관람차와 마켓, 레스토랑이 즐비하며 원색의 색감이 넘쳐난다. 이와 같은 '이경(異境)'을 통과하면 또 다른 '이경' 가데나 기지가 펼쳐지는데 이는 복귀 이전과 다르지 않다. 이 광대한 공군기지는 오키나와시, 차탄초, 가데나초 등, 세 지역에 걸쳐있다. 미군 당국은 현재 사용 중인 항공기의 모든 기종과 앞으로 사용할 모든 기종이 발착 가능한 '불침공모(不沈空母)'라고 호언하고 있다고 한다"고 이야기하였다. (栗原達男, 「沖縄·国道58合線 那覇から奥まで 150km-北谷~嘉手納 基地のある街」, 『中央公論』 vol. 120, 2005, 16쪽)
2 송정수, 「포스트식민주의적 관점에서 바라본 러시아 문화의 이중적 정체성」, 『러시아 연구』 제24권 제1호, 2014, 122~123쪽.

2. 상상된 미국

먼저 아메리칸 빌리지가 위치한 차탄초北谷町에 관해 개략적으로 설명해 두자. 아시아태평양 전쟁 이전의 차탄초는 전형적인 농촌으로 특히 쌀 산지로 잘 알려져 있었으나 전쟁으로 인하여 마을의 모습은 크게 변화하게 된다. 1945년 4월 미군이 이 지역에 상륙하면서 주민들은 주변 지역인 기노자손宜野座村과 긴초金武町로 피난 갈 수밖에 없었고 패전 후에도 이들은 차탄초로 돌아갈 수 없었다. 물론 1946년 10월경부터 서서히 거주 허가 지역이 확대됨에 따라 고향으로 돌아 온 사람들도 있었지만, 그 사이에 이 지역에는 캠프 즈케란キャンプ瑞慶覧(Camp Foster)과 캠프 구와에キャンプ桑江(Camp Lester), 가데나嘉手納 비행장, 육군 저유시설 등과 같은 미군기지 시설이 자리하면서 오키나와 사람들의 거주 지역은 군사시설에 크게 좌우되었다. 실제로 미군기지 시설은 국도 58호선을 따라 평지에 조성되어 있고 차탄초의 면적 약 53.5%를 차지하고 있다. 때문에 주민들의 거주 지역은 그만큼 제한될 수밖에 없고, 실제로도 택지 및 시가지가 비교적 입지 조건이 나쁜 장소에 조성되었다. 또한 미군의 가데나 비행장이 확장됨에 따라 주민들의 거주 지역은 차탄 지역과 가데나 지역으로 양분되어 교통이나 행정상에 있어서도 불편과 폐해가 따르는 일이 많았다.

이러한 가운데 1981년 캠프 즈케란의 한 부분인 햄비 비행장Hamby U.S. Army Air Field과 메이모스카라 사격장이 반환되고, 이어서 1988년에 비행장 부지 북쪽에 인접한 해안을 새로이 매립하면서 이 지구에는 차탄 공원, 아메리칸 빌리지와 같은 공공시설 및 위락시설이 들어서게 되

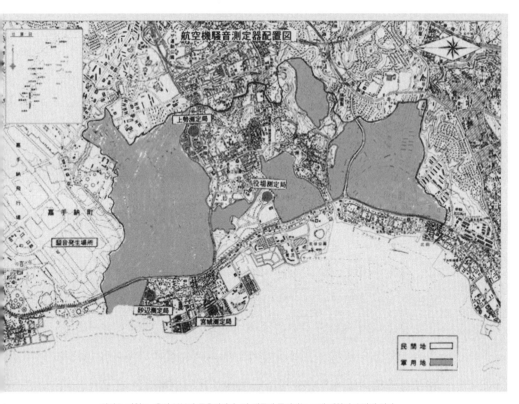

차탄초 지형도. 음영 부분이 군용지이다. 이 때문에 주거지는 크게 제한될 수밖에 없다.

었다.[3] 이 같은 시설은 주민들의 의견을 적극적으로 반영한 결과라고 볼 수 있다. 반환 다음해인 1982년 차탄초가 실시한 주민 의견 수렴 조사에 따르면, 주민들은 반환지를 공원과 같은 녹색 광장(22.4%)이나 공립 병원(16.5%), 쇼핑센터(13.0%), 사회복지시설(11.7%), 교육문화시설(10.5%), 주택단지(9.6%) 등으로 이용하고자 했다. 또한 매립지에 관해서는 공공시설(37.9%)이나 레저시설(24.4%), 상업시설(21.3%) 등으로 사용하길 희망했다.[4] 결과적으로 기지 반환지는 주로 토지구획 정리 사업이나 민간

---

3   매립한 이후 이 지역은 약 49ha의 면적을 가지게 되었는데 주택용지, 공원용지 등으로 약 38ha의 면적이 책정되었고 지역경제 활성화를 위한 리조트 용지로 약 13ha의 면적이 책정되었다.

에 의한 개발 사업 부지로 활용되었고, 도시 지구는 주택지 확보나 부족한 공공시설의 정비 등을 위한 공간으로 이용되었다.

군용지 반환 과정에는 여러 가지 제약과 변수가 작용하였다. 군용지 자체가 사유지인 경우가 많았기 때문에 지권자의 합의를 이끌어 내거나 의견을 조율하는 데에 많은 시간과 절차가 소요되었던 것이다.[5] 여기에서 주목을 끄는 점은 주민이나 지자체가 지역 경제의 활성화에 방점을 두고 반환지 활용을 검토하였다는 사실이다. 이는 미군기지에 의해 오랫동안 지역 개발과 산업 진흥이 가로막혀 있었던 사정을 반영한 것으로, 예컨대 현재 아메리칸 빌리지가 들어선 공간은 원래 주택난 해소를 위해 택지 개발이 이루어질 예정이었으나 매립지와 연계하여 보다 유용한 활용 방안을 모색하던 가운데 위락 시설인 아메리칸 빌리지가 조성되게 되었다.[6] 다시 말하면 아메리칸 빌리지의 주된 목적은 차탄초의 산업 진흥과 주민들의 고용 기회 확대, 재원 확보 등에 있었던 것이다.[7]

아메리칸 빌리지는 미군 시설이 집중되어 있던 차탄초의 지역성이 다른 형태의 지역성(미국성)으로 재현된 예라고 볼 수 있다. 오키나와 주민들의 뜻에 따라 미군 비행장이 아메리칸 빌리지로 조성되는, 말하자면 장소 전용 현상appropriation이 일어난 것이다. 여기에서 주목하고 싶은 것은 두 가지로 요약할 수 있는데, 첫 번째는 미군기지가 가지는

---

4 沖縄県北谷町, 『北谷町町民意識調査』, 沖縄県北谷町, 1982, 35・59쪽.

5 沖縄県北谷町, 『基地と北谷町』, 沖縄県北谷町, 2008, 145〜146쪽.

6 沖縄県北谷町役場企画課, 『返還駐留軍用地利用(北前・桑江地区)における経済効果の検証』, 沖縄県北谷町, 2003, 16쪽.

7 沖縄県北谷町役場企画課, 『北谷町 町勢要覧2009 ニライの都市 北谷』, 沖縄県北谷町, 2009, 21〜22쪽 참조.

경험 혹은 기억이 아메리칸 빌리지라는 또 다른 미국 표상으로 변용되는 과정이며, 두 번째는 오키나와 주민이라는 주체들에 의해 적극적으로 미국(미국성)이 소환되어 아메리칸 빌리지가 차탄초의 랜드마크로 기능하게 된 점이다. 이 두 가지에 주목하는 이유는 아메리칸 빌리지에 내포되어 있거나 그곳이 발신하는 메시지가 오키나와에서 미군 혹은 미군기지가 가지는 통상적인 의미와는 구별되는 또 다른 층위의 논의를 야기하기 때문이다. 즉 미군기지라는 거대한 폭력 구조와 신자유주의적 세계화는 오키나와 내부에 식민주의적 공간인 아메리칸 빌리지를 만들어 새로운 문화 해석의 과제를 제시하고 있는 것이다.

먼저 미군기지가 가지는 경험 혹은 기억이 아메리칸 빌리지라는 또 다른 미국의 표상으로 변용되는 과정에 대해 살펴보자. 요시미 슌야는 20세기의 아메리카니즘을 '군사적, 정치경제적 헤게모니'와 '대중 소비문화로서의 미국적 생활양식'으로 구분하며 하나의 몸인 미국에 두 개의 얼굴이 있다고 이야기한 바 있다.[8] 이는 패전 후 미국의 점령 하에 놓여 있던 일본 본토와 오키나와에 동시에 적용되는 지적으로, 두 얼굴을 가진 미국은 다양한 방법과 형태로 패전 일본과 오키나와에 군림했다. 물론 여기에서 분명히 구분해야 할 점은 일본 본토와 오키나와에서 이루어진 미국의 점령 정책이 전혀 다른 성격을 가지고 있었다는 사실이다. 간접 점령 형식을 취했던 일본 본토에서는 비군사화와 민주화가 정책의 큰 비중을 차지하고 있었고 이는 이후에 경제부흥 정책으로 그 방점이 옮겨갔다. 그에 비해 오키나와에서는 미국이 직접 점령하는

---

8   吉見俊哉, 「日本のなかの「アメリカ」について考える」, 『環』8号, 2002, 131~143쪽.

형식을 취했고 미군기지 확보와 안정적인 기지 사용 등이 정책의 근간을 이루고 있었다. 오키나와의 경제 정책 역시 미군기지에 좌우될 수밖에 없었다. 기지 건설에 투입된 막대한 자금의 효과를 최대한으로 활용하는 데에 오키나와의 경제 정책은 집중되어 있었고, 기지 건설을 우선시한 탓에 생활 물자를 생산 공급하기 위한 자금이 부족하게 되어 결국 수입에 의존하지 않을 수 없는 구조가 배태되기도 했다. 말하자면 오키나와 경제는 '기지 의존형 수입 경제'로 유도된 것이다.[9]

오키나와는 1972년에 본토로 복귀하지만 지금도 여전히 일본 내 미군기지의 약 75%가 오키나와에 집중되어 있다. 이 같은 현실은 오키나와가 일본과 미국의 폭력적인 군사적 패권 구조 내에 포획되어 있다는 것을 반증함과 동시에 오키나와와 미국의 다양한 조우를 낳는 배경이 되기도 했다. 오키나와의 사회학자 야카비 오사무屋嘉比収가 이미 지적했듯이 오키나와는 미군기지라는 압도적인 존재로 인해 구조석인 폭력과 마주해 왔지만, 다른 한편으로는 미국 혹은 미군에 대한 다양한 경험들을 쌓아왔다. 그것은 때로는 타자에 대한 저항과 투쟁을 수반하기도 했고 때로는 유용流用과 변용을 일으키기도 했다. 또한 그것은 한편에서는 미군기지에 반대하는 복귀 운동을 추동시키면서도 다른 한편에서는 일본을 개재한 미국의 소비문화와 생활양식을 욕망하는, 두 개의 미국이 분리공존分離共存하는 양태를 낳기도 했다. 물론 역으로 기지 인근에서 미군을 대상으로 생업을 이어가는 이들이나 미군기지로부터 문화적 영향을 많이 받은 뮤지션들은 분리공존의 모순과 균열, 비

---

9   牧野浩隆, 『再考 沖縄経済』, 沖縄タイムス社, 1997, 12~36쪽.

틀어짐 사이에 존재하기도 했다.[10]

야카비 오사무가 다루는 시기는 주로 패전 직후부터 1960년대까지로 그의 주된 논점은 미국에 의한 오키나와 문화의 변용 양상을 살피는데 있지만, 그의 지적은 반환된 미군기지 자리에 또 다른 미국의 기호인 아메리칸 빌리지가 조성된 사례에도 적용될 수 있다. 미군에게 점유 당했던 토지를 되찾는다는 것은 물리적 공간을 다시 확보한다는 것 이상의 의미를 가진다. 다소 시기는 거슬러 올라가지만 1950년대 후반 미국에 의한 토지 강탈로 인해 오키나와 섬 전체에 민중 운동이 고양된 것에서 보듯이, 그리고 지금도 여전히 기지 반환 문제가 뜨거운 쟁점인 것에서도 알 수 있듯이 미군기지를 둘러싼 논의가 지금까지 이어지고 있는 이유는 토지 자체가 오키나와의 지역 정체성과 역사성을 증거하는 근본이기 때문일 것이다. 새삼 언급할 필요도 없지만 토지는 인간이 뿌리를 내리는 중심적 공간을 제공하며 토지의 상실은 자기 준거의 상실, 정체성의 상실로 연결된다. 토지가 보장하는 영속성이나 지속성이 타자에 의해 침해당하고 박탈당했을 때 거센 항변의 목소리가 끊이지 않는 것도 바로 그 때문인 것이다. 그렇지만 아메리칸 빌리지의 경우에는 상황이 조금 달랐다. 미국의 강제적인 점거로 인해 이른바 고향 상실자가 된 사람들은 자신들에게 다시금 고향이 주어졌을 때 그 공간을 또 다른 미국, 즉 아메리칸 빌리지로 메우고자 했다. 이 같은 사실은 야카비 오사무가 지적한 두 개의 미국이 분리공존하는 양태를 그대로 대변하고 있다. 토지에 대한 소유권을 주장하며 폭력적인 미국을

---

10 屋嘉比収, 「越境する沖縄―アメリカニズムと文化変容」, 『岩波講座 近代日本の文化史 冷戦体制と資本の文化―1995年以降 1』, 岩波書店, 2002, 243~283쪽.

고발하면서도 동시에 일상적인 측면에서 미국을 강력하게 욕망하는 것은 두 개의 미국이 심리적으로 분리공존하고 있기 때문에 발생한 현상일 것이다.

아메리칸 빌리지 구상이나 계획을 살펴보면 실제로 미국은 오키나와다움을 설명하는 문화 요소의 하나로 편입되어 있음을 알 수 있다.

아메리칸 빌리지의 테마는 오키나와 현 사람들이 편안하고 즐겁게 쉴 수 있는 장소, 국제 감각이 풍부한 교류 장소의 창출에 있습니다.

오키나와 현 사람들이 편안하고 즐겁게 쉴 수 있는 장소란 기본적으로 미국을 체험할 수 있는 도시형 위락 시설을 말합니다.

또한 국제 감각이 풍부한 교류 장소 창출이란 지금까지의 오키나와의 역사적 경위, 중부 지구의 특성, 차탄초의 지리적 우위성 등을 고려하여 국제 감각을 살리는 장소를 말합니다.

이 때문에 미국을 키워드로 선정하였는데, 이는 오키나와 현 내의 젊은 이들 및 관광객들에게도 큰 흥미를 불러일으키리라 여겨집니다.

지금까지 일본 국내에서는 특정 국가를 테마로 한 여러 리조트가 조성되었습니다만, 미국을 테마로 삼은 시설은 없었습니다. **미국은 각 분야에서 높은 경쟁력을 보유하고 있고 스포츠를 비롯하여 패션에 있어서도 젊은이들에게 특별히 인기가 높습니다.** 레저 면에서도 최적의 테마를 가지고 있습니다. 전국적으로 비교해 보아도 독창적이라 할 수 있을 것입니다.

아메리칸 빌리지를 비롯한 미하마 리조트 지구는 오키나와가 일본, 중국, 동남아시아, 그리고 미국을 연결하는 거점이 될 가능성이 높다는 것에서 힌트를 얻어 조성된 곳입니다.

'미국을 더욱 알아가자.' '미국을 더욱 즐기자', 그리고 '쉽고 저렴하게 누구나 즐길 수 있도록 타운 리조트를 만들자', 라는 것이 개발 콘셉트인 것입니다. 이곳은 미국의 경제, 문화, 패션 등 각종 정보의 집적지이자 발신지를 목표로 삼고 있습니다.[11](강조는 인용자)

오키나와는 류큐왕국 시대, 사쓰마 침공, 미국 통치 시대 등의 역사 속에서 독자적인 문화를 형성해 왔습니다. 특히 **오키나와 중부 지방은 미군기지라는 존재로 인해 오키나와 문화와 미국 문화가 혼재하고 융합하는 독특한 문화와 지역성을 만들었습니다.** 미국 문화와 융합된 독자적인 문화를 살려 특색 있는 리조트를 개발하고자 검토하였습니다.[12](강조는 인용자)

인용문에서 보듯이 차탄초나 오키나와에서 미국 문화를 체험한다는 것은 결코 낯선 경험이 아니다. 그것은 '편안하고 즐겁게 쉴 수 있는' 안락하고 익숙한 행위이다. 오키나와와 대립각을 세우지도, 동화를 강제하지도 않는 미국 문화는 오키나와에 더 이상 위협적인 존재가 아닌 것이다. 오히려 양자는 '혼재하고 융합하는 독특한 문화와 지역성'을 낳았다. 나아가 오키나와는 '각 분야에서 높은 경쟁력을 보유'한 미국이라는 지배적인 제국 문화 속에 스스로 편입됨으로써 자신들의 '독자'적인 문화를 재발신할 가능성을 확보하려 하고 있다.

특히 아메리칸 빌리지가 다른 누구도 아닌 오키나와 현 사람들을 위

---

11 仲地勲, 「美浜アメリカンビレッジ」, 『建設情報誌しまたてぃ』 NO. 16, 2001, 13쪽. 참고로 저자는 당시 北谷町役場 기획과 과장이었다.
12 北谷町役場総務部企画課, 『美浜タウンリゾート・アメリカンビレッジ完成報告書』, 沖縄県北谷町, 2004, 11쪽.

『町勢要覧』(2009)에 소개된 아메리칸 빌리지

한 위락 시설로 개발되었다는 점에는 주의할 필요가 있다. 이는 아메리칸 빌리지가 타자 미국에 대한 오키나와의 욕망을 대변하는 중요한 단서이기 때문이다. 미군기지 반환지에 아메리칸 빌리지가 조성된 배경 가운데 하나로 오키나와 현 사람들을 위한 위락 시설의 부족을 꼽을 수 있다. 기존의 리조트 시설은 오키나와 현 외에서 온 관광객을 대상으로 하는 경우가 많고 비용도 부담스러운 면이 있었다. 오키나와 본섬 중부에 위치한 차탄초의 아메리칸 빌리지의 경우는 오키나와 시나 기노완 시와 인접해 있으며 나하 시와도 비교적 가깝고, 무엇보다 국도 58호가 통과하는 지점에 자리하고 있어 오키나와 현 사람들을 위한 위락 시설로서 최적의 조건을 갖춘 곳이라 할 수 있었다.[13] 오키나와 현

---

13 위의 책, 10~11쪽.

아메리칸 빌리지 풍경

사람들을 주요 방문객으로 상정한 아메리칸 빌리지는 오키나와 스스로가 철저하게 '미국'을 연출하고 있다는 측면에서 '미국'이 이미 오키나와의 일부로 토착화되었음을 방증하고 있다. 미국에 의한 점령 경험은 단지 토지나 경관, 제도의 지배에 그치지 않고 피점령 지역의 문화적, 사상적, 심상적 영역에까지 침투하여 끊임없이 접합 반응을 유도하고 있는 것이다. 아메리칸 빌리지에서 재현된 미국은 오키나와의 동질성을 저해하거나 오키나와 내부의 질서를 해치는 잠재적인 위험 요소가 더 이상 아니다. 오히려 그것은 오키나와다움을 표현하는 구성 요소로 포섭되어 또 다른 오키나와다움을 연출하고 있다.

인문지리학자인 조앤 샤프는 글로벌화에 대한 로컬의 대응과 전략을 두 가지로 정리하였다. 첫째는 글로벌 문화와의 동질화의 위험은 로컬 문화의 재생과 전통의 발명 및 재정립으로 이어진다. 즉 로컬 문화들은 의식적으로 자기 문화를 관리 혹은 방어하는 것이다. 이는 문화적 가치에 대한 논쟁과 서구적 규범의 보편화에 대한 비평으로 효과적으로 이어지기도 한다. 둘째는 흔히 혼성성의 견지에서 논의되는 문화적 절충주의와 크레올화를 찬양하고 이에 대한 인식을 고양하는 것이다.[14] 앞에서 살펴보았듯이 아메리칸 빌리지는 오키나와와 미국이

14 조앤 샤프, 이영민·박경환 역,『포스트식민주의의 지리』, 여이연, 2011, 174쪽.

'혼재'하고 '융합'한 이른바 문화적 절충주의에 의한 혼성성의 대표 기호라 보아도 무방하다.

그러나 국도 58호를 사이에 두고 아메리칸 빌리지 건너편의 미군기지에서 굉음과 함께 전투기가 지나갈 때면, 아메리칸 빌리지가 과연 문화적 절충에 의한 '편안하고 즐겁게 쉴 수 있는 국제 감각이 풍부한 교류의 장소'가 될 수 있을지에 대해 다시 생각하게 된다. 오키나와와 미국 사이의 불협화음을 또 다른 미국인 아메리칸 빌리지로 해소하려는 시도는 오키나와의 미국에 대한 욕망은 물론이고 미국에 대한 순응이 가져오는 불편함이나 위험을 더욱 부각시키기 때문이다. 미국 서해안 샌디에이고에 있는 씨 포트 빌리지를 모방하여 진짜보다 더 진짜 같은 미국을 연출한 아메리칸 빌리지란 어쩌면 미국 서해안에서는 확인할 수 없는, 아니 존재조차 하지 않는 상상의 공간인지도 모른다.[15]

뿐만 아니라 '미국을 더욱 알아가자', '미국을 너욱 즐기자'라는 아메리칸 빌리지의 모토는 국도 58호 저편의 미군기지를 인지하지 않을 때 비로소 가능하다는 점에 대해서도 유의할 필요가 있다. 오키나와가 주장하는 아메리칸 빌리지의 '혼재'와 '융합'이 공허한 수사처럼 느껴지는 이유도 바로 여기에 있는 것이다. 기노자 아야노Ayano Ginoza는 군사력과 관광 산업의 상호 의존성에 대해 규명한 테레시아 티아이와Teresia

---

15 그러한 의미에서 본다면 실재를 모사한 이미지 아메리칸 빌리지는 모방물이 아니라 원본을 갖지 않는 자립적 이미지이며 실재보다 더 실재 같은 초실재(hyperreality)의 전형이라고 볼 수 있을 것이다. "시뮬라시옹은 더 이상 영토 그리고 이미지나 기호가 지시하는 대상 또는 어떤 실체의 시뮬라시옹이 아니다. 오늘날의 시뮬라시옹은 원본도 사실성도 없는 실재, 즉 파생실재를 모델들을 가지고 산출하는 작업이다. 영토는 더 이상 지도를 선행하거나, 지도가 소멸된 이후까지 존속하지 않는다. 이제는 지도가 영토에 선행하고—시뮬라크르들의 自轉—심지어 영토를 만들어낸다."(장 보드리야르, 하태환 역, 『시뮬라시옹』, 민음사, 2001, 12~13쪽)

Teaiwa의 조어 '밀리투어리즘militourism'를 빌려, 오키나와는 미군이라는 군사력을 짊어진 대신 관광 산업의 성장을 보호, 보장받고 있다며 그 예로 아메리칸 빌리지를 거론한 바 있다.[16] 오키나와의 관광 시스템이 미군이라는 폭력을 은폐하는 데 원용되고 있다는 이 지적을 참고하면, 이상화된 아메리칸 빌리지가 미국의 군사 폭력을 중립적이고 불투명하게 만들어버리는 데 적극적으로 봉사하고 있다는 것은 역시 부정할 수 없을 것이다.

3. 기표와 기의의 분리

호미 바바와 같은 포스트식민주의 이론가들에 의해 이미 많은 논의가 이루어진 바 있듯이 제국문화와 식민문화 사이에서 발생한 혼종성, 양면성, 불확실성, 제3의 공간 등은 그것이 불안정하고 고정되지 않은 만큼 저항의 가능성을 담지하는 것으로 여겨져 왔다.[17] 우선 바바의 이론적 관심은 근대적 식민공간 내부의 혼종성, 특히 식민주의자와 피식민지인 사이의 담론적·무의식적 문화경제의 공간에 있다. 바바에게 이 공간은 지배와 저항이라는 물리적 힘이 부딪히는 대립적 공간이라기보다는 오히려 그런 지배와 저항의 대립이 끊임없이 미끄러지고 갈라지는 탈구와 이접의 담론적 공간에 가깝다. 특히 이런 이접과 탈구의 비동

---

16 Ayano Ginoza, "The American Village in OKinawa—Redefining Security in a "Militourist" Landscape", *The Journal of Social Science*(社会科学ジャーナル) 60 COE Special Edition, 2007, pp.140~141.
17 호미 바바, 나병철 역, 『문화의 위치』(수정판), 소명출판, 2012, 195~211쪽.

일성과 비동시성의 발생은 무의식적인 담론적 실천과 연결되어 있다. 바바는 푸코에 의지하여 식민주의자든 피식민지인이든 모든 주체는 식민공간의 의미화 과정과 담론적 실천으로부터 자유롭지 않다고 주장하며, 이 담론적 공간에서는 누구도 동일성을 확보할 수 없는, 즉 '주체들의 구성적 비동일성'을 특징으로 지니게 된다. 이런 이유로 이 공간은 식민주의자든 피식민지인이든 개별 주체의 의식적 공간이 아니라 양자가 충돌하고 타협하며 서로의 정체성을 뒤흔드는 혼종적 '공간'이라 규정할 수 있다. 이 공간에서 피식민지인에 대한 식민주의자의 지배는 일방적일 수 없다. 여기서 '문화적 차이'와 '타자성'이 출현하고 식민주의자의 재현적 위상과 그것에 근거하는 동질적이고 일방적인 권위는 불안해진다. 식민공간의 양의성과 혼종성, 흉내 내기, 제3의 공간 등과 같은 용어들은 모두 이 공간의 경제를 사고하기 위한 원리들이다.[18]

그렇다면 과연 아메리칸 빌리지에 바바가 말하는 혼종성이나 양의성, 모방의 심급은 적용될 수 있을까. 다시 말해 오키나와에 의한 '미국 따라 하기'란 그 정형과 일치하지 않으며 동일화되지도 않는, 심지어 동일시를 욕망하는 순간에도 미끄러짐과 초과, 차이를 생산하며 전복적인 위협의 효과와 저항의 가능성을 드러내고 있는 것일까. 주지하다시피 많은 이론가들에게 있어서 혼종성 혹은 양의성은 포스트식민주의를 대표하는 아이콘으로 여겨져 왔다. 즉, 포스트식민주의자들은 양면성과 불순성을 담지한 혼종성을 높이 평가하며 그것으로 식민주의적 논리에 근본적인 도전을 시도하지만, 캐서린 미첼Katharyne Mitchell이

---

18 김용규, 『혼종문화론』, 소명출판, 2013, 328~329쪽.

'혼종성의 과대 선전hype of hybridity'이라고 지적하듯이 혼종성을 무비판적으로 높이 사 안이하게 대안적 가치로 삼아왔다는 점도 부정할 수 없다.[19] 또한 테리 이글턴이나 아리프 딜릭 등 다수의 학자들이 지적한 바와 같이 바바의 혼종성과 양의성은 담론이나 의식적인 차원에 방점을 두고 있어 그 너머에 존재하는 제도나 정치적 층위에서의 실천, 혹은 경제나 자본의 전지구화에 관한 논의 등으로 확장되지 못하고 있는 것이 사실이다. 이러한 논의를 염두에 둘 때, 아메리칸 빌리지가 발신하는 '혼재'와 '융합'에 대해 곧장 후한 점수를 주기란 쉽지 않다. 즉 오키나와가 연출한 아메리칸 빌리지의 혼종성은 미국과 오키나와 사이의 질서를 전복하거나 저항하는 전술이 된다고 보기 어려운 것이다. 오히려 그것은 문화와 자본이 공모한 현실적 과제의 수행이라고 보는 편이 적절한지도 모른다.

미하마 타운 리조트・아메리칸 빌리지의 실현은 차탄초 주민들이 오랫동안 바라온 꿈의 실현이며, 이는 차탄초의 산업 진흥 및 군용지 활용에도 커다란 기폭제가 되었습니다.

이 사업은 민간에 활력을 불어넣어 마을 활성화를 추진하려는 목적을 가지고 있습니다. 차탄초의 역할은 해당 사업구역 내의 인프라를 정비하고 사업에 관여하는 기업의 운영이 원활하게 진행되도록 노력하는 동시에, 주민들이나 이용자들이 안전하고 쾌적하게 지낼 수 있는 공간을 창출하는 데 있습니다. 구체적으로 말하면 국도에서 진입하는 차선의 확장, 수경 시설, 공공 주차장(1,500대 수용, 유지 경비는 입점 기업으로부터 분담금 징수)

---

19 조앤 샤프, 앞의 책, 211쪽.

등을 정비하는 것입니다. 이들 공공 인프라는 1996년도 새 고향 만들기 사업에 의해 실시된 것으로 2001년에 완료되었습니다.

(…중략…)

아메리칸 빌리지를 구상할 때 가장 큰 목적으로 둔 것은 차탄초의 산업 진흥, 일자리 확보, 재정 기반 확립이며, 이 같은 초기 목적을 달성하여 주민들의 여러 가지 요구에도 부응하는 것입니다.

그러기 위해서는 아메리칸 빌리지는 물론이고 그와 관련된 정비 계획과 도시 기반을 어떻게 지속적으로 활용하고 발전시켜 나가느냐가 중요합니다. (…중략…) 또한 본 사업에 참여하는 기업이 사업 목적을 충분히 인식하고 사업 콘셉트를 준수하여 지속적으로 운영에 참가하는 것이 중요합니다.(…중략…) 이처럼 해당 미군기지 반환 예정 지역은 차탄초의 핵심이 될 중요한 거점이며, 반환 이후의 기지 활용에 따라 ① 풍요롭고 살기 좋은 주거 환경의 창출, ② 도시 성장을 이끌 기반 정비, ③ 모두가 참가하는 활력 있는 도시 만들기가 계속될 것입니다. 그리고 '꿈'과 '가능성'을 구현하기 위해 차탄초가 하나가 되어 노력하고 본래의 목적인 '기지 없는 평화로운 오키나와'를 창조하고자 합니다.[20]

생활 주체들이 자신들의 삶의 공간을 어떻게 구성하고 또 어떠한 모습으로 형상화시키느냐에 따라 그 공간은 차별적인 장소성과 문화성을 보유하게 된다. 차탄초의 경우는 미군기지 반환이라는 상징적인 사건을 겪은 뒤 같은 공간에 또 다른 미국을 소환했다. 그러나 어쩌면 이

---

20 照屋一博, 「シリーズまちづくり(96) 沖縄県中頭郡北谷町 美浜タウンリゾートアメリカンビ
レッジ―西海岸地区のロケーションを活かしたまちづくり」, 『住民行政の窓』(206), 日本加除
出版, 2002, 32~39쪽.

때 호출된 미국이란 또 다른 오키나와인지도 모른다. 앞에서 이미 지적한 바와 같이 어떤 부분에서 오키나와와 미국은 더 이상 이항대립적인 구도로 설명할 수 없는 관계에 있으며, 양자는 오히려 적극적으로 간섭하여 서로에게 불가결한 문화 구성소가 되어 새로운 질서를 만들어내고 있다. 미군기지 반환자리가 또 다른 미국으로 점철되는 것은 역설적으로 그것이 가장 오키나와답다는 것을 반증한다. 그러한 의미에서 본다면 아메리칸 빌리지는 오키나와 사람을 위한, 오키나와 사람에 의한 오키나와다움의 창조의 예라고 볼 수 있다. 다시 말해 그것은 오키나와 사람들이 가지고 있는 자기 정체성의 기준을 충족시킨 다음에 비로소 허용된 또 하나의 오키나와인 것이다. 그리고 이것이 차탄초의 인프라 정비와 확충, 고용 기회의 확대, 지방 재원의 확보 등을 달성하는 데 도움을 줄 수 있다면 사업의 목적은 더할 나위 없이 훌륭하게 귀결되었다고 이야기할 수 있다.[21] 때문에 아메리칸 빌리지는 철저하게 미국을 재현할 수밖에 없었다. 미학적 차별성을 통한 시각적 효과의 극대화는 방문객 유치와 경제적 효과로 이어지고 이는 고용 기회의 확대와 지방 재원의 확보와도 연동되기 때문이다.

이와 같이 살펴 볼 때, 아메리칸 빌리지에는 어떠한 미국도 개입되어 있지 않다는 사실을 알 수 있다. 즉, 그것이 가지는 혼종성이나 양의성, 모방성은 식민지배자와 피지배자, 제국의 문화와 식민의 문화 사이에서 어떠한 긴장 관계도 형성시키지 않는다. 물론 아메리칸 빌리지 그 자체는 오키나와와 미국의 문화적 충돌과 접합, 부정과 동의와 같은

---

21 실제로 아메리칸 빌리지가 완성된 이후 매출과 고용은 각각 138.8%, 161.5%로 신장된 바 있다. 北谷町役場総務部企画課, 앞의 책, 26쪽.

일련의 문화적 대화를 연상시키지만 그것이 가지는 현실적인 의미는 금융 자본이나 편의 시설, 복지 제도가 주도하는 지역 재생에 다름 아닌 것이다. 지역 경제나 주거 생활, 여가 활동, 환경 미화, 공간 정비 등과 같은 말로 아메리칸 빌리지를 설명할 수 있고 그것으로 충분하다면 여기에 혼종성의 저항이 틈입할 가능성은 거의 없다고 보아도 무방하다. 다시 말해 아메리칸 빌리지에는 미국을 흉내 내는 것으로 미국의 권위를 위협하거나 견고한 질서를 뒤흔드는 전복성이 내포되어 있지 않은 것이다. 앞의 인용문에서도 알 수 있듯이, "아메리칸 빌리지를 구상할 때 가장 큰 목적으로 둔 것은 차탄초의 산업 진흥, 일자리 확보, 재정 기반 확립"이었다. 장소 마케팅이라는 차별화 전략이 지역 이미지의 제고나 지방 정부의 경제력 향상과 밀접한 연관을 가지고 있듯이, 아메리칸 빌리지 건설 목적 역시 지역 내부로의 자본 유치와 고용창출을 통한 경제 활성화였음은 분명하다. 때문에 아메리칸 빌리지의 장소 마케팅과 '기지 없는 평화로운 오키나와' 창조를 접붙인 인용문의 마지막 부분은 다소 공허한 희망처럼 읽히기도 한다. 물론 아메리칸 빌리지를 통한 일자리 확보나 재정 기반의 확립이 차탄초의 기지의존형 경제 구도에 일정한 변화를 가져올 수도 있을 것이다. 그러나 기지 문제에는 정치나 군사, 외교, 국제 관계 등 많은 요소들이 복잡하게 얽혀있기에 아메리칸 빌리지가 '기지 없는 평화로운 오키나와'를 만드는 결정적인 요소가 될 수 있는 지에 대해서는 판단을 유보할 수밖에 없다. 아메리칸 빌리지를 통해 '기지 없는 평화로운 오키나와'를 만들고자 한다는 발화 지점만 두고 본다면 그것이 가지는 혼종성에서 의식적이고 고의적인 저항의 근거를 찾을 수도 있으나, 거기에 내재된 모방 행위는 피지배자의 문화 자체가 주도하는 물질적이고 '공적인' 형태의 정치적 행위를 위한 전략적 프로그램 개발로 이어지지 않는다.[22]

미국의 어떠한 곳보다 미국 같은 곳으로 재현된 아메리칸 빌리지에는 미국이 존재하지 않는다. 그곳은 먹고, 마시고, 입고, 즐기는 소비생활을 지지해주는 공간이며 어떠한 갈등도 없고 충족되지 않은 욕구도 없다. 일상적인 것들도 아주 특별하게 만드는 한없이 풍요로운 유토피아적인 공간인 것이다.[23] 아메리칸 빌리지 내에 자리한 대형 관람차나 영화관, 의류 매장, 가구점, 문구점, 잡화점, 마트, 레스토랑 등은 굳이 미국, 아메리카, 아메리칸을 모방하거나 경유하지 않아도 충분히 성립 가능하고 소비 가능한 장소이다. 그럼에도 굳이 그곳을 아메리칸 빌리지라고 명명한 이유는 아메리카가 오키나와에 토착화된 미국이자 또 하나의 오키나와이기 때문이다. 그리고 지금의 아메리카는 도구적 합리성에 근거한 시장적 가치의 극대화의 다른 이름이기도 하다. 욕망을 자아낼 모사를 끊임없이 생산하는 공간인 대중문화는 현대 자본주의의 총아이기도 하고 현대 자본주의를 버텨 주는 포스트모더니즘적 문화 양식의 근원지이기도 하기 때문이다.[24] 아메리칸 빌리지에서의 '아메리카', '아메리칸'이란 기존에 그것이 가지던 기의를 탈락시키고 끊임없이 또 다른 기의를 배태시키며 새로운 기의와 기표 관계를 만들어 내고 있다고 볼 수 있을 것이다.[25]

---

22 바트 무어-길버트, 이경원 역,『탈식민주의! 저항에서 유희로』, 한길사, 2001, 309쪽.
23 도시스펙터클의 형성과 이미지・스타일의 문화정치에 관해서는 이무용의『공간의 문화정치학』(논형, 2005, 174~175쪽) 참조.
24 원용진,『새로 쓴 대중 문화의 패러다임』, 한나래, 2010, 438쪽.
25 아파두라이는 구식민지 지역의 탈식민화는 식민지적 관습과 삶의 방식들을 단순히 해체하는 것이 아니라, 식민지 과거와 대화하는 것으로 존재한다고 이야기한다. 그는 영국이

4. 또 다른 아메리칸 빌리지-오시로 다쓰히로 「칵테일·파티」

오키나와 나카구스쿠손中城村 출신인 오시로 다쓰히로大城立裕(1925.9. 19--)는 1967년 소설 「칵테일·파티カクテル·パーティー」로 아쿠타가와상 을 수상하면서 오키나와 최초의 아쿠타가와상 수상 작가가 되었다. 이 작품은 '파티'라는 교류와 친선의 장에서 결코 화합할 수 없는 점령자 미국과 피점령자 오키나와의 관계를 다루고 있으며, 동시에 과거에 점 령자의 위치에 있던 일본이 중국에서 벌인 가해성에 대해서도 폭로하 고 있다. 작품의 도입부에는 주인공 '나'가 미국인 밀러의 초대로 미군 기지 안으로 들어가는 장면이 묘사되어 있다. 다소 길지만 아래에 인 용해 두고자 한다.

> 수위에게 미스터 밀러의 이름과 하우스 넘버를 말하자 일단 전화로 확인
> 을 거친 후, 게이트에서 들어가는 길을 가르쳐 주었다.
> "그냥 이대로 들어가면 됩니까?"
> 나는 다시 물었다.
> "네, 들어가세요." 수위는 무표정하게 대답했다. (…중략…)
> 게이트로 들어서자 깨끗하게 포장되어 두 갈래로 나뉜 길은 집들이 늘어
> 선 안쪽까지 이어져 있었다. 안쪽에서 다시 몇 갈래로 갈라진 길에는 기지

식민 지배하던 시기에 인도에 전래되었던 크리켓이 이후에 인도 사회에 미쳤던 영향과 의미, 기능, 매체의 역할 등을 분석하면서 기표와 기의가 분리되어 새로운 기의를 만들 어 가는 과정을 세밀하게 논증한 바 있다. 이 글에서 소재로 삼은 아메리칸 빌리지도 이 와 유사한 경우라고 볼 수 있다.(아르준 아파두라이, 차원현·채호석·배개화 역, 『고삐 풀린 현대성』, 현실문화연구, 2004, 157~199쪽)

주택(베이스타운), 혹은 오키나와 주민들이 말하는 이른바 '가족부대家族部隊'라 불리는 집들이 줄지어 서 있었다. 그런데 이곳 도로 설계가 평범하지 않다. 직선이 아니라 구불구불하게 되어 있는데, 그것 때문에 10년 전 나는 이곳에서 호된 경험을 한 적이 있다. 그날도 오늘처럼 무더운 오후였다. 지금처럼 이 안에 아는 사람이 있었던 건 아니었다. 이 근처에 볼일이 있어 일을 마친 나는, 십으로 돌아가는 길에 이곳 세이드 앞에서 우발적인 충동을 느꼈다. 때마침 수위실에 수위가 보이지 않았던 건 행운이었을까, 불행이었을까. 어쨌든 나는 이 가족부대 안을 가로질러 동쪽으로 빠져 나가보자고 생각했다. 이 부지 동쪽 끝은 아마도 R은행의 S마을 지점과 연결될 것이다. (…중략…) 내게는 소년 시절부터 모르는 길을 방향만 어림잡아 무작정 걷는 유별난 취미가 있었다. 말하자면 소소한 탐험 취미인 것이다. 나는 게이트 안으로 빨려 들어가듯 걷기 시작했다. 하지만 약 20분 정도 걸었을까, 내 생각이 오산이라는 걸 깨달았다. 직선으로 가로질러 가면 대략 15분, 어슬렁어슬렁 구경하며 걸어도 20분 정도면 될 거라고 계산했는데, 30분을 걸어도 동쪽 끝에는 철조망 비슷한 것도 보이지 않았다.

　나는 같은 곳을 뱅뱅 돌고 있었던 것이다. 집들은 모두 같은 모양을 하고 있었고, 뜰에 심어진 나무 모양만 드문드문 다를 뿐이었다. 빨래 색깔이나 모양을 보고 같은 길을 맴돌고 있다는 것을 알았다. 외국인이나 메이드들은 나에게 아무런 표정을 보이지 않았지만 길을 잃었다는 생각에 문득 공포가 밀려왔다. 어차피 여기도 내가 아는 도시 안이라고 마음을 다잡아 보았지만, 아무래도 무리였다. 메이드 하나를 붙잡고 길을 물어 보자 무표정하게 길을 가르쳐 주었다. 그녀의 차분한 태도는 나와는 다른 아주 먼 저쪽 편의 사람이라는 느낌을 갖게 했다. 우여곡절 끝에 동쪽 끝 뒷문으로 간신히 빠져나올 수 있었다. 집에 도착해 아내에게 낮에 있었던 일을 말하자, 군상대 세탁회사에서 근무한 경험이 있는 아내가 놀라며 말했다.

"우리 회사 동료도 용건이 있어 갔다가 도둑으로 몰려 헌병한테 넘겨진 일이 있었어요. 패스를 시니고 다녀도 그런 일이 있다니까요."

벌써 10년이 지났다. 그날 이후, 혼자 걷는 즐거움도 다소 시들해졌다. 특히 기지주변에서는 더욱 조심스러워졌다. 그나마 독신이라면 맘 편히 다녔겠지만, "아이도 있으니 책임감을 가져요"라는 아내의 당부도 있고 하니 조심하는 게 최선이다. 전쟁 전에는 오키나와 섬 어디를 가든 안전했지만 이젠 그런 세상이 아니기 때문이다. 하우스에서 일하는 메이드들은 어떨까? 수위들이 라이플을 가지고 있으니까 두렵진 않은 걸까? 외국인 아이가 버스 창문에 돌을 던졌다든가 공기총을 발사했다든가 하는 이야기가 가끔 신문에 실린다. 그 아이들은 오키나와 사람들이 사는 거리를 맨손으로 거닐 때 공포를 느낀 적이 있을까? 없을까? 이를테면 우리 집 뒷방을 빌려 애인을 머물게 하고 일주일에 이틀 정도 머물다 가는 로버트 할리스 병사는, 오키나와 사람들만 사는 이 마을에서 공포감을 느낀 경험이 한 순간이라도 있을까?

그건 그렇고, 오늘은 기분 좋은 날이다. 미스터 밀러의 파티에 초대받았기 때문이다.[26]

미군의 정보기관에서 일하지만 그 신분을 감추고 있는 미스터 밀러는 자신도 참여하고 있는 중국어 회화그룹 회원들을 칵테일파티에 초대한다. 여기에 참석하기 위해 미군기지로 향하던 '나'는 십년 전에 곤

---

26 오시로 다쓰히로, 손지연 역, 「칵테일・파티」, 김재용・손지연 공편, 『오키나와 문학의 이해』, 역락, 2017, 137~139쪽.

혹을 치른 경험을 떠올린다. 기지 주택 사이를 걷던 '나'는 호기심에 길을 가로지르려다가 마치 미로에 빠진 것처럼 같은 길을 맴돌게 된 것이다. 전쟁 이전이라면 아무 탈도 없겠지만 미군이 자리를 잡은 이후에는 경관이나 지형이 크게 바뀌고 말았고 그곳을 배회하다가는 수상쩍게 여겨져 검문을 받을지도 모를 일이다. 그러니까 '조심'하는 것만이 상책이다.

전쟁을 기점으로 하여 타자 미국에게 자신의 공간을 내어주고 그곳에 출입하는 것은 물론 접근하는 것조차 허락되지 않는다는 이 대비적인 감각은 매우 중요한 시사점이다. 독일의 철학자 볼노Otto F. Bollnow는 영토와 인간 본성에 대해 이야기하면서 다음과 같은 농부의 예를 든 바 있다. 농부의 땅에 누군가 허락 없이 들어올 때 그가 분노하는 이유는 이를테면 곡식이 짓밟혀 피해를 볼까 걱정돼서가 아니라 "그의" 공간을 침입한 것 자체에 대한 거부감 때문이다. 남이 그의 공간에 들어오면 그는 자기 자신이 피해를 입고 모욕을 받았다고 느낀다. 국가가 영토 침해 상황에 맞닥뜨릴 때 불안을 느끼는 이유도 마찬가지다. 그 자체로는 사소한 국경 침입이지만 이로 인해 국가의 명예가 공격당했다고 느끼는 것이다.[27] 소설 「칵테일·파티」의 '나'의 경우에는 나의 공간에 미군이 허락 없이 침입한 데 그치는 것이 아니라 나의 공간에 영원히 귀환할 수 없도록 그들로부터 배제당하고 만 것에 방점이 있다. 나아가 타자의 점령으로 인해 생경하게 바뀐 풍경 속에서 압도적인 공포를 느낀 뒤에는 타자가 그 공간을 지배하고 군림하고 있다는 것을 명

---

27 오토 프리드리히 볼노, 이기숙 역, 『인간과 공간』, 에코리브르, 2011, 378쪽.

백한 사실로 받아들이며 저항하는 것도 포기해야 했다.

제한적으로 출입이 허락된 수위나 메이드 역시 '나'에게는 낯선 타자이다. 무표정한 이들의 얼굴은 아주 먼 곳에 있는 저쪽 사람이라는 느낌을 가지게 만드는 의사擬似 미국이다. 그렇다고 이들이 '저쪽'에 수용되어 안착한 사람들로 묘사되는 것은 아니다. 작품 속에는 밀러의 친구 모건의 딸이 유괴되는 사건이 일어나는데, 실은 아이의 요구로 오키나와인 메이드가 그녀의 집으로 데리고 간 것이었다. 그러나 오키나와인 메이드는 주인에게 미리 고지하지 않았다는 이유로 고소를 당하게 된다. 미국과 오키나와 사이에는 선의나 양해는 허락되지 않고 오로지 수직적인 지배 질서만이 존재할 뿐인 것이다. 이처럼 「칵테일 · 파티」에서의 기지 주택의 공간이란 기존의 경험과 가치들을 와해시키고 '나'의 근거를 뒤흔드는 폭력적이고 차별적인 공간으로 전경화된다.[28]

「칵테일 · 파티」의 기지 주택과 아메리칸 빌리지가 재현하고 있는 공간 감각의 차이에 대해서는 새삼 지적할 필요도 없을 것이다. 앞에서 이야기한 국도 58호를 사이에 둔 두 개의 미국이란 이와 같은 대조적인 풍경에 다름 아니다. 뿌리박힘의 감정, 소속감, 내부에 있다는 느낌, 자기 장소에 있다는 느낌이 상실되고 불안과 공포가 엄습하는 미국이 한편에 있다면, 다른 한편에는 기술 문명과 자본이 만든 계량화되고 물신화된 미국이 있다. 이 두 개의 미국이 때로는 내적 긴장성을 유발

---

28 칵테일파티로부터 돌아온 당일 '나'는 딸이 '나'의 집에 세 들어 살고 있는 일본인 여성의 애인 미군 로버트 할리스로부터 해안가에서 강간당한 사실을 알게 된다. 딸은 로버트 할리스를 벼랑 쪽으로 밀쳐 고의적으로 해를 입혔다며 상해죄로 고소당해 CID에 체포되기까지 했다. '나'는 밀러에게 도움을 요청하지만 냉정하게 거절당하고 만다. 이처럼 작품 속의 오키나와와 미국의 '친선'은 와해를 전제로 한 폭력으로 그려지고 있다.

시키며 경합하기도 하고 때로는 평화롭게 분리공존하면서 지금의 오키나와를 구성하고 있음은 물론이다. 그러나 이 같은 사실은 기존의 오키나와와 미국의 구도에 포섭되지 않거나 포섭되기를 저항하며 양자의 관계 설정을 다시 요구하는 목소리를 역설적으로 대변하는 것이기도 하다.

5. 공간 재현과 재현 공간, 그 사이

르페브르H. Lefebvre는 공간 생산의 계기에 대해 공간적 실천,[29] 공간 재현, 재현 공간으로 나누어 설명한 바 있다. 그 가운데 여기에서 주목하고 싶은 것은 공간 재현과 재현 공간의 정의와 그 차이, 그리고 아메리칸 빌리지가 놓이는 자리 등이다. 르페브르에 따르면 공간 재현은 주어진 사회에서 지배적인 공간으로 도시 계획가나 기술 관료들, 과학성을 추구하는 학자들이 대상으로 삼는 인지적 공간이다. 공간 재현은 실용적인 영향을 끼칠 수도 있으며 효과적인 인식과 이데올로기가 각인된 공간의 직조 속에 편입되어 변화를 기대하게 한다. 이 경우 공간 재현은 기념물적인 건축, 건물 등을 통해 지대한 영향력을 행사하게 되며 공간 생산에 있어서도 특별한 영향을 줄 수 있다. 반면, 재현 공간은 이미지와 상징을 통해 체험된 공간으로 주민들, 사용자들, 그리고 몇

---

[29] 공간적 실천이란 지각된 공간으로 생산과 재생산, 특화된 장소, 상대적인 응집력을 유지시키는 데 필요한 사회적 훈련 각각이 필요로 하는 고유한 공간의 총체를 모두 아우르는 것이다. 앙리 르페브르, 양영란 역, 『공간의 생산』, 에코리브르, 2011, 80쪽.

몇 예술가들, 철학자들의 공간으로 상상적인 것과 상징주의의 개입을 받으며 각 개인의 역사의 근원이 되는 것이다. 때문에 재현 공간은 대부분의 경우 미학적인 방향을 결정하며 한동안 일련의 표현이나 상상적인 차원에서 영향력을 행사하다가 일정 시간이 지나면 고갈되어버리는 유일무이한 상징적 작품만을 생산할 수 있을 뿐이다.[30] 거칠게 정리하면 도시 계획가나 기술 관료들이 실제의 공간을 기획하고 설계하며 내용을 담는 것은 공간 재현이라 볼 수 있고, 개인적 체험이나 상상, 이미지 등으로 체득하여 유일무이한 의미를 만드는 것은 재현 공간이라 이야기할 수 있다.

르페브르도 경계하고 있듯이 양자의 차이점은 때로는 불분명하기에 신중하게 다루어질 필요가 있으나, 이 같은 도식에 입각하여 아메리칸 빌리지를 대입해 보면 그것은 비교적 공간 재현의 범주에 가깝다고 볼 수 있다. 도시 계획가나 기술 관료들이 '아메리칸 빌리지'라는 공간적인 맥락과 직조 속에 재현시킨 미국이란 단순히 상징적이거나 상상적인 차원에 머무르는 것이 아니라 적극적으로 실용적인 효과를 기대하게 만드는 경제 성장의 공간이기 때문이다. 더욱이 그것은 공간 자체가 바로 소비되기를 바라는 목적 아래 '아메리카'라는 미학적인 차별성을 부각시키며 그것을 욕망하도록 추동시킨다.

그러나 여기에서 유념해야 하는 사실은 아메리칸 빌리지 내에 재현 공간 역시 존재한다는 점이다. 거기에는 「칵테일·파티」의 '나'의 경우처럼 육화되어 분리 불가능한 기억과 경험들, 혹은 언어화될 수 없는

---

30 위의 책, 86~93쪽.

이미지이지만 신체 내부를 지배하는 또 다른 차원의 표현이 존재할 가능성도 충분히 남아있는 것이다. 실제로 반환된 햄비 비행장을 상업용지로 조성하기 이전에 주민들과 지주들은 오키나와 전투로 인한 유골이 지하에 묻혀있을 것이라 예상하고 유골 조사 및 발굴 작업을 요청하여 그것을 회수한 바 있었다.[31] 이처럼 아메리칸 빌리지의 지층에는 개인의 삶을 둘러싼 많은 이야기와 기억들이 묻혀있고 지금도 그 의미는 새로이 생성되고 있다. 때문에 아메리칸 빌리지가 위치한 지점이란 공간 재현과 재현 공간의 사이의 어딘가라고 말할 수 있을지 모른다. 물론 아메리칸 빌리지가 전자에 압도적으로 편중되어 있다는 점은 새삼 지적할 필요도 없지만, 그곳이 오키나와의 혼종성과 융합성을 대변하고 '기지 없는 평화로운 오키나와'를 위한 실천 행위가 되기 위해서는 공간 재현과 재현 공간 사이에서 발생하는 다양한 거리감과 긴장감, 접촉과 단절의 국면들을 섬세하게 직시할 필요가 있다. 국도 58호를 사이에 두고 두 개의 미국이 펼쳐져 있지만, 양자는 군사력과 자본력에 의해 위계화된 질서를 강요당하고 있다는 점에서는 공통점을 가진다. 그와 같은 질서를 균열시키고 내파시키는 힘을 우리가 상상할 수 있을 때, 오키나와의 혼종성은 비로소 '저항'의 의미를 가질 수 있을 것이다.

---

31 沖縄県北谷町役場企画課, 앞의 책, 15쪽.

참고문헌

김용규,『혼종문화론』, 소명출판, 328~329쪽.

바트 무어 길버트, 이경원 역,『탈식민주의! 저항에서 유희로』, 한길사, 2001, 309쪽.

송정수,「포스트식민주의적 관점에서 바라본 러시아 문화의 이중적 정체성」,『러시
  아 연구』제24권 제1호, 2014, 122~123쪽.

아르준 아파두라이, 차원현·채호석·배개화 역,『고삐 풀린 현대성』, 현실문화연구,
  2004, 157~199쪽.

앙리 르페브르, 양영란 역,『공간의 생산』, 에코리브르, 2011, 80쪽.

오시로 다쓰히로, 손지연 역,「칵테일·파티」, 김재용·손지연 공편,『오키나와 문학
  의 이해』, 역락, 2017, 137~139쪽.

오토 프리드리히 볼노, 이기숙 역,『인간과 공간』, 에코리브르, 2011, 378쪽.

원용진,『새로 쓴 대중 문화의 패러다임』, 2010, 한나래, 438쪽.

이무용,『공간의 문화정치학』, 논형, 2005, 174~175쪽.

장 보드리야르, 하태환 역,『시뮬라시옹』, 민음사, 2001, 12~13쪽.

조앤 샤프, 이영민·박경환 역,『포스트식민주의의 지리』, 여이연, 2011, 174쪽.

호비 바바, 나병철 역,『문화의 위치』(수정판), 소명출판, 2012, 195~211쪽.

沖縄県北谷町,『北谷町町民意識調査』, 沖縄県北谷町, 1982, 35·59쪽.

_____,『基地と北谷町』, 沖縄県北谷町, 2008, 145~146쪽.

沖縄県北谷町役場企画課,『返還駐留軍用地利用(北前·桑江地区)における経済効果の
  検証』, 沖縄県北谷町, 2003, 15쪽.

_____,『北谷町 町勢要覧2009 ニライの都市 北谷』, 沖縄県北谷町, 2009, 21~22쪽.

北谷町役場総務部企画課,『美浜タウンリゾート·アメリカンビレッジ完成報告書』, 沖
  縄県北谷町, 2004, 11쪽.

栗原達男,「沖縄·国道58合線 那覇から奥まで150km－北谷～嘉手納 基地のある街」,
  『中央公論』vol. 120, 2005, 16쪽.

照屋一博,「シリーズまちづくり(96) 沖縄県中頭郡北谷町 美浜タウンリゾートアメリ
  カンビレッジ－西海岸地区のロケーションを活かしたまちづくり」,『住民行政
  の窓』(206), 日本加除出版, 2002, 32~39쪽.

仲地勲,「美浜アメリカンビレッジ」,『建設情報誌しまたてぃ』NO. 16, 2001, 13쪽.

牧野浩隆, 『再考 沖縄経済』, 沖縄タイムス社, 1997, 12~36쪽.

屋嘉比収, 「越境する沖縄ーアメリカニズムと文化変容」, 『岩波講座 近代日本の文化史 冷戦体制と資本の文化ー1995年以降 1』, 岩波書店, 2002, 243~283쪽.

吉見俊哉, 「日本のなかの「アメリカ」について考える」, 『環』 8号, 2002, 131~143쪽.

Ayano Giniza, "The American Village in OKinawaーRedefining Security in a "Militourist" Landscape", *The Journal of Social Science*(社会科学ジャーナル) 60 COE Special Edition, 2007, pp.140~141.

초출일람

'오키나와'를 말하는 정치학 — 히로쓰 가즈오 「떠도는 류큐인」이 제기하는 타자 표상의 문제(『日本硏究』 70호, 한국외대 일본연구소, 2016)

시마오 도시오와 남도 — 타자 서사와 야포네시아적 상상력(『일어일문학』 63집, 대한일어일문학회, 2014)

'오키나와 문학'이라는 물음 — 사키야마 다미 「바람과 물의 이야기」의 방법(『탐라문화』 54호, 제주대 탐라문화연구소, 2017)

일본어 문학의 자장과 전후 오키나와의 문학 언어(『일본학보』 110집, 한국일본학회, 2017)

죽음에 임박한 몸들 — 마타요시 에이키의 초기작 읽기(「전후 오키나와 젠더 표상의 탈구적 가능성에 대하여 — 마타요시 에이키를 중심으로」, 『일본학』 41집, 동국대 문화학술원 일본학연구소, 2015)

금기에 대한 반기, 전후 오키나와와 천황의 조우 — 메도루마 슌의 「평화거리로 불리는 길을 걸으며」를 중심으로 (『일본비평』 16호, 서울대 일본연구소, 2017)

역사적 트라우마와 기억 투쟁 — 사키야마 다미 『달은, 아니다』(『일본사상』 30호, 한국일본사상사학회, 2016)

두 개의 미국 — 오키나와 아메리칸 빌리지를 둘러싼 표상 정치(『日本硏究』 39집, 중앙대 일본연구소, 2015)